U0027221

GOBOOKS
& SITAK
GROUP©

戲非戲198

喬家大院（下）

朱秀海——著

高寶書版集團

第二十三章

1

當清晨的第一縷陽光又照到致庸臉上，他才悠悠醒來，想起自己在什麼地方，當下忍不住伸手摸摸自己的腦袋，心中好一陣慶幸。他揉揉眼睛，四下張望，只見劉黑七就睡在離他不遠的地方，仍舊四仰八叉地躺著，鼾聲大作，想來這便是他的居室了。致庸仔細看了一下，不禁大為吃驚，室內雖然凌亂，但桌上、几上、床上、地上，到處都擺放著書。致庸伸手抓過幾本，又吃了一驚，《孟子》、《中庸》、《大學》、《道德經》、《孫子兵法》……致庸忍不住，起身上前推攘劉黑七道：「劉寨主，起來起來！我我我真替你惋惜！原來你這人要文有文，要武有武，腹有詩書，胸有韜略，多好的人才，你不去投軍，或鎮守邊關，或平定內亂，你跑這兒占山為王來了你！」

劉黑七好容易被他推醒，揉揉眼睛，打個哈欠，冷笑道：「你一個商人，也來和我論書？」致庸笑道：「劉寨主，這話該我先問你！你都嚇住我了，你一個山大王，也看得懂《莊子》？」劉黑七上下打量他道：「怎麼，喬東家也知道《莊子》？」致庸呵呵一笑，謙虛道：「知道得不多，略知一二吧！」劉黑七盯著他的眼睛，突然背道：「北海有魚，

其名為鯤。」致庸微微一笑，接口道：「鯤之大，不知幾千里也。」劉黑七突然神情大變道：「化而為鵬，怒而飛，其翼若垂天之雲……沒想到，你喬致庸一個奸商，也知道《逍遙遊》！」致庸立刻發怒反駁道：「劉寨主，喬致庸不是奸商，在下是正正經經的商人！」劉黑七仍舊笑道：「喬致庸，我真服了你了！在這些事情上，你還真是認真！」

致庸笑道：「事關名節，不能不認真。你劉寨主身在綠林，都背得出《逍遙遊》，致庸自幼讀書，為何就不能酷愛莊周？」劉黑七看著他，笑道：「這樣看來，我一個強盜，你一個財主，也有了共通之處了！」致庸趕緊道：「打住，只要劉寨主還在老鴉山上為匪為盜，致庸與你就沒有共通之處！」

劉黑七頓時變色，想了想悻悻然笑道：「好好好，沒有共通之處。那你告訴我，你為何喜歡莊子？」致庸看著他，正色道：「喬致庸喜歡莊子，自有喬致庸的道理。莊子有形而不拘於形，心如湧泉，意如飄風，身如涸轍之魚，心卻游於壙埌之野。釣魚要釣東海之鼇，化形要如鯤如鵬，水擊三千里，一飛九萬仞。豈會像劉寨主這樣，占山為王，打家劫舍，成為民之大害！」

劉黑七勃然變色，拍案怒道：「喬致庸，你給我住口！我忍了你多時，你還要罵我打家劫舍，為匪為盜！難道我生下來就想當強盜？當初我也是讀書出身，練就一身武藝，想走那科舉的正途，將來衣錦還鄉，封妻蔭子，可是……算了，不說了！當今這個世道，你不讓我們這些人做強盜，你讓我們做什麼？」致庸腦子飛快地旋轉起來，一拍大腿叫道：「對啊，跟我下山，棄惡從善，重做良民。你們跟我一起經商，那比做強盜好得多！」劉黑七目瞪口呆地看著他，繼而笑得捂住肚子：「喬致庸，你，你……你真會說笑話，讓我放著山大王不當，跟你去經商？眼下天下大亂，商路不靖，你還經什麼鳥商，乾脆你也甭走了，入夥跟我們一起當強盜，咱們大碗喝酒，大塊吃肉，那才叫痛快！」

致庸沒料到劉黑七竟然開口拉他入夥，當下「呸」了好幾聲，道：「天下四行，士農工商，商也是國之大事，跟我一起經商，一可以富國，二可以自富，怎麼是說笑話？」劉黑七停住笑，默默看他，想了好一會，突然道：「喬致庸，我的腦子都叫你搞糊塗了，你昨天單人獨騎上我的老鴉山，不是來勸我下山，跟你一起經商吧？」

致庸也呆了呆，繼而搖頭笑道：「劉寨主，喬致庸明人不說暗話，我本來是想勸你和喬家罷手言和的，但剛才你問我眼下這世道能讓你們做什麼，我突然覺得大家一起販茶是個好營生。」說著一拱手，正色道：「如果劉寨主不棄，致庸就請尊駕帶你的弟兄下山，和致庸一起去江南販茶！如何？」

劉黑七怔怔地看著他，好一會又半信半疑問道：「喬致庸，你真的想讓我帶人跟你一起去江南販茶？」致庸道：「當然是真的。劉寨主，跟喬致庸一起南下，你們可幫我護送銀車，從此一起經商，為國生利，為民生財，祁、太、平三縣地面上多了一個經商的劉黑七，少了一個占山為王的劉寨主！」他越說越激動，當下拉住劉黑七的手道：「劉寨主，這才是真正的替天行道，怎麼樣？」劉黑七甩開他的手，臉色微變道：「喬東家，這麼說，你是想讓我幫你出鏢嘍？」

致庸被他甩開手，卻絲毫不受影響，仍舊激動道：「劉寨主這麼說也行。只要劉寨主帶眾弟兄下山，改惡從善，隨我一起經商，怎麼都行！」劉黑七一時笑了：「喬東家，你讓我放著自由自在的山大王不當，下山給你充當鏢師，你覺得我會答應你嗎？你這個人，給你一

根線，你就認真（針）了，哈哈哈！」

致庸臉色微變，惱怒道：「劉寨主，真沒想到你會是這麼一個人！看樣子我是說動不了你的心了，你要麼殺了我，要麼放我下山！」這次劉黑七很久沒有說話，原地轉了一圈又一圈，突然開口道：「喬東家，我要是答應了你呢？」致庸大驚，簡直不相信自己的耳朵。劉黑七見狀微微一笑，又把剛才的話重複了一遍。致庸大喜，衝上去執著他的手道：「劉寨主，我真的沒聽錯？你真的決定隨我一起去江南販茶？」劉黑七沉沉地看他，道：「怎麼，喬東家，你一時又不自信了，或者說又信不過我了？如果這樣，那我剛才的話就算沒說吧！」

致庸連連擺手，喜道：「不不不，咱們大丈夫一言，駟馬難追！劉寨主，不，現在是劉壯士，劉英雄了，既然你不想再做強盜，而是要跟致庸去販茶，咱們一定要交個朋友！」劉黑七大笑：「好哇。喬東家願意和劉黑七交朋友，劉黑七可三生有幸，老祖墳裡要冒煙了！」兩人哈哈大笑。

喬家外客廳內，曹掌櫃急得團團亂轉，忍不住責備一旁默然端坐的茂才：「孫先生，我不是埋怨你，這麼危險的事情你怎麼能讓他去呢？東家去了一天多，連個信兒也沒有，萬一有個三長兩短，這，這，真是如何是好啊？」茂才看著他平靜道：「人生在世，死生有命，活著就要一個適意。東家自己要去老鴉山見劉黑七，他去了，這就叫適意。至於劉黑七會不會殺他，那就是劉黑七的事了。」曹掌櫃盯著他，半晌說不出話來。

「二爺回來了！」長栓突然跑進，興奮地喊道。茂才猛地站起，手中的旱煙袋跌落在地上，曹掌櫃朝他看了一眼，快快地出了門，沒多久就把致庸迎了進來。致庸一進門就道：

「茂才兄，大喜，大喜啊！」茂才緩緩站起道：「恭喜東家，莫非你說動了劉黑七，不再與喬家為仇？」致庸激動道：「茂才兄，不但如此，我還說服了劉黑七和我們一起南下販茶，他和他的弟兄們願為我出鏢，護送銀車！」茂才一聽此言，擊掌叫道：「好！好！劉黑七一身武藝，腹中又有計謀，如果他能隨我們前去，就不用再擔心銀車會在路上遭到打劫；其次，用這個辦法將他和他的人馬帶下老鴉山，東家就不用擔心他會在我們走後繼續為匪為盜，襲擾喬家，禍害鄉里。這是釜底抽薪之計，不但為祁、太、平三縣的百姓去了一害，也為劉黑七一夥人找到了自新之路，好，好，這真是一舉三得的好事！」

曹掌櫃可沒那麼激動，反而嘀咕起來：「孫先生，這是什麼好事呀！劉黑七本來就是打家劫舍的強盜，讓他護送銀車，豈不是開門揖盜，把小羊放進狼群？天底下還有強盜見了銀子不動心的？此事萬萬不可！」致庸和茂才對看一眼。致庸想了想，道：「曹爺的話也有道理，其實劉黑七答應和我一起販茶，也確實讓我有點意外，不過我現在思量當時的情景，可以肯定他決定這麼做時斷斷不是要劫我的銀車，這是一種感覺，卻絕對不會錯。茂才兄，你想想，一個綠林好漢，突然決定隨我下山，又沒有想到我的銀車，除了決計就此改惡從善，還會有什麼原因？」茂才想了想，卻沒有說話。

曹掌櫃看了看致庸，還要開口，致庸伸出一隻手阻攔道：「曹爺，您甭勸了，我仔細想過，喬致庸哪怕失去所有的銀子，只要能換回一個頂天立地的男人悔過自新，也是值得的。曹爺，茂才兄，我現在怕的不是劉黑七下山來劫我的銀車，而是怕他出爾反爾，七日之後不與我們同行！」茂才細瞇起眼睛，半晌開口道：「東家，雖然此事仍有蹊蹺之處，但我能肯定，劉黑七一定不會爽約！」致庸大喜：「好，茂才兄，有你這句話，我就踏實了！」曹掌櫃看著兩人，忍不住搖頭。

2

不兩日，致庸便以喬家店鋪作抵押，順利與水家、元家及邱家簽了借款合同。高瑞進大德興的時候，正見致庸得意地晃著手中的龍票給大家傳看。小傢伙當下忍不住問茂才：「孫先生，什麼是龍票？」茂才笑道：「龍票就是朝廷給水家、元家這些大茶商辦的特許執照。有了這種執照，東家才能帶我們去武夷山販茶，然後北上恰克圖，在邊境和俄羅斯客商交易。」曹掌櫃讚許道：「這本來是一件大事，平時磕頭借都借不來的，可是東家先借銀子，不說借龍票的事，等水家、元家借了銀子，順手也就借了龍票，他們還不好不給。呵呵，東家這一手，實在高明！」說著，眾人齊聲大笑起來。

致庸忙碌了一整天，很晚才從大德興返家。玉菡正在燈下坐著縫製小衣，致庸輕手輕腳進門，躡手躡腳來到玉菡身後，喚了一聲：「太太……」玉菡的反應實在出乎他的意料，只見她猛地站起，一轉身死死地抱緊致庸，渾身發抖。

致庸大驚。玉菡抱著他輕聲哭道：「二爺，你就要走了，是不是？」致庸慢慢抬起她的臉，笑道：「太太，我正要告訴太太，只是……」玉菡仰臉看他，含淚強笑道：「二爺，你覺得大嫂還有陸氏真會讓二爺去冒這樣的性命之險？」致庸拭去她臉上的淚水，知道早晚躲不開這場談話，故意為她樹竿，道：「大嫂不會，但太太一定不會攔阻致庸。」玉菡小嘴一噘，豆大的淚珠滾落下來：「二爺憑什麼這麼說，陸氏為何就不會攔阻二爺？二爺難道不是陸氏的親夫？」「致庸這麼說，是因為太太自幼生在商家，明白商家的男人但凡有點志氣，都不會一生待在家中，守著婦人小子。太太一定懂得，經商就是歷險，商家的男人非冒死犯難，走萬里商路，就不會成就大事。」玉菡癡癡地望著他，一時竟說不出話來，半晌才道：「二爺果真這麼想陸氏，陸氏今生就不悔嫁給二爺了。陸氏知道就是心裡再苦，也攔不住二爺。二爺是個男人，有一顆英雄之心，我要執意攔阻二爺，就不配做二爺的太太了！」

致庸非惟放下了一顆心，還大為感動，正要說話，但見玉菡鬆開他，從背後拿出一張銀票：「二爺，你看這是什麼？」致庸接過一看，大吃一驚：「五十萬兩，太太，哪來的這麼一大筆銀子？」玉菡背過身去，又拭淚道：「自從三姐回到咱們家住下那一天，我和大嫂就知道二爺要去南方販茶了。我一個女人，不能隨二爺前去同生共死，可連幫二爺一點銀子都不成嗎？」「你把你的陪嫁……你把翡翠玉白菜當了？那岳父……」致庸心中一動，向玉菡看去。

玉菡噙著一汪眼淚，楚楚動人道：「二爺千里萬里冒性命之憂去武夷山販茶，可是喬家並沒有太多銀子，就是二爺平安販茶歸來，也是幫別人家販茶。我將翡翠玉白菜當了，換成銀子，二爺就可以拿它為喬家販回茶來，這樣二爺冒死犯難，也就值得的了！至於爹爹，早一段時間他已經被我纏不過，把玉白菜的支配權徹底給我啦！」致庸一把將她摟在懷裡，感動道：「謝太太！翡翠玉白菜乃是太太的寶貝，將來還要傳給我們的女兒，萬一……」玉菡一下掩住了致庸的口：「不，沒有萬一，二爺離開祁縣，一定一路平安，順順當當地就到了江南，接著又順順當當地把茶販回來！一定沒有萬一！」

致庸還要說什麼，玉菡一直用手掩住他的嘴，含淚道：「二爺，陸氏說沒有萬一，就是沒有萬一，真的有了萬一，也就沒有了陸氏！二爺離家之日，陸氏的人不能跟二爺走，陸氏的心，陸氏的魂魄也會跟二爺走。二爺回不了喬家，陸氏的心和魂魄也就回不來了！二爺，真的沒有萬一啊！」說著，她淚如雨下，致庸緊緊將她抱在懷裡，熱烈地親吻起她。半晌玉菡喘息道：「還有一件事要告訴二爺，二爺要當爹了！」致庸又驚又喜：「怎麼，你有喜了？」玉菡含羞點了點頭。致庸狂喜，一把將她抱起，轉起圈子：「太好了太好了，我就要做爹了！」嚇得玉菡趕緊捶他：「小心，小心點！」致庸把她放下，欣喜若狂，玉菡柔情萬千地注視著他，叮囑道：「為了沒出世的孩子，記住，一定要平安回來！」

所謂天下沒有不透風的牆，致庸就要啟程的消息還是讓曹氏知道了。第二日一清早，致庸就被叫到了在中堂。曹氏端坐著，滿面怒容道：「老二，你給我跪下！」致庸心知所為何事，一邊跪下，一邊賠笑。曹氏拭淚道：「少給我油腔滑調的！你到底是長大了，當了家了，眼裡不只沒我這個嫂子，也沒有祖宗了！」致庸覷了曹氏一眼，慌忙正色道：「嫂子這話致庸如何擔當得起？」曹氏「哼」了一聲，半晌忍不住哭道：「致庸啊致庸，嫂子不是怕你販茶不成虧了銀子，也不是怕你把喬家的生意全都給了別人，嫂子是大災大難都走過的人，今天已經不會心疼這些了，嫂子是心疼你這個人啊……」

致庸聞言道：「嫂子，你聽我說……」曹氏連連擺手：「雖然你接管家事時，我說過不再管你的事，可是今天這事，嫂子還非管不可了！你要是還認我這個嫂子，就死了這條心吧。」致庸大驚，剛要開口，見玉菡走進來，在致庸身邊跪下道：「嫂子，陸氏能說幾句話嗎？」曹氏站起，顫聲道：「弟妹，他是你的男人，你當然可以說話！」玉菡含淚道：「嫂子，你就不要阻攔二爺了，二爺要去江南販茶，你就讓他去吧。」曹氏大急：「妹妹，你……」

玉菡拭了拭眼淚，道：「嫂子，二爺是你和大爺從小養大的，他是什麼樣的男人，你比陸氏知道得更清楚。我的男人頂天立地，不成就一番大事業就不能盡其平生的胸懷。嫂子，嫁給這樣的男人，陸氏不悔！」

曹氏扶起她：「妹妹，你真的願意……」玉菡跪地不起，道：「嫂子，你讓陸氏把話說完。你我都是商家的女兒，如果你我是男兒，一定也會像二爺一樣走出去的！」曹氏吃驚地望著她，一時說不出話。「嫂子，二爺是我的親夫，最應當攔住他的是我。可是陸氏知道，我這個女人攔不住他這樣的男人。既然做了他的女人，我就只能讓他走出去，歷大險，成大功，不能讓他為了我們這群不能走出家門的婦人守在家裡，以致庸碌至死！」說著她伏地又拜。曹氏大受震動，顫聲道：「弟妹，你有沒有想過，萬一二弟一去不返……」玉菡趕緊擺手，流淚道：「嫂子，別說了，如果真有那一天，陸氏情願一生做奴做婢，侍奉嫂子，布衣荊釵過一生，決不改嫁！」致庸跪在一旁，忍不住叫了一聲：「太太……」曹氏想了半天痛聲道：「弟妹，我原本不答應讓致庸去買茶，多半就是為了你。現在既然連你都這麼想，我這個嫂子就不好再攔他了！」玉菡看看致庸，重重點頭。

曹氏於是將玉菡扶起，又拉致庸起來，替他理理衣領，疼愛地哽咽道：「二弟，你要真是鐵了心，那你就……你就去吧！」她忍不住流出淚來：「不過，無論你走千里行萬里，不管你遇到多大的難處，千萬不要忘了弟妹剛才對你說的話，不要忘了山西祁縣喬家堡這個家裡，有兩個女人天天焚香禱告，為你祈求平安，盼著你早日歸來！」一時三人六目相對，都忍不住落下淚來。

致庸剛進書房，就看見達慶早已等在那兒，將一張紙遞到他鼻子底下，臉色都變了。致庸接過看了幾行，漸漸念出聲：「……不管喬致庸是死是活，喬家都保證歸還喬達慶足平銀一萬兩。」致庸看了達慶一眼，道：「四哥，你也認為我一定會死在外頭？」達慶道：「你要害怕，就別去！」致庸也不多言，提筆簽上自己名字。達慶搖搖頭就往外走，致庸望著他的背影忽然道：「四哥，三姐和元楚執意不肯回水家，只好先在我這兒住著了，可是元楚要念書，就讓他去你那私塾念吧。」達慶「哼」了一聲：「元楚是我外甥，讓他去我那兒念書自然可以，但我不能負責他的吃喝，另外，這每年給塾師的銀子，你得多拿出一份！」致庸知道他的脾氣，當下道：「行！」達慶也不再多說，搖著頭徑直去了。

夜晚，致庸再一次來到鐵信石處，鐵信石正就著香火練鏢，每發必中。鐵信石見他進來，立刻收鏢，平靜地向他施禮問候。致庸與他寒暄了幾句，突然單刀直入地問道：「鐵信石，你到底是哪裡人？」鐵信石神色不變，道：「我說過了，雁門關人。」「你們家和我們家以前打過交道嗎？」致庸注視著他的眼睛問道。鐵信石搖搖頭：「東家怎麼想起問這個？祁縣到雁門關，路途遙遠，況且喬家是大戶人家，鐵信石家乃寒門小戶，兩家從沒有過什麼來往的。」致庸心中一陣難過，他有理由懷疑鐵信石是在迴避自己的問題，但也無可奈何，想了想，仍舊很直接道：「鐵信石，我雖是東家，你雖是車夫，可我們都是男人，要是心底有話，不妨攤開來說！」鐵信石目光閃爍了幾下，避開他的目光，簡單回答道：「東家，你的話鐵信石不懂。」

致庸忍著內心的失望，同時帶著很強烈的難過，望著墨藍的夜空悠悠說道：「鐵信石，我老想著包頭那位姓石的相與，因為不幸捲入了復字號大小和達盛昌的霸盤之爭，以至於舉家自殺身亡。我實在不知道，喬家這樣無意中害得別人家破人亡的事還有沒有。」說著他頭一低，重新注視著鐵信石的眼睛，又補充道：「對了，這位死了的石東家，老家也是雁門關人。」鐵信石轉過頭去，半晌聲音沉沉道：「是嗎？」

「從包頭回來，我讓人去雁門關找過，看還有沒有活著的石家後人，要是有，就找回來，喬家要管到底。現在對這一家人，我們能做的也只有這些了。」致庸長歎一聲，一時恨恨不已。鐵信石仍舊沒有轉身，同時似乎很無意地問道：「東家，去的人找到石家後人了嗎？」致庸搖搖頭：「沒有。石家已經沒人了，據他的鄰居說，石家有一個長子，早年不願經商，跟一個武師外出學藝，一直沒有再回去。」

似乎是為了堅決地封死自己的內心，鐵信石終於轉過頭來，卻突然換了一個話題：「東家，這麼晚來，有事要吩咐嗎？」致庸看了他一會兒，道：「啊，三天後我去南方買茶。你一身武藝，這次老鴉山上的劉寨主要和我們一起去，我希望你能和我同去。」鐵信石點點頭道：「承蒙東家看得起，鐵某自當效力！」致庸還想說什麼，一時卻說不出了，只得轉身一邊往外走一邊叮囑道：「那好，三日後我們就一起出發，你早點歇著吧。」他頭也不回地走了，茫茫夜色中，鐵信石看著他離去的背影，一時間淚光瀅然。

3

致庸此次出行，可謂轟動一時，不獨玉菡、曹氏親往送行，千言萬語諄諄叮嚀，連水家、元家也派了掌櫃前來餞行，邱天駿更是親自出馬，執手將致庸一直送出祁縣。

而讓眾人忐忑不安的劉黑七，也不出茂才所料，致庸一行剛剛來到老鴉山下，劉黑七便帶著自己的一幫人馬如約而至。致庸見狀大喜，上前抱拳道：「劉壯士果然言出必行，好樣的！」劉黑七哈哈大笑，也抱拳道：「大丈夫一言既出，駟馬難追。在下既答應幫喬東家護送銀車南下，自然不能食言。再說了，我還沒到過南方，正想去開開眼呢！」此話一出，眾人都大笑起來，兩隊人馬間原本隔膜的氣氛活躍了不少。

致庸剛要開口，卻聽劉黑七道：「喬東家既要我們護送銀車，就乾脆把銀車交給我的弟兄。如何？」喬家眾人都吃了一驚，一起回頭看致庸。致庸扭頭看了一眼茂才，茂才略一沉吟，默默點了點頭。於是致庸大笑道：「好，劉壯士痛快！」回頭對鐵信石說：「鐵信石，你們趕上銀車，跟劉壯士的人一起走！」鐵信石答應了。

劉黑七皺眉道：「喬東家，你是不是信不過我？幹嘛還要你的人和我一同護送銀車？」鐵信石忍不住回望致庸。致庸想了想，一不做二不休，大氣地道：「鐵信石，把銀車交給劉壯士的人！」長栓忍不住大叫了一聲：「二爺……」茂才皺皺眉，抬腳踢了他一下，長栓趕緊住嘴，很不滿地回頭瞪了茂才一眼。

鐵信石略略遲疑了一下，就帶著眾車夫將銀車趕過去，交給劉小寶等人。劉黑七大笑：「喬東家，就算你不怕我劫走了你的銀車，孫先生呢，孫先生好像也不怕？」茂才微微一笑，矜持道：「劉壯士，銀車是東家的，他願意把它交給你，你就真把它劫走了，也是東家自己的事，與我何干？」劉黑七凝神看著茂才：「久仰孫先生大名，今日一見，果然名不虛傳，喬東家，既然如此，劉黑七先走一步！」說著，他調轉馬頭，與眾嘍囉一起簇擁著長長的銀車前行。鐵信石略一猶豫，低聲問道：「東家，要不要我暗中跟著他們？」致庸回頭看茂才，茂才一時不語。長栓急道：「二爺，萬一這夥強人——」

致庸想了想，慨然道：「我還是那句話，造物所忌者巧，萬類相感以誠。我和劉黑七之間，現在能守住的只有一個誠字。我此時若是信不過他，就是信不過我自己！」鐵信石聞言，於是退了下去，長栓仍在一旁急道：「二爺，你是不是又糊塗了，他們到底是殺人不眨眼的強盜！」致庸瞪他一眼：「住口！大家聽著，從今兒起，劉黑七已經放下屠刀，不再是強盜，而是我販茶中人！以後說話，誰也不要再提強盜二字！」喬家眾人面面相覷，一時諾諾，都不敢再多說什麼了。

他們離去的第二日，喬家內宅中，杏兒照舊給曹氏端來清粥小菜，作為中餐擺在餐桌上。不一會兒，玉菡帶明珠過來，明珠也端著幾樣清粥小菜。曹氏站起，驚奇道：「妹妹，我吃長齋，你怎麼不外頭吃去？」玉菡淡淡一笑：「嫂子，二爺走了，從今天起，我和嫂子一起吃齋念佛，保佑二爺一路平安，逢凶化吉，遇難呈祥。」曹氏心中一疼，搖頭：「你正懷著呢，哪裡可以……」她話未說完，長順進來稟道：「兩位太太，陸老太爺來了，正發脾氣呢。」玉菡一愣，與曹氏打了個招呼，趕緊隨長順去了。

玉菡還沒走進外客廳的門，就聽見陸大可正衝曹掌櫃發火：「這麼大的事，你們連說也不說一聲，他還是不是我的女婿，眼裡還有沒有我這個老丈人？」曹掌櫃賠笑解釋道：「陸老東家，不是我們東家不跟您稟告，是怕稟告了惹您生氣。您不想想，您陸家都不想和喬家做生意了，他還敢去見您？」陸大可一時語塞，想了想，接著生氣道：「你……你這是拿話堵我的嘴！上一回是上一回，這一回是這一回，完全兩碼事。再說了，他改店規的事能和這回去江南販茶相比嗎？他這簡直是不要自個兒的命了！」

「爹，您說什麼呢？」玉菡走進來，生氣地說。曹掌櫃一見她進來，隨即笑著告退。陸大可一見玉菡，立刻一聲聲叫道：「哎我說玉兒，喬致庸這回可完了，你男人也要沒了！」玉菡神色陡然一變：「爹，您要再這麼說話，我就不見您了！」

陸大可「哼」了一聲：「好好好，我問你，你知道不知道水家、元家、邱家為什麼願意借給他銀子？」玉菡接口道：「這是因為他們知道致庸能安然販茶……」陸大可不耐煩地打斷她道：「錯了錯了，你和喬致庸都錯了，其實他們沒有一個人相信你男人能活著回來！喬家這回完了，早知如此……」玉菡怒道：「爹，您再這樣說，我就……」陸大可看看她，跺足道：「我就說，早知道會是這樣，乾脆我借給喬致庸銀子得了，那時喬家的生意到了陸家，我閨女就是守了寡，靠著你爹，一世也衣食無愁哇。你說你以後可怎麼辦？」玉菡怒極，大聲喊道：「來人！送陸東家！」

曹掌櫃和長順聞聲跑了進來，看看玉菡，又看看陸大可。陸大可吃驚地看著玉菡：「閨女，你叫我啥？」玉菡怒氣沖沖道：「曹掌櫃，送客，太谷的陸老東家要走了！」陸大可氣極，剛要說話，卻見玉菡已搶先往外走了，她邁過門檻時，一回頭又怒聲道：「爹，您記住，您女婿，我丈夫一定會平安回來的，喬家一定會一天比一天更好！」

陸大可看她跑走，反而不在意地笑起來，回頭看著曹掌櫃道：「你瞧我這閨女，她爹說那麼幾句，她還真急了，女婿要是能平安回來，那有什麼不好？……哎我說，喬致庸這回真有把握販茶回來？」曹掌櫃看著他，半晌都沒說出話來……

致庸與劉黑七一行日夜兼程，倒也太太平平，只是山西境內許多關口都貼著通緝劉黑七賞銀五百兩的告示，皆因有致庸以喬家商號名義作保，都順當地過去了。比如在通過風陵渡關的時候，劉黑七的畫像高懸關上，官兵對著畫像直瞅劉黑七。劉小寶在後面暗中連刀都拔出來了，多虧致庸和茂才機靈，唱雙簧合力作保，又塞了些銀兩，總算有驚無險地過了關。雖然如此，劉黑七等人還是驚出了一身冷汗。

此後行程頗為順當，兼之一路飽覽山水，他們幾個像是找到了對手，談古論今，頗不寂寞。即使諸如長栓等不通文墨的人，對著沿途巍麗壯觀的風景，也常常嘖嘖讚歎，不枉出這次遠門。

他們一路平安地行至襄陽碼頭，頗費了一番周折，才以重金招募到一批熟悉長江情勢的船家，預備順漢水南下。登船之時，劉黑七要求他的人都集中在其中的三條船上。茂才眉頭一皺，剛要說話，但致庸已經爽快地答應了，茂才想了想便也不再說什麼。

因為尋的船家頗有經驗，一路幾乎沒和長毛打過照面。行至武昌城外，依著船家的吩咐，他們白日躲在江邊蘆葦蕩中，下半夜江面上起了大霧後，各船分散划向江面。晨曦初現，令致庸大驚失色的是，劉黑七的三條船竟然一條也沒有跟上來。致庸大急：「不會出事吧？趕快回頭去找！」船家向他看了一眼，欲言又止，倒是押船的鐵信石想了想道：「我看不像是出事。是他們主動離開了我們！」致庸更是驚訝：「這是什麼意思？」茂才望了望白茫茫的江面，歎氣道：「鐵信石的話有理。東家，從一開始，你就沒想過劉黑七如此痛快地答應和我們一起販茶，是要混在我們中間，借機南下投奔長毛？」

致庸驟然變色。茂才繼續道：「東家，在襄陽府上船時，劉黑七一定要他的人集中上三條船，只怕就已經準備好離我們而去了！」致庸難以置信，認為他和劉黑七有約定，絕對不可能。

茂才沉聲道：「東家，你真的以為在老鴉山上，你說服了劉黑七？我可以告訴你，劉黑七和長毛，心氣兒才真是相通的！」致庸一怔，鐵信石和長栓很快又來稟告：「東家，查過了，船上什麼都沒少，銀子也沒人動過。」

致庸神情激動：「不，我還是不能相信！劉寨主已答應我放下屠刀，改惡從善，怎麼還會投奔長毛？快把船藏進蘆葦叢，我一定要等他們！」鐵信石等人看看茂才，茂才勸了半晌，致庸只是不理會，執意要等，還埋怨道：「茂才兄，你怎麼能這樣？你既然早就知道他們要去投長毛，為何不早點提醒我，攔住他們！」茂才百般無奈也只能同意等等了。

一天很快過去了，從日出到黃昏，躲在蘆葦叢中的致庸一直在船頭翹首而望，然而江面上始終只有茫茫波濤。到了月現之時他終於絕望了，痛聲道：「若這劉黑七真要是投了長毛，那就是我害了他們！我讓他們下山販茶，本是好意，沒想到卻讓他們由小地方的草寇變成了大盜，由小惡變成了大惡……」茂才勸道：「莊子有言：子非魚安知魚之樂？東家，也許此刻劉黑七已入了長毛軍，他不但不認為自己由小惡變成了大惡，還以為自己終於走上了人生的正途，得其所哉呢。」

致庸聞言呆了半晌，終於下令開船。只是在船駛動的那一刻，他含淚望著對岸痛苦地喊道：「劉黑七，你負了喬致庸，也害了你自己，你是什麼英雄？你害了你的人，也害了喬致庸，讓我成了為虎作倀的歹人……」茂才將他勸進船艙，致庸仍舊心痛不止。

第二十四章

1

此後船在江中，一路無事。一日夜晚忽遇狂風暴雨，船隊頓時在颶風巨浪中不停地顛簸跳躍起來。「把好舵！」「抓住！小心！」每條船上都喊成一片，眾船家喊著號子一路搖去，喬家眾人紛紛把住船邊，努力穩住身子。幾個時辰之後，雨漸漸地小了，風也漸漸停歇下來，只是江水暴漲，浪頭甚是凶險。

突然前頭的一個船家狂喜地喊道：「湘江口，我們已經過了長毛的地盤啦！」眾人聞言皆大喜，致庸高興地站起，衝著茂才大叫：「茂才兄！我們已經入了湘江！」茂才還未回答，忽見一個浪頭打來，致庸腳底一滑，站立不穩，被打翻到水裡。眾人大驚，說時遲那時快，鐵信石迅速跳下水去，從激流中一把抓住了致庸。眾人一起大喊，七手八腳將致庸和鐵信石拉上船去，好一場虛驚。致庸和鐵信石渾身溼透，卻第一次面對面放鬆地大笑起來。

出了湘江，轉入大清江，一日清晨，致庸一行終於踏上了武夷山的土地。「有人來買茶了！有買茶的大茶商來了！」很快便有一位茶農打著大鑼，沿途吆喝起來。眾茶農紛紛從家裡跑出，喜形於色。一位老人慢慢跪下去，仰面落淚喊起來：「老天爺，你到底睜開眼，讓茶農有活路了……」

武夷山茶場給了致庸一行超乎規格的接待。眾茶農排列山道兩側夾道歡迎，鼓樂齊鳴，連茶樹上都披紅掛彩，以示來客尊貴。大製茶商耿于仁已經四十來歲，卻親自陪坐在滑竿上的致庸等人走向茶莊，喬家一行人等都坐在滑竿上，享受殊榮。高瑞忍不住悄悄問茂才：「孫先生，這是不是太隆重了？」茂才笑看他一眼，沒有說話。高瑞繼續嘀咕道：「真舒服啊，這一會兒我都覺得自個兒不是夥計，有點兒掌櫃和東家的意思了！」「美得你啊！」長栓忍不住衝了他一句，眾人都笑起來。致庸則在前頭不停地向兩旁茶農拱手致意：「謝謝大家，謝謝大家……」山道兩側不時有茶農跪下磕頭，眾人被歡天喜地地抬進了耿家茶莊。

客堂內，耿于仁親自為致庸捧茶：「喬東家一路辛苦，請先品品今年的好茶。」致庸趕緊站起，雙手接過，道：「耿東家太客氣了，致庸擔待不起。」耿于仁道：「喬東家，不是我客氣。打明末以來，當地人世代以種茶製茶為生，托你們山西大茶商照顧，大家年年都有些飯吃。可是自從長毛遮斷了長江，茶路不通，三四年了，我們製的茶賣不出去，堆在庫裡，又不能當糧食吃，又不能當柴禾燒，日子過不下去，逃荒要飯，流離失所，賣兒賣女的多了去了！喬東家今天能來買茶，是撥開烏雲，讓我們這些茶農見了青天啊！」在場眾人皆唏噓不已，一些茶農忍不住抹起了眼淚。一旁的耿家主事趕緊打起圓場：「喬東家，孫先生，這是上好的武夷山雲霧茶，往常有多有少全都要貢到宮裡去，這幾年茶路不通，也沒官府向我們勒索貢品，就只有自己享用了！二位，請嘗一嘗！」

致庸端起茶來品了一口，稱讚道：「好！香氣清雅，湯水清亮，色如碧玉而帶光輝，滋味鮮活甘醇，香氣沁人心脾，令人有飄飄欲仙之感，真是絕品！」耿于仁大為高興：「喬東家果然是識貨之人。二位啟程時，我給二位每人準備五斤！」致庸還未說話，又聽耿于仁懇切道：「喬東家，這一路南來，你和孫先生可謂是九死一生，天下洶洶，皆說長毛斷了長江，殺人如麻，喬東家能不避萬死，來到武夷山，我們這些茶民唯有敬佩和感激。以前水家、元家買茶，那是有多年不變的老價，可這次情形不同，我不能按那個價讓你買茶，因此你給原價的八折就行了！」致庸和茂才相視一眼，又驚又喜，致庸撓撓頭想了想，有點為難道：「耿東家，這合適嗎？」耿于仁手一揮，斷然道：「喬東家，別說了，我在這裡還算是個頭，有點人緣，我說這個價就這個價。別以為這麼低的價給你我就吃虧了。我們都是生意人，我給你個低價，是想請你明年還來我這裡買茶，救我們這一方的百姓！」致庸看看茂才，兩人交換一下目光，致庸重重點了點頭，站起拱手道：「耿東家如此厚待致庸，致庸也有一言相告。我帶來的銀子，按耿東家讓利給我的價錢，現在能多買不少的茶。我願意把它們都留下，全買成茶運回去！」

耿于仁大為興奮：「喬東家，太好了，我等的就是這句話。此外還有一件事，照以往的規矩，我們茶山是不賒帳的，可這一回，我想把你買不走的茶，也儘量賒給你運回去，明年你來買茶，把銀子一併帶來，行不行？」致庸大為激動，道：「耿東家，謝謝你如此好意，我就不去別的山頭了！只要耿東家信任致庸，你這茶山上三四年來積存的茶，我盡能力賒了帶走，明年一總給你拉銀子回來！」

耿于仁大喜：「好，在下正等著喬東家這句話呢！咱們一言為定！」當下兩人舉起茶碗，一飲而盡。茂才在心中迅速計算著，半晌開口道：「東家，此事甚好，但這麼多茶，如何運出去，還請耿東家幫我們籌畫籌畫。來時聽說山下大清江口原來常年有運茶的船隊，但昨天下船時，我們聽說連年無人來買茶，船隊已經散夥了。」致庸心中一驚，放下茶碗，擔心道：「對，這是一件大事。」耿于仁看看他倆，哈哈一笑，胸有成竹道：「喬東家不要過慮，這事我想過了。船隊散夥，船還在，人也還在，喬東家既然不避風險，南下買茶，我們這些種茶人，為何就不能冒一點險，幫喬東家把茶運過長江，順漢水一直運到襄陽城下？喬東家是我們的衣食父母，我們為了保住自己的衣食，這點險我們甘願冒了！」

茂才和致庸對視一眼，喜形於色。致庸站起，再次舉起茶碗道：「耿東家，致庸謝了！今天看來，你我非但有茶緣，還十分地對脾氣！致庸年輕淺薄，常自認為是一個隱於商界的豪俠，沒想到耿東家才是一位真正隱於茶山的英雄。看樣子日後生意我們有得做了。借耿大哥的茶，致庸敬你一碗！」

「喬東家，耿于仁是個粗人，這個敬字我可當不起，不過你的話對我的脾氣，這茶，我飲了！」當下兩人各自一飲而盡。

致庸抹了一下嘴巴，突發奇想：「耿大哥，我們乾脆結為異姓兄弟，日後年年來往，做一輩子生意，如何？」耿于仁又驚又喜，連連點頭，當下便吩咐擺設香案，殺雞歃血為誓，與致庸行了結拜之禮，起誓永做異姓兄弟！隨後眾人依著當地風俗，大擺宴席，夜晚月亮升起的時候，村中男女又為致庸等燃起篝火，或唱歌，或跳當地土風舞，賓主皆開懷暢飲，直至天白。

歇了一日後，耿于仁親自帶致庸去往製茶場。致庸一路走，一路望，滿目皆是綠色，忍不住讚道：「武夷山真是好地方！」遠遠地，有採茶女唱起歌來，其聲淒美悠長，致庸不覺駐足聽去：

清明過了穀雨連，背起包袱走福建。
想起福建無走頭，三更半夜爬上樓。
三捆稻草搭張鋪，兩根杉木做枕頭。
想起崇安真可憐，半碗醃菜半碗鹽。
茶葉下山出江西，吃碗青茶賽過雞。
採茶製茶真可憐，三更五更不能眠。
偎著茶樹吃冷飯，湊著月光算工錢。
武夷山上九條龍，十個茶家九個窮。
年輕窮了靠雙手，老來窮了背竹簍。

一曲終了，致庸大為讚歎，問道：「耿大哥，這是什麼歌，竟然如此好聽！」耿于仁聞言大笑：「兄弟過獎了，這是我們武夷山茶民唱的《採茶歌》，我們自家人聽著親切而已，其實是下里巴人，不堪入耳，不堪入耳！」眾人拐了一個彎，又往前走了好一陣，製茶場在一片青山綠竹的掩映下，已經赫然在望了。

耿于仁帶著眾人進了製茶場，邊走邊參觀。茶工們正在緊張地進行製作茶磚的準備工作。耿于仁笑道：「照你的吩咐，我讓他們日夜加班修整製茶機。你放心，十幾天工夫就能把所有的散茶製成茶磚。」致庸想了想，突然道：「大哥，趁著他們還沒開始製作茶磚，我拜託你一件事，你讓他們把所有的茶，全部製成一斤一兩的，標重還是一斤。」茂才看了看致庸，暗暗現出讚許之意，耿于仁卻一愣：「兄弟，這是為何？你這樣幹，自己不是要吃虧嗎？」

致庸笑道：「大哥，這是兄弟我第一次和水家、元家及邱家一起做茶貨生意，我們喬家做生意向來講三個字，一是義，二是信，三才是利，茶磚要走千里路才能到達祁縣，我怕路上會有損耗。」耿于仁佩服道：「致庸兄弟，你真是個第一等誠信的人，大哥我讚服你了。行，這一斤一兩重的茶磚，我幫你做！」致庸點點頭，想了想又道：「另外，我那份茶磚上，你讓人都給我加上一個『大』字模印做標記。」耿于仁哈哈一笑，拍著他的肩膀道：「兄弟，我明白了，你雖是第一年走茶路，但已經要給自己的茶貨創出一個牌子了！」致庸也笑起來：「大哥猜對了。我家絲茶莊的店號叫做大德興，我在上面加個大字，讓客商們知道這是喬家的茶磚！但凡是喬家的茶磚，賣一斤的價，標重一律是一斤一兩！」

耿于仁點頭，隨後開始吩咐手下。致庸向茂才耳語幾句，於是茂才和高瑞留下陪耿于仁，自己和長栓往外走去。「東家，咱們去哪？」長栓忍不住問道。致庸想了想道：「如此風光，到茶山上走走唄！」長栓「噗嗤」一樂，玩笑道：「二爺是不是又想聽採茶女唱歌了？」致庸回首笑道：「你懂什麼？孔子云，詩三百，一言以蔽之，思無邪。詩經就是民歌，那是經孔聖人刪定的，詩可以興，可以觀，可以群，可以怨，聽民歌可以知天下興亡，就你淨往歪處想！」長栓吐吐舌頭，不敢再亂開玩笑了。

2

此去一路風光綺麗，卻沒有再聽見採茶女的歌聲。致庸讚歎著前行，拐過一個小小山角，忽見前方一處獨居的竹屋，兩旁青山，戶外翠竹，門前則是一條澗溪，清澈明亮。致庸走來站住，不覺歎道：「好漂亮的地方！背靠綠山，前臨清溪，遠望有山川景物之美，近觀有竹籬茅舍之幽，三月桃花，六月稻熟，八月魚肥，九月紅葉……我喬致庸平生若有如此佳處，定可令我百事不問，只流連山水，讀書飲茶，此生足矣！」

長栓在旁呵呵笑道：「東家，您要是在這裡住下不走了，貨通天下的事怎麼辦？您不是還要北上大漠南至海，東到極邊西到荒蠻之地嗎？怎麼，不去了？」致庸道：「你懂什麼？此一時彼一時也，置身銅臭之所，追名逐利之場，我當然想像當年的晉商前輩那樣走遍天下，建不世之功，可是到了這裡，利祿之念頓消，什麼貨通天下，走萬里商路，統統都不想了。莊子說得好，鼴鼠飲河，不過一飽，鷦鷯占巢，不過一枝，二爺到了這裡，不想再做商人，想做神仙了！」說著，他乘興走上前去敲門，但門扉緊閉。他又喊了兩聲，亦無人應。

長栓吐吐舌頭道：「東家，到了這裡，您又詩興大發了？」致庸笑道：「此情此景，前人已寫過詩。『應憐屐齒印蒼苔，小扣柴扉久不開。滿園春色關不住，一枝紅杏出牆來。』住在這裡的一定是位清雅高古的隱士，喬致庸一身銅臭，自然與這樣的高人無緣了。走吧，回去了！」他正要走，長栓突然道：「二爺，等一等，您瞧，高人回來了！」致庸回頭望去，但見前面清溪上，一位小童子划著竹排，順流而至。竹排上立著一位瘦高的中年布衣男子，衣袂飄飄，風度儼然。溪面上時不時飄過一團白霧，竹排和竹排上的人時隱時現，恍若仙人仙境。

致庸看得呆了，不覺讚道：「好風雅的人！真是神仙一流的品貌！」長栓也看得發呆，一聽致庸說話，又捂嘴笑道：「二爺，您只怕又要吟詩了吧！」致庸也不理會，又看了一

會，忽然長聲吟道：「『漁翁夜傍西岩宿，曉汲清湘燃楚竹。煙銷日出不見人，欸乃一聲山水綠。』」一時吟畢，忍不住又歎道：「長栓啊，此等天地山川風景人物，真真要令我喬致庸化入『煙銷日出不見人，欸乃一聲山水綠』的意境裡去了！」長栓一聽趕緊衝他打拱作揖，道：「二爺，您可不能化進去了，您要是化進去了，我們回去了，太太找我們要人怎麼辦？」

正說著，只見竹排靠岸，那布衣男子攜著童子順石路走了上來。致庸退到路邊恭立。布衣男子一路走來，長聲吟道：「天下皆濁我獨清，天下皆醉我獨醒。哈哈！哈哈！」長栓在一旁小聲嘀咕起來：「東家，我以為天下的讀書人只有孫老先兒是個瘋子，您看看他，比孫老先兒瘋得還厲害呢，哪裡是什麼神仙！」致庸瞪他一眼，長栓趕緊閉了嘴。

那布衣男子旁若無人地走過去，掏出鑰匙正要開柴門，致庸恭謹上前，拱手道：「這位先生請了，山西祁縣商人喬致庸這廂有禮了！」布衣男子凝神看他，忽然神情開朗地拱手道：「山西商人喬致庸？原來你就是那個不避萬死來我武夷山買茶的出色人物？」致庸一驚笑道：「先生是誰，如何知道在下？」布衣男子大笑，復又認真看他：「我是誰對先生不重要，至於我如何知道你的名字，我倒可以告訴你——昨日在寨子裡接待喬東家的耿于仁，那是鄙人的親戚！」致庸又一驚，笑道：「原來尊駕是耿東家的親戚？那就更好了！先生隱居之處，乃神仙應居之地。在下偶然走到此處，就有脫胎換骨、塵念頓消之感。敢問先生，我能隨你進去，討一杯茶喝嗎？」

布衣男子聞言看他一眼，做了一個「請」的手勢。致庸甚是歡喜，又拱手施了一禮，便隨他進了屋。竹屋內陳設甚是簡單，不過是幾件竹木傢俱、幾本書、一套茶具而已，卻顯得極為清幽。

甫一坐定，童子便捧茶上來。布衣男子笑道：「先生本為討茶而來，那就請吧！」致庸品了一口，不覺讚道：「真是好茶。在下冒昧地說一句，這茶有點像馳名天下的武夷山雲霧茶，可又不是，比我昨日在耿東家那裡喝的貢品還要甘醇香洌，飲之如酒般頗有後勁，使人有振奮之感，真可謂茶中神品。在下生在商家，自小也喝過不少天下名茶，可從沒有品嘗過先生今天賞賜之茶。敢問先生，這是何種神品？」

布衣男子微微一笑：「稱不上神品，不過是在下待在山裡，偶有興致，將武夷山雲霧茶的枝芽接於四季春茶樹之上，再用新法炒製出的一品新茶而已。因它香氣清揚，如鮮花一樣芬芳，滋味活潑甘醇，湯色綠中透黃，明亮清澈。一杯入腹，會令壯士激昂，英雄慷慨，才子神采飛揚，隱士拔劍而起，即使凡夫俗子，也會平白生出許多濟世救民之心，為國效死之志。呵呵，因此在下將此茶起名為『將軍令』。」

致庸心中一震，對他愈加肅然起敬：「將軍令，這個名字起得好！想不到先生身在江湖，仍然心繫天下，在下方才誤將先生認為許由一流隱士，實在是大謬！」布衣男子大笑：「先生過獎，在下算得上什麼心繫天下，一個無用之人，無用之才罷了！」致庸連連擺手道：「敢問先生，先生將兩種滋味沖淡平和之茶改造為一種飲之慷慨激昂之茶，其用意何在？」布衣男子深深看著致庸，道：「古人言一葉落而知天下秋。茶乃小事，卻可看到天下興亡。」致庸點頭。布衣男子接著道：「喬東家，你是商人，自古茶路通則天下路通，茶事昌則天下事昌。前幾年茶路不通，在下以為天下事不可為也，唯有藏身山中，讀書飲茶，遁世避禍；今日喬東家冒死來武夷山販茶，茶路復通，在下又以為，天下事還沒有糜爛到不可

收拾的地步。」致庸大笑問：「先生，此話又當怎講？」布衣男子抬眼望著窗外，半晌沉鬱道：「在下雖山野村夫，也早知山西祁縣喬家堡喬家鉅賈之名。以喬家之富，喬東家不來江南販茶，諒也不至於有饑寒之憂，可是喬東家還是不避生死地來了，此事僅僅用商家重利的本性來解釋是不夠的。長毛橫踞長江，天下茶路可謂不通，但喬東家仍舊上了路，因此這條茶路至少在喬東家心中，一直都是通的。既然茶路在人心中是通的，那天下事就仍有可為。喬東家，在下往日以為自己讀了幾本書，就懂得了天下大勢，其實錯了。今日喬東家來此販茶，令在下看到了天下的人心。喬東家，就這一點，在下也定要謝謝你！」說著他向致庸深施一禮。致庸連連擺手，示意不敢當：「先生實在過譽了。其實以致庸看來，先生骨相清奇，身在江湖之上，心存魏闕之下。吟詠之間吐納珠玉，眉睫之前卷舒風雲，必非平凡之輩。因此先生今日隱居山林，定然大有深意。」布衣男子擺了擺手，微微含笑，不再多言，似陷入一種沉思。致庸甚為體諒，當下起身告辭。

布衣男子也不留他，拱手送致庸出門，送至門口時突然道：「在下有一事不明，想問喬東家。」「先生儘管開口。」致庸又一拱手，不覺一喜，他自感與這位布衣男子頗為投緣，甚至有景仰之心，頗想與他多談一會。

布衣男子環指青山，悠悠然道：「喬東家是想只做今年這一次茶貨生意呢，還是想年年都做得成今年這樣的茶貨生意，且將風險降到最小？」「先生此話怎講？」致庸心中不禁一動。布衣男子撚鬚笑道：「喬東家此次來武夷山買茶頗為艱難，回去路上只怕更為凶險不易，即使成功地過了長毛控制的長江，也應屬僥倖，若想年年這麼幸運，那就難了。喬東家就沒想過用別的辦法，為天下茶民生利？」

致庸聞言大驚，一揖到地，誠懇道：「先生一定腹藏錦囊，心存妙計，請先生一定教我！」布衣男子並不推託，點點頭指點道：「據在下愚見，以今日朝廷之力，三年五載，仍難以撲滅長毛之亂。而江北漢水流域，許多地方山高多霧，適合武夷山茶生長，喬東家想過到武夷山買茶，為什麼就沒有想過在江北買山種茶？如若可行，還能依託江北茶場為基地中轉，可依照軍情伺機將江南茶葉運出，豈不是一舉兩得？」致庸聞言如醍醐灌頂，大為激動地躬身道：「先生真是一位曠世奇才，你的一句話，如撥雲見日，令致庸茅塞頓開。先生，大恩不言謝，改日候先生閒暇一定再來請教！」布衣男子不置可否，仍舊與致庸拱手作別，致庸按捺住心中的激動，帶著在門外守候的長栓快快離去了。

致庸與長栓急奔山中製茶場，一見茂才，立刻把剛才的奇遇告訴了他。茂才先是難以置信，接著大為激動，連聲跺足歎道：「既是耿兄的親戚，這位高人難不成就是十五歲鄉試第一、十六歲府試第二、天下聞名的湘陰才子左宗棠左公？」致庸勃然變色：「什麼？他就是那位二十餘歲就被兩江總督陶澍陶大人視為奇才，三十八歲結識林則徐林大人，林大人相見恨晚，親筆為他寫下一副傳世名聯的左宗棠？」茂才望著青山，悠悠念起名聯：「苟利國家生死以，豈因禍福趨避之。」他看看有點傻眼的高瑞和長栓道：「那是林則徐林大人為了鼓勵左公出山救世，專門為他寫下的。自道光年間到今日，朝廷大員如林則徐、陶澍、胡林翼、賀長齡、郭嵩燾諸人，全是一二品大員，均連篇累牘地向皇上上摺子，舉薦這位左公。咸豐初年，翰林院侍讀學士潘祖蔭曾向皇上上疏，其中有兩句話傳遍天下。」

致庸大歎：「我知道這兩句話：國家不可一日無湖南，湖南不可一日無左季高！」茂才點點頭，當即與致庸約定，下午兩人再去拜訪。不料未到中午，卻見上午那位執篙童子已經

來到他們的住處，恭敬地呈上了一封信。

致庸展開一閱，回頭沉聲對茂才道：「左公走了！他終於出山去湖南投胡沅浦胡大帥了！」茂才接過信看了看，抬眼望著群山，悠悠道：「早就有人說過，左公出山，天下平安！但願左公此去湖南，有良策獻給胡大帥，令長毛就此勢衰，商路就此暢通，萬民就此脫離水火，再享太平！」

3

半個月之後，大清江碼頭蔚為壯觀，買的茶加上賒的一部分茶，力所能及共裝了一百二十條船，沿江排著，揚帆啟航；幾十戶茶農帶著家眷，攜著茶苗、茶具一起上船，準備到江北拓土種茶。耿于仁為人極是豪爽，他聽說致庸要買茶山，當即就從茶款裡又抽出三十萬兩銀子借給他，且親自帶船隊一直護送致庸一行人到湘江，才與他們依依惜別。

船隊晝夜不停，破浪行進。一夜，致庸正在艙內和衣而眠，前方江面突現幾條大船。眾人大為緊張，長栓跑進艙內急道：「二爺，不好，前面碰上了長毛！」致庸大驚：「不可能！沒聽說長毛已經打到這裡！」他快快走上船頭，和茂才一起朝前方張望。前方大船越來越近，眾人不及應對，一群兵丁已經跳上茶船，連拉帶拽地將致庸等人帶上大船。

致庸連聲抗議，但被推倒在地。只聽船頭威聲四起：「抬起頭來！」致庸一抬頭，大吃一驚，只見胡沅浦和胡叔純正在一張手繪的地圖前研判軍情。胡沅浦認出了致庸，趕緊下令眾人放開。

當下致庸與茂才過來向胡大人見禮，當日太原府匆匆一別，不料今日竟然在這種處境下碰面，眾人一時皆感慨不已。一陣寒暄過後，胡沅浦笑道：「我們四個真是有緣呀。看來古人講的，人生不相見，動如參與商，此話不確了！」眾人皆大笑起來。胡叔純也道：「前幾天左宗棠告訴過我，說你們有感於茶路阻隔，茶民失業，便以身犯險，想救民於水火，真是令人佩服啊！」致庸連稱不敢當，接著趕緊問起左宗棠，不料卻被告知他恰巧過江辦理公務去了。

四人又聊了一會，胡沅浦撚鬚讚道：「喬致庸，本帥得到左宗棠這樣的左膀右臂，說起來還應該謝你呢，他說是你這次南下買茶改變了他一生的選擇，決心下山為朝廷效力！」致庸連連擺手道：「不不不，大帥，左公言過了，他才是一句話就幫我點破了迷津，盡享江南江北兩地的茶利，解更多茶民之憂！」胡沅浦哈哈大笑：「喬致庸，不，我這會兒該叫你喬東家了，你不能再走科舉之路，為朝廷效力，我一直覺得可惜，可現在我又不再為你為朝廷那麼惋惜了。就是你做了商人，也沒有忘記濟世救民，仍然是書生本色啊。」

此次與胡沅浦照面，致庸一行大為受益，官兵一直將茶船隊護送到了長江口。胡沅浦勸道：「喬東家，你這麼大一個船隊，再往前走就要入長江，那裡是長毛的地盤。你要三思，不如先留在我這裡，哪天我打敗了長毛拿下了武昌城，你再走！」致庸婉拒道：「謝大帥，那可不行，我和相與商家有約在先，要是致庸半年之內不能販茶回到山西祁縣，九個月內不能將這批茶運到外蒙古的恰克圖，我就在眾商家面前失了信，要傾家蕩產的！」胡沅浦盯了他一眼道：「你真的要硬朝前闖？」致庸笑笑：「大帥，都說長毛的水軍如何厲害，我看也未必。來時我們趁著夜黑，輕輕鬆鬆地就過了江。我觀察過了，江邊那麼多蘆葦叢，到處都

有我們的藏身之處，就是萬一撞上了長毛的大船，我們也能避過去！」

胡沅浦點點頭：「喬致庸，我要是不放你走，就成就不了你的一番壯舉。好，我不留你，不過沿途還是要小心，不可大意！真要是走不了，就還回來！」致庸拱手致謝，就要告辭。胡沅浦又取出一封蠟丸道：「我為你專門寫了一紙關防，封在裡面，你帶上，沿途要是遇上官軍，拿給他們看，他們就不會難為你了！」致庸接過，自是千恩萬謝。

胡家弟兄當下與他們拱手告別。致庸又道：「二位大人，致庸告辭之前，想向二位大人討一樣東西！」胡沅浦一愣，卻見致庸指著他胸前掛著的單筒望遠鏡。胡沅浦想了想，笑道：「這可是德意志國產的東西。罷了，看在你我有緣的分上，本帥就送給你了！」致庸喜不自勝接過，這才正式告別起錨離去。

胡沅浦望著這支遠去的船隊對胡叔純道：「我真想把這個人留在軍中！」胡叔純笑道：「大哥為何沒這麼做？」胡沅浦一時不語。胡叔純看看他道：「大哥不是說，皇天生人很是吝嗇，凡是天降英才，一個都不該讓他閒著，都要讓他為朝廷出力？」胡沅浦點點頭：「這個喬致庸，眼下就在為朝廷出力。他對穩定天下民心起的作用，不比我們小。」胡叔純笑了笑，有點不以為然。胡沅浦看他一眼道：「左宗棠都會因為這個喬致庸放棄隱居！這個喬致庸，可能連他自個兒也沒想到，他南下買茶的舉動，會讓一路上所有遇到他的人覺得，大清國還不會亡！……像喬致庸這樣的人，朝廷對他有何恩典？可到了此時，他還敢冒死來江南販茶，這說明什麼？」胡叔純不禁沉思起來。

胡沅浦望著滔滔江面，慨然道：「這說明我大清萬民心中，還藏著勃勃的生氣！朝廷裡的那幫庸人，總以為大清國的根基建在他們所謂的國家重臣身上，錯了，大清國的根基建立在民心之上。有民心如此，大清朝如何會敗，長毛又如何能勝？」胡叔純頓時醒悟。胡沅浦繼續道：「喬致庸這個人是個人才，眼下留在民間，對國家有利無害。此人這次若能活著回去，日後朝廷裡有了機會，還是會用的，而且是重用！」說著他往江面望去，但見致庸的船隊浩浩蕩蕩，漸行漸遠。

進入長江以後，致庸將船隊化整為零，一分為三，由他和茂才、鐵信石各帶一隊，隊與隊之間皆相隔兩里之遙，船和船之間也保持一定距離。船隊白天隱在江邊蘆葦叢中，夜間開船，同時以船尾火光為號。火光熄滅，就是平安無事，繼續前行；船尾亮起漁火，就是前面發現了長毛的巡江船，趕快藏進蘆葦叢中去，同時向後面的船告警！

如此一路行去，幾次與太平軍的大船相遇，都有驚無險地躲過了。夜色漸淡，天際又露出了一線白，船隊重新避入蘆葦叢中。致庸站在船頭，望著北岸，一時神情嚴峻。

長栓提一條活蹦亂跳的魚進艙，笑道：「二爺，看，江裡魚真多呀，這條魚竟然自個兒蹦到了船上！我讓船家熬魚湯給咱們喝！在江上走了這麼些天，沒有吃肉，真饞死我了！」致庸頭也不回，望著江北，沉聲道：「我們已經在江上走了好幾夜，再往前走，就是武昌城了，那裡什麼情況咱們一點兒也不知道。你把魚放下，和鐵信石一塊兒去岸上打聽打聽，馬上回來！」「您也該讓我把魚湯喝了再走！」長栓噘嘴，致庸掏出一塊銀子扔給他：「到岸上多買點肉食，要解饞大夥一塊兒解，就你饞？」長栓笑著放下魚，從相鄰的船跳躍過去，招呼上鐵信石一起上了岸。

兩人去了一個多時辰，致庸等得發起急來，兩人回船後卻帶回了一個驚人的消息——武昌城已讓官軍收復了。致庸一聽大為激動，連連追問，茂才聞言也對著鐵信石和長栓發問：

「此話當真？」長栓見他倆還半信半疑，當下不樂意道：「我們倆親耳從當地百姓嘴裡聽到的，還會有假？」

致庸興奮道：「太好了！長毛這麼一敗，攔在南北茶路上的障礙就消除了，不但這次我們不用再擔心長毛的兵船，就是明年、後年，也不用擔心茶路不通了！」眾人一時都雀躍起來。致庸突然又想起了劉黑七，扭頭望著北岸，又悶悶不樂起來。茂才默默看著他，想勸什麼又忍住了，轉了一個話題道：「武昌乃軍事要地，官兵和長毛互有攻守，只怕要幾易其手，什麼明年、後年都是沒譜的事，我們還是小心一點。」

眾人都一團高興，致庸則在發呆，一時間誰也沒把茂才的話放在心上，長栓還不解地問致庸道：「二爺，武昌的長毛都被打敗了，我們再往前走，就什麼麻煩也沒有了，您怎麼還不高興？您還真想會會他們呀？」致庸回頭看茂才，道：「茂才兄，你說劉寨主他們這會兒在哪裡？是我把他們帶到這裡來的，武昌的長毛敗了，也不知道他們是死是活！」

長栓插話道：「二爺，您也太那個了！是劉黑七騙了我們，半道上把我們甩了，不是我們故意不讓他們跟著我們去武夷山販茶，他們是死是活，都跟我們沒關係，活該！」致庸瞪他一眼，接著對茂才道：「茂才兄，既然前頭沒有長毛的巡江船，我們就白天走，馬上走，不用再等到天黑！

茂才深深看他：「東家，你還想去武昌城把劉黑七他們找回來？」致庸一時淚花閃爍：「對！人是我帶來的，不管死活，我都得找到他們，我生要見人，死要見屍，不然怎麼對得起他們的父母親人！」長栓在一旁跺腳：「東家，您又糊塗了不是，劉黑七這樣的人，哪裡有什麼父母親人！」致庸大怒：「找不到是找不到，萬一可以找到我沒有去找，沒有把他們引向正路，讓他們又跟著長毛跑了，我會恨自個兒一輩子的！開船！」

茶船第一次大白天浩浩蕩蕩地於江上行駛起來，很快就到了武昌江面。茂才透過霧氣觀察著岸上的情景，歎一口氣再三勸阻道：「東家，雖說武昌城被官軍拿下了，可眼下那裡到底是個什麼樣子，我們一點也不知道。再說劉寨主若是真投了長毛軍，這會兒不是死，就是跟吃了敗仗的長毛軍走了，你就是能進得了城，武昌城這麼大，想找到他們，也像是大海撈針，可能性很小！」致庸不高興地打斷他的話：「茂才兄，別說了！致庸決心已定！你帶茶船停在江心，我帶長栓、高瑞上岸。我須得努力找過才能心安理得！你們一直猜測他們投了長毛，可萬一沒有，只是上次過江時和我們失散了呢？萬一他們上次真是放下屠刀，改惡從善，並不想投奔長毛，只是被長毛拿住了，才入了夥呢？現在我要是不去尋他們，救他們，我喬致庸成什麼人了？」茂才歎了口氣，無奈道：「東家一定要去，茂才也不好阻攔，只是東家去了，千萬小心！找到找不到，都要儘快回來！」致庸點頭，隨後帶著長栓、高瑞上了一條小筏子，駛向武昌城。

霧氣漸散。長栓突然大叫：「東家，您看，那是什麼？」

幾條匪船從大霧中向茶船隊駛來。

高瑞臉色劇變：「不好，東家，原來武昌城不在官軍手中！」致庸猛回頭，要拿望遠鏡已經來不及，大喊：「長栓，鐵信石，你們誤了我的大事！」

第二十五章

1

很快致庸、長栓和高瑞，以及後一批被俘獲的茂才和鐵信石等，一共二十餘人被捆綁進了江岸上一個破爛的中軍帳內。一個虎背熊腰的匪首半倚半躺在榻上，目光凶狠地掃射著他們。旁邊一個黑衣小匪稟告道：「大王，這是一個山西運茶的船隊！一百多條茶船，船工兩百來號人，武夷山茶農幾十家，除了一些護身的兵器，沒有發現更多兵器！船上全是茶葉！」匪首看來頗為失望，揪著鬍子煩惱道：「船上要是銀子就好了，怎麼是些茶葉，不好不好，茶葉不能當飯吃。讓我想想，還是把人砍了，茶葉一把火燒了罷！」致庸一干人都大叫起來，致庸頭上破了一處，臉上掛了不少血，他聲嘶力竭地喊道：「你們是長毛嗎？你們不能胡亂殺人！」那匪首聞言仰天長笑，然後眼一瞪：「什麼長毛短毛，老子誰也不是，老子是自在大王，江湖人稱飛天自在王，打家劫舍，殺人放火，我想幹什麼就幹什麼！」致庸等人聞言大驚，一時面面相覷，呆在那裡。那黑衣小匪湊上前道：「大王，茶葉不是銀子，可我們弄哪兒賣了，能換好多銀子呢！」

那飛天自在王揪著鬍子想了半天，搖搖頭道：「主意是好主意，只是這兒不是我們能長待的地方，官兵打跑了長毛，又沒有占領武昌，讓我們白撿了個便宜，在這個空城稱王稱霸幾日，誰知道哪天是官兵還是長毛又打回來了，茶葉還沒出手，咱們就抓瞎了！」小匪也猶豫起來：「那大王的意思？」飛天自在王「哼」了一聲道：「還是把人砍了，茶葉留點咱們自己過癮，剩餘的一把火燒了，我見過燒房子，燒軍營，可還沒見過一把火燒了一百二十船茶葉是個什麼景象呢。哈哈，我喜歡！」被捆眾人一時間哭的、喊的、叫的，響成一片。飛天自在王也不嫌吵，虐待狂般望著他們，眼睛裡閃著貓戲老鼠般大為快意的光。在前面跪著的茂才盯了這個匪首一會兒，突然膝行向前，磕頭求饒道：「大王，您是大王，不能就這樣殺了我們！」飛天自在王哈哈大笑，一腳將茂才踢翻在地，踩踏在他身上道：「那你說該怎樣殺你們呢？」茂才被踩在腳底，喊道：「大王總得審審我們，就是殺頭，也得按午時三刻的規矩吧……」

　　飛天自在王還沒作答，一旁的高瑞腦子轉得快，很快也膝行上前，磕頭道：「是啊，是啊，您，您總得有點那個，那個自在王的氣派吧，就算是殺頭，那也得唱個曲，有個殺人樁，喝碗壯行酒什麼的。再說，再說您也可以不殺我們啊……」這飛天自在王怪笑起來，手一揮：「好，把他們綁到帳前刑場的殺人樁上，讓他們唱個曲，把茶船一條條點上，弟兄們好好樂樂，哈哈哈……」眾匪徒一起哈哈大笑起來，一邊笑，一邊把致庸等人往外拖。高瑞被拖著，一邊掙扎，一邊仍在喊：「茶船現在點不得，晚上，不不，半夜點才像焰火一樣好看呢！」飛天自在王哈哈大笑，突然指著高瑞喝道：「這小子有趣，就聽他的，半夜點船，大夥好好地看一通焰火。還有，把這小子給我留下解悶，其他的人，那個，那個午時三刻統統殺頭！」眾人被一路拖著，掙扎著又嚷又罵，一陣踢打喧鬧過後，除了高瑞，所有人都被

綁到帳前刑場殺人樁上。百來號匪徒舉刀在四周繞成一圈，耍笑般看著他們，時不時發出一陣怪笑。

致庸扭頭向茂才看去。茂才仰頭向天，閉上眼睛。長栓在一旁叫道：「二爺，怎麼辦啊？孫老先兒，你是諸葛再世，快想辦法啊！」茂才聽長栓叫得響，慢慢睜開眼睛道：「兄弟，咱們運氣背透了，咱們遇上的既不是官兵，也不是長毛，是一夥土匪，我能做的就是拖延點時間，看官兵和長毛能不能殺回來救我們。長栓兄弟，死生由命，富貴在天，你就甭叫了！」

長栓呆了半晌，突然放聲大哭：「天哪，我活到這會兒，連個媳婦還沒娶呢，就這樣死了，我我……我虧呀！」鐵信石聽長栓哭個沒完，實在忍無可忍，喝道：「別哭了！男子漢大丈夫，死就死了，哭個什麼勁兒！有點志氣！」長栓哭聲驟然一停，不一會兒又忍不住抽噎起來：「我……我好恨哪！」

致庸仰天長歎：「茂才兄，是我一意孤行，誤了你，也誤了大家！」茂才慷慨道：「東家，不要這麼說！就是你不要到這武昌城裡尋找劉黑七，我們今日也難逃此劫，這幫匪徒早在江面上埋伏著呢。」致庸道：「真沒想到，沒有死在長毛手中，卻死在一夥無名土匪手裡，也算我們不幸！」茂才笑道：「東家啊，你不會是後悔來江南販茶了吧？別後悔呀！就是死在這幫無名土匪手中，我們也是為天下人疏通茶路而死！人生自古誰無死，至少我孫茂才為這件天下大事而死，死而無憾！」致庸笑道：「茂才兄，有你這席話，我死時就安心多了！」

一匪徒走上前，喝道：「你們死到臨頭，不好好哭一場，卻在這裡嘀咕什麼？再嘀咕你們也是死定了！我們大王還真沒有將要殺的人再留下來的習慣！」致庸道：「茂才兄，看樣子他說的不是假話，就是午時三刻再殺，我們也沒多少時間了。多年以來，我就想等我閒了，萬事不關心了，好好地票他一齣戲。」茂才叫道：「好，東家，我來跟你串戲。」「咱們來一齣《秋胡戲妻》，如何？」「就是它了。」「我是秋胡，你是秋胡之妻羅敷女。」「現在就開戲？」「現在就開戲！」

2

許多年以後，致庸還會想起這一次離得最近的死亡。他常常會講述這個故事，用各種方式講述，講述給睡在他身邊的女人，也講述給他摟在懷裡的孫兒。而在老年以後的多次講述中，故事漸漸褪去了原來的色彩，變成了另外的一個樣子。也許故事還是那個故事，但故事的情節、氣氛甚至它的意義都完全不同了。至少，它不再像茂才後來認為的那樣，完全出於天意。

也許誰都沒有想到，他們最終是被劉黑七帶人救下了。劉黑七當日一別，果然投奔了太平軍，不過幾十日，因其驍勇善戰，很快升至隊將。武昌城本是官兵和太平軍激烈爭奪的地方，此次失守之後，劉黑七奉命帶著自己的一隊人馬殺過來哨探，伺機取城，卻意外地發現了被綁在殺人樁上的致庸和他的茶船隊。劉黑七一番合計後決定毅然出手，救人奪城一箭雙鵰。而這一時刻，正是致庸和茂才開唱《秋胡戲妻》之際。

只聽致庸唱道：「秋胡打馬奔家鄉，行人路上馬蹄忙。坐立雕鞍用目望，見一位大嫂手

攀桑。前影好像羅敷女，後影兒更像我妻房。本當下馬將妻（呀）認，（白）不可！（唱）錯認民妻罪非常。」茂才喊了一聲：「好！」致庸向茂才示意：「茂才兄，該你了！」念白：「大嫂請了！」茂才將嗓音拿捏成女聲道白：「呀！」唱：「耳旁聽得人喧嚷，舉目回頭四下望。桑園之內無人往，見一位客官在道旁。」那幫看熱鬧的匪徒紛紛圍攏過來，大聲喝彩：「好！」致庸也跟著叫了一聲好，學秋胡：「大嫂請來見禮。」茂才學羅敷女：「這位客官，敢是失迷路途了不成？」致庸學秋胡，卻改了詞：「陽關大道，豈有失迷路途之理。只是路過武昌，被一夥小匪拿住，你我英雄一世，沒想到竟死在一夥沒名堂的小匪手中，真真氣殺我也。」

這邊劉黑七帶著眾人悄悄摸上來。眾土匪圍著致庸和茂才，一陣陣地叫好，直到他們一直摸到這夥土匪身後，眾匪竟毫無覺察。劉小寶提刀貓腰走在前頭，聽見了致庸和茂才唱的山西梆子，回頭低聲道：「爹，怪了，我怎麼會在這裡聽見山西梆子？」劉黑七道：「胡說，這裡哪會有人唱山西梆子！」劉小寶道：「不信你聽！」劉黑七側耳聽去，竟真的聽到了地道的山西梆子，忽然醒悟，大笑道：「這裡面綁著我們山西人，自然你們聽到了山西梆子！」劉小寶道：「爹，動手吧？」劉黑七戀那鄉音，道：「莫慌，咱們也聽兩句。」一時間，劉黑七和飛天自在王手下的匪眾，竟然一同聽起《秋胡戲妻》來。

午時三刻眼看著就到了。致庸和茂才唱著唱著，抬頭看了一眼日頭。致庸改詞道：「大嫂所言極是，你雖然在那飛天自在王前為我等爭得了一些時間，等那劉黑七劉寨主殺將回來，救了我等性命，只是這午時三刻快到，天不遂人願，劉黑七劉寨主不知人在何方，可歎也可歎！」人叢中劉小寶聽見了，回頭道：「爹，這戲裡還有你呢！」劉黑七笑道：「原來喬東家和這孫先生唱戲，竟是為了等我來救他們性命。小的們，給我上！」

眾人殺將上去，土匪猝不及防，稍作抵抗，一半人做了刀下之鬼，剩下的一半人作鳥獸散。過了一會兒，劉小寶又將匪首飛天自在王押了過來。

眾人趕上前去為致庸等鬆綁。茂才仰天長嘯，一行淚終於落了下來，然而仍舊閉著眼繼續唱了一段：「聽罷言來心歡暢，果然是劉寨主轉還鄉。客官休怪奴……」這一次，叫好聲則差點蓋過雲霄。

致庸大難不死，與劉黑七相見，忍不住雙淚長流。但見劉黑七真投了太平軍，心中又不覺大痛，與後者發生了激烈的言語衝突。他指責對方堂堂七尺男兒，竟然言而無信，半道上不辭而別，投靠長毛，由小寇變成了大盜。劉黑七面對致庸的指責，不由哈哈大笑，隨後正色道：「喬東家，《莊子》上有一句話，叫做燕雀焉知鴻鵠之志，你難道忘了？真是難以相信，喬東家如此聰明之人，竟然相信能夠靠自己區區一番言語，讓劉黑七放下平生之志，去做區區一販茶的商人？」致庸聞言，微微一愣。劉黑七笑道：「喬東家不要生氣，即使是我與喬東家道不同不相為謀，我仍然願意交你這朋友！」致庸悶了半晌，深深看他：「南下投奔長毛軍，是劉寨主多年來的夙願，是嗎？」劉黑七點頭，大聲說：「不錯！」

致庸還要說話，忽聽耳畔響起一陣越來越響亮的喧譁，接著一大群孤兒擁進中軍帳，圍住劉黑七，後者臉上馬上現出慈父般的溫情。注意到致庸疑問的眼光，劉黑七解釋道：「這些孩子都是我犧牲的太平軍將士的遺孤，算是童子軍，前幾日清妖破城，他們被衝散了，今日所幸又把他們都找到了。」說著，他丟下致庸，去為這些孩子張羅吃飯、療傷的事。致庸在旁邊看著，漸漸地被他待這些孤兒的真情所感動，又不想多看下去，只得轉身走出。

在一頂帳篷裡，長栓等人正狼吞虎嚥地吃飯。劉小寶看不慣長栓的吃相，而且和他也算是久別重逢的「老相識」了，忍不住笑道：「哎，慢點兒，剛剛下了殺人樁，別再噎住！」長栓一梗脖子：「你們都甭管我！我今兒以為自個兒已經死定了，魂兒早就飛走了，你不讓我多吃點，多喝點兒，我這魂兒它就回不來！」

月亮帶著清輝慢慢地升了上來。致庸和茂才巡視了一番茶船，安慰了受驚的船工和茶農，回到岸上。他仍然沒有忘記劉黑七，雖然後者帶人救了他的命，他卻仍然認為，劉黑七所以走到這一步，是自己的責任。若不是他帶劉黑七等人出山西，劉黑七就不會成了比老鴉山草寇更不可饒恕的長毛。糾正這個錯誤的唯一辦法就是重新說服劉黑七，讓他帶自己的人跟自己回去。

他終於再次走進劉黑七帳中，正色道：「劉寨主，天亮後我們的茶船起錨，你得跟我走！」劉黑七勃然變色，怒道：「喬東家，你想讓劉黑七從太平軍中離開？」致庸點頭，直視著他。劉黑七又氣又急，趕緊屏退左右，悄聲道：「喬致庸，你給我住口！你剛才的話要是傳出去，你立馬就是個死！你知道你在幹什麼嗎？你在引誘我做太平天國的叛徒，你是在替官兵做說客！」

致庸亦怒道：「你一定不能待在這裡，你待在這裡，只有死路一條……」劉黑七大怒，拍案喝道：「喬致庸，你看看我現在，到這裡尚不足百日，就升了隊將，照這個趨勢，過不了一年半載，我就是一支大軍的統帥！」說著他興奮地站起，指著案上的地圖，道：「你瞧，這就是我從北方來到南方，獻給太平軍北方七省的兵要地志圖，我都想過了，也許三年兩載，我就會帶著一支隊伍，打過長江，挺進淮河，攻占開封府，北渡黃河，然後進軍北京……」

「劉黑七，住口！你這是做夢？」致庸聽得忍無可忍，拍案而起。劉黑七亦大怒：「你給我住嘴！什麼做夢？這一回我們一定要推翻滿清，打倒洋人，在全中國實行耕者有其田。我劉黑七說打到北京，就一定要打到北京，不然我死不瞑目！」致庸失望地看了他半晌，道：「劉寨主，也許我這會兒應當稱你為劉將軍，不過我可以告訴你，你打不到北京，永遠也打不到北京！」

劉黑七「匡」地抽出腰刀，一刀砍在案上，吼道：「你說出個道理來，否則我的刀不是吃素的！」致庸冷笑一聲：「你讓我講出道理，道理就在眼前，因為就連我這樣一個普通的山西商人，也不相信你們能打到北京！因為就在這武昌城下，我也沒有看到自稱要救萬民於水火的你們對天下萬民做了什麼好事，相反卻堵塞了商路，讓萬千商民流離死亡。得天下者要的是民心，棄天下者要的是民命，你們不得民心，卻在要老百姓的命，怎麼能打到北京？」「不，我們是義軍！你是讀過書的人，當然知道官逼民反的道理，民心是向著我們的！就說剛才，我們要是不來，那些孩子，還有你們，就會全部死掉！」劉黑七用刀指著致庸的鼻子，聲嘶力竭地喊道。

致庸毫不畏懼地對著刀口道：「可是你想過沒有，你們堵塞商路，讓萬民失業，又有多少孩子成了孤兒，流離死亡？朝廷為了對付你們，不得不一而再、再而三地向百姓勒索銀子，以供軍用，以致天下騷然，百業凋敝！就在不久前，還有一位名聞天下的人對我說，一片小小的茶葉當然不算什麼，可它卻預示著天下的興亡。人們沒有茶當然也能過日子，可是沒有茶，天下萬民就沒有幸福安定、其樂融融的日子，你們把天下萬民安定祥和的日子都毀

了，還想讓他們心向著……」

致庸滔滔不絕地講下去，劉黑七反而坐下來了，冷冷道：「喬東家，你是個讀過書的人，卻連民貴君輕的道理都不懂，朝廷並非因為有了太平天國才向百姓勒索，事實上是百姓不堪勒索才有了太平天國。我知道我說服不了你，可你也不能說服我。我只問你一句話，萬一兩三年間，我劉黑七帶兵打到了北京，你怎麼辦？你敢跟我打一個什麼樣的賭？」

致庸凝神想了半天，突然道：「劉將軍，再說一遍，喬致庸不相信你能打進北京！你們根本就進不去！」劉黑七這次不怒反笑：「好啊，那我們就來打一個賭，我也不想跟你賭別的，我現在覺得你這人也不是一無是處，你喝酒的工夫不錯，我聽說北京有好酒，等我有一天打進北京，你得請我喝酒！喝好酒！」致庸拍案道：「好，咱們一言為定！可你兩三年內打不進北京，你跟我賭什麼？」劉黑七微微一笑，帶點蒼涼道：「要是兩三年內打不到北京，我恐怕就沒什麼和你賭了。因此我只能跟你賭命，兩三年打不進北京，我就不要這條命了！」

致庸神色略變，向前執住他的手道：「不，你不要跟我賭命，如果兩三年內你打不進北京，你就回山西，改惡從善，從頭跟我南下販茶！」劉黑七心中頗為感動，使勁與他握了握手，哈哈大笑道：「喬東家，你是三句話不離本行。我要是輸了，我也不跟你南下販茶，我還是跟你賭我這條命吧！」說著他抱出酒罈，斟了兩大碗酒，帶著點傷感道：「喬東家，今日作別，只怕日後即使相見，也已是滄海桑田，來，我們再喝一碗酒！」

致庸端起一碗酒，半晌含淚道：「劉兄，你把你自己誤了，也把致庸誤了，致庸此次若不能帶你回山西，會難過一輩子的！」

「喬東家，你怎麼是這樣一個人呢！瞧瞧，你都鬧得我要掉眼淚了！罷了，你真的不知道我走上這條路，是遂了我一生的志願嗎？這會兒我就是死在戰場上，也覺得自個兒是一飛衝天的鴻鵠，不是只會在草棵子上低飛的燕雀！」劉黑七說著仰天大笑，也忍不住湧出了淚花。

致庸深深看他，還在搖頭。劉黑七抹淚豪邁道：「我不強迫你不做商人，你也不要強迫我做商人！人各有志，不可勉強！」兩人久久凝視對方，接著將碗中的酒一口飲盡。

3

當夜致庸一行再次揚帆起航，由長江入漢水。這次他不敢再大意，依著茂才的吩咐，晝伏夜出，而且增加了前後斥候，三個縱隊依次行進，一路小心翼翼，幾位茶農則沿途觀察尋覓適合種茶的江岸。

一日行至臨江縣，一位茶農上前稟道：「喬東家，到了這個時候別的地方霧都散了，而這一帶山高，山頭上霧一直未散。在此地種茶，必能出好茶。」致庸聞言大喜，剛想吩咐攏船上岸，卻見前方有大船逼近。致庸等人虛驚一場，卻發覺大船上是左宗棠，他一來在臨江縣巡查當地軍務民政，二來已「順便」為致庸選了一座寶山種茶！

不多會，致庸與茂才應邀上了左宗棠的大船，這番重逢令人歡喜。左宗棠笑道：「果然英雄所見略同，此處山川壯美，雲遮霧繞，真是種茶的好地方。這幾天我算著你和你的茶船隊應該到了，所以天天派船在江面上迎候，幸好沒有誤了喬東家的大事！」致庸大為感激，

連連稱謝。茂才當下端起茶杯道：「左先生真乃天生英才，茂才以茶代酒，敬先生一杯！」左宗棠大笑，舉杯謙讓道：「說到天生英才，喬東家才是當仁不讓。胡大帥說的不錯，皇天不會平空生出些英才來，天生英才，一定有它的深意，要他在世間多做利國利民的大事、好事！孫先生如孔明再世，得輔『明主』，當能助喬東家成就一番事業啊！」致庸、茂才一聽，連稱不敢。一席話下來，真可謂知己相遇，無話不歡，只恨沒有早結識數年。

當日致庸一行便在左宗棠引領下，與臨江縣知縣完成了購買荒山事宜，並且妥善安置了武夷山請來的茶農。左宗棠本來還勸致庸再留兩三天，因為胡大帥就要派其弟胡叔純來臨江募兵，屆時一干人又是一番雅聚。致庸雖然心中頗為不捨，可還是婉拒了，因為行程已經拖得太久，擔心會誤期。那左宗棠本是名士風範，也不多留，很快便送致庸上了路。

船隊將要抵達襄陽府的時候，致庸和茂才都大大鬆了一口氣，因為襄陽府在朝廷控制之下，過了襄陽府，便可上陸路。當下三個小船隊又匯合一處，晝夜兼行。船行了大半日，襄陽城遙遙在望，大家忍不住都喜上眉梢。

不料江岔子裡一聲鑼響，殺聲大起，一條條兵船從霧中現出，船上兵丁齊聲吶喊：「抓長毛哇！」眾兵丁們跳上茶船，不由分說將眾人拿住，致庸大聲抗辯：「錯了錯了，我們不是長毛，我們是南下販茶歸來的山西商人！」但他們的解釋絲毫沒用，當場就被兵船的徐佐領下令押往了府臺衙門。途中長栓看看致庸，忍不住低聲叫屈：「二爺，都是您說得太早了，什麼一到襄陽府就天下太平，這太平什麼啊！」

襄陽府知府大堂內，相貌堂堂的王知府正一臉威儀地坐著，眾兵丁將致庸等押了進來。致庸好一陣掙扎，頭被摁到了地下，仍在怒聲大喊：「大人，冤枉！」王知府還沒有開口，那徐佐領趕緊上前耳語了一番。王知府咳嗽一聲，使勁地拍了一下驚堂木，喝道：「大膽長毛，還不速速招來！」

致庸連聲道：「大人，我們確實是南下販茶的山西商人，不是長毛！有從襄陽府雇到的船家可以作證！」王知府「哼」了一聲，怒道：「船家能為你們證明什麼！船家我們剛才已經審過了，在武昌城下，你們是不是讓土匪拿住了，後來長毛把你們救了，又放你們北上，是不是？」致庸一時語塞。王知府拉長聲音道：「沒法兒狡辯了吧？長毛救了你們，又放你們北上，那你們不是長毛，也是通匪！快老實招認，免得皮肉受苦！」旁邊的高瑞反應快：「老爺，那是長毛不願意濫殺無辜，就，就放了我們！」茂才也在一邊趕緊道：「老爺，我們東家有胡大帥給的關防，請您過目。這當能證明我們只是販茶的山西商人。」致庸聞言道：「是啊，是啊，就在我的鞋內，請大人明察，不要冤枉商民！」

那王知府一聽這話，忍不住挑起了眉毛，向旁邊的徐佐領看去，那徐佐領道：「是嗎？快呈上來看看。」說著使了一個眼色，過來兩個兵丁脫下致庸的鞋，掏出一個蠟丸，小心剝開，取出關文，遞了上去。徐佐領先接過一看，臉色一變，上前向王知府耳語了幾句。王知府想了想，驚堂木一拍，道：「退堂，待本官將關防驗明真假後再做定奪。來人，將一干嫌犯暫且收監關押。」眾人面面相覷，紛紛喊冤，仍舊被拖了出去。

致庸在牢中亂草上坐著，定定神道：「你們想想，這是什麼道理。」高瑞道：「天哪，莫不是那個昏官看上了咱那一百二十船茶磚吧?!」

致庸還沒有回答，只見一個獄卒凶神惡煞地走進來，大喊道：「不准說話！同案嫌犯不准串供，找打啊！」眾人嚇了一跳。半晌，那獄卒才罵罵咧咧地走開。長栓悄聲安慰眾人：

「我說也別太緊張了，沒準明天就會放了我們呢，虛驚一場嚇著自己可不合算啊！」鐵信石冷笑道：「你就這麼相信現在的官？」致庸想了想道：「胡大帥眼下署理湖廣軍政，見了胡大帥的關防，於法於禮，這位知府大人都不應該置之不理吧！」他向茂才看去，茂才深深地注視著他，歎口氣，道：「既來之則安之，明日只能走一步看一步了。」當下眾人都不說話了。

是夜，不獨致庸等人在千思萬想，王知府與徐佐領也正在犯難。那關防其實用不著多看，就知道是真的了，但正如高瑞說的那樣，兩個人想來想去仍舊捨不下那一百多船茶磚。徐佐領眼睛烏溜溜地轉著，勸道：「大人，那可是幾百萬兩白花花的銀子啊！您就是做幾輩子知府，也掙不到這些銀子！」王知府轉眼看見那份關防，忍不住心頭打鼓：「別人的關防可以不當真，可，可這胡大帥的關防如何敢不當真？你知道他新近剛得了一個什麼雅號？」徐佐領一愣，搖搖頭，王知府用手在脖子上一抹：「胡剃頭，懂嗎？就是這意思！」

那徐佐領一哆嗦，轉眼神色又猙獰起來：「那又如何？胡大帥日理萬機，不見得會記得這一夥商人。我們快刀斬亂麻，俐落地把這幫人結果了。即使日後追究起來，我們也可以給他來個一問三不知，說根本就沒見過這批人！」王知府沉吟半晌，又看了一遍關防，將其擲於桌上，道：「量小非君子，無毒不丈夫。我這個人，向來不怕報應。這關防是死的，人是活的，我就不認這個帳，看他怎麼辦！」徐佐領大喜：「今天就把這夥人殺了？」

王知府搖頭：「偷偷地殺肯定不行，知道這事的人畢竟不少。我們接著審，逼他們承認通匪，若不承認，板子可以下得重點嘛！」徐佐領當即醒悟，獰笑道：「明白了，還是大人高明啊！」

第二天清早，王知府甫一升堂，就一拍驚堂木喝道：「大膽喬致庸，不但通匪，而且偽造關防，來人，大刑伺候！」他話音剛落，立刻擁上一幫衙役，對致庸他們動刑。

幾棍之下致庸大聲慘叫起來：「冤枉，冤枉啊！你這大膽狗官，看了胡大帥的關防，為何還不放了我們？」那徐佐領向執棍的衙役使了個眼色道：「喬致庸抗拒不招，還說胡話，給我往死裡打！」立時只見大棍齊下，血肉橫飛，茂才在一旁挨著棍子，一看打致庸的架勢，不覺大為心驚，趕緊向致庸使眼色，一邊喊道：「我們招，我們招了。」王知府道：「喬致庸，你承認通匪？」致庸頭上豆大的汗珠落下，趕緊點頭。一衙役拿著供狀，讓致庸在上面畫押。

當夜監室內，他們個個都被上了最大號的腳鐐手銬，面朝下躺著，以減輕臀部的疼痛。寂靜中高瑞突然道：「這狗貪官哪裡相信我們真是通匪，他就是想把咱們屈打成招，押赴刑場，『喀嚓』一聲抹了脖子，人不知鬼不覺把東家的茶葉變成他的！」半晌，長栓道：「這回不知道有沒有這麼好的運氣，再出現一個劉黑七救我們一命。」眾人一時無語，致庸突然激烈道：「不管是在老鴉山上，還是在武昌城內，我一直對劉黑七說，他的路錯了，可這會兒想來，也許是我自己錯了！」茂才沉沉地看他一眼。致庸繼續恨恨道：「像這種是官皆貪、冤獄遍地的世道，是該有人反一反、鬧一鬧了，不然非但沒有普天下小民百姓的活路，就連我這樣的實幹商人，也會沒有活路！」長栓看看致庸，出聲勸道：「東家，小聲點兒。」

致庸冷笑道：「人到這種時候，還那麼小心幹什麼？有句話我一直不想說，現在我們死到臨頭，說說也無妨了！其實我在武昌城中看到的那些長毛，不過是些被世道逼得無法活

命的小民罷了，這些人但凡有一口飯吃，也不會造反！可現在他們反了！」茂才歎了一口氣道：「東家，你到底想說什麼？」致庸道：「我想說，這不能怪他們，要怪那些治天下的人！他們身居廟堂，錦衣玉食，卻放任天下的貪官如此荼毒百姓！這次長毛造反，雖然鬧得商路斷絕，天下騷動，可他們這一鬧，至少給朝廷敲了個警鐘！」

茂才道：「真可惜，你這些話像胡大帥這樣的朝廷棟梁是聽不到了！」致庸恨聲道：「即使胡大帥聽不到，可是上天能夠聽到。古人說得好，天道無私，天無私覆，地無私載，這樣的貪官，是該剷除乾淨！」茂才道：「東家，人還是活命要緊，當務之急是我們要自救。這個狗知府想殺人滅口，白天我提醒你承認通匪，只是不想讓他們當場打死你！要緊的是眼下必須有個人馬上從牢裡逃出去，給胡大帥送個信，能救我們的人只有他了！」

致庸想了想，扭頭去看鐵信石。很快眾人的目光都落在鐵信石的身上。鐵信石點頭道：「既然大家信得過我，我現在就試試。」致庸掙扎著爬過來，沉沉道：「鐵信石，就靠你了，我們這些人的命並不值什麼，可要是我們不能活著出去，就再不會有人相信這條茶路能夠疏通了！」鐵信石凝視著他，接著點點頭，開始運氣。

第二十六章

1

然而，讓眾人失望的是，鐵信石前段時間在武昌受傷，失血過多，大傷了元氣，雖然他使了很久的勁，卻絲毫未能奏效。眾人面面相覷，一時都絕望了。突然，高瑞從身上摸索出一根簪子樣的細長東西，湊上來在鐵信石的鐐銬上搗鼓起來，眾人立時都屏了息。大約一盞茶的工夫，只聽輕輕兩聲「喀嗒」，兩個鐐銬竟然都開了。眾人大喜，長栓忍不住道：「好小子，你還有這一手？」高瑞很快將那簪子一樣的東西掖進衣服裡，嘻嘻笑道：「不比你們，咱在外面流浪過好一陣，什麼都要會一點，還好這寶貝一直沒捨得丟掉……」長栓剛要說話，卻聽致庸歎道：「就是鐵信石能逃出去，胡大帥遠在湖南，三五天內也到不了襄陽府，這個狗知府大概不會等這麼多天才殺我們的！」

茂才靈機一動道：「可是左宗棠左公就在臨江縣，東家，鐵信石可以去求他！」眾人聞言大為興奮。高瑞又插嘴道：「有件事東家和孫先生是不是忘了，我們離開臨江縣時，左大人說他還要留兩天，等胡叔純大人到臨江募兵，說不定這會子胡叔純大人也到了臨江！」眾人點頭，只覺希望大增。鐵信石拱手道：「東家，孫先生，諸位，從襄陽府到臨江縣，鐵信

石保證一天內打個來回！你們只要能拖過明天，我就一定不辱使命！」

雖然戴著鐐銬，但眾人一起拱手。致庸講：「鐵信石，我們這些人的性命，茶路的存亡，全在你手上了！」鐵信石點了一下頭，不再多說，悄悄立起，只一個縮身，便出了監房木欄，警覺地左右看了一下，接著一個騰躍，人即不見。長栓大驚：「二爺，沒想到鐵信石竟有這一身功夫！」致庸神情凝重道：「這叫真人不露相。誰像你，練了幾下三腳貓的功夫，就以為自個兒武功蓋世了！」這時突聽到獄卒遠遠一聲斷喝：「不想要命了。誰在說話？」眾人趕緊停住言語，各自佯裝睡熟。

出乎致庸等人的意料，第二日輕輕巧巧地便拖了過去，甚至沒有人提審他們。原來王知府那日因著和狐朋狗友喝花酒，胡天胡地，到第三日日上三竿才又端坐在知府大堂內，他再次端詳著供狀，不禁喜上眉梢：「只要招認就好，這通匪可是死罪啊，天助我也！不過，聽說前一日夜裡跑了一個？」徐佐領道：「是跑了一個，不過不是主犯，是從犯，聽說只是個車夫。大人，跑一個就跑一個吧。只要有了供狀，他就是搬來天王老子，我們也不用怕了！」

王知府連連點頭，撚鬚輕鬆道：「是啊，既然他們都招了，一切就算名正言順。既然名正言順，就改私了為公了，按章程辦，把他們判死罪，報上去讓刑部核准，等候秋後論斬。這批茶磚，你可以找買主了！」徐佐領聞言哈哈奸笑不已，剛要說話，突見一個衙役跑進來，一跤跌在地下，慌張道：「大人，壞了，胡大帥帳下來了兵馬，把府門都封了！」王知府和徐佐領大驚，一臉奸笑全凝結在了臉上，代之以恐怖的抽搐。

胡叔純已帶著鐵信石大步走上堂來。王知府及徐佐領一哆嗦，趕緊下堂跪下請安。胡叔純坐到堂上，一拍驚堂木：「給我拿下！」眾親兵當即上前，將王知府的頂戴花翎摘下，王知府嚇壞了，殺豬般狂叫：「大人，卑職冤枉啊……」

胡叔純怒喝：「你還冤枉？你把山西商人喬致庸的一百二十隻茶船都吞下了，還屈打成招，要問他的死罪，你冤枉什麼？」王知府磕頭如搗蒜般：「大人大人，此話不真。喬致庸通匪，我這裡有他們的供詞！師爺，快呈給大人看！」一旁的師爺急忙將供狀哆嗦著拿給胡叔純。胡叔純瞄了一眼那些供狀，隨手一扔，哈哈大笑道：「王鵬舉，你可真蠢，喬東家給你的供狀畫押，不過是緩兵之計！」

王知府張口結舌呆在那裡，如篩糠一般抖起來，連連磕頭，大喊饒命。胡叔純不再多言，下令道：「來人，奉翰林學士兩江總督總領六省軍政一切事務胡大帥令，將國難期間，對商民巧取豪奪以飽私囊的襄陽知府王鵬舉拉出去，就地正法！」「虎威——」眾親兵發出一陣低沉的威喝聲，王知府癱倒在地，突然看見徐佐領還沒事地跪在那裡，當下急怒道：「我說放了他們吧，你不讓，這一回，真被胡剃頭剃了我的頭！」胡叔純又將驚堂木一拍，喝令將徐佐領一起拉出去砍了！眾親兵上前，立刻將連哭帶叫的兩位昏官拖了出去……

2

風若有若無地吹著，雪瑛對著窗外的花園發呆。偌大的何家花園，一日一日，景致似乎沒有發生過任何變化，只是更荒涼了。一想到「荒涼」兩個字，雪瑛心中大大地難過起來。她把眼光從窗外收回，何家外客廳內，只有幾個帳房先生在「劈里啪啦」地打著算盤。雪瑛皺皺眉頭，心中突然襲過一陣難忍的煩倦。拜堂那天何繼嗣昏了過去，在三日後才略略清醒

過來，不過出乎雪瑛的意料，何繼嗣竟然在沒人時，顫著聲音向她說了不少話，原來何家執意要娶雪瑛，倒不單單是因為她有宜男之相，而是何繼嗣九歲那年，曾在春遊時看見過放風箏的小雪瑛，那時便留了心，雖然當時雪瑛也不過才十一歲而已。雪瑛知道了這段往事，對何繼嗣倒也拉近了些距離，但想起當年一同放風箏的致庸卻更是傷感。何繼嗣十二歲那年患了腸癆，因為家裡開著煙館，同時由於庸醫的指點，竟給他噴上了大煙，從此身體便一發不可收拾。雪瑛嫁過來以後，他多半的時間都在昏迷，對雪瑛而言，心裡早就暗暗絕了望。

她正煩倦著，一個老媽子走進來道：「少奶奶，後面的花園子該請匠人來修了，要去帳房支銀子，我去問老爺，可老爺要我先來問您。」雪瑛微微歎口氣：「家裡不是有常年的花工嗎？」老媽子看看她，趕緊道：「是有花工，可到了時候請外頭的匠人來修整花園，是每年的常例。」「這樣的話，家裡的花工做什麼用？老爺怎麼說的？」雪瑛有點不耐煩起來。老媽子囁嚅道：「老爺說，以後這些事一概聽您裁奪。」雪瑛道：「那好，以後這種常例免了。花園的事情全部委派給常年請的花工，他要是幹不了，就請幹得來的人。」說著她揮揮手，老媽子不敢再說什麼，快快地下去了。幾個帳房先生互相交換了一下眼神，又偷眼向雪瑛看去。雪瑛把目光又投向了荒涼的花園，眼神再次迷離起來。

突然，一個小丫頭急急衝進來喊道：「少奶奶，快去看看少爺吧，少爺又過去了！」幾個帳房先生大驚，停下來看雪瑛。雪瑛心中大亂，回頭看他們一眼，故意訓斥小丫頭道：「大驚小怪什麼？少爺的病也不是一時半會兒了，早上我去看還好好的，何至於這樣？」那小丫頭嚇得一哆嗦，趕緊道：「是，是我說錯了。」雪瑛不再多說，轉身急急出門。見她走遠，那幫帳房先生開始咬耳朵。「哎，你們說，大少爺的病到底怎麼樣啊？」「反正不好。

本來娶這個厲害的少奶奶來是為了沖喜，不過好像……」「大少爺真要是有個好歹，這位少奶奶怎麼辦？聽說老爺太太這會兒都病得厲害，他們在世時少奶奶還可以留在何家，有一天他們不在了，少奶奶又沒有生育，想留在何家恐怕也不能了！」「那是，老爺沒了兒子，還有繼業、繼財兩個侄子呢。那兩個人，整天盼著大少爺一病不起，將少奶奶攆走，坐享何家的銀子呢……」「哎，管那麼多幹嘛，咱們反正都是外人，等著瞧吧……」帳房先生一陣嘀咕過後，「劈里啪啦」的算盤聲再次響了起來。

雪瑛趕到內宅，何繼嗣已經醒了過來。他見雪瑛進門，立刻把手顫抖地伸了過來，同時露出一絲蒼白單純的笑容。雪瑛心中大痛，趕緊過來握住他的手，接著眼淚便掉了下來。何繼嗣剛要開口，胸口一陣悶痛襲來，他兩眼一翻，又暈了過去。這時病中的何母也被人扶著進來，顫著聲音哭喊：「繼嗣我兒，你又怎麼了？」

馬大夫匆匆趕進，幾針下去，何繼嗣慢慢醒來，先是大口喘息，接著口吐白沫，面目完全地走了形，聲音微弱道：「煙！煙！煙……」何母慌了手腳，轉眼向醫生看去，又看雪瑛。馬大夫也向雪瑛看去。一時間，房裡的丫鬟、老媽子都望著雪瑛，雪瑛又痛又恨，突然放開何繼嗣的手，扭頭道：「給他！」很快一個老媽子端進煙槍和煙泡，讓何繼嗣抽了起來。雪瑛再也忍不住，轉身奔出房間，眼淚狂流而下。房內傳出何母的哭聲。

不一會，馬大夫卷包走出。雪瑛擦擦眼淚，上前啞聲道：「馬大夫請留步。你看這個病況……」馬大夫沉沉地看著雪瑛，道：「少奶奶，馬某醫道太淺，大少爺這病，你還是另請高明吧！」雪瑛呆了呆，很直接地問道：「馬大夫，你是我在何家唯一看到說實話的大夫。你告訴我，大少爺的病還有指望嗎？」馬大夫歎了口氣搖搖頭道：「少奶奶，馬某實話實

說，大少爺的罪，不會再受多長時間了，就讓人給他準備後事吧！告辭了！」說著他拱一拱手，便離去了。

雪瑛臉色驟變，身子搖晃了一下，旁邊一個小丫頭趕緊把她扶住。雪瑛定定神，看看身邊的小丫頭，奇怪道：「翠兒呢？」那小丫頭看看她，猶豫再三後終於開口道：「太太，翠兒姐姐不知道出了什麼事，在後面耳房裡哭得像淚人一樣，我們勸都勸不住，她還不讓我們告訴您……」

雪瑛大驚，急急向耳房奔去，還沒進門，就聽見翠兒壓抑的、低低的哭泣聲。雪瑛推門進去。翠兒一抬頭，嚇了一跳，趕緊背過身去慌亂地擦起眼淚。雪瑛問：「你怎麼啦？」翠兒再也忍不住，放聲大哭起來，斷斷續續道：「外面都在傳……長栓和喬家二爺他們，他們在江南出了事，聽說讓長毛抓住了……小姐，以後您不要再恨喬家二爺了，這個人，還有長栓，都，都不在了……」雪瑛如同遭了雷殛一般，突然面色蒼白，眼睛發直，接著一把抓住胸口便暈了過去……

3

去江南販茶的喬家二爺喬致庸，最終被長毛抓住砍了頭的傳言，像臘月裡的飄雪一般，很快就席捲了祁、太、平三縣，喬家大院自然也不例外。曹氏雖悲痛萬分，仍下令下人不得讓隻言片語傳入玉菡耳中。玉菡此時已經有了七個多月的身孕，近一段時間，常常以淚洗面，若不是曹氏再三「軟硬兼施」，只怕她都要親自駕車往南方打探消息去了。

一日，玉菡由明珠陪著正往如玉院中去，忽見曹掌櫃面色凝重，匆匆奔往後院客堂。玉菡大驚，趕緊跟了過去，她到底身子重，動靜大，加之明珠得了曹氏的暗中囑咐，老遠就開始咳嗽，於是曹氏和曹掌櫃先後趕出，一起將她勸了回去。

玉菡本來就頗多猜疑，經過這一次後，越發覺得家中似乎一直在準備應對著什麼，越想越怕，回到房中暗自垂淚，一起身一陣頭昏竟暈了過去，還好明珠當心，及時攙住了她，才沒有出事。曹氏聞訊後匆匆趕到，含淚將她好一陣數落。玉菡也不管，目光只在曹氏臉上逡巡，想看出點端倪。曹氏知道她的心思，這些日子各種各樣有關致庸死於非命的傳言接踵而至，水、元兩家，甚至達盛昌的邱天駿都多多少少放出風來，只等半年期限一到，就收了喬家的生意，連達慶都來鬧過一次。曹氏一直獨立撐著，現在看到玉菡這樣，也忍不住落下淚來。玉菡見狀反而不敢再問什麼，半晌，撲在曹氏懷裡，也失聲痛哭起來。

這時突聽前院大亂。明珠看了她們一眼，趕緊跑了出去，不多會便急切地跑了回來，嘴裡嚷嚷道：「長栓回來了！長栓回來了！」曹氏大驚，玉菡一時沒反應過來，有點糊塗道：「長栓回來了？二爺呢？」明珠笑著抹淚趕緊道：「長栓是二爺先打發回來報信的，他說二爺已經到了魯村，正在那裡卸貨、驗貨，完了事才能回家裡來呢！」曹氏大喜，一把摟過玉菡：「阿彌陀佛！妹妹，你看，致庸不是回來了嗎？」

不料玉菡聞言變色，三兩把抹去眼淚，抓住明珠道：「快！跟我走！」曹氏吃驚道：「妹妹，你上哪去？」玉菡流淚道：「大嫂，我實在受不了了！我今天要是再見不到他，就要死了！明珠，快讓人套車，我要去見致庸！」說著她便跑出去。曹氏在後面追著喊：「妹妹，別去，你這是瘋了！小心你肚裡的孩子……」

但眾人都沒有拗過玉菡。曹氏慌慌趕出來拉著她，玉菡倔強地哭道：「嫂子，你們都甭攔我！他走了三個多月，我天天夜裡做噩夢，一會兒夢見他讓長毛殺了，一會兒又夢見他在路上叫強盜劫了。嫂子，我已經瘋了，我見不著他的人，就不相信他真的還活著！我一定得去！」說著她便拖著笨重的身軀硬往車上爬。曹氏眼見攔不住，只得讓長順和明珠小心再小心地護著她去。

玉菡上車，還催著長順把馬車趕得快一點，不料途中，她突然捂著肚子大叫起來。明珠到底年輕，一見這個架勢，嚇得手腳冰涼，當場便要哭起來。長順聽著聲音不對，往車裡一瞧，也慌了手腳，一迭聲道：「難不成，難不成，太太竟然要把孩子生到馬車裡了？」

當致庸的運茶騾隊浩浩蕩蕩到達祁縣魯村茶貿市場時，立刻引起了情理之中、意料之外的巨大轟動。祁縣有頭有臉的商家和紳士都立刻趕來了，近年來幾乎不出門的元家老太爺，甚至祁縣趙縣太爺都親自前往迎接。

唯一例外的是水長清，當日他正準備拜堂納妾。鼓樂喧天中，王大掌櫃猶豫再三，還是把這個消息告訴了他。水長清愣了一瞬，勃然變色，三下兩下扯去身上的紅花，對眾人喝道：「這個堂不拜了！散了，散了！」新娘打扮的妾和賓客一時都驚訝地看著他。水長清更怒，坐下氣急敗壞地揮手道：「我說不拜堂了就不拜了，不就是娶個小嗎？散了，都散了！」妾「哇」的一聲哭起來，頂著蓋頭獨自跑進內室，一幫丫鬟老媽子趕緊退下去，不多的賓客們愣怔之下，帶著不解也相繼離去。

魯村茶市鑼鼓喧天，和著鞭炮聲，一隊舞龍隊穿梭其中，生龍活虎，熱鬧非凡。元家老東家首先舉杯賀道：「喬東家千里萬里販茶，九死一生，為我們山西茶商重新開闢了通往武夷山的茶路。從今往後，有誰再說茶路不通，就不是事實了。來，請乾了這一杯！」致庸也不客氣，當下豪爽地一飲而盡。接著由趙縣太爺牽頭，眾人紛紛向他敬酒，好一番熱鬧的接風排場。那邱天駿更是自飲三杯，說是要沾沾致庸的喜氣！半當中趕過來的水長清皺著眉頭退到一邊，不滿地對王大掌櫃低聲道：「這個邱天駿，拍什麼馬屁！」

一番簡潔但隆重的接風儀式過後，眾人隨著致庸進了庫房。內裡茶包堆得如同小山，陣陣茶香，舒暢得讓人身上的毛孔都打開了一般。致庸揮揮手，高瑞等人將茶磚取來給眾商家驗看。很快一片讚歎聲四起，唯獨水長清雞蛋裡頭挑骨頭道：「我說致庸，貨看著是不錯，可是這分量夠嗎？掂著怎麼這麼輕啊？」

致庸笑道：「各位東家、大掌櫃，有件事我要告訴諸位，致庸頭一次去南方販茶，也擔心分量不夠，回來不好向諸位交差，因此在製作茶磚時，我特意讓工人們將每塊的重量由一斤增至一斤一兩，仍按一斤與各位東家結帳。不過南北氣溫乾溼不同，但凡發現有茶磚分量不夠的，盡可到我這兒把分量來補齊。總之，致庸頭一回與諸位合作，一定讓各位滿意！」邱天駿帶頭喝彩：「好！喬東家做事，仗義！」水長清「哼」了一聲：「先別說好，老王，拿戥子來！」王大掌櫃沒奈何，只得拿出帶來的戥子。水長清將一塊茶磚放在戥子上，致庸心中有數，笑著大聲問：「重量是多少？」「一斤……一斤一兩半！」王大掌櫃長聲報出數來。一時間眾皆轟然：「怎麼還多出來了？」水長清面上有點掛不住了：「再稱一塊！」王大掌櫃聞言趕緊低聲勸道：「東家，算了吧。」水長清怒道：「我是東家還是你是東家？」說著又將一塊茶磚放上天平。沒等王大掌櫃報數，旁邊一個商家已湊過來高聲道：「一斤一兩！」讚歎聲、笑聲立時四起，水長清當下便調頭而去。

眾人看著他的背影都忍不住笑起來。致庸拱拱手給水長清圓場：「我這個姐夫我知道，還是老脾氣！」王大掌櫃歎口氣，也跟著去了。追了好幾步，王大掌櫃總算趕上水長清：「東家，您這就走？」水長清道：「我回去接著拜天地。你不留下辦理交貨，跟出來做什麼？」王大掌櫃站住了，索性不做聲，由他上了車。水長清到了車上又回頭，道：「對了，替我提醒喬致庸，這條茶路他還剛走了一小半，等我們將茶葉全部驗過，打上水家的印子，他還要繼續履行合約，幫我們把茶葉運往恰克圖！」王大掌櫃點點頭。水長清對車夫道：「還不快走！」王大掌櫃歎一口氣，看著馬車跑遠，才慢慢轉了回去。

水長清到底沒再拜堂，直接進了新房，一進屋便用秤桿把新人的蓋頭挑起來，扔到喜帳上頭去。還沒看清這個旦角出身的小妾的面孔，就聽一個夥計敲門急喊：「東家，東家！王大掌櫃讓我回來稟告東家，喬致庸販回來的茶磚每塊重一斤一兩，元家準備請人重新製作，把重量降為一斤，再打包運往恰克圖。我們怎麼辦？」水長清大為煩惱，罵道：「蠢，沒見我剛進洞房嗎？回去告訴王掌櫃，元家怎麼辦，我們也怎麼辦。」門外的夥計挨了罵也不敢響，趕緊跑開。

水長清吐口氣，又走去看新人的臉，不免有點失望道：「你真面目怎麼這個樣子，遠沒有臺上好看，還趕不上我前頭娶的那一個！」新人聞言不禁哭了起來，哭聲倒是格外婉轉，頗有點九歲紅的韻味。水長清滿意了：「哭得倒好，行了行了，好好地給我生個兒子，生不出兒子我可不答應，我連名字都給他起好了，也叫元楚！」新人抬起一雙水汪汪的眼睛，含羞帶怯，止住了哭聲。

魯村茶貨市場，貨運行的王掌櫃正給致庸看自家的大車，道：「喬東家，您看，這種結實氣派的大車，有一百輛，自從茶路斷絕，好幾年都沒用過了。要是不夠，我兄弟也是開大車店的，他也有四五十輛大車，全套的牲口！」致庸道：「王掌櫃，你這一百輛車，加上你兄弟的四五十輛，連同全套拉車的牲口，我全用了，過些天各家的茶貨重新封包完畢，咱們就上路！」王掌櫃眼眶發潮：「喬東家，您不知道，一輛車至少要雇兩個車夫，一百四五十輛車就是近三百個車夫。運您這一趟茶，三百戶人家，今年冬天就都有飯吃了！喬東家，我要替這些人先謝謝您了！」說著他向致庸一拜。致庸急忙將其攙起：「王掌櫃，咱們談的只是生意，僅僅是生意，沒有別的啊！」王掌櫃道：「喬東家，您真是個厚道人，救了大家也不說嘴！您放心，茶貨上了路，您就看好吧！」致庸當下拱手道：「王掌櫃，我等的就是這句話！」

邱天駿也還沒走，遠遠地看著他們，回頭低聲問崔鳴九：「元家和水家要把茶磚的重量降下來，喬東家呢，他的茶磚降不降分量？」崔鳴九一愣：「他好像不降。」邱天駿歎了一口氣：「水家、元家完了。從今以後，恰克圖的俄羅斯茶商只會認喬家的茶磚，不會認他們的了！」崔鳴九一聽有點急道：「那我們呢？」邱天駿遠遠地凝視著致庸，道：「喬家不降，我們也不降！」

致庸那邊正和王大掌櫃商量一些細節，突見長栓十萬火急般趕來，附耳向致庸說起話來。致庸臉色陡變，喜極叫道：「天哪，我喬致庸也有兒子啦，而且還是兩個，雙胞胎呀……」

致庸急急往家趕的時候，玉菡已經包著頭，一臉幸福地躺在床上了。曹氏坐在床前，懷抱兩個嬰兒，看看這個又看看那個，笑得合不攏嘴。眾丫鬟老媽子站在一旁，七嘴八舌地誇

著：「多好啊，母子平安，還一生兩個……」

曹氏喜道：「他們老說喬家三門裡人丁不旺，二太太一下就為喬家生了兩個男丁，真是祖宗有德。妹妹，我得去祠堂裡燒香去了！」正說著，杏兒趕進來通報：「太太，二太太，親家老爺進來了！」

陸大可已經闖了進來，喜沖沖地嚷道：「我的閨女呢？我的外孫子在哪兒，讓我看看？」曹氏趕緊迎上去：「老親家，孩子在這兒呢。」玉菡也喜孜孜道：「爹，您怎麼來了？」

陸大可從曹氏懷中接過孩子，「哼」一聲：「我怎麼來了？我當然得來了！」他笨手笨腳地抱著其中一個孩子，皺眉端詳道：「瞧這兩個孩子，怎麼長得跟他爹一樣醜？」玉菡一聽不願意了：「爹，您說什麼呢！明珠，把孩子給我抱回來！」明珠在一旁捂著嘴笑：「老爺，把孩子給我吧。您老人家小心閃了手！」陸大可抱著孩子躲開了，道：「哎，這是我的外孫子，我抱抱怎麼啦？」正說著，又一個小丫頭來報：「大太太，二太太，二爺已經進村了！」眾人大為驚喜，玉菡更是滿面緋紅：「真的？」

陸大可卻有點慌，當下把孩子交給明珠：「啊，我有事，走了走了！」他一邊往外走，一邊喊道：「來人，把東西抬進來！」陸家的幾個老媽子抬著諸多賀禮進門，笑嘻嘻地放下。陸大可一邊和曹氏打招呼，一邊匆匆往外走，對老媽子們道：「好了，我走了，你們幾個人留下侍候小姐坐月子。」曹氏趕緊留他：「老親家，你女婿就要到家了，你怎麼走了呢？」陸大可也不接口，自顧自地去了。玉菡笑著在屋內喊曹氏：「嫂子，別攔他，讓他走。老爺子這會兒害怕見自個兒的姑爺呢！當初他不相信二爺能從江南販回茶來，可現如今二爺成事了，爹爹那臉有點掛不住了！」講到這裡，玉菡忍不住眼裡溢出快樂的淚花。眾人一起笑起來：「這老爺子，跟自個兒的女婿還這麼較真兒！」

很快就見致庸大步跑進來，邊跑邊喊：「我的兒子呢？我的兒子呢？」曹氏和玉菡都笑了起來，一起把目光轉向床上的景岱和景儀。曹氏看著黑瘦的致庸，心疼地對旁邊的張媽道：「還不把小少爺抱過去，給二爺看看？」致庸費了好大的力氣，才把景岱、景儀接過抱起，一左一右地看著，連連驚歎，繼而又道：「怎麼長得這麼醜，一點兒也不像我，不好看，太不好看了！」眾人轟然大笑。曹氏努力忍住笑道：「你知道什麼，剛出娘胎的孩子都這樣，過幾天就好看了！」玉菡急得作勢要將孩子奪回：「誰說我們醜？說我們醜，不認他這個爹！」致庸一愣。曹氏笑道：「二弟，弟妹這麼大的功勞，你還不謝過了她？」致庸像這時才看見玉菡一樣，一躬到地：「太太辛苦！喬致庸給太太鞠躬！」

玉菡自打致庸進屋，眼睛就沒離開過他，一見他鞠躬，不知怎的，話未出口，眼圈倒先紅了起來。眾人見玉菡這樣，倒也都有點唏噓起來。曹氏忍著眼淚，一邊自己往外退，一邊示意眾人趕緊走出。

致庸也有點心酸，他立刻轉向正欲離去的眾人，歡天喜地地喊道：「都別走，都別走！出去傳我的話，我喬致庸一下就有了兩個兒子，這麼大的喜事，一定要好好熱鬧熱鬧！讓我想想，對，出去告訴長順，我要大擺筵席，遍請本家親朋、相與，還要破例請戲班子來喬家堡唱大戲，請社火，耍龍燈，讓喬家堡熱鬧半個月……」

一個月後，喬家的滿月酒辦得極其熱鬧與風光。致庸十幾桌酒席敬下來，早已經酩酊大醉。玉菡也不多阻攔，只是眼中滿是笑意與愛意地注視著他。酒席快散的時候，明珠突然拉拉

玉菡的衣袖，示意她出來說話。玉菡見她這個舉動不尋常，趕緊離席跟她出去了。門外，明珠看左右無人，悄悄湊上前對玉菡道：「太太，長順在外頭讓我告訴太太，榆次何家的大少爺過世了！」玉菡大驚，淚水不由打溼了眼睛，半晌吩咐道：「出去告訴長順，二爺不幾天就要上路去恰克圖了，何家大少爺過世的事，一點風也不能透給二爺！誰要是走漏了風聲，我可饒不了他！」明珠愣了愣，趕緊應聲而去，玉菡看著明珠跑出去，眉頭越皺越緊起來。

4

何家裡裡外外一片雪白。內宅裡雪瑛伏在床上，痛哭不止。致庸平安歸來的消息曾讓她心中一寬，可何繼嗣的棄世，卻讓她心痛如絞。她對繼嗣雖無任何愛情，但過門後兩人間形成的這份別樣的姐弟之情，卻也讓她為繼嗣的死悲傷不已，而她今後在何家的生活和地位，隨著繼嗣的去世都開始浮上水面，變得異常嚴峻。

翠兒在旁邊苦勸不已，絲毫不能奏效，雪瑛曾經淚眼矇矓地與她對視，眼中除了悲傷，更有一份對未來的恐懼。突然趙媽走進來，輕聲道：「少奶奶，老爺在書房裡等您，他要見您！」

雪瑛意識到了什麼，翠兒趕緊幫雪瑛拭去臉上殘淚，陪她走向書房。何家的書房富麗堂皇，何父一個人扶著拐杖呆呆站著。雪瑛扶風弱柳般走進來，向何父行禮道：「爹，媳婦給爹請安了。」何父痛惜地望著她：「罷了，快起來吧。」翠兒趕緊攙起雪瑛，何父看看她，吩咐道：「翠兒，趙媽，你們都下去，把門帶上，誰也不要進來。」雪瑛暗暗吃了一驚。翠兒看看雪瑛，和趙媽對視一眼，兩人很快地離去了。

何父也不看雪瑛，依舊望著窗外道：「孩子，爹把你喚來，是想和你商量一件事。」雪瑛哽咽著低聲道：「爹，想要媳婦做什麼，您老吩咐就是。」何父扭過頭，直視她道：「不，今天我要和你說的話與過去不同，爹只想和你商量，也只能和你商量。」雪瑛抬起頭來，看著何父，心中越來越吃驚。何父沉痛道：「孩子，我那不爭氣的兒子已經死了，他辜負了你，也辜負了我和你婆婆……」雪瑛再次流下淚來。

何父也拭了拭眼角，道：「我知道，自打你到了何家，和繼嗣也就是個名義上的夫妻。繼嗣無福又無壽，一口戒不掉的大煙毀了他，也沒能讓你給何家留下一男半女。死了繼嗣，我和你婆婆在陽世上也沒有多久了！現在你死了親夫，自己這麼年輕，又沒有生育。我想知道，以後你打算怎麼辦？」雪瑛再也忍不住，痛聲哭道：「爹——」

何父道：「你甭哭，今天的事情不是哭就能決定的。你聽我把話說完。我們兩個老的活著，何家人還能容你，只要我們一死，這裡恐怕就不是你能待下去的地方了！」雪瑛想了想，哭著道：「爹，您老人家不要說了！嫁到何家是我自個兒願意，眼下大少爺過世了，那也是我的命，無論將來會怎麼樣，我都認了！公公婆婆活一日，我侍候二老一日，有一天爹娘不在了，真要活不下去，人橫豎不還有個死嘛！」

何父忍不住歎了口氣：「孩子，沒想到你竟然這麼剛烈！繼嗣有何福氣，居然娶到了你這樣的媳婦！……孩子，我今天不想要你把我當成長輩，我也不想把你當成媳婦。有些話可能不中聽，但為了你，也為了何家死去和將要死去的人，我還是要說出來，你還是要聽進去！」

雪瑛聽出了話中的異音，猛抬頭，拭淚剛強道：「爹，您說吧，我受得了！」何父坐下，手哆嗦著拿起茶盅喝了一口道：「我替你想過了，日後你的路只有兩條，沒有第三條。第一條路就是再嫁……」雪瑛大驚。何父道：「你可能想說，烈女不嫁二夫，你願意在何家守寡。我們兩個老的活著，自然誰也沒什麼話說，你有名又有分，一旦我們死了，你就是想守寡，何家的人也不會讓你如願。我知道他們，何家要是沒有財產，他們可以容你，可偏偏何家積聚了一大筆銀子，他們就不會了！」

雪瑛頭一低，又開始掉起淚來。何父一陣猛烈的咳嗽，雪瑛趕緊過來替他捶背。好半天，何父才停住咳嗽，帶點喘息道：「可是再嫁，對你來說也不容易。你是為了什麼才嫁到何家來的，我都知道。你本該嫁給喬致庸，可他為了喬家的生意，另娶了太谷陸家的小姐。雖然我什麼都知道，可還是幫繼嗣做主把你娶了進來，因為繼嗣特別喜歡你，而你也有宜男之相。但現在繼嗣過世，有一天你在何家待不住，你就是想改嫁，又能嫁給誰？除了喬致庸你恐怕再也看不上世上任何的男人，可喬致庸是不可能再回頭的，因此爹覺得，這條再嫁的路，你也是走不通的！」

雪瑛心中一顫，幫他捶背的手猛然停住。何父接著歎道：「剩下還有一條道，你剛才說過，死。可這件事對我來說容易，對你卻難。你不是為了這個才嫁到何家的。死對於我們是一種解脫，對於你卻是一生的失敗！因此，就是死，你也不能！」雪瑛被他說中了心事，忍不住回身坐下，伏案慟哭起來。

何父顫巍巍地走過去，低聲勸道：「孩子，先別哭。爹這裡還有一條路，雖然對你來說也很難，但至少能讓你在何家待下去，當家做主，哪怕是在喬致庸和陸家大小姐面前，也有機會揚眉吐氣！」雪瑛抬頭，滿面淚水道：「爹，您說！」何父停了半晌，才開口道：「何家偌大一份家業，是幾代人千辛萬苦積攢下的，本想子傳孫，孫傳子，世代傳下去。可到了我這一代，做了大煙生意，損了陰德，老天給我報應。繼嗣死了，他是我的獨子，你又沒有生育，按理說我應當過繼一個本家侄子為子，將家業交付給他，為我們養老送終，死後清明節也能在墳裡享用他一碗冷飯。可是我的兩個侄子繼財、繼業太混帳了，一對吃喝嫖賭之徒，將這樣一份家業交給他們，我對不起祖宗，也對不起我自己！」

雪瑛心頭大亂，只呆呆地看著他。何父歎了一口氣繼續道：「孩子，因此我想把這份家業託付給你。」雪瑛心中雖然有點猜著，但聽他直接地說出來，心中仍是一震：「我？」何父點點頭：「對。只是你必須答應爹一個條件。為了讓你有理由留在何家，承繼這份家業，唯有我們共同設下一局，方能瞞過眾人的耳目。」雪瑛越聽越奇，忍不住道：「爹……」

何父舉起一隻手阻止她說下去，咳嗽了好一陣後，接著輕聲道：「下面的話讓趙媽跟你說，你要是答應，就對著菩薩立一個誓，要是不答應，也給我一句話！」說著他喚趙媽進來，對雪瑛道：「孩子，我想再說一句，由我出面做這種安排，首先不可能是為了你，我是為了延續何家的香火，為了讓死去的人將來不至於淪落成無人照管的孤魂野鬼。而你只有答應一生一世承擔這份責任，才能享受這份家業，做一些你想做的事！」不等雪瑛說話，他又咳了一陣，做了一個手勢，門外一個男僕將何父攙扶了出去。

雪瑛呆了一陣，目視趙媽道：「趙媽，你說吧！」這趙媽不過四十出頭，素來慈眉善目，吃齋念佛，平平常常，沒想到卻被何氏夫婦視為心腹。這會她同情地看看雪瑛，低聲道：「少奶奶，老爺的意思，是在大少爺出殯之日，他當眾說出少奶奶已懷有身孕，幾個月

後就要分娩的消息！」「我，有了身孕？」雪瑛大驚，那雙清媚眼睛上的睫毛像蝴蝶一樣撲閃起來，接著忍不住一陣苦笑，臉上像火燒過一般，一陣滾燙。

趙媽也歎了一口氣：「少奶奶不要聲張。少奶奶當然沒有身孕。少爺這個身子骨，少奶奶這會只怕……只怕還是姑娘家。可是到了月份，趙媽自然會幫少奶奶抱來一個嬰兒，由你撫養長大，接續何家的香火。這樣少奶奶就有了兒子，老爺太太就有了孫子。日後兩位老人歸了天，由少奶奶帶著何家的兒子接管何家的產業，就成了名正言順的事。」

雪瑛緊咬著嘴唇，凝神看著窗外，一聲不吭。這個提議太出乎她的意料，她一時間還無法承受。趙媽又道：「老爺剛才交代，少奶奶若接受老爺的安排，必須在神前發下重誓，此事不管到了哪一天，都不能對別人說破，包括對這個孩子，這是一；二，少奶奶要發誓一生待這個孩子如同親生，將他撫養成人，為他娶妻生子，再將家業交給他；三，也是最要緊的一條，為了這個孩子，少奶奶一輩子只能守在何家，不能改嫁，保證這個孩子和何家的這份產業永遠姓何！」雪瑛一時心亂如麻，渾身發顫。趙媽輕歎一口氣：「少奶奶，老爺還說了，少奶奶要是一時定不下來，可以想一想再說。但時間不能太長，大少爺出殯之前，您一定要把事情定下來。」雪瑛再也忍不住，哭著轉身奔出。趙媽望著她的背影，口中念了好一陣佛，仍舊心酸感慨不已……

5

此時的致庸正率領著商隊，浩浩蕩蕩地通過雁門關口。

滾動的車輪聲驚天動地，大道上塵土飛揚。致庸勒馬站在高處，回頭望去，振奮地對茂才說：「茂才兄，中國的史書汗牛充棟，為什麼就沒人寫過眼前的景象？從古至少，有過多少代商人尤其是山西商人，為這個國家、為天下萬民，走了多少這樣的路，歷經了多少艱難！真是史家的羞恥呀！」茂才笑一笑，回答他說：「東家，怎麼，除了做縱橫四海的商人，你還想做寫《史記》的司馬遷，寫《資治通鑒》的司馬光呀？」致庸也在笑，說：「茂才兄，這就是你不對了。對外人言我們是商人，可對於我們自己、你我的心，我們不是商人。我們是在經商，可我們也像莊子筆下的大鵬鳥，絕雲氣，負青天，以一生之力做天上人間的逍遙之遊！」長栓插進來道：「二爺，你們說啥呢，我怎麼越聽越不懂啊？」高瑞擠兌他說：「你要懂，你就是東家了！」長栓怒向高瑞說：「有你什麼事兒！」高瑞不再理他，對致庸道：「對了東家，包頭馬大掌櫃那兒不知準備好沒有。我們到了包頭，一定不要多停留，最好馬上就能換成駝隊北上，一定不要鬧到冬天才回得來！」致庸「哼」了一聲道：「你小子！半月前孫先生就寫信給馬荀了，馬大掌櫃可是個精細的人，誤不了事的！」

半個月後他們到了包頭驛站。驛站遠在包頭城外。茶車隊停下來，致庸對車隊的王掌櫃說：「王掌櫃，茶貨已經到了包頭驛站，再往北就只能用駝隊了，明天卸了貨，你們休息一天就回去。來時我已經囑咐曹大掌櫃了，大家這幾年過得都不容易，回去就讓他給你們結清運費，一兩銀子也不少弟兄們的，讓大家好好過個年，明年咱們接著做生意！」王掌櫃說：「謝喬東家，喬東家這麼仁義，以後我們的生意有得做了！」這時高瑞飛馬趕回來，告訴致庸，他見到馬荀了，馬荀讓他轉告致庸，駝隊明天早上就過來，直接從大車上把貨上馱，一天也不用耽誤！「馬大掌櫃還說，他也準備了五十駝貨，全是草原生活必需品，他要親自

帶著這些貨和我們一起走，深入到草原深處，打通那裡的商路！」高瑞說。致庸看著茂才，大為振奮地說：「馬荀幹得好！走，咱們喝酒去！」夜幕之下，眾人圍著篝火煮東西吃，飲酒。致庸高興，站起來對茂才說：「這麼遼闊的大草原，天作房，地作床，痛快！此地飲酒無樂，且看我為大家舞劍！」眾人鼓噪，說：「好！好！二爺你行不行啊？」致庸拔劍在手，微帶醉意，劍出風響，漸入佳境。鐵信石也不覺大叫一聲：「好！」眾人跟著叫好。茂才悄悄看一眼鐵信石，飲酒。致庸越發人來瘋，說：「好？你們還沒見好的呢！」鐵信石不覺技癢，站起，與致庸對舞。茂才不放心，也站起舞劍，插進致庸和鐵信石之間。長栓站在一旁，又看不懂了，心裡嘀咕：「今兒這三個人怎麼了，像真的一樣！」

天亮了，馬荀帶駝隊與致庸會合。致庸帶著茂才迎上來。馬荀對他們說：「東家！孫先生！瞧瞧我給草原牧民備的貨！」致庸和茂才隨他走進駝隊，馬荀一邊指點，一邊告訴他們說：「這是布匹，貨是晉北出產的紫花大布，看上去不大鮮亮，但它厚實耐磨，牧民們整天騎馬，應當喜歡這種布。這些是日用品。鐵鍋，馬掌，那後面是蒙靴、馬氈、木桶、木碗。東家，我還帶了一些珍珠寶石，準備賣給草原上的王公貴族！……」致庸振奮起來，道：「好馬荀，真有你的！這是喬家復字號大小頭一次去蒙古草原做生意，貨一定要好。但僅僅貨好還不夠，還得把貨賣好，讓千里大草原上的牧民記住我們喬家，這次買了我們的貨，下次還想買！」馬荀笑道：「東家，這次我們是去開闢商路，主要不是去賣貨，而是要讓草原牧民知道我們喬家復字號大小，要把喬家重義輕利的口碑印到他們心裡！」他隨手從一包貨裡取出一件貨品，「東家你瞧瞧，這些貨上頭都有咱們復字號大小的標記！」致庸和茂才看那貨品，致庸大笑道：「馬荀，真是英雄所見略同！我武夷山販茶時讓他們把咱們的茶貨打上大德興的標記，你在辦這些貨讓匠人們也在貨上打上復字號大小的標記！好，這要成為一個規矩，以後凡是我們喬家經手的貨，都要打上標記，只要不合適，永遠可以拿回來掉換，以至於退貨！」茂才道：「有東家這句話，馬大掌櫃就好幹了！是不是馬大掌櫃？」馬荀道：「謝東家，也謝謝孫先生！」

長栓回頭，吃了一驚，叫道：「東家，看，馬大掌櫃給我們請的駝隊過來了！」致庸等回頭看。應著東方初升的朝日，數百頭駱駝踏起塵煙，向驛站奔湧而來，其勢如潮。致庸高興地大叫：「好！高瑞呢？」高瑞馬上像從地下鑽出來一樣站到了他面前：「東家，我在這呢！」致庸道：「告訴王掌櫃，準備卸貨！」高瑞轉身跑走。馬荀看著高瑞，對致庸道：「東家，高瑞這小子是你打哪撿來的？人挺機靈的，打恰克圖回來以後，乾脆把他給我算了！」致庸笑看他一眼，說：「給你？這小子是我打雁門關下的野店裡撿的，眼下我到哪兒去，真有點離不開他了！」長栓聽了這話，心裡憋氣，扭過頭去。茂才逗他：「怎麼，又不服氣了？」長栓「哼」一聲：「我不服氣？他算什麼？」眾人看著長栓笑。馬荀又對致庸耳語道：「對了東家，我還為咱們商隊請了蒙古武師。聽說這幾年蒙古草原上，匪幫猖獗，不能不防。」致庸認真地看了他一眼，道：「這事這辦得好！」馬荀道：「東家，去見見？」致庸和他一起走，忽然又站住，對馬荀附耳說：「對了，蒙古草原匪幫這事兒，不要讓人知道！」馬荀笑：「知道了。我不能嚇住他們！」

一天過後，茶貨都上了駝。致庸與大車隊的王掌櫃等人告別，上馬，準備向恰克圖行進。馬荀跨馬過來，將一個個皮水囊交給眾人。長栓不懂得皮水囊的用處，嘟囔道：「馬大掌櫃，這什麼玩意兒呀，我東西帶多了，不要行不行？」致庸大聲地說：「你這個傻子！這

是盛水的家什，到了沙漠裡，沒水乾死你！」長栓還不服氣：「有這麼可怕嗎？長毛的殺場我都見過了，也沒把我怎麼著！」茂才笑他：「你就嘴硬吧你！那會兒我可見有個人尿得褲子像個水簾洞一樣！」長栓本來就不高興，這會兒就惱了，說：「哎你這個孫老先兒，為啥總跟我過不去？」茂才「哼」一聲，不再理他，催馬向前跟上致庸。

這次遠行，開頭幾天還算順利，到了第四天，駝隊開始進入沙海。藍天之下，出現在他們面前的只是一片土黃色。雖是初秋，頭頂依然驕陽似火，酷熱難耐。到了夜裡，在沙丘上宿營，氣溫卻又很低，大家只能到處找柴禾生火取暖。致庸是第一次走沙海，原以為帶的水夠用的，可是到了第三天頭上，再去找皮水囊，發現水已經喝空了，連一滴也控不出來。他回頭看茂才。茂才也揚揚自己空空的水囊，對他現出苦笑，用沙啞的嗓音道：「東家，孟子曰，天將降大任於斯人也，必先苦其心志，餓其體膚，空乏其身，行拂亂其所為，所以動心忍性，增益其所不能——」他的話還沒說完，就只聽「咚」地一聲響，長栓摔下馬去。致庸大叫：「長栓，怎麼了！」眾人慌忙下馬去救長栓。長栓昏迷不醒，嘴上全是乾裂的口子。茂才將他抱起，喊：「水！誰還有水？快拿來！」眾人面面相覷。致庸急了，大聲喊：「都給我聽著！長栓要死了！誰還有水？有水就能救他的命，不能讓他死在這裡呀！」馬荀也急了，說：「東家，只有一個辦法，殺駱駝！」致庸道：「好，只要能救得了長栓，殺駱駝！」眾人牽過一匹駱駝來。那駱駝長嘯一聲，彷彿懂得了眾人的心思，從人手中掙脫，在沙海上狂奔起來。眾人皆沒有力氣了，追不上駱駝。致庸回頭再看長栓，發現他的呼吸越來越急促。茂才大叫：「東家，現在就是抓住駱駝殺了，也來不及了！」致庸將長栓搶過來抱在懷中，猛地搖晃他，喊：「長栓，長栓，你可不能死呀！我還沒給你娶媳婦呢！我都想好了，這回從恰克圖回來，我就讓你去榆次何家，找人把翠兒給你說回來，你可怎麼能死呢！」這時就見鐵信石匆匆從馱隊後面趕過來，問：「東家，怎麼了？出什麼事了？」致庸說：「鐵信石，你看，長栓不行了！」鐵信石看一眼長栓，道：「他是失水了，我這裡還有水！」他將自己的皮水囊拿過來，將水灌進長栓口中。長栓蘇醒過來，貪婪地喝著，突然有了力氣，一把奪過鐵信石的水囊，狂飲不止，直到把半水囊水全部喝光。馬荀鬆了一口氣，對長栓說：「記住，這回是鐵信石救了你的命！你一輩子都不要忘了這位救命恩人！」鐵信石也無話，從地下撿起空水囊，對致庸道：「東家，我回後頭去了！」致庸看著他遠去，回頭看長栓，責備他：「哎我說，大家都在忍，怎麼就你渴成那樣，快把我嚇死了！要不是鐵信石水囊裡還有水，就得把你埋在這幾百里不見一棵草的大漠裡！」高瑞揭長栓的老底：「他嫌背水累贅，上次遇上泉水，別人都把皮囊灌滿，他只灌了一半，上了馬又倒掉一半，他都兩天沒喝水了！」致庸聞言，又吃了一驚，怒道：「長栓，這是真的？」長栓瞪高瑞一眼，嘟噥道：「就你多嘴！這個鐵信石真是個怪物，大家的水都喝完了，他竟然還能留下半水囊，這是個什麼人哪！」馬荀罵他：「你這小子，不是鐵信石的半水囊水，你就沒命了，還背後嘀咕人家！」致庸問身後的蒙古武師：「卡魯武師，我們離最近的水源地還有多遠？」卡魯道：「喬東家，再走十個沙梁子，就是月牙泉了。」眾人抬頭看遠處的沙梁子，個個高聳入雲。長栓叫了一聲：「哎喲我的娘啊！」

他又要暈過去。致庸一把揪住他，用力搖晃，叫：「長栓，醒醒！站直了，還是不是個男子漢！」長栓睜眼道：「二爺，我真不行了！我要死了！」致庸道：「你就是死，也不能死在這裡，你死在這裡，連個墳頭都沒法留！一個男子漢，連這點苦都不能吃，還走得了什

麼商路？不行你就坐到駱駝上去！來，搭把手！」眾人把長栓抬上一峰駱駝。致庸回頭對大家說：「咱們走一走，讓馬也歇歇！」大家不再上馬，拉馬和致庸一起奮力向前步行。

夕陽西下時分，駝隊翻過最後一座大沙梁子。也許是多喝了水的關係，長栓第一個看見了下面有一泓泉水，立即瘋了一樣，沙啞著嗓子大叫起來：「二爺，你看……水！」眾人的眼睛也亮了，都興奮地叫：「月牙泉！有水了！我們有救了！」大家跳著，叫著，倒在沙坡上，順著沙梁子滑下去。長栓從駱駝上一頭栽下來，如癡如狂地滾向下面的泉池。眾人一起撲向泉水，狂飲起來。

晚上，駝隊在月牙兒泉邊就地宿營。眾人燃起篝火，煮水吃乾糧，一邊拿長栓白天的事兒取笑。就在這時，遠處夜天中，突然出現了巨大的一片黑雲，這黑雲越來越大，漸漸地覆蓋了大半個天空。第一個意識到不好的是卡魯武師，他猛地站起，大叫：「不好，有黑風暴！」致庸等人聞言都站起來，七嘴八舌地問他怎麼辦！這時風已經猛烈，沙塵大起。致庸急切地喊：「卡魯武師，怎麼辦？」卡魯武師也在風中喊：「分頭看好駱駝，拴住駱駝腿，不讓頭駝亂跑，人也別亂跑。快！」致庸大聲對眾人道：「聽卡魯武師的，快！」眾人分散跑開，一邊在驚雷般的風嘯聲中互相大聲喊著：「抓住頭駝！拴住駱駝腿，不要亂跑！」這時黑色的風暴正猛烈地橫掃沙海，一條條沙梁子峰線也在快速移動，泉邊篝火被吹熄，火上架的鍋飛出去，人被吹倒在沙中，宿營地裡一片鬼哭狼嚎。駱駝也在風暴中跳動，奔跑，牽駝人跟著叫喊，奔跑，亂成一團。

致庸大喊：「慌什麼！都別慌！各人看好自己的駱駝！」

茂才也在喊：「拉好駱駝，拉住自己的馬！」

他的話還沒說完，就被風沙颳倒，飛速移動的沙子迅速將他埋起來。

致庸也被颳倒在地下，一隻手抓住泉邊的灌木叢，大叫：「茂才兄，快抓住我的手！」他拚命將手朝前伸，抓住了茂才的手，一點點將他從沙堆裡拽出來。兩個人抱成一團，茂才吐出一口沙子，呲著牙笑。致庸大叫：「茂才兄，到了這個時候，你還笑得出來？」茂才一邊躲避著風沙，一邊道：「以前讀唐人的詩，說什麼大漠風塵日色昏，什麼飲馬渡秋水，水寒風似刀，什麼輪臺九月風夜吼，一川碎石大如斗，隨風滿地石亂走，覺得他們誇張，現在看來，人家還真沒有蒙我們！」致庸笑起來，道：「是呀是呀，但願我們不要成了隨風滿地亂走的石頭！」茂才忽然想起一件事：「哎，東家，我聽卡魯武師說，出了這片大沙海，前面就是戈壁，不遠就是燕然山！」致庸大喜，叫道：「燕然山？就是王維詩中那個『都護在燕然』的燕然山？就是漢代名將衛青霍去病北擊匈奴大獲全勝勒石紀功的燕然山？」茂才一邊吐嘴裡的沙子，一邊喊：「對！」致庸叫道：「好，太好了！燕然山，衛青來了，霍去病來了，今天我和孫茂才也來了！」高瑞這時從一邊爬過來，也和他們倆抱在一處，喊：「還有我，東家，高瑞也來了！」致庸喊：「有你小孩子什麼事！你湊什麼熱鬧！」高瑞道：「怎麼叫湊熱鬧，東家來了，孫先生來了，我高瑞就是來了嘛！」

一個時辰後，這場不期而至的黑風暴像它來時那樣又消逝了。致庸和茂才爬起來，招呼馬荀重新將颳散的商隊重新聚攏到一起。多虧有了卡魯武師的提醒，在黑風暴來臨時拴住了駱駝隊，駱駝們才沒有馱著茶貨四散逃去。天大亮後，他們繼續朝前走，終於走出了這片大沙海，步入一望無垠的戈壁。戈壁上只有板結的土地，到處是礫石，一叢叢的駱駝刺算是僅有生物。駝隊艱難地行走了三日，第四日清晨，致庸騎在駝背上，抬頭朝前看，突然發現前方有一片漂浮在地面上的蜃氣。他想問卡魯武師前方是什麼，卻覺得沒有力氣，張不開口。其他人也和他一樣，誰也不說話，所有人的體力和耐力都到了極限。倒是長栓，這時候拖著哭腔，對茂才冒出了一句話：「孫老先兒，我想說……想說一句話！下一輩子打死我，也不托生在山西了！」致庸不覺一驚，笑一笑，沙啞著嗓門問他為什麼？長栓用盡了全身氣力說：「下輩子要是再托生在山西，說不定還要跟二爺做長隨，做了長隨，還要走這樣的商路，有這一回，我就夠了，不想再走第二回了！」眾人想笑，這時茂才抬頭向北，突然吃了一驚，話也能說出聲了。他大聲說：「東家，你看，那是不是燕然山！」致庸抬頭，望著遠處從蜃氣中清晰浮現的山，又驚又喜，叫道：「茂才兄，跟我走！」

他忽然來了精神，飛馬向前奔去。茂才追過去，一邊喊：「東家，等等我！」馬荀和高瑞也追了過去，長栓只好也跟著走。眾人到了燕然山下，下馬，在地下坐了一會兒，緩過氣兒來，致庸和茂才站起上山，仔細看山上的一塊殘碑，努力辨認碑上依稀可見的字跡。看了一會兒，致庸激動起來，回頭看茂才，叫道：「不錯，茂才兄，真是燕然山！」茂才也大聲喊：「是燕然山！東家，你知道都是誰來到過這裡？」致庸大聲問：「誰？」茂才喊：「據我所知，秦朝的蒙恬，漢代的衛青、霍去病，飛將軍李廣來過這裡，還有我們山西前輩商人王協王老先生也來過這裡。東家，你不是要北上大漠嗎？咱們這些天走過的地方，就是大漠！」

致庸高興了，眉飛色舞：「這裡就是大漠？」

茂才回答：「對！你已經實現了一生中四個心願之一！」

致庸彷彿一下忘記了所有的疲憊，回頭找高瑞，叫：「帶酒來了嗎？」高瑞從馬身上解下酒囊與木酒碗。致庸喊：「斟酒！」高瑞斟酒滿碗，遞給致庸。致庸雙手捧酒，向著燕然山高舉過頭，跪下。茂才也舉起一碗酒跪下。長栓不解地問：「二爺，你在這裡又沒有親戚，咱們這是祭奠誰呀？」致庸大聲地說：「祭奠古人！」他向著燕然山喊道：「列位前輩，你們到過的地方，晚輩喬致庸也到了！喬致庸今天給列位敬酒！」茂才也說：「還有我孫茂才，也到了！我這一生，到過了衛青、霍去病、飛將軍李廣到過的地方，也沒有枉活一世！列位前輩，孫茂才給你們敬酒了！」二人先後將酒灑在地上，站起。高瑞又分別給他們的酒碗裡斟滿酒。致庸舉起酒碗，感動地對茂才道：「茂才兄，恭喜你到了燕然山！」茂才動容，也說：「東家，孫茂才也恭喜你！你也到了燕然山！」馬荀、高瑞這時也端酒過來，說：「我們也恭喜二爺，帶我們到了燕然山！」眾人一起將酒飲盡，將碗扔掉，高興起來，向山上衝去。致庸站在山頂上，環顧四涯，大聲對茂才說：「茂才兄，喬致庸今生今世能夠來到這裡，這一輩子，值了！」

6

越過燕然山，第二天商隊就進入了蒙古大草原。

藍天下的綠色大草原無邊無際，白色的羊群在草原上吃草，剽悍的蒙古牧民騎在馬上，手拿套索，口裡發出呼哨，追逐著奔騰的馬群。一頂頂蒙古包散落在草原上，如同綠色大地上盛開的一朵朵白色的花。美麗蒙古姑娘在蒙古包前進進出出。馬頭琴在鳴奏，遠方傳來悠揚的蒙古長調。

駝隊停下，致庸望著前方的景象，如在夢中。他回頭問卡魯武師：「這就是蒙古大草

原？」卡魯說：「對，這就是我們的蒙古大草原。」致庸由衷地感歎：「真是好地方。這麼好的地方，我怎麼覺得我以前來過。」大家笑著看他。馬荀道：「東家，不會吧。」致庸堅持道：「不，我一定來過。不是今生，就是前世，反正我一來到這裡，就覺得又回到了故地。」茂才在一旁插話道：「東家，你知道這是為什麼？」致庸回頭問他：「為什麼？」茂才說：「因為你我前生說不定就是衛青，就是霍去病！」致庸大笑道：「說得好！」

駝隊繼續朝前走去。致庸回頭對馬荀說：「既然已經到了蒙古大草原，你的生意也該開張了。從明天起，我們一天只走二十里路，我陪你去草原上賣貨。」馬荀高興地說：「東家親自幫我賣貨，我的生意一定好做！」眾人都笑起來，從沙海和戈壁中帶來的疲憊之情一掃而空。

當天他們果然只走了二十里，中午時分就在草原上最先靠近的幾頂蒙古包前停下。馬荀指揮夥計們把一部分貨品卸下來，在從蒙古包裡趕出來的牧民們面前展開。致庸大聲地吆喝著：「大哥，大嫂，瞧瞧這木碗，這木盆，都是棗木的，結實著呢。你再看看這鐵鍋，是正經包頭老李家的貨！」馬荀也在一旁展開紫花大布，說：「各位再看看這布，這是正宗口內的紫花大布，便宜得很哪！」卡魯武師也站在一旁，把他們的話一一翻譯給牧民聽。牧民們愛不釋手地看了這個又看那個，最後只是笑笑，又都放下了。

致庸回頭問卡魯：「怎麼了？他們嫌東西不好？」卡魯將他的話翻譯給牧民們。牧民們爭搶著向卡魯說了一通蒙語。卡魯回頭對致庸和馬荀道：「喬東家，馬大掌櫃，他們說都是好東西，可他們買不起。」致庸不解，問：「怎麼買不起？你看他們有這麼多的牛羊，還有馬，都是有錢的東家！」卡魯將他的話說給牧民聽，牧民還是搖頭。致庸道：「這就怪了，怎麼回事？」卡魯說：「他們說就是因為這都是好東西，才不敢買，他們沒銀子。」致庸看馬荀，皺眉道：「他們沒銀子，這我可沒想到。你想想，這沒銀子的生意怎麼做？」馬荀也犯起難來，想了一會兒，眼看著牧民們就要散去，忽然靈機一動，對致庸道：「東家，要不咱們拿貨換他們的馬吧！再把馬趕回包頭賣給內地的馬販子，如何？」致庸高興了，道：「行！」回頭對卡魯道：「卡魯武師，快告訴他們不要走！我們願意拿貨換他們的馬，問他們願不願意！」卡魯急忙追上去，將他的話翻譯成蒙語，告訴牧民們。牧民們一下就高興起來，對卡魯歡快地說了好大一通蒙語。卡魯回頭對致庸道：「喬東家，他們說了，他們願意拿一匹馬換一只漂亮的木碗，不行就再加一頭羊！」致庸吃了一驚，看了看馬荀，回頭道：「哎呀，這我們也太賺了！羊就算了，告訴他們，我們拿一只木碗外加一只鐵鍋換他們一匹馬！只要馬！」卡魯將話翻譯給牧民，牧民們越發高興，快速地對卡魯說一句什麼，又向致庸鞠躬行禮。

致庸笑：「這又怎麼了？怎麼這麼多禮？」

卡魯道：「他們高興，說這是來了活菩薩！他們要跟你換十匹馬的貨！」

致庸：「好！貨都在這裡，儘管挑，再請你告訴他們，這是包頭復字號大小喬家的貨，都是上等好貨！」回頭看馬荀，笑道：「恭喜馬大掌櫃，生意開張了！這頭一宗買賣做得不錯！」

馬荀也笑，道：「恭喜東家！」又回頭招呼牧民：「貨都在這裡呢，大家隨便挑！」

一個女牧民一邊挑貨，一邊激動地回頭對男人說了幾句什麼。男人點頭，轉身上馬，飛奔而去。致庸疑惑地看他一眼，問卡魯：「剛才他們說什麼呢？能不能告訴我？」卡魯說：「我沒聽清。」這時女牧民挑好了貨，高興地抱回蒙古包，馬上又跑回來，上馬，手拿套馬

杆，對致庸快速地說了一通蒙語。卡魯說：「喬東家，她讓我們上馬，跟她去自己的馬群挑馬！」致庸高興起來，喊：「太好了！馬荀，長栓，快去喊鐵信石，他懂馬，我們一塊去挑馬！」

大草原上，女牧民帶著致庸等人奔向馬群，一邊在馬上大聲對卡魯說了一句什麼。卡魯回頭對致庸說：「喬東家，這位大嫂說，這就是他們家的馬群，讓我們隨便在裡面挑十匹最好的！」致庸回頭對鐵信石：「鐵信石，看你的了！」鐵信石見了馬，難得現出了笑容，高興地說：「東家，你就瞧好吧！高瑞，給我來做個幫手！」他一邊說，一邊帶高瑞衝進了馬群。馬群湧動起來，在草原上奔馳，如同湧動的雲團。鐵信石和兩個蒙古牧工手持套馬杆，追逐駿馬。一匹馬被套住了，拚命掙扎反抗。致庸遠遠望著，大聲感歎：「好！好馬！茂才兄，你快看，多好的馬！」

很快鐵信石和高瑞就將十匹好馬從馬群中分離出來。這時長栓回頭，叫了一聲：「二爺，不好！」眾人回頭，就見許多蒙古牧民，策馬向他們奔馳而來。長栓又一扭頭，叫：「二爺，這邊也有！」致庸朝另一方向看，果然又見眾多牧民飛馳而來。茂才這時也叫起來，說：「東家，後邊也有！」眾人又回頭看，發現更多的蒙古人從後面向他們湧來，而在他們身後，則是滾滾的馬群。馬荀變色，看致庸，道：「東家，怎麼辦？不會是草原上的蒙古匪幫吧！」致庸色亦變，大聲喊：「都別慌！大家抄傢伙！卡魯武師，你的人看好駝隊！茂才兄，你跟我在一起！鐵信石，長栓，保護馬大掌櫃！」大家拔出刀劍，四面奔馳，護定駝隊。大批牧民趕到，打著呼哨，策馬團團轉著商隊轉圈子。長栓持刀在手，臉色蒼白，大叫：「哎呀我的媽，沒有死在武昌城下，沒有死在襄陽府大牢裡，沒有死在沙漠裡，這回要死在蒙古草原匪幫手裡了！」致庸衝他怒吼：「住口！」

接下來一段時間，從四面八方的草原深處趕來的牧民更多。繞著商隊轉圈子的隊伍越來越大，但是這些人並沒有向商隊發起襲擊，其中一個頭領一樣的蒙古人卻只是在馬上一聲聲打呼哨，似在朝後面著急地呼喚什麼人。致庸問身邊的卡魯：「卡魯武師，他們什麼意思？」卡魯定睛朝遠方看，叫了一聲：「喬東家，你瞧！」致庸順著他指的方向望去，只見從蒙古人的隊伍後方，馳出了那個方才馳馬遠去的蒙古男人。那男人大聲衝致庸喊了一句蒙語。致庸問卡魯：「他喊什麼？」卡魯長出了一口氣，收刀入鞘，說：「喬東家，我們誤會了，他們都是來以馬換咱的貨的！」這時那個蒙古男人還一直在喊。卡魯又說：「他說，他剛才去通知了這片草原上的每一戶牧民，大家都來了，讓我們不要怕！後面的馬群，是他們帶來換我們的貨的！」致庸鬆了一口氣，道：「這太好了！」回頭看眾人，也收起了刀，說，「行了，都把傢伙收起來吧，別嚇走了主顧！」

黃昏時分，雙方的生意大致已經做完。商隊就地宿營。因意外地在草原深處買到了上好的貨品而興高采烈的牧民們並沒有馬上散去，他們就地支起一頂頂蒙古包，用最隆重的禮節表達對商隊和致庸的敬意。致庸喝了不少馬奶子酒，頭都暈了，長栓也喝得暈忽忽地，一個勁地說：「這哪是酒，這是水！」這時牧民們又拉起馬頭琴，跳起舞蹈，唱起了激昂慷慨的蒙古長調。致庸一邊和卡魯、茂才喝酒，一邊問卡魯：「他們這唱什麼呢？這麼好聽！」卡魯說：「喬東家，他們是在唱，你們是長生天的使者，是長生天派你們來到了草原深處，給他們送來了這麼好的禮物！」致庸感動了，猛地被酒噎了一下，說：「快去謝謝他們，告訴他們，我們不是長生天派來的，我們是山西的商人，我們在包頭的字號大小叫復字號大小，

在山西叫大德興。」卡魯笑道：「喬東家，蒙古大草原地廣人稀，牧民們自古逐水草而居，要買日用品，得大老遠趕著自家的全部牛馬羊群，帶著一家老小，到庫倫、烏裡雅蘇臺和科布多去，道途遙遠、牛羊死傷不說，還會遇上草原匪幫，弄不好丟了全部牲口，還要丟了性命。偶爾有個小販來這裡賣貨，又奇貴無比，兩匹馬才能換一個木碗，我們的貨賣得便宜，又都是好貨，他們當然要說你是長生天派來的使者了！」致庸更為感動了，回頭看馬荀，說：「啊，馬大掌櫃，這幾天我們不走了，咱們的許多貨蒙古兄弟不會用，咱們得教會他們再走。還有，也得讓他們學會辨認我們貨品上的標誌，以後他們見了標誌，就會知道是喬家的貨，就會購買！」馬荀也喝多了，只是一個勁地說：「好，我聽東家的！我都聽東家的！」

商隊又在當地滯留了一日。當天黃昏，當大草原上又一次演出日落的壯麗活劇時，聽到消息後不遠百里趕來換貨的牧民們終於散去了，致庸的身邊，五十匹駱駝背上已經沒有了貨物，營地裡卻出現了三千匹好馬。在鐵信石的吆喝下，這個龐大的馬群在巨大的落日的照耀下跑動著，旋轉著，湧騰著。致庸遠遠望著馬群，對馬荀說：「馬大掌櫃，你的生意做得好哇！五十駝貨換了三千匹良馬，好！」馬荀笑道：「這都是東家英明，答應讓他們用馬匹換貨，不然我這貨可就不好賣了！」致庸道：「自古以來只有不懂經營的商人，沒有賣不掉的貨物。只要我們懂經營，一切都替蒙古兄弟想在前頭，這蒙古大草原上，可遍地都是銀子呀！」馬荀道：「東家，我現在就想和你們分開，帶人在草原上多走些地方，和更多的牧民交些朋友，問一問地理遠近，主要的牧場都在哪裡，怎麼走，另外再具體打聽打聽，除了這次帶來的貨，他們還需要什麼貨，大致要多少，什麼價錢能夠接受。這樣回去就能照他們的需要組織貨源，安排更多的人進草原做生意！」致庸道：「行，明天我們就在這裡分手，我讓卡魯武師跟你一起走！」馬荀道：「不不，東家，還是讓卡魯武師跟著你們！」致庸道：「不不不，你們以後要在蒙古大草原上賣貨，肯定要經常請卡魯武師他們幫你們出鏢，你們要熟悉地理遠近，他也要熟悉。好在前面離恰克圖已經不遠了，我這裡還有鐵信石呢！」馬荀不再堅持，說：「只是還有一個難處，這三千多匹馬我可不能帶著走。」致庸看一眼茂才，茂才一笑，說：「馬大掌櫃，這件事東家已經替你想好了，他讓高瑞領幾個人帶馬群回去！」馬荀一驚：「高瑞？」致庸還沒說話，長栓已經著急地插進來，說：「二爺，你讓高瑞這小子帶著這麼大一個馬群回去？他能行嗎？」致庸看他，說：「對呀。我就是想讓高瑞帶這麼大一個馬群回去。高瑞，敢接這趟差嗎？」高瑞道：「東家，這有什麼不敢接的？敢接！」長栓說：「你還真膽大，萬一你把這趟差辦砸了——」高瑞不等他說完，就道：「辦砸了又怎麼著？東家，我知道你這是想歷練我。就是高瑞把馬群趕散了，趕丟了，東家也不會怪罪高瑞，是不是？」致庸道：「胡說！你要是有膽量，就接這個差事，順順溜溜地把這群馬給我趕回包頭，真把這群馬給我趕散了，看我收拾你！說吧，敢還是不敢？」高瑞笑道：「東家認為高瑞敢，高瑞就敢！這有什麼，不就是趕一群馬回包頭嘛！」致庸認真看了看他，說：「好，今晚上準備準備，明天你就啟程！」長栓大叫：「東家，你真要讓高瑞這小子帶馬群回去呀？」致庸說：「怎麼，你想跟他換換差事？」長栓被嚇了一跳，說：「我？我知道自個兒不是那塊料，可我也不去攬這差事！」致庸道：「那不就得了，自個兒幹不了，還不想讓別人幹！」他不再理他，朝馬群走。長栓愣了一下，自語：「他又糊塗了，三千匹馬，萬一——」想了想他又追上去，「二爺，我給你出個主意，你讓鐵信石和

高瑞一起回去！」致庸說：「不行，鐵信石還要和我們一起去恰克圖呢。」長栓又說：「那就讓孫老先兒帶馬群回去。」致庸道：「他不能回去，他也要和我一起去恰克圖。」他繼續朝前走。長栓一個人留在後面，恨恨地「哼」一聲道：「高瑞有什麼能耐，二爺就這麼高看他！要是遇上了草原匪幫，看他怎麼辦！」致庸聽了這話，對高瑞說：「高瑞，長栓說了，萬一路上遇到了草原匪幫，看你怎麼辦？」高瑞笑道：「那還不好辦？一看見蒙古草原匪幫，我把馬群一扔，自個兒撒丫子便跑！」長栓又急了，道：「你……馬呢？這可是喬家復字號大小的財產！」高瑞回頭對他說：「你放心，真遇上了草原匪幫，高瑞一定撥馬便跑，不過我有辦法讓馬群跟著我跑！」他看了看致庸，致庸點頭。高瑞轉身上馬，手指在嘴裡打一聲呼哨，剛剛安靜下來的馬群馬上隨著他湧動起來。致庸和茂才高興地看著高瑞帶領馬群遠去。長栓納悶，自語：「這小子，什麼時候學了這一手！」致庸回頭道：「人家在雁門關的野店裡當夥計以前，跟著馬販子販過兩年馬，你幹過嗎？」長栓愣在那裡，心裡想：我哪知道這小子還有這些底細呀！

又是一宿無話，第二天清晨，商隊一分為三，眾人皆上馬。高瑞在馬上向致庸等人施禮，大聲地喊：「東家，孫先生，馬大掌櫃，高瑞走了！」他手指放在嘴裡，打一個呼哨，馬群立即隨他湧動起來，向包頭方向奔騰而去。致庸高興地望著離去的高瑞，稱讚道：「好小子！我還真沒有白疼他！」長栓「哼」了一聲，回頭朝北看，不看南去的高瑞。致庸這時回頭對馬荀拱手道：「馬大掌櫃，咱們也就此分手。」馬荀拱手道：「東家，咱們不一定能在路上遇見了，就包頭見吧！」致庸道：「好，包頭見！」兩支隊伍隨即分開，馬荀帶卡魯等人向西，走向蒙古大草原深處，致庸帶著駝隊繼續向北，繼續奔向恰克圖。

十幾天後的一個黃昏，當巨大的夕陽再一次半落在西方的地平線之上時，這一支走在草原驛道上的長長的駝隊終於停下來。長栓向前望去，大叫起來：「二爺，恰克圖！恰克圖到了！」致庸大喜，望著出現在前方的恰克圖，對茂才道：「茂才兄，瞧，我們真的走到了恰克圖！」茂才的心也處在巨大的感動中，說：「東家，這就叫有志者事竟成！」一時間，每個人的眼中都湧出了淚花。

當天晚上茶貨就在恰克圖的公共貨場卸了下來。致庸帶著水家、元家、達盛昌邱家分號的掌櫃穿行在茶貨和人叢之間，指揮卸貨交貨。「這是水家的茶貨，這裡有貨單，劉掌櫃，你好好驗貨。」他說，「這邊是元家的貨，這邊是達盛昌的貨。這是貨單，兩位大掌櫃也都驗驗貨。」水家分號的劉掌櫃接過貨單，說：「沒錯沒錯，不會錯的。」致庸道：「那不行，一定得驗貨。」劉掌櫃道：「喬東家，自從茶路斷絕，我們都盼了四年了，大包大包的茶葉聞著是什麼味道都快記不清了！喬東家今天不但帶商隊來了，還一下子就帶來了武夷山四年的茶貨，保住了我們晉商貨通天下的信譽！更多的話我也不多說了，走走走，我們幾個人，今天要代表前輩晉商和我們這一輩晉商，在山西館子裡為你和孫先生接風，敬你一杯水酒，謝謝你為我們晉商立下如此大功！」致庸笑道：「感謝各位的美意，劉掌櫃剛才的話過了，致庸承當不起。不過大家請我和孫先生喝酒，我一定從命，正好借光和諸位相與認識認識。這次我來了，也想在恰克圖為我們大德興設一個分號，以後常和諸位相與做生意。」劉掌櫃道：「這件事方才孫先生和我們大夥說了，喬東家，開分號的事，還有喬東家自個兒的貨，你是第一次來到恰克圖，許多地方還不會很熟，我們大夥商議過了，鋪面我們幫你找，俄羅斯那邊的主顧我們也去幫你物色。中國不產茶，俄羅斯那邊就得鬧茶荒，你這批貨，我

們一定幫你賣個好價錢！」致庸靈機一動，道：「不，生意還是我自個兒學著做，鋪面就請大家幫我找一處！」劉掌櫃道：「也好也好。」回頭對元家和達盛昌邱家兩位大掌櫃道：「我看這貨也不用驗了吧，喬東家帶來的貨，你們真的還要驗嗎？」兩位掌櫃道：「算了，我們也不驗了！」致庸笑道：「諸位，這不合規矩吧？」劉掌櫃道：「喬東家走到哪裡，哪裡就是規矩，我們信得著你！」眾人一時哈哈大笑。

這時水家一個夥計跑過來，對劉掌櫃說：「大掌櫃，山西酒家的李掌櫃說，為喬東家接風的事，他們那邊都準備好了！」致庸一驚，笑道：「劉掌櫃，這裡還真有山西酒家？」劉掌櫃笑著說：「喬東家有所不知。恰克圖乃邊塞苦寒之地，除了我們山西人，願意來此經商的人不多。我們這些人長年守在這裡，思鄉心切，共同出資辦了這個酒家，請的掌櫃和夥計全是清一色的山西人，你到了這裡，絕對能吃上正宗的山西風味。」致庸抽抽鼻子，道：「太好了，我說怎麼到了這裡，就有一種到了家的感覺。原來我聞出山西館子的味道來了。」達盛昌分號掌櫃問：「喬東家聞到了什麼味道？」致庸笑道：「麵湯的味道！進了別處的館子，人家給客人上茶。只有我們山西館，客人到了，才會先上一碗麵湯！」眾人大笑，一起說：「喬東家，你是想家了！」劉掌櫃說：「喬東家，請吧！」

十幾天過後，在中俄邊貿城恰克圖的大街上，一家新的喬家大德興分號開張了。鞭炮聲中，致庸親手將一塊招牌釘上去。水家、元家、達盛昌的恰克圖分號掌櫃都趕來賀喜，一起拱手道：「恭喜喬東家，恭喜大德興的新號財源廣進，日進斗金！」致庸笑著還禮：「諸位相與同喜。今日小店開張，等會兒請諸位去咱們的山西酒家小坐。一來是要還席，二來是有事要求大家關照！」劉掌櫃代表大家道：「喬東家請我們喝酒，我們就叨擾了，這個求字，就不用說了，諸位，對不對呀！」大家哈哈笑道：「不錯！」致庸這時回頭，將新聘的大掌櫃推到眾人面前，道：「忘了給大家介紹了，這位就是我新請的高掌櫃。高大掌櫃，將來你在恰克圖，要和這幾位好好做相與，」高掌櫃拱手道：「東家說得對，今後還要請諸位相與多多關照。」劉掌櫃道：「這就客氣了，放心，以後我們同在天涯，一定會相互照應的。」

當日酒席散後，回到新開張的號內，高掌櫃對致庸和茂才道：「東家，孫先生，我剛剛才聽說，水家、元家、達盛昌的貨都出了手。他們有俄羅斯大茶商做多年的相與，另外水家、元家在俄羅斯和法蘭西還有鋪子，眼下茶貨又緊俏，聽說都賣了好價錢。」致庸道：「我們到了半個月了，鋪子也開張了，茶貨眼下這麼緊俏，大德興分號卻門前冷落車馬稀，沒什麼人上門，知道是怎麼回事嗎？」高掌櫃看著茂才說：「水家的劉掌櫃說過，可以代東家尋找俄國茶商，把我們這批貨賣出去，東家說生意要自己做，別人就不好插手了。眼下常在恰克圖茶市走動的俄羅斯茶商買了水家的貨、元家的貨，達盛昌的貨，放出風來，好像不再需要更多的貨了。」致庸看茂才一眼，哈哈大笑。茂才看著高掌櫃說：「可我和東家也聽說，往年這些俄羅斯茶商買完了茶就會走的，現在茶他們也買到了，怎麼沒走呀？」致庸接過話頭，對高掌櫃道：「孫先生說得好，他們嘴上不說，心裡都還惦記著咱們這一批貨呢！他們不來上我們的門，還放出風來說他們的貨買夠了，打算只有一個，就是想讓我們著急，主動去找他們，說到最後是想狠狠地壓我們的價！」茂才道：「東家說得不錯！」高掌櫃仍在發愁，道：「東家，我也找水家的劉掌櫃，元家的馬掌櫃聊過了，據他們講，都說恰克圖是天下最大的茶市，可要說主顧，也就只有俄羅斯人，他們聯起手來壓誰的價，那沒有不成功的。茶貨從萬里之外的武夷山運來，好歹你總得脫手，賺不賺錢都不能再運回去，所

以……」致庸回看茂才，目光沉沉地說：「茂才兄，我們該想個辦法了！」茂才點頭，看高掌櫃：「你問過劉掌櫃和馬掌櫃沒有，俄羅斯茶商往年有沒有對水家元家耍過這種手段？」

高掌櫃道：「那倒沒有。」致庸問：「那為什麼？」

「東家，俄羅斯茶商所以不敢這麼對付水家元家，是因為水家元家在恰克圖販茶已經有上百年了，在俄商甚至在俄國上層極有信譽，這個俄商不要，還有另一個俄商，都爭著要他們的貨，所以他們形不成目前對付我們的這種局面。」高掌櫃道。

茂才看看致庸，說：「東家，我覺得……」

致庸抬手制止他：「茂才兄，你等一等，讓我想想……我們的茶貨所以無人問津，是因為我們是新來的。好，我知道該怎麼辦了！高掌櫃，你上次說過，我不在家時有一個俄羅斯商人來過，是嗎？」高掌櫃想起來了，道：「是來過一個，叫什麼拉斯普汀，據說是沙皇御前一位大臣的遠房侄子，原先是貴族，後來父親出了事，被沙皇褫奪了貴族稱號，自己就跑到恰克圖做起買賣來。不過有根基的這些俄羅斯茶商都排斥他，連房子都不好好租給他住，水家元家也不大願意跟他做生意——」致庸截住他的話頭，說：「你就因為這些，也沒有在意他，是不是？」高掌櫃道：「東家，一個連俄羅斯人都瞧不起的人——」致庸想了想，道：「這樣吧，你派人去把他請來，就說上次他來我不在家，十分失禮，現在我想請他吃飯！」高掌櫃吃驚地看致庸，又看茂才。茂才一下明白了致庸的心思，道：「高掌櫃，什麼也甭說，馬上照著東家的話去辦！」

當天晚上，致庸和茂才在恰克圖最豪華的彼得堡飯店會見拉斯普汀。高掌櫃引拉斯普汀走進來。致庸上前迎接，拱手道：「拉斯普汀先生，幸會幸會。」拉斯普汀用蹩腳的中國話說：「喬東家，你好。我是拉斯普汀，上次我已經來過一次，說你不在，聽說你有些茶貨要出手，能讓我看看嗎？」致庸道：「當然可以。請坐，上茶！」眾人分賓主落坐，年輕美貌的俄羅斯女侍端上茶來。拉斯普汀品了一口茶，覺得不錯，卻道：「喬東家，我想先看看你的貨，再決定日後能否成為——用你們山西人的話說——能否成為相與。」致庸笑了笑，知道他也是個新手，什麼話也不說，取出一塊茶磚，放在拉斯普汀面前，說：「拉斯普汀先生，你是行家，請吧。」拉斯普汀做出一付內行的樣子，對這塊茶磚又是看，又是嗅，還掰下一塊放在口中嚼，然後開口繼續說出了一串蹩腳的中文：「這個不好，水家元家的茶才好，你們這個不好！」

致庸大笑，回看茂才，茂才也笑。

拉斯普汀心中生疑，道：「喬東家，你們笑什麼？」

致庸止住笑，道：「拉斯普汀先生，我所以笑，是因為先生可能不知道，先生說的水家元家的茶，也是我從中國的武夷山販來的，這是同一批貨。而且我的每一塊茶磚，還比他們的重一兩！可價錢卻一樣！」拉斯普汀不懂了，問：「那為什麼？你的貨和他的貨一樣，每塊茶磚卻要重一兩，你不是吃虧了嗎？」致庸突然正色發問道：「拉斯普汀先生，真想知道為什麼？」拉斯普汀道：「這個……想知道。」致庸道：「因為我和你一樣，在恰克圖這個天下最大的茶市上還沒有結識下多年的相與，於是也就沒有建立起像水家元家那樣的商譽。我的茶磚比他們重一兩，價錢卻是一樣的，就是為了結識你這樣的相與，為了在恰克圖建立水家元家這樣的商譽，為了和你這樣的大茶商天長地久地做生意！」拉斯普汀搖頭，道：「不，不，我還不是大茶商，恰克圖我來了三年，正趕上你們中國南方茶路斷絕，只做過一

些小生意，還沒有做過一筆大生意。」致庸道：「那我們就來做一筆大生意如何？我也是第一次，你也是第一次，咱們兩個從頭開始。不過，正因為你我都是頭一次，大家在對方心中都還沒有建立起信譽，我們都不賒欠，我給你茶貨，你給我現銀，如何？」拉斯普汀說：「銀子我有。不過用你們中國人的話說，我們不是相與，我就不能買你的茶，就是你的茶和水家元家的一樣，還重一兩。除非你讓利給我。」

致庸回頭看一眼茂才，哈哈大笑，說：「不，我不能讓利給你，因為你想占我的便宜。我的茶磚每塊重一兩，就已經讓利給你了。雖然我不能再讓利給你，可我能讓你即刻圓一個夢，從今年起就成為俄羅斯最大的茶商。你幹嗎？」拉斯普汀微微有點激動，說：「俄羅斯最大的茶商？喬東家，你有多少茶？」致庸道：「今年我從武夷山販來的茶貨，比水家元家和達盛昌邱家三家販的茶加起來還要多。到了明年，水家元家達盛昌邱家也許能販來茶貨，也許不能，可是我能，我今天就可以保證明年的這個時候把你要的茶貨運到恰克圖。這樣，你就會壟斷俄羅斯的茶葉市場，一舉成名，連貴國的沙皇都只能喝你的茶，知道你！」拉斯普汀完全激動了，說：「喬東家，你……真能使我一天之內成為俄羅斯最大的茶貨大王？你真能做到？」致庸道：「拉斯普汀先生，中國人有句古話，是孔聖人說的，叫做言必信，行必果。說話一定要算數，做的事一定要做成功。孔聖人還有一句話，叫做言而無信，不知其可。一個人如果沒有信義，他就是個不會有人信任的人，他就完了。我是中國人，難道願意在中國做一個誰也不相信、誰也不愛搭理的人嗎？」拉斯普汀完全被他的真誠與氣慨打動了，說：「好，喬東家，我相信你，我就和你做一次相與。要是我們做得好，我們就做天長地久的相與。咱們看貨去！」致庸站起，說：「請！」

二人往外走時。高掌櫃和茂才留在後面，歡欣鼓舞。高掌櫃說：「孫先生，東家真行，他原價賣掉了我們的茶貨，還能立馬拿到現銀，還為明年的茶貨找到了主顧。我都聽懵了，這事他是怎麼辦成的？」茂才說：「你說得不錯，東家這會兒越來越像個商人了。不過，他仍然只是喬致庸，只是喬致庸這樣的商人！」高掌櫃說：「孫先生，你這話我也不懂了！」茂才說：「以後會懂的！東家靠的不是嘴皮上的功夫，他說到的，就真能做到。一個人能說到做到，就能走遍天下！」高掌櫃道：「可是有人告訴我，無奸不商——」茂才道：「不。記住東家常說的一句話，造物所忌者巧，萬類相感以誠，我們是為了求利才來這裡做生意的，可不管他是洋人還是中國人，都只會信任誠信待人的人，說到做到的人，童叟無欺的人。高掌櫃，再告訴你一句，光能吃苦是不夠的，重要的是不能讓客人吃虧，別人不吃虧，你也就吃不了虧，吃不了虧，你就得了利！」高掌櫃點頭道：「孫先生，你這話我記住了！」茂才又笑道：「你記好了，東家和這位拉斯普汀，一定能做長長久久的相與！知道為什麼？」高掌櫃問：「為什麼？」茂才說：「因為他和東家做了相與，東家真的就會讓他成為俄羅斯最大的茶商！」

喬家大德興分號一天之內出手了所有茶貨的消息驚動了整個恰克圖。次日午後，在中俄界河邊上，水家分號的劉掌櫃一邊和致庸漫步、觀賞邊地風光，一邊已經在探討喬家的貨銀如何轉付的事情了。

劉掌櫃說：「恭喜喬東家，茶貨這麼快就脫了手！」

致庸道：「同喜同喜。致庸頭一次到恰克圖做生意，能如此順利，還要多多感謝各位相與的指點與幫襯呀！頭一條，沒有水家和元家的龍票，我這茶貨就出不了口哇！」

劉掌櫃道：「喬東家客氣了，這都是喬東家和我們東家事先說好的。再說，喬東家萬里販茶，也讓我們賺了不少呀……對了喬東家，喬東家的貨都是通過我們三家發出去的，俄商付的銀子也都在我們櫃上。這筆銀子加起來不小，我是來問問，喬東家是想帶現銀回去，還是在廣晉源換成銀票帶回去，然後再到平遙廣晉源總號兌出現銀？」

致庸對這家商號比較陌生，問：「廣晉源？就是平遙城中開票號的廣晉源票號？他們在這裡開的也有分號？」劉掌櫃答道：「對。廣晉源原先也在這裡開過茶莊，多年前他們在平遙的老號被成青崖成大掌櫃改成票號，專門在相與商家中承辦存貸款、匯兌、銀子和製錢兌換，這裡的茶莊也跟著改成票號，專門為在這裡做生意的晉中各商家辦理銀子匯兌業務。」致庸一時大感興趣，道：「我以為平遙的廣晉源票號只在咱們晉中一帶商圈中小打小鬧，沒想到竟然把生意做到了這裡！」劉掌櫃道：「喬東家要是不想萬里迢迢地帶銀子回祁縣，可以讓我們把銀子付給他們，由他們開一張銀票，你只管帶這張銀票回去，再去平遙廣晉源總號取銀子。不過他們要從中扣除百分之二的匯水，也就是匯費。」致庸越發感興趣了，說：「這倒是件極好的事。以前只是聽說平遙有個廣晉源票號，專做銀子生意，我們喬家從沒和他們打過交道。請教劉掌櫃，這個廣晉源放棄正經買賣去做這一行誰也沒做過的生意，真的有利可圖？」劉掌櫃大笑道：「喬東家你也不想一想，俗話說得好，無利不起早，就說這次，我們和元家櫃上有喬東家的貨銀總共三百二十萬兩，要是全交給廣晉源換成銀票帶走，按百分之二算，他們就能得利六萬多兩銀子的匯水。你說有利無利？」致庸一驚，回頭看茂才一眼：「這我還真沒想到，有點意思！」劉掌櫃接著說：「而且這個成青崖成大掌櫃，做起生意十分謹慎，除非他信得過的、我們祁太平三縣有根基的鉅賈，別處的或者一般中小商人的生意他一概不做，所以風險極小。以前商路沒斷的時候，光我們兩家在恰克圖要他們匯兌的銀子，一年也有幾百上千萬兩，僅這一筆生意他們每年就能收入幾十萬兩。除了辦匯兌，廣晉源還辦理小額銀子存貸，銀子和銅錢互換，一年也有幾十萬兩的收益。喬東家想一想，廣晉源的生意錯得了？」致庸看著劉掌櫃，目光明亮起來，道：「劉掌櫃，這才叫聞君一席語，勝讀十年書，致庸身在商界，居然對票號生意一竅不通，慚愧得緊！聽了你的話，真有醍醐灌頂之感。」他略一沉吟，就爽快地答應了，「那好，這次我就試試，帶廣晉源的銀票回去，看它方便還是不方便，真方便還是假方便！」

次日致庸就帶著茂才長栓去了恰克圖的廣晉源分號。分號的何大掌櫃已經站在門前迎接他們了，見到他們到來，忙拱手施禮道：「喬東家光臨，小號蓬蓽生輝，快請。」致庸還禮，問道：「請問就是何掌櫃了？」何掌櫃道：「不敢，在下何春亭。喬東家今日光臨小號，一定是為你的銀票而來。」致庸與茂才對視一眼，笑道：「何掌櫃真猜對了，正是為我的銀票而來。順便我也想看看你們這家票號，長長見識。」何掌櫃道：「喬東家玩笑了，喬東家走過的大碼頭多了，小號不在話下。銀票馬上就為喬東家準備妥當，請你稍坐。」致庸道：「是嘛。何掌櫃，我不急。」他和茂才坐下，饒有興趣看著何掌櫃在一張已經寫好的銀票上加印，又添加密字，然後吹吹紙面上的油墨，走過來將匯票付給致庸，道：「喬東家，這張匯票你收好了。我馬上再寫一封信，讓信局速速送回山西平遙總號，報與大掌櫃得知。你帶著匯票回到山西，先派人支會我們總號一聲，讓他們準備銀子，十日後就可以去平遙拉銀子了！」致庸用新奇的目光看著那張匯票，又遞給茂才看。茂才不覺念出聲：「廣晉源匯票。憑某字第某號匯付山西祁縣大德興寶號漕平銀三百二十萬七千三百二十兩，言明匯至山

西平遙本號，十日內無利交兌不誤此據，經手人何春亭，大清咸豐六年九月三十日。」他抬起頭來看何掌櫃：「何大掌櫃，你在這上頭手寫的兩行小字什麼意思？」何掌櫃想了想，悄聲說：「這事瞞得了別人，不能瞞喬東家和孫先生，這是本號為防止外人偽造銀票，自己在上面加的密字。喬東家回頭拿這張匯票去敝總號兌銀子，掌櫃的不但要看印章，還要看這些密字，核對無誤後方才放出銀子。」致庸一時聽得怔了，半晌才失聲叫道：「妙！這一招妙！何大掌櫃，外人能比著做出你們的銀票，刻出同樣的圖章，甚至模仿你的字跡，但只要他不懂得如何加上這些密字，就兌不出銀子來。茂才兄，這個辦法妙不妙！」茂才笑道：「此中果然大有玄機！」何掌櫃拱手道：「謝喬東家照顧小號的生意，喬家是大商家，盼喬東家日後多多照應小號！」致庸道：「何大掌櫃，你還甭說，有過這一回，以後咱們還真的可能要經常打交道了。」何掌櫃也笑道：「那小號就求之不得了。」

走出廣晉源分號，致庸一直在沉思，突然回頭看茂才，神情激動，想說什麼，又沒說。茂才深深看他一眼，道：「東家，要是不想說，就甭說。」致庸笑道：「茂才兄，我剛才是在想，有了這張匯票，我就不用擔心拉銀子回去時在路上碰到蒙古草原匪幫了。」他故意把聲音壓低，說：「哎，你說我把這張匯票藏在哪裡最安全？」茂才不願意理他，說：「東家，我說你最好把它掖在靴筒子裡。」他一邊說一邊笑，上馬往前走。致庸看著他，笑，「哼」了一聲，大聲說：「我還就聽你的了，我就掖在靴筒子裡！對別人來說，它就是一張沒用的廢紙，你以為別人都會拿它當寶貝呀！」茂才不接他的話茬，打馬疾馳。致庸上了馬，回頭望廣晉源恰克圖分號的招牌，一拍腦袋，自語道：「我怎麼就沒想到，這小小一張匯票，竟是廣晉源為天下商人發明的一樣寶貝！有一天要是票號這一行開遍天下，天下的商人做生意，不都不用拉著銀車往前走了嘛！」長栓這時在後面催他，說：「二爺，你還走不走？」致庸找不到別人說，就對長栓道：「哎長栓，這要是商人們千里萬里行商，不用再拉著銀車，那也就不用擔心路上遇到強盜了，不擔心遇到強盜，也就不用請鏢局了。和這筆開銷相比，票號的匯水並不算高。」長栓聽不懂他的話，說：「二爺，你說些什麼呀？」致庸心情越來越激動了，說：「不，票號的好處還不止這些！票號減少了鏢局的開銷，就降低了經商的成本，成本降低，商人的利潤空間就大，利潤空間大，貨品價碼就可以降低，老百姓就可以得到實惠……其次，銀車不在商人身邊，沿途的強盜就失去打劫的目標，不只是經商的人更為安全，因為少了強盜，所有的商路都會暢通無阻！」長栓怔怔地望著他，還是不明白他在說什麼。致庸卻一把攥住他的兩個膀子，激動地叫道：「知道嗎長栓，這真是一件利商利國利民甚至對強盜都有好處的大事！大好事！」

長栓這時全懵了，問：「對強盜都有好處？」致庸道：「對呀，強盜失去了打劫的目標，就會失業，失業了他就會改行，改了行他就不是強盜了，就會棄惡從善，不會再被朝廷和官府逮到了砍頭，這難道對他們不是好事？」長栓道：「二爺，你怎麼讓我想起了劉黑七？」致庸臉上的笑容急落，不再說下去，將匯票折疊起來，掖進靴筒。長栓害怕道：「二爺，你真把它藏在那裡！」致庸道：「藏在這裡怎麼了？只要我丟不了靴子，就丟不了它！走！」他上馬去追趕茂才，忽然又停下來，大聲自言自語道：「不，最要緊的一個好處我差點兒忘了。要是天下開遍了票號，商人就能輕輕鬆鬆地走遍天下，商人們走遍了天下，貨通天下的日子才真會到來！要真的讓晉商老前輩貨通天下的夢想成真，先就必須在全國開行各票號，實現匯通天下！對，匯通天下！長栓，快走，咱們去找孫先生，喝酒去！」

下

第二十七章

1

白駒過隙，轉眼大半年就過去了，胡管家再次看見雪瑛時，她的肚子已經明顯地凸了起來，面上平添了不少風塵僕僕之色。胡管家不禁心中一陣唏噓感慨，那一年何家彷彿大限來臨一般，先是何家大少爺，接著不長時間內何母與何父先後辭世，立時何家這千斤的重擔就壓在眼前這個小女人的身上。

雪瑛在何家的外客廳內穩穩地坐著，從容不迫地接待他：「這趟我去了包頭、西口、東口，上個月又在京城和天津待了一陣，本想順運河南下，去江南走一遭，可那裡還在鬧長毛，所以到了濟南就停下了，不過就是這樣，我還是大開了眼界！」胡管家恭維道：「太太是過世老爺挑中的人，秀外慧中，這次一出門就是好幾個月，一定大有斬獲！」

雪瑛道：「今天請你來，就是想說說我的打算。何家在山西境內開的二十多家大煙館，都關了嗎？」胡管家趕緊道：「關了，都關了，那些掌櫃、夥計也都作了妥善安置，願留的留，不願意留的都發了遣散費。」

雪瑛點點頭，突然不再說話，又開始出起神來。胡管家在那裡坐著，心中一陣發慌，這個少奶奶看似歲數不大，但做起事來極是斬截老辣，一旦接管何家的買賣，第一道命令竟然是宣布關閉何家所有的煙館，當時一片譁然，五個大掌櫃走了三個，留下的兩個自然是乖乖地聽話了。何家內部亦是如此，在何父過世前不久，各個管事的已經照這位少奶奶的意思進行了調整。等何父一過世，何家的幾個本家子侄原本還想鬧一鬧，不料長門的族長何太爺早已經受了何老爺的委託，在靈堂上便把場子鎮住了。繼業、繼財兩個侄子則被何老太爺和這位少奶奶叫進外書房單獨談過一次，時間雖不長，兩人出來的時候都面色發青，從此再沒敢上門鬧過。幾個回合過後，何家內外再也無人敢挑戰這位少奶奶，加之一年到頭很少能見到這位少奶奶一絲兩絲笑容，誰也摸不透她的心思，故都很是怕她。

胡管家等了半晌，也不敢吭聲，忽聽雪瑛開口道：「我仔細盤算過了，何家還是進典當業吧。」胡管家一愣。雪瑛看看他，接著說道：「雖然我們在平遙開的頭一家當鋪不成功，但是到了太原、北京、天津、濟南這些大地方，情形就不一樣了，那裡生意人多，銀子多，贖當和買當的人也多，不會讓銀子無法周轉。」胡管家連連點頭：「有道理。」雪瑛繼續道：「相比之下，開當鋪最好的地方應是京城。京城住的多是達官貴人、皇親國戚，能在京城商界占有一席之地的也多是各省的鉅賈大賈，那兒是天下的銀子、寶貨聚散之地，別處開當業不行，在那裡開當業，永遠都有銀子賺！何家以前也算富甲一方了，但做的生意從沒出過山西。從今兒起，何家要走出山西，走進全國每一座大都市，做天下最賺錢的生意，和最會經營的商家一決高下！」

胡管家忍不住振奮道：「東家好氣魄！」雪瑛點點頭，仍舊語調平淡地吩咐胡管家在北京尋一座宅院，以備她日後之用，胡管家自是滿口應承。雪瑛看看他，又道：「對了，喬

致庸能去江南販茶，我們為什麼不能？明年到了季節，我們也要派人去武夷山販茶！」胡管家大驚：「可是……」雪瑛冷冷道：「我知道你想說什麼。重賞之下必有勇夫，只要有人敢去，並且能給我販回茶來，要多少銀子我給多少銀子，賠了算我的，賺了銀子，我和他們三七分帳！」胡管家想了想，為難道：「東家，以前的老規矩，無論總共賺多少，掌櫃的都只拿一，東家應當拿九！」雪瑛眉頭一皺，聲音高了一點：「這個規矩從我這兒改了。還有，我聽說喬家的夥計都頂了身股，我們何家的夥計，也每人給他們頂一份身股，要快！」胡管家不敢再說什麼，趕緊點頭答應。

又停了一會，雪瑛看著胡管家，緩緩道：「這次我出門去，好容易覓了一個典當業的好手盛泰盛掌櫃，我已經把他請來，過一會他去見你，典當這一塊就由他和你一起負責。」胡管家一驚。雪瑛不動聲色仍舊平淡地說下去：「這典當行業你們都不熟悉，所以我請了位行內高手，何家的生意自然仍由你主事，你和新來的盛掌櫃要好好配合！」胡管家不覺背上出了一點冷汗，趕緊道：「少奶奶放心，胡某必當配合，必當配合。」

雪瑛道：「那這事就這麼定了，何家剩下的掌櫃、夥計願意做典當的，自可留下學著做，盛掌櫃也會配合你安排，不願意的就像上次一樣，拿豐厚的遣散費客客氣氣地打發他們走人。」胡管家點頭。雪瑛下意識地看看小腹，道：「從今兒起，我要在家裡靜養，誰也不見了！有什麼事趙媽或者翠兒會轉告你，剛才交代的事，你就和盛掌櫃儘快著手吧！」胡管家趕緊起身告辭，雪瑛忽然又叫住他道：「喬家的茶葉生意進行得如何了？」

胡管家愣了愣道：「聽說喬東家帶人去恰克圖販茶，已經走了大半年了，前兩天聽說好像是回來了。」雪瑛呆呆地聽著，臉上沒有一絲變化，心裡卻浪頭般翻滾起來，她不再說話，揮揮手示意胡管家退下了。

喬家這兩天熱鬧得如同翻了天一般。長栓在外客廳中坐著，得意非凡，廳內一干人，包括玉菡在內，都在聽他講去恰克圖來回路上的見聞。「哎，太太，我和二爺這一回，那可真叫九死一生，先是二爺走在沙漠上，差點渴死，我用自己水囊裡的水餵他，他才活過來，後來我們又在蒙古大草原上碰上了匪幫，有一個匪徒要砍二爺，千鈞一髮之際，我大喊一聲，你給我住手……哎，我別吵醒了小少爺，我嗓門大……」

玉菡笑起來：「沒事兒，你說你的，這兩個孩子啊，都隨他爹，睡得死，打雷都不會醒的。」旁邊一干男女僕人原本憋著，這會都笑了起來。長栓有點不安了：「哎，你們笑什麼？」長順原本笑著要走，見他發問，忍不住開口調侃道：「長栓，知道不？牛肉近來可便宜了！」眾人聞言越發轟然大笑起來。長栓有點生氣：「你說我吹牛？你……」

玉菡竭力忍住笑道：「長順，你出去招呼二爺，看他需要點什麼。其他人也都各忙各的去吧……」長順和眾人笑著應聲出門。玉菡轉過頭，換了一個話題：「長栓，你坐下。我聽二爺說，你和雪瑛表妹的丫鬟，叫什麼翠兒來著……相好？」「太太……那只是我，我喜歡她，八字還沒一撇呢……」說著長栓的臉驟然紅起來。

祁縣城中，曹掌櫃陪致庸、茂才走進大德興，夥計趕忙上茶，人人喜氣洋洋。致庸呷了一口茶笑問道：「曹爺，大半年不見，家裡怎麼樣？」曹掌櫃喜孜孜道：「東家，您和孫先生走時留在大德興的那些茶貨，我讓人運到了北方，三四年來北半個中國都沒見過新茶，我們的茶貨一到，聽說連皇上和後宮裡的皇后皇貴妃都驚動了，這批貨賣了好價錢，銀子都回來了！東家，今年咱們大德興是個前所未有的大年啊！」

致庸和茂才相視一笑。致庸道：「好，趕年前把帳好好算算，和諸相與家的帳都清一清，咱們不欠人家的銀子過年！」曹掌櫃連連點頭。致庸接著道：「還有，每年的臘月二十四，喬家的規矩，要請各路大掌櫃吃一頓團圓年飯，這事你派個人好好替我張羅。今年我們的生意不錯，大家都高興，一定要把這頓飯搞得豐盛些，讓大家吃好，哈哈！」曹掌櫃見他這般高興，立馬答應下來。

致庸好一陣忙活，半下午才趕回喬家大院。茂才因為要安排老父親過年，也趕回家去了。致庸突然心中一動，吩咐長栓把車趕往書院。他遠遠地聽著院牆內傳來的讀書聲，笑了：「長栓，聽見沒？這是世上最好聽的曲子，美妙至極。」長栓捂著嘴笑，致庸突然卻皺起了眉頭。

晚飯後，致庸在書房檢看景泰的書，景泰和元楚侍立在旁。致庸生氣地將景泰的書扔到地下，大為生氣道：「景泰，這就是四大爺每天讓你和元楚念的書？」景泰有點害怕地點點頭。致庸大為不滿：「這是給孩子們念的什麼啊？這種八股文，是那些為了騙到一官半職的人寫的狗屁文章！你和元楚要讀書，就要讀好書，讀聖賢書！來，我給你們找好書！」他指指書架上的四書五經及辭賦選集之類的書道：「以後要多念諸如這樣的書。景泰，你和別人不同，你將來是要接管我們家家事的。我們是商家，念書不是為了考功名，是為了通過知識薰陶人的志向和品行，記住了嗎？」景泰點點頭：「二叔，記住了。」致庸接著轉向一旁的元楚：「元楚，你呢？」

元楚想了想，搖頭道：「舅舅，舅舅的話跟元楚沒關係。」致庸一愣，驚奇道：「我剛才說的話怎麼就跟你沒關係？」元楚道：「舅舅，景泰長大了要去經商，我長大了要去考功名，我才不去經商做我爹那樣的人呢。」

致庸大笑：「好小子，敢說你爹的壞話。經商的人難道就是壞人？小小年紀，怎麼也一腦子漿糊。」元楚看看他，認真道：「舅舅你又錯了，元楚是神童，元楚腦子不是一盆漿糊。」致庸有點不高興了：「那你願意讀這些八股文了？」元楚笑了笑，道：「舅舅，元楚也不願意，喬家家塾我可只去了一回。」致庸又是驚奇又是好笑，連聲問為什麼。元楚皺著小眉頭，一隻手指八股文，一隻手去捏鼻子：「這種書太臭，元楚不是不想讀，是元楚一聞見它腦子就疼。」

致庸大笑：「你讀什麼書腦子才不疼？」元楚先是不做聲，接著打開自己的書包袱，把《楚辭》、《詩經》、《全漢賦》等一本本取了出來，道：「讀我自己帶來的書，腦子才不疼，心裡才覺得暢快。」致庸一本本翻看，又驚又喜：「元楚，你小小年紀，都能看懂？」元楚老老實實道：「也有看得懂的，也有不甚明白的，比如這《全漢賦》。可就是不明白，看著也喜歡。」致庸一下將元楚舉起，大聲道：「好孩子，說得好，你腦子不是一盆漿糊，舅舅腦子才是一盆漿糊！」

如玉出現在門口，笑道：「二弟，你又嬌縱他了！」致庸放下元楚，想了想道：「不行，三姐，不能再讓他跟著四哥讀那些臭八股了，我得給他們請好老師，請名師！」如玉眼睛溼潤起來，道：「二弟，你也別太寵他，別忘了他只是個孩子！」致庸連連擺手：「不不不，三十年後，你還敢說他是個孩子？眼下正是亂世，做官要人才，經商要人才，做文章更要人才，就是農民種地，也要人才！誰又敢說三十年後元楚不會成為治國經邦的大才？就是景泰，也不能再讓四哥教他了！」

2

第二天一大早，當長栓把馬車停下，茂才撩起簾子一看，忍不住皺眉道：「這怎麼到平遙了？」致庸在一旁笑道：「本來咱們就是要來平遙呀！」茂才盯著他看，突然道：「東家，今兒我沒吃早飯，餓了，讓長栓給買兩個火燒去。進平遙之前，你得讓我知道，你今兒讓我跟你幹嘛來了。」

致庸不願說破，先是吩咐長栓去買火燒，然後道：「茂才兄，我們今天是來告訴廣晉源的成大掌櫃，讓他給我們準備銀子。」茂才「哼」了一聲：「要是只為這個，東家就用不著茂才了，我也就不跟你進去了。我家正忙著修房子，你還是讓我回去吧。」說著他便要下車。致庸一把拉住他，笑道：「茂才兄，茂才兄，有些事情我不是還沒想好嗎？沒想好怎麼跟你說？」

茂才把手抄在袖口裡，乾脆閉目不語。致庸只得道：「好好好，我本來想過了年再跟你說。我是東家，年前就該想好明年的生意怎麼做，這也是規矩呀。」茂才慢慢睜開眼睛：「今年東家剛和茂才一起開闢了江南到恰克圖的茶路，明年不想再走這條茶路了？」致庸搖搖頭：「怎麼不想？當然想，而且要往大了做！你忘了，我在恰克圖答應過拉斯普汀先生，讓他成為俄羅斯最大的茶商呢。不過我想，今年我們疏通了茶路，明年別人也去江南販茶，我們再想做獨家生意是不能了！」茂才有點不耐煩：「東家要有了新的打算就直說，幹嘛繞彎子呢？」

致庸笑道：「茂才兄，今年咱們疏通了茶路，明年我想去湖州疏通絲路，去蘇杭二州疏通綢路……」茂才拉長聲調道：「是嗎？東家的心可夠大的。天下最大的生意除了糧油，就是絲茶，茶葉東家已經做了，還要繼續做，現在又想去做絲綢生意了。行，這些生意我都支持你做，可我怎麼琢磨著你好像話沒說完呢？」致庸看著他笑，就是不接口。茂才拿出旱煙袋，磕了磕，慢悠悠道：「東家，有什麼話，就一塊兒說出來，甭藏著掖著了！」

致庸有點不好意思：「茂才兄，你為什麼一定要逼我把心裡想的都說出來？說出來萬一做不成，你不是讓我在你面前沒面子嗎？」茂才長長地吸了一口煙：「要不要我替你說出來？你心裡那點事兒，茂才胸中明鏡兒似的！東家，自從我們在恰克圖見到票號，這事就像一隻小兔子，一直在你心裡亂拱，一天也沒有消停過。是不是？」

致庸剛要說話，卻見長栓倒騰著兩個手捧著火燒跑回來，沒好氣地扔給茂才。茂才也不介意，接過火燒，大口嚼起來，讚道：「好吃！這平遙的火燒，就是好，要是再加上點兒平遙牛肉，就更好吃了！」長栓調笑道：「要不要再給你來一碟兒老陳醋，來一壺杏花村的好酒，再來二兩花生米？」茂才也不動聲色道：「那就更好了！可惜東家不發話，你弄不來！」致庸也笑，看著茂才，心中卻有點複雜起來。

茂才也不再多說，三下兩下吃掉一個火燒，將另一個揣起來，接著道：「長栓，別愣著，快趕車進城，東家今天是辦大事來了，他想知道人家廣晉源票號是怎麼開的，他這個人，想把天下的好事一下子都收入囊中！」

短短兩年間，致庸已經名聲大噪，廣晉源總號大掌櫃成青崖親自帶二掌櫃、三掌櫃，將他和茂才迎了進去。成青崖沿著長廊邊走邊說：「敝號早已接到恰克圖分號的專信，喬東家托敝號匯兌的銀子，已經為你準備好了。」

致庸站住恭敬道：「成大掌櫃，致庸今日來到寶號，一是要兌取那筆銀子，二也是想來開開眼。當年姜升陽老先生在我山西眾商家之中，慧眼獨具，識見精深，又敢為天下先，一手

創辦萬川匯票號，開了票號業的先河。成大掌櫃更是青出於藍而勝於藍，繼承姜先生的事業，創立廣晉源票號，為不少商人開了便利之門，一些地方只要帶著一張廣晉源的銀票就能暢通無阻。成大掌櫃，這件事可是自古以來從沒有過的大事，功在當代，惠及千秋啊！」說著他深深地作了一揖。成青崖聽著這些話頗為受用，客氣道：「喬東家言重了。老朽雖然孤陋寡聞，卻也聽說祁縣喬家出了一位少年英豪，膽識過人，南下長江北上恰克圖，為天下茶商疏通了茶路，今日一見，喬東家果然氣宇軒昂，風采照人，真應了一句古話，叫做自古英雄出少年。」

致庸哪裡敢受這些話，謙虛了半天，又恭敬道：「致庸去恰克圖之前，雖也聽說過票號，但走包頭、下江南，都無緣與票號業務有什麼干係。直到這次在恰克圖真正見識了票號，大開眼界，此後一直想來貴號總號瞻仰。今日終於有了機會登門，老前輩能讓人帶致庸前後看看嗎？」成青崖心中已經頗為得意，當下道：「喬東家已經成了小號的相與，看看又有何妨？老朽就帶你們到各處走走！」致庸、茂才連忙站起稱謝。

成青崖領著致庸和茂才一路介紹：「喬東家，這是前櫃，敝號就是在這裡和相與商家辦理匯兌。當然了，要是像喬東家這樣的大主顧來，裡面還有雅室。」

致庸一路看去，頻頻點頭，又請教道：「成老前輩，有件事我想討教一二。譬如致庸今天不取這筆銀子，把銀票留下，銀子存放在貴號，什麼時候用什麼時候來取，能行嗎？或者我以後做生意，也像我們祁縣的水家、元家、邱家在貴號恰克圖的分號那樣，做完了買賣不付給對方現銀，只寫一封信到此地貴號總號，由此地貴號總號將我存在這兒的銀子支付給人家，行不行？」

成青崖笑道：「當然行哇，喬東家，看來你對我們這一行已經有點瞭解了。」他解釋道：「我們做的是這種生意，第一敝號可以為相與商家辦理異地匯兌，這是票號的主營業務；其次我們還兼營錢莊，供客商們把銀子換成製錢，或者把製錢換成銀子；再其次，我們吸收各相與商家一時用不了的存銀，存在我這裡安全不說，我還給利息，同時也對相與商家放貸，你做生意沒錢，我可以先放貸給你。喬家在包頭開有復盛公錢莊，後兩宗買賣你一定熟悉。不過加上異地匯兌這一宗買賣，錢莊就變成了票號，這麼說吧，以後喬東家但凡在生意上有和銀子打交道的事項，敝號都可以一體辦理！」

茂才在一旁彷彿很無意地打聽道：「成大掌櫃，這門生意裡頭，有銀子賺嗎？」成青崖不禁得意道：「生意場上有句話，叫做無利不起早。像喬東家此次從恰克圖將銀子匯到平遙來兌取，我們要收百分之二的匯水，這個你們知道；其次客戶到敝號拿銀子換錢，拿錢換銀子，敝號接收存款和貸款出去，都有固定的收益。這麼說吧，喬東家做的是錢變貨、貨再變錢的生意，我們做的是讓錢變錢的買賣，都是生意，哈哈哈……」

致庸鼓掌笑道：「成大掌櫃，你這拿銀子生銀子的買賣，不該叫票號，該叫銀號。」成青崖擺擺手：「那可不行，當初我師傅也想過這麼叫它，可是東家說，叫銀號太招搖，還是叫票號，於是成了票號。做這行得低調！」

致庸一面聽著點頭，一面仔細地四下觀察著。那一直跟著他們的二掌櫃突然起了疑心，不放心地看著致庸，最後終於道：「喬東家，這裡沒什麼好看的，前面請。」致庸和茂才笑笑，停留了一會才又往前走。成青崖面上的笑容少了許多，但仍帶著他們繼續參觀：「……這裡是存放款的地方，這邊辦理換錢業務。那一邊，是代眾相與辦理信件郵寄業務的地方。這邊是帳房。裡面還有銀庫和店內掌櫃、夥計們起居的地方。喬東家，敝號大體上就這些了，裡面請茶吧。」

致庸和茂才走進帳房時，注意到了一幅正楷小字，那幅字端正地貼在帳房先生面前的牆上。兩人互視一眼，致庸當即朗聲念出：「實事求是。一意為公。隨機應變。返樸歸真。身體力行。立足不敗。變通增益。以垂長久。」他笑著回頭看著二掌櫃道：「請教二掌櫃，這幅小字是何意思？」二掌櫃看看他，敷衍道：「啊，這是店訓。喬東家，裡面請。」致庸不再多言，隨他走了進去，茂才卻又回頭朝那幅小字上多盯了幾眼。

幾人終於進了雅室。致庸取出匯票：「成大掌櫃，這兒是致庸的匯票，請成掌櫃過目。」成青崖略略驗看了幾眼便道：「這個不會有錯的。喬東家方才說要將貴號的銀子存在敝號，喬東家用時再來支取，是否當真？」致庸點點頭。於是成青崖將匯票交與二掌櫃，吩咐道：「讓櫃上辦去。喬東家一定很忙，儘快辦完了好讓喬東家辦自己的事情。」

二掌櫃會意，轉身走出，一進帳房便悄悄地道：「大掌櫃讓快點給他辦，辦完了讓他趕緊走，這個喬致庸今天來好像有別的意思。」帳房先生點頭：「明白，馬上就得。」

雅室內，致庸正在和成青崖有一搭沒一搭地聊著，雖然致庸還是很想聊聊票號，但成青崖已經基本不接口了，只說些閒話。不多久，二掌櫃便進門遞過一張銀票。成青崖接過那張銀票，交給致庸：「喬東家，剛才你交給老朽的是一張匯票，這兒是我廣晉源的一張銀票，喬東家通過敝號從恰克圖匯來的銀子，除了若干匯水，已全部轉為敝號的存款，你拿上這張銀票，何時來支銀子自用，或者支銀子給相與商家都行。」他說著起身，擺出一副送客的架勢：「老朽近日有點難言之疾，就不奉陪了！」

致庸也不得不站起：「謝成大掌櫃。不過成大掌櫃，致庸今日來，還有幾句話想對老前輩講！」一陣不耐煩的表情掠過成青崖的臉，但他想了想還是道：「喬東家還有話？就請講吧。」但他不坐下，並且做出一種隨時準備送客的架勢，於是致庸和茂才也只好站著。

致庸仍舊笑著道：「成大掌櫃，自打在恰克圖見識貴號的分號，致庸心中一直都藏著一句話，想到廣晉源票號對大掌櫃說出來！成大掌櫃，致庸不才，認為廣晉源票號已為我商家做了一件改天換地的好事，可惜目前這件好事的局面還不夠大，能夠從這件好事中獲益的商人還太少，致庸為此深感惋惜！」

成青崖有點聽不入耳了，「哼」一聲道：「敝號地面局促，成青崖人老德薄，做的事自然不入喬東家的法眼。」致庸連忙擺手：「晚輩不是這個意思。據晚輩所知，春秋時期我們山西商人的老祖宗計然就說過，錢幣的流通應當像行雲流水，不能停滯，它流動得越快，天下的貨物就流動得越快，為天下人生利就越多。可是幾千年過去了，一直沒人能想出一個讓錢幣流動得快的辦法，廣晉源首辦票號，正是替天下商人想出了一個讓銀子快速流動、快速生利的辦法！」

成青崖沒做聲，但頗有點自滿地撚著鬍鬚。致庸愈加恭敬道：「成老前輩，致庸自從在恰克圖領略到了票號業的好處，就一直在思考，覺得票號好是好，只是參與這一行業的人太少。據我所知，現而今全中國的票號加起來，也只有五家，三家都在你們平遙，另外兩家是徽商開的。」成青崖欲言又止。致庸繼續道：「票商太少這是致庸的遺憾之一；這麼少的票商，開辦的分號就更少，分號最多的就是廣晉源，也只有北京、天津、杭州、福州、恰克圖五個分號。分號這麼少，自然不可能為更多的商家辦理匯兌業務。就比如我，到包頭下江南去恰克圖，銀子都得自己來回帶，又費力又操心，路上風險也大啊。」

成青崖仍舊不說話，但面上卻明顯有了不悅之色。

茂才在一旁直向致庸遞眼色，致庸沒有注意到，繼續道：「致庸還有一個最大的遺憾，那就是廣晉源今天只與晉商中有名的大商家做相與。僅這一條規矩，就將無數中小商家排除在了票號能帶來的方便之外。」

成青崖不再急著送走他，乾脆坐下來，「哼」一聲道：「喬東家，照你看來，我們這票號業該怎麼辦才能讓你少些遺憾呢？」致庸一點也不介意他語氣中的嘲諷，熱烈道：「這也正是致庸今日到貴號來見成大掌櫃的目的之一。致庸是這麼想的，廣晉源首創票號業，第一次讓商人們利用自己的信用而不是現銀，使走遍天下做生意成了一種可能。這是我們商界開天闢地的事情！若能把這件事辦大辦強，讓更多的商家進入票號業，在全天下由眾多的票商織成一個廣大無邊的信用之網，讓大中小商家皆能以這個網為依託，憑信用做生意，我們就能實現晉商前輩一直夢寐以求的貨通天下的理想，做成天下從來沒有過的大生意……」

茂才拽了拽致庸的袍角，示意他打住。這邊成青崖已猛然拂袖站起，背身而立。致庸將茂才的手撥拉開，追上去急道：「成老前輩，咱們平遙的晉商老前輩王協王老先生，為了實現晉商貨通天下的理想，一生北上大漠，南到南海，東到極邊，西到荒蠻之地，但他到底沒有做成天下那麼大的生意，因為那時沒有票號。現在這個機會由廣晉源為天下商人創造了出來，我們這一代晉商既然已經看到了這個機會，就不應當再放棄。只要有了票號業這張巨大的信用之網，我們就能做成王老先生想做而做不成的事，實現貨通天下，造福萬民！」

成青崖再也忍不住，轉過身來，逼視致庸道：「喬東家對我們票號業的事有如此多的興趣，不是也想做這行生意吧？」致庸毫不迴避地點點頭，誠懇道：「成老前輩，致庸現在覺得，票號業的興衰將決定中國商業的興衰，致庸一是敬慕前輩，二是深感作為晉商的一員也有責任追隨老前輩，將票號這一新的行業發揚光大！」

成青崖瞪了他半晌，終於冷笑道：「我明白了。喬東家今天竟不是來兌銀子的，而是來讓老朽知道，喬東家要進入票號業與廣晉源分庭抗禮，是這樣嗎？」致庸沒料到，他熱切地說了半天，成青崖竟然這麼回答他，當下有點尷尬，急忙強笑著誠懇道：「老前輩不要誤會。廣晉源是天下票號業的創立者，老先生又是今日我山西票商的領軍之人，致庸即使真的進入票號業，也只是想追隨老先生，譬如廣晉源是那張遍及天下信用之網的綱，喬家大德興就是那網上的一個小目。」

成青崖冷冷地「哼」一聲，臉色極為陰沉。茂才趕緊在一旁打圓場道：「成老前輩，請允許在下插一句話。鄙東家的意思是，要將票號業辦好，實現貨通天下、匯通天下的夢想，需要許多票商一起努力，鄙東家非常想跟在老前輩身後，成為這許多商家中的一員。」

成青崖沉沉地看著他們，突然哈哈大笑：「喬東家，還有這位孫先生，今天你們真是抬舉老朽，什麼將票號開遍天下，讓天下所有的商家都變成票商的相與……」他神色一變，笑容頓落，道：「喬東家的心胸，不可謂不遠大，老朽佩服。不過這可不是老朽的師傅當初辦票號的初衷。老朽的師傅當初辦票號，只是為了減少相與商家來往使用銀子的麻煩，同時自己也掙點銀子，並沒想過什麼貨通天下、匯通天下。老朽也老了，你今天說的這些事情，我就是想做，也是力不從心。對不起，我讓兩位失望了！二掌櫃，送客！」說著他背轉過身，不再理睬致庸和茂才。致庸看看茂才，面呈失望之色。茂才趕緊向他使了一個眼色，於是致庸也不再多說，拱手告辭。

長栓甩了一個響鞭，駕車前行。車內致庸與茂才對視片刻，忍不住道：「怎麼？今天我又說錯什麼了嗎？」茂才搖了搖頭，開口道：「不過你今天好像有點兒對牛彈琴。」致庸臉色微變：「茂才兄，你的意思……」茂才看看他，卻不再說話，徑直點起了旱煙。致庸也不再開口，車內的空氣好像一下子冷了起來。長栓忍不住回頭看了他們一眼。

3

他們回來時一路都沒有再說話。晚飯過後，致庸再也忍不住，拉住茂才便到了書房。茂才也不客氣，一進門就道：「東家，你要是覺得只要事情有益於天下，別人都會像你一樣一顆熱心，滿腔激情，恨不能立馬就去辦，那就錯了！」致庸被他兜頭潑了一盆涼水，一時說不出話來。茂才繼續道：「據我所知，成青崖並不是心胸闊大之人，自從他接管了山西第一票號廣晉源，便把票號業視作自己的禁地，臥榻之旁，不容別人安睡。平遙另外兩家票號的大掌櫃，一個是他的師弟，一個是他的徒弟，同樣為他所不容。你今天對他說那些話，一則對牛彈琴，二則打草驚蛇。」

致庸再也忍不住了，激動地說道：「茂才兄，我也不是一定要進入票號業，我看中的不是其中的利，我看中的是票號業將來會成為大清商業振興的希望！廣晉源已經開了多年，一直畫地為牢，只與大商家做相與。但天下的生意是由天下的商人一起做的，這其中就包括大批中小商人，他們本小利薄，最需要票號業的幫助！你想過沒有，有一天我們真把票號開遍了全國，商人們僅憑一張小小的銀票就可以走遍天涯，那是個什麼氣象！天下的出產都會變成貨物，飛快地流通起來，天下再沒有流動不起來的貨物，也再沒有流動不起來的銀子，這會給天下人帶來多少財富！你想想，真到了那一天，我們這一代商人，我們，你和我，會做出怎樣的成就！無論是前輩還是後人，我們在他們面前都將毫無愧色，後代商人說起我們來，那會是一種什麼語氣！我們一定會說……」

茂才忍不住打斷他：「東家，你別憧憬個沒完了。開票號要大本錢，在全國開票號，需要的不是銀子，那是一座銀山，你到哪裡搬來一座銀山？」致庸一愣，道：「開票號當然需要銀子，許多許多的銀子，可不一定全用自己的銀子。票號的主營業務是匯兌，但它同時還是錢莊，替別人存銀子，放銀子，用別人存進來的銀子，我們也能做票號生意。當然了，一開始不會有大批銀子存進來，因為你還沒有信譽！」

茂才點頭：「這個不錯，做票號生意和做別的生意一樣，首先要建立信譽，可是……」他還沒有說完，致庸就搶話道：「這只是一條路。第二條路，我們不但要繼續販茶，還要堅決地去湖州販絲，去蘇杭二州販綢，一點點把開票號要的那座銀山堆起來。第三……」茂才接口道：「第三，你想借別人的銀子開票號！」

致庸不好意思地笑了：「茂才兄，原來你也想到了！我們能用別人的銀子販茶，就能用別人的銀子辦票號，辦票號既是件天大的好事，那就是天下商人共同的責任，理應天下商人一起做！」茂才半天不出聲，過了好一會才道：「東家，我明白你的意思，但有句話我得說出來了！」

致庸點點頭，眼睛熱切地看著他。茂才歎了口氣道：「無論是在包頭立新店規，給夥計們頂身股，還是南下販茶，西走恰克圖，你做的都是了不起的大事。不過我現在就覺得，你

過去做的這些所謂大事，和你將要進入票號業相比，都微不足道了！」致庸神情一震。茂才道：「你先別高興，過去你做什麼事，我都支持你，包括去老鴉山勸劉黑七下山。可是開票號這件事，我卻不得不說——不！」

致庸震驚地望著他：「茂才兄，這是天大的好事，你為啥……」茂才有點煩躁地站起來踱步道：「東家，正因為它是一件天大的好事，從來沒有過的好事，做成了就將一改天下商人經商的氣象，給天下的商界重立新規，簡直和開天闢地差不多，我才不支援你！」

致庸大為不解，連連追問。茂才坦言道：「因為我擔心不管是你，還是你我加在一起，都既沒有那個實力，更沒有那個心力！」致庸又是狐疑，又是著急，一時間眼望著茂才，等待著他把話說完。只見茂才踱了好一陣，終於艱難道：「東家，老子說，魚不可以脫於淵，國之利器不可以示人。辦票號，在天下織成一張信用之網，這就是國之利器，這把刀切下去，天下所有的人，不只是商人，包括官府，朝廷，甚至是我們的皇上，都會感到切膚之痛！這種在中國商界開天闢地的大事，能給天下人帶來大利的事，是國之大利，向來只能由國家來管，朝廷來辦才對！這樣的事怎麼可能由一個或者幾個、十幾個山西商人做成呢？由一幫山西商人掌控了國之大利，朝廷怎麼辦？他們會讓一批山西商人掌控這國之大利嗎？」

致庸有點明白了，囁嚅道：「這個……我只想到它對天下商人的好處，並沒有想到……」茂才點頭：「對，東家你今天看到的只是它對天下商人的好處，別人看到的就可能僅僅是其中之利。東家要做的是惠及天下的大事、好事，可這種大事、好事辦起來，本身就不會十分順利。東家你要從今天起記住茂才的話，如果你執意進入票號業，那你必將嘗盡世間的甘苦，喬家則有可能一敗塗地，陷入萬劫不復之境！」他嚴肅地直視著致庸。沒料到致庸一聽這話反而笑了：「茂才兄，事情還沒做，你就這麼嚇唬我？」

茂才跺足道：「我不是嚇唬你。東家，我這會兒才覺得，我和你其實是兩種人。你以為自己讀了一本《莊子》，就栩栩然蝴蝶也，以為自己成了老莊之徒；我和你不同，以為自己自幼苦讀四書五經，就成了孔門弟子。不是，東家，我發現現在正好打了個顛倒，你不是老莊之徒，反倒更像個孔孟之徒，身在草野，心憂天下，而我這個所謂的孔孟之徒，事事想的卻是韜光養晦，獨善其身。而在我看來，做商人首要的就是獨善自保，隱藏鋒芒，這樣才能做大，長久。東家，我這會兒勸你還不晚，廣晉源早在多年前便創立，可他們一貫低調行事，就是因為要自保啊，他們也有『匯通天下』的大匾，可一直都藏在後院，從來不拿出來示人。哼哼，天下人應當由廟堂上衣錦食肉的那些官員去關心，那是他們的責任，你和我現在只是商人，我們只要像現在這樣，今年去南方販茶，明年去湖州和蘇杭二州販絲販綢，為自己也為天下的茶民、絲民、綢民掙回大筆銀子，就盡了商人的責任。這將票號開遍天下的抱負，不僅宏大遙遠，而且深不可測，凶多吉少。我勸你還是丟棄了這個念頭罷，免得有一天大禍臨頭，後悔不及！」

也許他的話說得太重了，致庸不再接口，只是皺著眉頭深深看他，半晌道：「茂才兄，你剛才說我不是老莊之徒便錯了，鯤鵬雖然受到了燕雀的嘲笑，可它知道，它這麼做，並不是為了揚名立萬，是它自己覺得應當這樣，它覺得只有這樣飛翔，才是快活的，只有這樣的日子才值得去過……茂才兄，你覺得一味獨善自保的生活有味道嗎？」

茂才沒有做聲，但神色間頗不以為然。致庸心中失望，仍然笑道：「哎，茂才兄，我幼時聽過一匹小馬過河的故事，說小馬不知水的深淺，牠就去問河邊的田鼠，田鼠說哎呀河水

深得很，你會淹死的；小馬又去問一頭老牛，老牛說，河水很淺，還沒膝蓋深呢，隨便就過去了。等小馬下了河，才發現河水既不像田鼠說的那麼深，也不像老牛說的那麼淺！」

茂才皺著眉頭看看他，卻不再接口，將杯中的冷茶一飲而盡，站起便朝外走。致庸追上去道：「茂才兄，大丈夫立於世間，無非是立德、立功、立言三件事，我輩立德的事做不到，立言的事更不必枉談，身為一個商人，能做的也就是為天下人做些大事，立些功勳。能做而不做，見機而不起，那是懦夫！」茂才「哼」了一聲：「東家，讓我怎麼說你呢。我現在就可以料定，你這一輩子，一定是以卵擊石的一輩子，不到黃河心不死的一輩子，被撞得頭破血流的一輩子！」致庸一點也沒把這話放在心上，想了想，反而激將道：「茂才兄，你說錯了，我知道不會這樣的，因為我身邊有你這個再世的諸葛！我要是真的那樣了，不是我無能，是你無能！」

茂才看著他那年輕的黑亮眸子，又好氣又好笑。致庸見狀，繼續如念白般鼓動道：「亦余心之所善兮，雖九死其猶未悔。路曼曼其修遠兮，吾將上下而求索……」

茂才搖搖頭，瞅著他好一會，才無奈道：「好吧好吧，你也不要給我戴高帽子，你一定要走上這條不歸路，我也沒辦法，反正我勸過你了。你打算怎麼辦？你是東家，你說了算。」致庸正一正神色道：「有你這句話就成。事情說辦就辦，明天咱們就著手合計辦票號的事！過完年，你我就一家家登門，去借銀子！」茂才長歎一口氣，不再理他，快快地離去。致庸又喊了幾聲，見他頭也不回，也只得作罷。

月光照射下，窗前樹影婆娑。下半夜了，原本睡熟的茂才突然睜眼，大叫一聲，起身便向書房跑去。一直沒有合眼的致庸聽到動靜，已經把門打開：「茂才兄，你怎麼了？」

茂才看他：「我想起了一件事，可這會兒又不想對你說了。」致庸一把把他拉進屋，笑道：「一定是辦票號的事，快說快說！」茂才仍掙扎著要走：「算了算了，我兩個時辰前還反對你插足票號業，這會兒又要幫你出主意，豈不是出爾反爾，自相矛盾了嗎？我怎麼成了那種人了我？」

致庸按著他坐下：「我的好茂才兄，想起什麼大事來了，快說！」茂才擺架子道：「不行，要茶！沒茶我說不出來！讓長栓起來弄壺好茶！」致庸笑了，立馬從身邊端出在暖巢裡捂著的一壺茶：「茶給你準備好了，我一直準備著呢！」

茂才喝茶，道：「想到的事情我可以說出來，但這決不表明我改變了初衷，支持你辦票號！」致庸點頭，一雙年輕的眼睛熱烈地看著他。茂才道：「剛才我做了一個夢，在夢裡頭忽然明白過來，那張貼在廣晉源帳房裡的店訓，裡頭大有文章！」

致庸大為興奮，一迭聲道：「你喝茶，快點說！」茂才道：「東家，店訓若是為約束號內眾人而寫，就不該貼在帳房內，而應貼在公眾會聚之所；將店訓貼在帳房內，字又寫得那麼小，只能和帳房先生有關！」致庸一挑大拇指：「有道理，說下去！」

茂才拿他沒辦法，只得瞪了他一眼繼續道：「剛才我在夢中，把他們那張店訓記起來了。我說，你寫！」致庸趕緊執筆在手，茂才沉聲念道：「實事求是。一意為公。隨機應變。返樸歸真。身體力行。立足不敗。變通增益。以垂長久。」

致庸一一寫完，拿在手上左右端詳，卻聽茂才道：「甭看了，東家，快把廣晉源的銀票取出來！」致庸略有所悟，當下從靴筒中掏出銀票，擺在桌上。兩人將廣晉源的店訓和銀票上面的字好一陣對照，半晌，致庸拍案大笑道：「茂才兄，我看出來了，這幅店訓，就是他

們加在銀票上的密字！」茂才讚賞地點點頭：「不錯！我也這麼想！」

致庸笑道：「來來來，我們對對，看銀票上的字和店訓上的字有什麼聯繫。」茂才撫著銀票沉吟道：「要破譯人家的密字，先得明白人家最想用密字證實什麼。」

致庸立刻道：「銀票上的銀子數！」「還應當有寫票的日期。」茂才添了一句，致庸趕緊念道：「這張銀票上有銀子二百二十萬兩，日期是九月二十日。要說前面是數字，一字就該對實事求是的實字，二字應當對事字……這不對。」說著他在地下轉起圈子，好一陣冥思苦想。

茂才拿著兩張紙看，嘴裡念叨道：「東家，我這會覺得咱們快找到門徑了，只差那麼一點點，就那麼一點點！這一點點過去了，咱們就……」一語未畢，他一掌擊在案上。致庸嚇了一大跳，卻聽茂才笑道：「雕蟲小技！雕蟲小技！東家，你橫著看這張店訓，是不是就看明白了？」

致庸口中念念有詞，突然一躍而起，大叫道：「是啊，不但要橫著念，還要從左向右念，我們念書念習慣了，連想事情都是從上往下，從右向左。你看，這麼反著一念，就對上了，最上面從左到右，是一二三四五六七八九十百千萬，共十三個字！」茂才點點頭，也興奮道：「接下來是一年的十二個月，再加上月日兩個字，共十四個字，下面還有一個字，是什麼？再查查！」

致庸狡黠地一笑：「不用查了，最後一個字是兩，銀兩的兩，正好，一共二十四個字，正合店訓上的二十四字。」茂才一怔，兩人相對大笑起來。笑著笑著，茂才笑容一斂，默默看了看致庸，扭頭往已經露白的窗外看去，輕輕歎了一口氣。致庸毫不覺察，將銀票收起，抓起店訓和剛才寫下的字紙，一起放在燭火上燒掉，道：「這可是別人的大祕密，留它不得啊！」

第二十八章

1

致庸是個說幹就幹的人，前兩日他已經吩咐長順專門收拾一個院落，準備延請名師。幾日後他召集家人鄭重宣告：「有件大事。自從元楚來到咱家，我就一直想為他和景泰請一個好先生。喬家的家塾，讓孩子們讀的全是八股文，再這樣下去就把景泰、元楚兩個孩子誤了！」

幾個女眷互視一眼，點頭表示同意。如玉的眼圈都紅了。致庸繼續道：「我請的這位先生家學淵深，本人學問也高，十年前就中了進士，只是因為沒銀子在朝廷裡活動，才沒能補上一官，只能清貧在家。但今天我要和嫂子、三姐你們一塊商量的是，請到這位先生後，全家要立一些新規矩，將先生留住。」

如玉道：「致庸，你是說……」致庸點點頭：「三姐，你可能已經想到了，自古讀書人瞧不起商人。商家呢，也常常因為自己有銀子瞧不起讀書人，往往兩相反感。」曹氏和玉菡對視一眼，當下便道：「致庸，我們聽明白了，你要我們如何待這位先生？」

致庸讚許地看了她們一眼，道：「聖人講天地君親師，人生在世，除了天地君主父母之

外，最要敬重感激的就是先生了。這位劉先生願意屈尊來我們家教導景泰和元楚，就是我們喬家的恩人。我想說的是，從劉先生進門這天起，我們一家，從上到下，每一天都務必把人家當成恩人款待。」

如玉突然跪下：「嫂子、致庸、弟妹，我為元楚這孩子，謝謝你們了！」致庸趕緊攙起她：「三姐，這你就錯了，這位先生既是為元楚和景泰請的，也是為我自個兒，為咱們全家人請的！」如玉驚奇道：「致庸，這話怎麼說？」致庸拉如玉在桌前坐下：「從現在起，我想給喬家改改門風，把算盤聲、戥子聲、謀利聲變成學生讀書聲、先生講道聲，讓我們的後代，在學會經商之前，先懂得聖人的經典，學會做人！不獨男子，家中年輕的女孩子和女眷，每天閒著也是閒著，我想在書院裡掛上竹簾，讓她們都坐在裡面，跟景泰、元楚一同聽先生講書。她們不是商家之女，便是商家之妻，自小聽到的是算盤聲、戥子聲、算利錢的吵鬧聲，聽一點詩書文章，將來就不會只懂得唯利是圖。」玉菡望著致庸，癡愛的目光裡立時多了幾分敬重和崇拜。致庸迎著玉菡的目光微微一笑：「都說富不及三代，為什麼？就因為許多商家有了錢就貪圖享樂，忘了讀書教育下一代……」

沒過多久，那位劉本初老先生就被致庸高薪隆禮請進了喬家大院。從那日起，喬家對待先生的禮數便遠近聞名了，而且一直延續了下去：先生到家，全家跪地相迎；平日裡指派兩個人專門侍候；先生一日三餐，東家在時親自作陪，東家不在，就由家中女眷在餐廳內懸一竹簾，於簾後坐陪；先生出入皆使用東家的馬車或者轎子；一年四季的衣服，東家穿什麼，先生就穿什麼……

劉本初為人清高，原本並不太情願到商家授教，但在這般禮遇下，最終也心服口服，兼之頗喜元楚的天分，終於安安心心地留了下來，至此喬家的私學便大不一樣起來，家風也就此為之一變。玉菡因為常常聽致庸在夢裡念叨蝴蝶，所以就著這個機會，也學起了《莊子》，幾年下來，竟然也有小小的收穫，實在算是意外之喜了。

年關越來越近，大德興絲茶莊愈加忙碌了。一條長長的號稱天下第一的大算盤擺在櫃檯前，五六個夥計雙手同時在上面熟練地算著帳。小夥計們跑來跑去，端茶倒水，招待從外地分號趕回來的大掌櫃們，個個喜氣洋洋。

玉菡抱著孩子在一旁笑吟吟地看著。一個王姓夥計屢屢出錯，玉菡終於按捺不住，把孩子交給明珠，上前道：「算了，你下去，我來。」很快玉菡的手如彈琴般極其熟練地打開了算盤，眾人一片喝彩。

直到傍晚，曹掌櫃才抱著一摞帳簿走進大掌櫃室，笑道：「東家，到底算完了。哎喲，二太太可算露了一手，不愧是名商之後……」身後玉菡款款走進來，接過話頭：「今年的生意跟往年相比真是一個天上，一個地下。前幾年年年賠，今年各店只有一家還虧著，三家持平，其餘皆大有贏利。」

致庸一樂：「說說賺了多少銀子！」曹掌櫃剛要翻帳本，這邊玉菡眼也不眨地報出來了，曹掌櫃呵呵笑著補充道：「東家，今年是我到大德興三十年來，喬家最大的一個豐年！」致庸大叫了一聲好，一旁茂才坐著笑，拱拱手道：「恭喜東家！」致庸克制著激動，也向曹掌櫃和茂才拱手道：「諸位爺同喜！」他想了想，接著道：「曹爺，今年大家忙了一年，都辛苦了，雖說還不到帳期，但賺了銀子大家都高興。無論股東、掌櫃還是夥計，你造個冊子，除了薪金，給大家多分點銀子，讓大家過個好年！」曹掌櫃一怔，高興地問：「知

道了！新來的人分不分？」致庸點頭道：「分！只要進了我大德興的門，就是我們的人！每人多給五兩銀子過年！」

曹掌櫃略略有點遲疑：「五兩太多了吧！一個剛出徒的夥計，一年的薪金也不過十兩！」致庸擺擺手：「一定要給！要讓大家從進號第一天就記住，大德興和復字號大小就是他們的家，只有這個家好，大家的日子才能過好！」茂才鼓掌道：「我贊成！」曹掌櫃不再堅持，當下又笑道：「東家，剛招進來的這些人想見東家，見嗎？」致庸點點頭，一邊站起往外走。

新招的夥計、學徒一排排在院裡站著，一個個神情興奮。曹掌櫃陪致庸和茂才走出，致庸道：「諸位都來了，好好好，新年就要到了，祝大家新年大吉大利，心想事成！」眾人「轟」地一聲：「我們也給東家拜年！」致庸笑了：「這下著雪，天兒怪冷的，剛才曹掌櫃讓我給大家說幾句，我就簡單地說幾句！」一聽這話，這些年輕的學徒立刻規規矩矩地站好。接著致庸提高了點嗓門：「大家可能都聽說了，今年我們大德興和包頭復字號大小各店，是個大大的好年景！這種兵荒馬亂的年頭，多少生意人失業，多少鋪子關張，多少人流離失所，這都是一年多來我親眼所見，可是我們卻靠自己的一雙腳，走回來一個好年景！你們說，這是怎麼回事？」眾人互相對視一眼，七嘴八舌起來──「因為東家不怕死，走南闖北地去販茶！」「因為大家齊心合力，擰成一股繩！」「因為東家仁義，做生意講良心！」……

致庸聽著笑笑道：「你們說得都沒錯，做生意就是要仁義，要不怕苦。我舉個例子，過了年你們就要到包頭去，到蒙古大草原去做生意！我不騙你們，那裡很苦，一到九月就下大雪，寒風刺骨，滴水成冰；到了那得學蒙語、學俄語，一大早起來就得練；照店規你們去了那裡，一年才能回來一趟，當學徒的四年才能回來，要拋家捨業，離開父母妻兒，遇到不痛快事哭都找不到親人。我不是嚇唬你們，我說這些話是想告訴你們，要是你們中間有人怕苦，趁早待在家裡別去！有沒有這樣的人啊？」

眾人愣了愣，接著都齊聲高喊「沒有」！致庸又笑了：「沒有就好！可是要做好生意，光能吃苦還不行，你們還要會做生意！怎麼算是會做生意？我告訴你們，你們給店裡掙了大筆的銀子，我不一定誇你，可你們要是為大德興和復字號大小掙回了好名聲，讓人家認死了咱們大德興和復字號大小的牌子和信譽，我就重重地獎勵你們，給你們加薪金，加身股！」

眾夥計、學徒「轟」地一聲響，個個情緒活躍。致庸掃了他們一眼，又提高嗓門道：「最後再說一句，最後一句！我們做生意的人，不能只想著生意，心裡要裝得下整個天下！整個天下，你們懂嗎？」

這次眾人都沒有接口，互相看著，歡笑聲慢慢低了下去。致庸嚴肅道：「什麼是天下？天下就是天下蒼生，具體說起來就是你們遇見的每一個蒙古牧民。你們要時刻想著他們一年四季需要什麼，而不是什麼貨品最賺錢！我再提一個希望，你們每個人，不但要把我大德興和復字號大小的生意做大，更要在蒙古大草原上把自己歷練成一個心懷天下的商人，以後都能回來做大掌櫃。告訴大家，將來我們喬家要做的生意有天那麼大，需要很多的大掌櫃，二掌櫃，三掌櫃。在喬家做掌櫃，沒有心懷天下、把生意做到天涯海角去的抱負是不行的，都明白了嗎？」這些年輕的夥計、學徒們似乎都若有所悟，面色很自然地都嚴肅了起來。曹掌櫃也頗為感動，帶頭鼓起掌來，接著夥計、學徒們終於發出一陣雷鳴般的掌聲。

外面的雪大，所以致庸很快就讓眾人散了。曹掌櫃招呼致庸和茂才進了屋，感慨道：「東家，您剛才的這番話，他們要是聽懂了，夠他們受用一輩子啊！」致庸笑了，轉了個話題：「剛才這些新進來的人裡頭，有沒有票號業方面的行家？」曹掌櫃一驚：「怎麼？東家過了年要開票號？」

茂才不冷不熱地接口道：「東家不是要開票號，而是要把票號開遍天下。曹掌櫃，你打這會兒，就要幫東家在我們祁、太、平三縣搜羅有開票號經驗的人，以後東家在這方面要用的人，比包頭馬大掌櫃要求送往蒙古草原上的夥計還要多！」曹掌櫃沒有多想，當下拍胸脯道：「那好辦，前幾天還有一些票號業的掌櫃和夥計來找過我，他們不是廣晉源成大掌櫃的徒弟，就是他的掌櫃或者夥計，要說都是些人才，大多都是成大掌櫃容不得，被攆出來的！」

致庸大喜：「那要謝謝成大掌櫃了。曹掌櫃，你過了年，馬上派人去聯絡這些掌櫃和夥計，有多少你給我收下多少，我現在不怕人多，只怕人少！」曹掌櫃點頭。茂才不做聲，一直冷眼望著，眼見致庸興奮的目光又向他轉來，立刻扭頭向窗外看去，只見窗外的大雪一陣緊似一陣地飄著。

2

臘月二十四那天，從早上起喬家大廚房就一片熱火朝天的架勢，二十多個廚子、十七八個老媽子都在緊張地忙碌著。玉菡高聲囑咐他們道：「喬家臘月二十四招待大掌櫃的飯可是出了名的，大家可不要讓我丟了臉！」眾廚子大笑：「那不會，太太您就看好吧。」玉菡也呵呵笑了起來，鼓勁道：「大家幹好了，我每人發你們一個紅包！」眾人一時謝著，笑著，廚房裡熱鬧成一片。

近中午的時候，桌子終於擺開，冷菜已經齊齊地上來了，各地的分號大掌櫃也陸續到了，可就是誰都不願意先入席。推讓了一陣，曹掌櫃笑道：「東家，每次讓大家坐下都是件難事，今年還是你來安排座次吧。」致庸想了想道：「以往請大家吃這頓團圓席，好像都是年資最長的大掌櫃坐首席，今年咱們是不是立個規矩，請一年裡出力最大、最辛苦，給股東和大家贏利最多的大掌櫃坐首席。大家說如何？」

眾人鼓掌叫好。天津侯大掌櫃道：「雖說照新規矩，我今天坐不了首席，但我還是舉雙手贊成，因為它給大家提氣！今年你幹得好坐首席，明年保不準我幹得好，也能坐首席呢！」眾人大笑。曹掌櫃道：「大家要是沒意見，這個新規矩就算立下了。今年包頭復字號大小馬大掌櫃在各位大掌櫃中間，出力最大，贏利最多，咱們請馬大掌櫃坐首席！」

馬荀急忙推讓起來。京城大德興分號的李大掌櫃當時便起鬨：「馬大掌櫃有點不好意思啦，來，我們給他鼓掌！」一陣笑聲和掌聲過後，馬荀仍舊不幹，急扯白臉道：「東家，諸位前輩，你們饒了我吧！要說今年為兩號贏利最多、最辛苦的人，應當是東家，東家不遠萬里，冒死重開茶路，又遠上恰克圖開新號，和俄商簽訂茶貨供貨合同。我們這些人中間，誰也比不上他，我提議，東家本人坐首席！」

這一席話說得眾人也連聲附和。致庸哈哈笑道：「錯了錯了，可惜我不是大掌櫃，我要是大掌櫃，當仁不讓要坐首席。我是東家，東家給自己賺錢，那是應當的，何況今天這頓

飯，是我請諸位。好了，都別讓了，馬大掌櫃今年在諸位中間成績最為優良，請馬大掌櫃坐首席！」馬荀還要推讓，被眾人摁在首席動彈不得，只得老老實實地坐下了，剩下的大掌櫃們按著年資順次入席。茂才雖然也推讓了一番，但仍被眾人推到了上座，坐在了馬荀的邊上。

一待眾人坐畢，長栓便進來鋪下拜墊。致庸恭敬道：「諸位大掌櫃，照喬家祖上的老禮兒，今兒要給你們行禮，感謝大家一年的辛勞。」眾人照例謙讓一陣，然後便凝神端坐。於是致庸跪下，恭恭敬敬磕下頭去。

磕完頭，曹掌櫃上前，將其攙起：「東家，意思到了，大家領情了，快快請起！」致庸入席，道：「諸位，在這辭舊迎新的日子，我想說，今年已經過去了，到了明年，致庸要和諸位更上一層樓，我們不但要繼續走茶路，還要去疏通絲路和綢路。另外，有一件大事我要通告大家，明年開了市，大德興和復字號大小的所有字號大小，都要兼營票號生意！」

此言一出，席間眾人皆一驚，議論起來。侯大掌櫃忍不住問道：「東家，您是說我們大德興絲茶莊要改成茶票莊，做票號生意？」致庸點頭：「不錯，不只是大德興名號，連同復字號大小在包頭以及內外蒙古新設的分號也要改成茶票莊，兼做票號生意！」

眾人一時面面相覷，神色各異。致庸見狀笑了，道：「大家別急，今天我只是先打個招呼。過了年，大家先回去，等我把祁縣這邊的事兒辦完，我們幾大片區的大掌櫃們一起到京城，好好商量一下在北京掛出喬家第一家茶票莊招牌的事！」此言一畢，他便不再多說，立刻吩咐上菜。致庸接著端起酒杯，向眾人敬酒。眾人當下也停住了議論，紛紛舉杯，酒桌上很快熱鬧起來了。

除夕說著就到了。一大早長栓就走進書房，笑嘻嘻道：「恭喜二爺，今天是除夕，事情該辦的都辦完了，這是各地的信。」致庸點點頭：「各位股東的年利，你問過曹掌櫃沒有，都發放完了？」長栓笑道：「問過了，發放完了，人人高興得歡天喜地。」致庸想了想又問：「給村裡那些過不了年的人家送的年貨，都送到了嗎？」

一提這個，長栓有點激動起來：「送到了，都是些米呀、麵呀、肉呀，街坊四鄰都感謝東家的菩薩心腸呢！」

致庸道：「哦，我知道了，你下去吧。」長栓剛轉身要走，致庸忽然喊住他道：「……翠兒，翠兒你最近可見過她嗎？」長栓看看他，道：「我說二爺，您有話就直問唄，和我還用得著藏著掖著嗎？」致庸臉上的笑容一點點落去，歎道：「她可真是不容易，先走了丈夫，接著又沒了公婆，孤身一人，也不知這年是怎麼過的！」長栓道：「二爺，這您可不用擔心，雪瑛姑娘，不，何家少奶奶，她可厲害著呢，把何家上下管得服服帖帖，都怕她！」致庸半信半疑。長栓忽然想了起來道：「對了二爺，有件大事，我差點忘了告訴你了！雪瑛姑娘，她懷孕了！」

致庸大驚，一把抓住長栓，有點語無倫次地喜道：「你你你，你說什麼？雪瑛她懷孕了？」長栓甩掉他的手，哼哼道：「她嫁了人，自然會懷孕的，這有什麼大驚小怪？太太自嫁了你，小少爺都生出兩個來了！」致庸顧不上理會他的譏諷，激動得熱淚盈眶：「這太好了，真是老天有眼，不，是財神爺顯靈了！雪瑛妹妹懷孕了，但凡她能生個一男半女，她的終身也就有了靠！長栓，拉馬！」

長栓一愣，猶豫道：「二爺，您不會去榆次給何家少奶奶道喜吧？人家孩子還沒生出來

呢，現在就去道喜未免太早了點兒！」致庸笑道：「誰說我要去榆次？快去拉馬！」長栓看看他，趕緊一迭聲應著出了門。

致庸和長栓騎馬一路快跑，不多久就到了祁縣西關外的那座財神廟。一進門，長栓便嘟囔道：「現在我明白你來幹什麼了。不過這地方也太破了，瞧這灰，怕都多年沒打掃了吧？」

致庸瞪他一眼：「別嘟噥了，把香燭點上！」長栓點點頭，捂住鼻子拂去香案上的灰，點燃香燭，自個兒先合掌禱告起來：「財神爺，今兒是大年三十，我知道我們家二爺心裡高興，可我不知道他為啥不去他想去的地方，見他想見的人，反而到您老這麼個破地方來，您瞧，您老人家這兒也太蕭條了，怕都多年沒人來供奉您香火了，您逮著這麼一回，就好好享用吧！」

致庸又好氣又好笑：「後面站著去！」長栓退後，仍舊嘟囔道：「人家說的沒錯嘛。您為何家少奶奶高興，就去見人家唄，讓我也見見翠兒。您為人家高興，跑到這個破地方來，燒香也走錯了廟門呀！」

致庸不理他，恭恭敬敬開始上香，合掌含淚道：「財神爺，在下喬致庸又來了，您老人家一定聽到了喬致庸的禱告，不想讓雪瑛妹妹一輩子孤苦伶仃，才給了她一個孩子……致庸知道，這種事人是辦不到的，只有您老人家才能辦得到。您辦成了這件事，致庸胸中這一顆破碎了的心，就不會再每日暗暗作疼了。財神爺，您不但救了雪瑛表妹，您也救了我，救了我喬致庸！我今天來，是想稟告您老人家，您給了我們這麼大的恩典，我要報答您，要為您重修廟宇，再塑金身！」長栓一聽這話，朝左右一看，只見破廟四處漏風，忍不住玩笑般大聲道：「廟裡有人沒有？呵呵，出來接布施啊！」

他原是玩笑話，不料話音剛落，卻見一個乞丐樣的廟祝從神像後閃了出來。長栓被他嚇了一大跳，後退一步，哆嗦道：「你，你是從哪兒出來的？」那乞丐模樣的廟祝施禮道：「施主請了。」致庸大為高興，走上前去道：「你就是本廟的廟祝？」那廟祝點頭道：「對，對，小人雲遊到此，正想在此處歇下腳來！」他這麼一說，長栓心中忍不住嘀咕起來。致庸不以為疑，反而喜道：「好啊，這可是座靈驗的財神廟，也與你有緣啊！」說著他扭頭對長栓道：「去把拴在馬鞍後面的那個銀包拿過來！」長栓嘟著嘴半天才將那大銀包抱了進來。致庸抱過沉沉的銀包，恭敬地放到香案上，合掌道：「道長，在下喬家堡喬致庸，這裡有一千兩銀子，我全部布施給本廟，你替我重修這座廟，為財神再塑金身！」那廟祝簡直難以置信，聲音都抖了起來：「一千兩銀子？」

長栓在後面連拉致庸的衣服，致庸把他的手打開，意猶未盡道：「你把廟修好了，我會來看的，到時候還有賞呢，合著大家有緣，你就好好伺候這座廟吧！」說著他深施一禮，轉身興高采烈地出了門。長栓一跺腳，跟了出去。那乞丐廟祝掐了自個兒一把，「哎呀」叫出聲，趕緊追出去：「喬施主，還的什麼願，能告訴貧道嗎？」致庸笑著道：「當然可以告訴你。你這廟裡的財神爺為我心裡每天想的一個人成了件大事，讓她懷了孕，從此終身有靠。我為財神爺重修廟宇，再塑金身，不只是還願，還要求財神爺保佑這個人平平安安地把孩子生下來，養大成人，將來為她行孝盡義，養老送終！」

說著他在廟門外上馬。長栓也跟著上了馬，埋怨道：「二爺，二爺，您又糊塗了！他根本不是廟祝，他是個窮要飯的！」致庸不介意：「知道一句話嗎，叫做心到神知！」說著他

打馬狂奔起來。長栓在後面一邊跟著，一邊生氣地自語道：「瞧這樣的爺，趕明兒您對我也糊塗一回，白捨給我千兩銀子，我也有風風光光娶翠兒的錢了！」

致庸縱馬到了祁縣城門口，忽然勒住馬，喜氣洋洋地朝城中張望。長栓嘟著嘴道：「二爺，您又想幹啥？今天可是大年三十，一家子人都等著呢！」致庸笑道：「長栓，今天我特別想找個地方胡鬧一把，走，你陪我！」說著他便撥轉馬頭，向城裡跑去。長栓大驚，在後面喊：「二爺，您站住！」

致庸策馬一路小跑，拐進了城東的年貨市場。這兒原本是這幾天最熱鬧的地方，此時也寂寥下來，只有很少幾處小店和攤子還開著張。致庸下馬，慢慢逛了起來，長栓陪著他邊走邊歎道：「二爺，我說了吧，戲園子、茶館、酒店，都關門了，就連窯子……人家也要過年，您去哪兒胡鬧！」

致庸毫不理會，興致勃勃地走到一處賣年畫的攤子前，蹲下看了一會，把所有「麒麟送子」的年畫都挑出來，高興地付了帳。那賣年畫的一邊收錢一邊好奇地問：「客官，小人多一句嘴，您買這麼多一樣的畫要做什麼用啊？」致庸樂呵呵道：「啊，我當然有用。這大過年的，有那些新結了親的人家，急著想要一個兒子，有那已經結親的，盼著來年抱個大孫子……我把這些畫買了，我我、我送給大家，一人一張，就是送個吉利！」說著他抱起年畫，一張一張開始硬塞進過路人懷裡：「來來來，一人一張，麒麟送子，大吉大利，來年家家添一個大胖小子！」路人雖奇怪於他的舉動，但都笑著接下了。長栓看了一陣，百般無奈，只得走上前幫他發起來。

除夕之夜，何家大餐廳內燈火輝煌。一張巨大的餐桌上，擺滿了各式菜肴。雪瑛孤獨一人端坐著，望著滿桌的菜肴，眼神陌生而茫然。外面響著此起彼伏的鞭炮聲，與餐廳內的冷清形成了巨大反差。

翠兒悄沒聲地走過來，看著她心疼道：「小姐，這是年夜飯，您多少吃一點吧。」雪瑛眼睛直直地望著遠方：「翠兒你聽，家家都在過年。」翠兒趕緊安慰她：「是的小姐，家家都在過年，可我們家也在過年呀。」雪瑛不接她的口，自個哀怨道：「喬家一定也在過年。」翠兒忍不住看她一眼，也不敢吱聲。

雪瑛繼續哀哀切切自顧自說道：「喬致庸這兩年多好，南下武夷山，北上恰克圖，賺了一大筆銀子，陸玉菡又給他生了兩個兒子，這會兒他們家一定也在吃年夜飯。他們家有大人，有孩子，老的少的，年夜飯一定熱鬧，其樂融融！」

翠兒心中也難過，長栓的樣子模模糊糊地在她面前升起，鼻子一酸，趕緊忍住：「小姐，他們家的年夜飯熱鬧，那是他們家的。喬家有喬家的日子，我們家有我們家的日子，小姐，快吃一點吧，這是年夜飯，不能不吃的！」雪瑛依舊沒動，半天聲音空洞道：「翠兒，咱們來到何家，有多久了？」翠兒還沒來得及回答，雪瑛自顧自地說下去：「翠兒，如果死去的大少爺是個和別人一樣的男人，一個和別人一樣的丈夫，我這會兒恐怕也有孩子了，今年我們家的年夜飯，一定也像別人家那麼熱鬧！我也會像陸玉菡一樣，身邊圍著丈夫，懷裡抱著自己的孩子！我們也會是其樂融融的一大家子……」她的聲音慢慢低下去。翠兒看一眼她的肚子，馬上調轉頭去，道：「小姐也會有孩子的，明年的今天，何家一定也會其樂融融！」

雪瑛搖搖頭：「不，翠兒，傻妹妹，你錯了，我就更錯了，我以為喬致庸拒絕帶我遠走

高飛，何家大少爺離開我去了，我就沒了別的路走，就只有接受我們家老太爺的安排，我還認為那對我來說是最好的，可是今天……也就是今天，我知道錯的就是錯的，不但今年、明年、後年，我這一輩子，每年的年夜飯我都會這樣過，沒有丈夫，沒有親人，沒有孩子，只有我自己……」翠兒心中難過，趕緊又勸道：「小姐，咱們不說那些事情了，菜都涼了……再說了，過兩日，我們回江家，見著老爺、太太，也能好好熱鬧一陣呢！」

雪瑛像沒有聽到一樣。「翠兒，你說，我現在算個什麼人？我江雪瑛今天姑娘不是姑娘，媳婦不是媳婦，將來母親也不是母親。我是個女人，也想要世上任何一個普通女人過的日子，可我自從答應老爺留在這個家裡，我就是想做個女人也不成了。我這一輩子算是徹底完了。」

翠兒再也說不出話來，卻聽雪瑛道：「翠兒，你坐下陪我吃，你陪我，我就吃。」翠兒一愣：「小姐，這可不行，您是主子，我是奴才，大年夜裡這頓飯，我怎麼能和主人同吃！」雪瑛道：「我今天不把你看成丫鬟，我把你看成姐妹，看成我在世間最後一個親人，就這樣你也不願意陪我吃這頓飯嗎？」翠兒左右為難，跪下道：「小姐，不是翠兒不願意，是翠兒不能壞了規矩。小姐，您還是自己吃吧！」雪瑛失望地看她，大怒：「好了，去吧，就連你，也不會一生一世陪我這麼活下去。這就是我的命！你下去吧，我一個人吃！」

翠兒站起，心中一痛，想了想含淚道：「小姐，翠兒還是留下來服侍您。」雪瑛目光又直了起來，呆呆地搖搖頭：「不，這會兒我的心思又變了，剛才我羨慕別人家的熱鬧，這會兒我只想一個人清清靜靜地吃這頓年夜飯！」翠兒看看她，只好起身退下了。

雪瑛很認真地坐著，很認真地吃飯，吃飯這會對她成了一種莊嚴的儀式，雖然味同嚼蠟。外面又一陣爆竹聲響起，連帶著大人小孩的歡呼聲遠遠地傳來，雪瑛再也忍不住，伏在桌上，放聲大哭起來。

3

玉菡正焦急地問長順致庸的去向，忽見致庸興高采烈地進了門，徑直將手裡最後一張「麒麟送子」塞到她懷裡，道：「啊，這是送你的。」玉菡打開一看，臉驟然大紅。這邊致庸已笑著走進屋內，明珠湊過來一看，掩嘴笑道：「咦，是『麒麟送子』嘛，難不成二爺是想太太來年還能……」玉菡羞得滿面通紅，啐道：「還不住嘴！」旁邊一干人都偷笑起來。

玉菡檢查完內院、二門，一進屋就見致庸已經坐在那裡了。玉菡抖抖風帽上的雪，甜蜜地看他一眼：「今天是除夕，二爺倒進來得早。」致庸看看她，玩笑道：「怎麼，你不高興我早點進來？」說著他將手中一個東西往玉菡的梳妝檯上輕輕一放，玩笑道：「賞你的！」玉菡走過來笑道：「今年過年店裡的夥計你都賞了個五兩銀子的大紅包，我給你們喬家當牛做馬好久了，爺打算賞我什麼呢？」說著她解開了那個包，立時發出一聲驚歎：「翡翠玉白菜？」

致庸笑道：「不但你的『白菜』，還有大嫂的那座玉石屏風，都讓我給贖回來了。」玉菡眼裡溢出淚花：「二爺，謝謝你。」致庸一把抱起她，就往床邊走。玉菡忍不住嬌聲道：「別……五更裡你還要起來祭祖呢。」致庸也不回答，又在她身上嗅了起來。玉菡「咯咯」嬌笑道：「二爺，來年真想再給你添個兒子？」致庸一怔，馬上反應過來：「對，再給我添

個兒子！」說著他吹熄了燭火，一時間，外面天寒地凍，臥房內卻春意無限起來。

五更時分。過年的紅燈籠高掛在喬家大院的門口，和著飄落的飛雪「娑娑」地低低吟唱著。突然「砰」一聲響，大門上又被打上了一支飛鏢。正在打瞌睡的看門人「啊」的一聲大叫，沒命地往院裡跑去。

喬家一陣騷亂，一些家人朝大門外擁去，手裡提著傢伙。但外面連個鬼影子都沒有，只有一支鏢赫然插在門上，鏢上的紅纓在風雪下微弱但清晰地作響。消息很快傳入二門，致庸披衣坐起，揉揉眼睛，聽完門外長順的話，想了好一會，突然哈哈笑道：「去告訴他們，沒事，把鏢拔下來，都散了回去睡覺。」長順大驚，在門外又等了會，見屋裡重新熄了燈，只得離去。到了門外，又等了一陣，仍沒有什麼動靜，眾人也就散去了。長順留了一個心眼，多加了四個巡夜與看門的下人。

玉菡在黑暗中仍舊緊張地看著致庸。致庸攬過她，含糊地低聲道：「我知道這個人是誰。他要是想殺我，早就殺了。他今天這麼做，大概因為是新的一年了。與其說是在提醒我，不如說是在提醒自己，他還有一個仇人！」玉菡大驚：「二爺，難不成你知道他是誰？」「啊，我不知道……」致庸的聲音愈加含糊起來，接著把手伸向諳熟的地方。玉菡再次眩暈了起來，忘記了自己原本要追問的話。

正月初八，三臺大戲在祁縣商街兩端對唱，人潮如湧。晉中有名的角兒，如九歲紅、一捧雪、賽牡丹等都到了，這個由水長清召集的梨園比武大會，簡直轟動了整個山西。

那日不單單評定出了梨園前三甲，而且與致庸相熟的這些商家，如水家、元家、邱家等，也基本達成一致，那就是對喬致庸倡議辦票號的舉動不予支持，也就是說，他們都不會借銀子給他，場面上的理由很簡單，隔行如隔山，他們對票號生意一竅不通。

一天的喧鬧過後，邱天駿回到達盛昌，心事重重地又與崔鳴九說起此事。崔鳴九望著邱天駿試探道：「東家，要是大家都不借銀子給喬致庸，喬致庸的票號是不是就開不成了？」邱天駿搖頭：「不，仍舊開得成！」崔鳴九一驚：「東家，你真的覺得……」邱天駿道：「鳴九，以後不只喬致庸要開票號，我們恐怕也要開票號了！」崔鳴九沒聽明白：「東家可剛剛答應水家和元家。不借銀子給喬致庸開票號。我們自己倒要……」

邱天駿見他仍舊不大明白，心中不禁失望，但也沒多說，只淡淡道：「我說的是以後……算了，你從現在起，就找人幫我打聽票號的事，這一行生意怎麼做，賺銀子的門道在哪裡，我都想知道！」

崔鳴九見他不悅，識相地點點頭，起身告辭。邱天駿想了想又叫住他：「聽說今年水家、元家也都要派人去南方販茶了？」崔鳴九不情願地答道：「好像有這事兒。」

邱天駿站起來，久久地凝視著窗外，半晌沉聲道：「我們也去。」崔鳴九心中暗暗叫苦：「我們……也去南方販茶？」邱天駿轉過身點頭道：「對。你親自帶人去！我們是大商家，永遠不能失了大商家的雄心。喬致庸能做到的事，我們也要辦到！」「只是……」崔鳴九囁嚅著，想回絕，可半天也說不出理由。

邱天駿盯著他：「怎麼？你沒有這個膽量？」「不是……行，我去！」崔鳴九硬著頭皮答應了。邱天駿沒做聲，過了好一會才慢慢道：「江山代有才人出，各領風騷數百年。照這樣下去，我們相熟的這些個商家，如水家和元家，雖然家底厚實，還能撐上幾十年，但最後一定會敗的。」崔鳴九大驚：「怎麼，東家認為……」

邱天駿擺擺手，接著長長地歎了一口氣：「還有一件事，你要替我記著。萬一有一天，喬致庸遇上了天大的難事，我們不伸手幫他一把，他就要死無葬身之地的時候，我們一定要借給他銀子！喬致庸在包頭給過我一份恩典，我不能永遠欠著他的！」

崔鳴九更聽不明白了：「東家，他如何會有危險……」邱天駿終於不耐煩了：「你動動腦子，世界都是喬致庸這樣的人一路闖出來的，可這樣的人往往都沒有好下場，喬致庸忘了一句老話。老子說，我有三寶，一日慈，二日儉，三日不為天下先。喬致庸犯了最後一條，喬家一定會有落敗的一天。那時我們達盛昌的機會就到了！」

大德興票號的大掌櫃室內，致庸的臉色越來越難看了，半晌他啞聲問曹掌櫃：「眼下沒有回話的只有我岳父陸老先生，其他人都沒戲了？」曹掌櫃雖然為難，但還是點點頭，補充道：「東家，我覺得陸老東家答應這件事的可能性也很小。他這個人是從不冒險做任何買賣的……」

致庸望著他們，堅定道：「就是他們這些人都不幹，我自己也要幹！曹掌櫃，你現在就寫信給北京分號的李大掌櫃、天津分號的侯大掌櫃、包頭復字號大小的馬大掌櫃，約個日子，就三月十三吧，請他們一起趕到北京分號去！」曹掌櫃忍不住看看茂才。茂才仍舊一語不發。曹掌櫃只得自己開口問道：「東家真要靠我們自己的力量把票號辦起來？」致庸看著他，有力地點了點頭。

曹掌櫃不再多說：「那好吧，東家既然下了決心，我現在就寫信。」說著他快步走了出去。望著曹掌櫃離去的背影，茂才突然道：「東家，臨江縣的茶山那塊一直有當地人在生事，只怕那裡需要一個大掌櫃，就讓我去好了！」致庸一下子沒反應過來：「你說什麼？」

茂才深吸一口氣，下定決心道：「東家要辦票號，這些事我都插不上手，倒是臨江縣的茶山，我頗有些主意，你把我打發到那兒去，一準儘快給你產出好茶來，同時能作為江南茶場的中轉基地！將來那很可能是喬家生意網上一個賺錢的大戶呢！」

致庸大驚，趕緊在他身邊坐下來：「怎麼啦茂才兄，我執意把喬家帶入票號業，你到底不高興了？」茂才搖搖頭，淡淡道：「我一個師爺，一個幫襯的人，有什麼資格不高興？我高興著呢！不過我就是高興，也犯不著整天陪著東家這麼閒坐著，什麼事也不做。東家，你還是遠遠地把我打發到臨江縣去為好！」致庸深深地看他，過了半晌，突然也下了決心：「行，那臨江縣的茶山我就拜託給茂才兄了！」

夜晚，曹氏來到書房的時候，見致庸正一人站在窗邊想事情，神情沉鬱。曹氏咳嗽一聲，致庸一愣，迎上去道：「嫂子，你怎麼來了？」曹氏「哼」一聲：「我怎麼不來？二弟，我聽說你和孫先生鬧崩了？你把他打發到臨江縣去了？」致庸哭笑不得：「嫂子，這事怎麼你也知道了？不是我要他去臨江縣茶山，是孫先生他自己……」

曹氏坐下來，道：「你給我住嘴！我就不信，這事兒是孫先生自己提出來的，你一定是覺得自個兒這兩年做成幾件大事，翅膀硬了，瞧不起人家孫先生了，就把人家擠兌到那麼荒僻的茶山上去。」

致庸有點急了，連聲辯解：「嫂子，真的不是！」曹氏放緩語氣道：「不是就好，那你就像原來一樣把孫先生帶在身邊，你辦票號也好，去江南開闢絲路綢路也好，讓他跟著你一起去，我和弟妹才能放心，不然，我們不放心！」致庸道：「嫂子，我也是這個意思，這樣吧，我回頭再去跟孫先生說，讓他先去茶山，安置好了那裡的事情，然後就回來和我一起去江南販絲販綢！」

曹氏點點頭，站起向外走，一邊走一邊說：「這就好，古話說和氣生財。孫先生多有才學的人呢，人又大氣聰明，他能來到咱喬家幫你，是我們祖宗積德，你可不要身在福中不知福，要好好地待人家，你待人以敬，人家才能待你以恭……」

致庸趕緊送她出門，笑中帶點不耐煩道：「知道了知道了，好嫂子你慢走。」一聽這話，曹氏又回身看他一眼，致庸趕緊一臉無辜地對著她笑。曹氏歎口氣，不再說話，慢慢走遠。致庸站在那，望著曹氏的背影，忍不住輕笑自語道：「這個孫老先兒，在我們家裡，已經有人護著他了……」

4

第二日，致庸對茂才好一陣相勸，但茂才絲毫不為之所動。最後致庸只得望著那張《大清皇輿一覽圖》，唱獨角戲般道：「茂才兄，你……你去臨江縣茶山，可以仍舊走咱們去年的舊路，沿太行山、風陵渡、襄陽府這條線。」

茂才終於點點頭，嘴裡平淡地擠出兩個字：「好哇。」致庸想了想，仍舊上前賠笑道：「我都說了半天了，你可得答應我啊，到了臨江縣，把茶山的事安置好，就回北京跟我們相會。你可以不摻和到我開辦票號的事裡去，但等我在北京把票號的事情辦得有點眉目後，你還是要和我一同由通州碼頭上船，順運河南下，到湖州販絲，到蘇杭二州販綢。嗯，這條路線再往南，就是武夷山，去年我們販絲走了西路，今年販茶不走舊路了，我們走東路！怎麼樣？」

茂才不說好，也不說不好，當下起身整整衣裳，也不看致庸，昂著頭便欲出門。致庸深深望他，急道：「茂才兄，到了北京後會遇上什麼事情，你就一點也不想點撥我嗎？」茂才站住，好一會才慢慢轉過身來。致庸繼續懇切道：「茂才兄，你就真忍心看著我一出手就一敗塗地？」

茂才道：「東家，我管茶山上的事，你辦你的票號。還有，我要帶著鐵信石一起走，那裡當地人生事，需要會點拳腳的人鎮場子。這些咱們倆可都已經說好啦！」致庸無奈道：「行行，茂才兄，我都答應你。可咱一家人甭說兩家話，難不成你真的就沒有一句話留給我了？」茂才正色看他：「有！我再說一遍，我不支持你辦票號，你一定要辦，弄不好會把自己的一生都砸進去，想回頭都找不著道兒！」致庸笑容頓落，半晌才道：「茂才兄，我們不爭論這個了。我只想請你幫我想一想，喬家的第一個茶票莊辦起來後，我可能遇到什麼麻煩？如何對付？」茂才「哼」了一聲：「別的我也不說了，東家進入票號業，首先票號業的領袖成青崖就不會讓你平平安安，東家只怕這會兒就要想好應對之策！」致庸一驚：「茂才兄認為成大掌櫃會用何種辦法對付我？」

茂才沉吟半晌，開口道：「世上的力量分為武、勢、財三種。廣晉源票號沒有官府的背景，勢力談不上；成大掌櫃為人清高，自然不會像崔鳴九勾結強盜，用武力對付東家；但廣晉源在晉商中自視甚高的是他的財力——財力不足則是東家的死穴。東家，你要在這件事上多動腦筋，早作打算！」致庸一驚，剛要說話，卻見茂才已經頭也不回地走出。致庸望著他離去的身影，眉頭緊鎖。

第二日，玉菡在院內等了好久，才看到茂才從自己住的房間內走出。玉菡趕緊迎上去招呼，茂才一愣，淡淡地道：「噢，是太太啊，有事嗎？」玉菡有點不好意思道：「二爺一個人把自己關在房裡一整天了，不吃不喝，他到底怎麼啦？」

茂才望著幾重院落外的書房，道：「太太，我問你一件事，東家這一陣子到處借銀子開票號，他借到銀子沒有？」玉菡遲疑了一下，搖搖頭。茂才想了想然後道：「那好，你就什麼也不問，什麼也別管。」玉菡一驚：「孫先生……」茂才歎了一口氣：「太太，東家到底遇到難處了，很好，這一回，我勸你不要幫他。我們都不要幫他。」玉菡聽不明白了：「孫先生，這話是怎麼說的？」

茂才道：「太太，我這麼說吧，如果東家不去碰這樁買賣，他這一輩子就不會有大難，可他要是碰了，只怕他這一輩子就再也不會有安寧了。」玉菡心中不以為然，乾脆單刀直入道：「孫先生，您告訴我，二爺辦票號，到底需要多少銀子？」

茂才見她也不明白其中的利害關係，當下沒有回答。玉菡著急起來，茂才終於開口道：「太太，二爺不是要辦一家票號，他是要將票號開遍天下。我替他算過了，大清國一十三省，府道州縣不計其數，要想匯通天下，至少每個像點樣的地方都要開設一家分號，每個省按五十家算，就要開設六百五十家，每一家僅僅按最少最基本的五萬銀子做資本銀，就要三千二百五十萬兩！喬家的生意就是每年都像去年一樣順利，能掙回一百萬兩銀子，他想做成他要做的事也要三十二年半，中間還不能出一點差錯！但這是不可能的。更何況，還有意外之險，傾家蕩產是小事，只怕還有殺身之禍！所以太太，我勸您這一回不要再替東家借銀子了，讓他從一開頭就知難而退。我再說一遍，這對他，對喬家，對所有的人，都是好事！」

玉菡眼睛慢慢地瞇了起來，半晌一字一句道：「孫先生，謝謝你，我全明白了。」茂才心裡拿不准她是否真的明白此間的利害關係，但見她這麼說，也只得點頭道：「太太，你能明白了就好。」

玉菡去找曹氏的時候，一進門卻見曹氏正在縫一對男式護膝。玉菡有點不解地問道：「大嫂，你這是為誰做的呀，幹嘛不讓下人做，還勞您親自動手？」曹氏笑笑：「啊，我閒著沒事兒，前天聽說孫先生腿不好，就找了一塊用不著的料子，幫他做了一對這個。」玉菡心中暗暗吃驚，卻聽曹氏依舊平淡道：「妹妹，你覺得孫先生這個人怎麼樣？」

玉菡想了想道：「大嫂，要我說，那可是百裡挑一千裡挑一的男人。這一兩年若是沒有他，致庸不可能把喬家生意做得那麼好！」曹氏點點頭，歎道：「我也這麼想，孫先生是我們喬家的恩人呢。嘿，可憐這麼個有學問的人，到這會兒連個家也沒有……這男人身邊要是沒有個知冷知熱的女人，那日子就悽惶了！」

玉菡有點明白過來了，眼珠一轉，笑道：「大嫂，你不是想給孫先生做大媒吧？」曹氏抬頭笑道：「我是有過這個念頭，可一時半會兒，就沒碰到個合適的！門第太高的，人家不一定能看上孫先生，小門小戶的女孩子家，也配不上孫先生呀，你說是不是？聽說孫先生原先娶過一房，感情好著呢，可因為難產……唉，他也真是個可憐的男人，就這麼孤零零地過下去了。」

玉菡點點頭，剛想跟她說票號的事情，曹氏卻一點沒覺察出她有事要說，仍舊繼續著關於茂才的話題：「妹妹，這可是個大事，要想把孫先生留在我們家，長久地幫致庸，最好的

辦法就是幫他結門親，男人只要娶了親，有了自己的孩子老婆，他的腿就被絆住了……」她說了半天，見玉菡一直沒說話，這才直起腰問：「哎妹妹，你沒事兒吧？」

玉菡心裡轉了一個念頭，當下又不想說了，笑道：「啊，我沒事兒。」曹氏心思又回到護膝上，縫完最後幾針，有點不好意思地將護膝交給玉菡：「好了，你把它拿出去，交給孫先生，別告訴他是我做的，我的針線活兒不好，怕說出去讓他笑話。」玉菡也不回答，笑著接過護膝去了。

玉菡在屋子裡轉了好久，終於下了決心，吩咐道：「把大太太給孫先生做的護膝用紅紙封好，送給孫先生。回頭讓鐵信石套車，我們回太谷！」明珠吃了一驚：「這時候回太谷？天快黑了。」玉菡點頭，想了想又道：「告訴孫先生，這對護膝，是大太太特意為孫先生做的！」明珠一愣，玉菡又道：「大太太一直誇孫先生人好，學問也好，什麼都好！我們大家都覺著他好……」玉菡說了一大通，明珠笑了起來，點點頭逕直去了。

明珠笑吟吟地敲門進去的時候，茂才正悶著頭看書，「明珠，有事嗎？」明珠有點不好意思：「我是無事不登三寶殿。」說著她將護膝從身後拿出，笑道：「孫先生，瞧瞧，這是什麼？」

茂才不在意地問道：「什麼？」明珠笑了：「這是我們家大太太特意親手為孫先生縫的。大太太聽說孫先生的腿是兩條老寒腿，心疼得不行，自己巴巴地給您縫了一對護膝，要您天冷的時候套上——」茂才微微變色：「你說什麼？這是大太太為我，為我孫茂才縫的？」

明珠笑了起來：「對呀，我們家大太太還誇您呢，說孫先生人品好，學問好，為人大氣，總之那好話多了，我學不上來，反正是什麼都好，大家都覺得您好……孫先生，您怎麼啦？」茂才心中一陣波瀾大起，面上卻含混道：「沒……沒什麼。大太太為我孫茂才做護膝，這麼重的禮，我是個什麼東西，敢勞動她？我怎麼能收？」明珠趕緊道：「哎孫先生，您可得收下，您要不收，我回去不好交差。」

當下兩人好一陣口舌，最後明珠噘嘴道：「哎孫先生，您平常可是個敢作敢為的主兒，今兒怎麼黏黏糊糊的，好了，我還有事，東西放這兒，我走了！」說著她乾脆把護膝往桌上一放，蹦蹦跳跳地跑掉了。茂才拿起護膝，剛要追出去，轉念一想卻作罷，對著護膝發起愣來……

玉菡趕到陸宅的時候，陸大可正將睡未睡地坐在床上算帳，一聽說玉菡來了，眼珠一轉，趕緊躺下，蒙上被子大睡。侯管家知道他的脾氣，笑著出去對玉菡說：「小姐，東家這會兒睡了，有事還是明天說吧！」玉菡不相信地看他一眼，眉頭一聳，大聲道：「爹，爹，我回來了！」內室裡一點動靜也沒有。玉菡跺腳恨道：「爹，您就甭抻著了！您老人家一定知道我幹什麼來了，才不願意見我！不過爹，您就是不見我，女兒有幾句話，也還是要跟您說！」

內室裡陸大可大氣也不敢出，只悄悄把頭伸出來一點，他那寶貝閨女的聲音從外間清晰地傳來：「爹，您女婿前幾天打發人來找爹借銀子，是為了開票號，可您不知道的是，您女婿這一回，並不是只開一家票號，他是想用三十二年半的時間，開六百五十家票號！

「爹，最早聽了這些話，我也讓您女婿給嚇壞了，我也不想讓他冒這個險，可後來我想明白了，要是只為喬家，致庸他幹嘛要開這麼多票號？眼下我們喬家一家票號也沒開，生

意照樣一年年地做！而且一年年地做大！可致庸不是這麼想的，他想做的是大事，大事您知道嗎？他想開這麼多票號，是為了讓天下商人都能享受票號業帶來的便利，為了有一天真正實現一代代晉商夢想著要實現的貨通天下！您閨女今兒來，也不是為了自個兒，因為我也不願意他自己這麼辛苦，耗費三十二年半的時間去做這麼一件大風險的事情。可這就是我的丈夫，他心裡想的是天下蒼生，他盡自己的力量為他們謀利！爹，您的女婿雖然只是一個商人，可他是個心裡裝著天下人的商人，您閨女嫁給這麼一個人，沒有別的辦法，我只有幫他，幫到底，就是他執意要把票號開遍天下，就是他為了這件事讓喬家破了產，讓您閨女典宅子賣鋪子，全家大小沒有飯吃，您閨女也得幫他，因為他是我的丈夫，我能為他吃苦受罪，是我的福氣！」

玉菡一口氣說了那麼多，停下喘了一口氣，但內室裡一絲動靜也沒有。玉菡急道：「爹，看樣子您今兒是鐵了心不見我了，也罷！」說著她站起來：「來的時候我也沒想過真能從爹這兒借到銀子，可我是他的太太，他是我的丈夫，為了他我不能什麼事都不做。爹，您不借銀子也可以，我這就回去，盡自己的所有幫助他，我要讓您瞧瞧，您閨女能做出什麼事來！爹，您就好好守著您的銀子，別讓它們飛了！明珠，咱們回家！」話雖這麼說，她卻依舊等待著，並沒有馬上走。過了好一會，內室裡仍然鴉雀無聲。明珠小聲道：「小姐，好像沒用！」玉菡回頭看一眼內室緊閉的門，高聲道：「瞧我白說了半天，嘿，我以為鐵樹也能開花，石頭上也能長出莊稼來，可我錯了！明珠，咱們回去賣宅子！」

第二日，喬家書房內，茂才陪著面色沉沉的致庸下棋，心中不禁暗暗得意。曹掌櫃匆匆走進來，十分激動道：「東家，太谷有好消息！」致庸和茂才同時一驚。致庸急問道：「什麼消息？」

曹掌櫃笑道：「陸老東家說，他願意拿出七十萬兩銀子和東家合股，讓東家今年去湖州販絲，去蘇杭二州販綢。只是……這陸老東家特怪，他要求在合約上寫明，不准拿這筆銀子開票號！」

致庸一陣高興之下，疑惑地看著茂才：「茂才兄，替我想想，我岳父這是什麼意思？」茂才想了想，哈哈大笑，道：「東家，你別開票號了！」致庸一愣，茂才「哼」了一聲道：「陸老先生這銀子就是借給你開票號的！」

致庸恍然大悟，一拍腦門：「哎呀我這個人，是天下最笨的了！」他想到什麼，轉身就朝外跑。

茂才望著他的背影，半晌突然回頭道：「哎我說曹掌櫃，聽說這幾天太原府的戲班子來了，咱們去聽一場怎麼樣？」曹掌櫃納悶起來：「哎，我說孫先生，我記得你過去是從不串戲園子的！」

茂才不願說出他內心的失望，當下拉長聲調道：「人不是都在變嘛。人生在世，不能出將入相，成為國家棟梁，無端做了這麼個商人，也就是掙些銀子，養家糊口，吃喝玩樂，了此一生。走，聽戲去！」說著他也不理睬曹掌櫃，自顧自搖晃著走了出去。曹掌櫃默默地看他遠去，不禁微微搖頭。

致庸衝到房間的時候，玉菡正在試衣。他一把將她抱起：「太太，謝謝你！」玉菡急扯白臉：「快把我放下，當著人……」明珠等捂著嘴笑，都匆匆地紅著臉離去了。致庸將她放下，大喜道：「太太，岳父答應借給我銀子了，整整七十萬兩！岳父此時借給我銀子，真是

雪中送炭！我知道，這都是太太的功勞！」

玉菡心中湧起一陣喜悅，面上卻平淡道：「你也不用謝我。」說著她又從身後掏出那個小帳簿：「來，我幫二爺算算，我們家現在帳上能動用的銀子，二爺要還武夷山茶農的及耿爺買茶山的銀子，兩者加起來是三百二十萬兩，加上我爹借給你的七十萬兩，也不到四百萬兩，靠這些銀子，要想把最先的幾家票號順當地開起來，還不一定夠呢！」

致庸微微皺眉，點點頭。玉菡走過去，將桌上的一塊蓋布掀開，又現出那顆翡翠玉白菜：「二爺去北京前，還把它拿去當了，又多了五十萬兩！」致庸看看翡翠玉白菜，又看看玉菡，一時無語。玉菡歎口氣道：「二爺要把票號開遍天下，做造福萬民的大事，為妻能給二爺的，也就是我的一顆心加上它了！」

致庸再一次感動地將她抱起：「我的好太太，自從你嫁到喬家，就成了我的福星，讓我逢凶化吉，遇難呈祥！」他第一次說出這樣的話，玉菡眼圈一紅，差點落淚，趕緊岔開話題：「孫先生讓我代他謝謝大嫂！」致庸一愣，將她放下：「什麼意思？」玉菡作無辜狀，道：「大嫂聽說孫先生老寒腿，親手為他做了一對護膝，她是可憐孫先生沒個家，大嫂為孫先生想得也夠周到的，這些天還打算幫孫先生做一套新衣……」

致庸沒當回事：「大嫂閒著，有點事做也好。倒是你，一驚一乍的，把小事說成了大事！」說著便走出去了。玉菡有點不樂意了，見致庸走遠，噘著嘴自語道：「哎，你還不謝謝我和大嫂，不是我們，怎麼能幫你長長久久地留下孫先生！天下的男人都是傻子……」

第二十九章

1

何家內宅院裡，一個稚嫩的嬰兒的哭聲突然響亮地劃破了夜空。原本一片寂靜的宅院裡響起一片腳步聲。趙媽匆匆出門，用歡喜的腔調喊道：「快來人哪，太太生了！太太生了！」

偏房內，一盞燈亮起，翠兒邊穿衣服邊跑出來，變色道：「趙媽，你說什麼？」趙媽喜孜孜道：「翠兒，太太生了！生了一個小少爺！」翠兒愣了半晌，匆匆跑進去。趙媽攔住別人道：「太太吩咐了，什麼人都不讓進去！」一些圍攏過來的丫鬟、老媽子七嘴八舌地問了起來。

趙媽舉起手，高著嗓門道：「對，對，沒錯，太太生了個小少爺！太太吩咐，快傳到外頭去，讓人告訴胡管家！」眾人高興地叫起來。雪瑛陪嫁來的李媽聞聲趕來，流淚道：「阿彌陀佛，何家到底有後了！」翠兒站在一邊，呼啦啦眼淚便流了下來。

翠兒一進門，見雪瑛在佛前跪拜著，口中念念有詞。翠兒默默地在身後望著她。好一會，雪瑛起身平靜道：「翠兒，你都知道了？」翠兒囁嚅道：「小姐……」雪瑛打斷她：

「現在有了小少爺，以後就叫我太太吧。」翠兒點頭。雪瑛想了想，慢慢道：「我既然生了小少爺，就要像天下所有生了孩子的女人一樣坐月子。你現在就出去傳我的話，我怕風，這一個月裡我誰也不見，除了你和趙媽。」

翠兒仍舊點點頭，她突然很害怕雪瑛身上籠罩的那種氣息——多疑，神經質，甚至帶點陰森。雪瑛皺眉瞥了她一眼：「我已經讓趙媽去給小少爺找個奶媽回來。你告訴管家，何家現在有了小主人，發帖子通告所有的親朋，到了日子，來喝小少爺的滿月酒！」

翠兒應聲走去，帶門的聲音驚動了嬰兒，他放聲哭起來。雪瑛渾身一顫，轉身卻沒有馬上走過去。她原地站在那兒，用一種陌生，甚至憎惡的目光望著那個哭叫著的孩子。嬰兒往空中抓著手，哭聲越來越大起來。

趙媽有點驚慌地跑進來，看著這一幕，忍不住道：「太太，您怎麼了，讓小少爺這麼哭？」說著她跑過去把嬰兒抱起來。雪瑛轉過身去，開口道：「趙媽，這孩子不是我的！我沒有兒子！」趙媽張開嘴半天沒合上，有點驚駭道：「太太，您怎麼了？我還活著，只要我活著，就是個見證，小少爺是太太您的兒子！是您為何家生下的一條根！」

雪瑛突然發洩起來：「不，這是假的，不是真的，是你們……你和死去的老爺強加給我的！我不要！我不想要！我想要我自個兒生的兒子！我也是個女人，我能生自個兒的孩子！」

趙媽心中一陣憐憫，和氣道：「太太，他就是太太您的兒子，是何家的小少爺！」雪瑛盯著趙媽懷中的孩子，不做聲。趙媽慢慢走過去，柔聲道：「太太，就是親生的孩子，娘和兒子見第一面，也像是假的，您快抱抱他，日子久了，您就相信他是太太親生的兒子了！」

雪瑛眼裡忽然湧出淚花，猛然閉上眼睛：「趙媽，告訴我，他的親娘是誰？」趙媽紅了眼圈，歎道：「太太！您就是不可憐自個兒，也不可憐小少爺嗎？他那麼小就離開了親爹娘，被我抱進了咱們家，您現在才是他的娘，您要是也不親近他，這孩子還有個好嗎？」雪瑛的心突然被觸動了，眼淚落下來。她終於接過嬰兒，憐愛地將他抱在懷裡，哭腔道：「是的，是的，你是我的兒子，因為你和娘一樣，沒有別的親人！」

翠兒帶著奶媽進來了。雪瑛抱緊嬰兒，用一種很是挑剔的目光打量著她。那奶媽有點緊張，見了個禮後道：「太太，把小少爺給我吧。」雪瑛抱著嬰兒不太願意給她：「你，帶過孩子嗎？」那奶媽趕緊點頭：「太太，我自個兒生過三個孩子呢，個個都是我帶大的，太太將小少爺交給我，就一百個放心吧。」雪瑛突然起了妒忌之心：「你多大了？」「二十五。」奶媽在她的眼神下有點不自在地回答道。

雪瑛突然頗為失常道：「你二十五就生了三個孩子？可有的女人，一輩子想要一個自個兒的孩子都做不到！你為何這般好福氣？」那奶媽嚇了一跳，有點摸不著頭腦地看看趙媽。趙媽微微歎氣，把嬰兒從雪瑛懷裡要過來，交給奶媽，道：「太太，小少爺餓了。宋媽，把小少爺抱出去吧。」

那個奶媽答應一聲，鬆了口氣，抱起孩子快快就往外走。雪瑛情不自禁地追了兩步，喊：「小心，別走那麼快，小心摔著孩子！」趙媽見她這麼快就心疼起孩子，忍不住看了翠兒一眼，抿嘴笑了。雪瑛回頭見到她的笑，一時間如同夢醒般，心中大痛起來。趙媽看了看她的神色，趕緊岔開話題：「太太，快給小少爺取個名字吧。」雪瑛神色變了，冷冷道：「他是春天生的，就叫他春官兒吧。」

趙媽笑著應承道：「好，這名字好。春天生的人，將來一定當官，當大官。太太，以後您就等著做誥命夫人吧！」外面響起一陣響亮的鞭炮聲。雪瑛嚇了一跳：「外頭幹什麼呢？」翠兒低聲道：「是胡管家他們，聽說太太生了小少爺，吩咐眾人放鞭炮呢！」雪瑛久久地站著，眼裡忽然又湧出淚花。翠兒和趙媽對視一眼，一時間也不知道說什麼好。趙媽想了想，又遞過經書道：「太太，要不然再念念經，讓心靜一靜……」

雪瑛不耐煩地推開她，過了一會兒，突然想起什麼，道：「翠兒，明天打發人去祁縣報喜，不要忘了喬家！要讓他們知道，我江雪瑛也有了孩子了！還是個男孩子！」翠兒看看她，低聲應著出去了。

但他們還是晚了一步，就在何家打發人給喬家下帖時，致庸已經上了路。那天致庸和茂才一起出門，卻是兩個方向。玉菡照例將他們送到村外十字路口。分別時，致庸和茂才都沒怎麼說話。玉菡見狀打著圓場道：「孫先生，我總覺得致庸在這個坎節上實在不該放你走。」茂才一笑：「太太是個聰明人，豈不聞有句古話，叫做分久必合，合久必分。我和東家，這會兒是該分一分了！」

致庸聽著話裡有話，想了想，仍舊呵呵笑道：「茂才兄，你的意思我懂，你是不願意眼看著我一腳踏進票號業，就發了大財！可我這次還就一意孤行了，哈哈！」茂才凝視了他半晌，搖搖頭，道：「不，東家，這會兒我想祝東家一路順風，心想事成！」致庸拱手：「茂才兄，謝你的吉言！」玉菡看看他們，趕緊又打起圓場道：「好了，這事你們就不要再打嘴仗了。我在這兒祝孫先生南下臨江，一路平安！」

致庸笑著向茂才看去，卻見茂才避開了他的目光，朝喬家大院的方向望了望，便向致庸和玉菡拱手道別，立刻帶著鐵信石上了路。致庸也不好再說什麼，當下也與玉菡作別上了路。只剩下玉菡等人原地站著，久久望著他們遠去，突然，有一種很不舒服的感覺湧上了玉菡的心頭，她立了好久，眼淚到底還是落了下來。

2

致庸和曹掌櫃到了京城後，經過好一番緊張的籌備，終於在半個月後準備掛上茶票莊的牌子。這時，北京分號的大掌櫃李德齡匆匆過來，附耳道：「東家，廣晉源的成大掌櫃昨天到了北京！」致庸一驚，李德齡問：「我們開張，給不給他發帖子？」致庸道：「當然要發啦，成大掌櫃是票號業的前輩，又是當今票號業執牛耳之人，一定要請！」

兩日後，大德興茶票莊的新招牌赫然掛上了門楣，店堂裡外披紅掛彩，鞭炮聲四下響起。致庸和李德齡在一些相與商家的簇擁中，又將一塊「匯通天下」的新匾額掛在了簷下。

原本熱鬧的場面突然靜了下來，只有鞭炮聲兀自零星地響著。致庸扭頭看見成青崖已經冷冷地站在賀喜的人群中了。

致庸立刻一躬到地，謝道：「成大掌櫃今日肯大駕光臨，致庸心中十分感激。我們大德興茶票莊是剛入行的小號，致庸懇請成大掌櫃日後為實現票號業同仁匯通天下的宏願，多多賜教，多多提攜！」成青崖面色沉沉，拱手回禮道：「喬東家不必客氣。現在天下的晉商還有哪個不知山西祁縣出了一個喬東家啊？喬東家去年南下武夷山，北上恰克圖，為天下疏通茶路，就是老朽，也十分敬佩。喬東家今天進了我們票號業，也一定會日進斗金，宏圖大

展。成青崖已經老朽，日後還望你賞我一碗飯吃！」

他說話連譏帶諷，口氣頗為難聽，當下四周一片寂靜，眾人都小心地望著他和致庸。致庸道：「成大掌櫃過謙，致庸是晚輩，當不起呀！還是成大掌櫃多多提攜致庸！」

成青崖旁邊站著的田二掌櫃「哼」了一聲，挑釁道：「喬東家，你剛入票號業，有些規矩可能不知道，你這匯通天下的牌子一掛上，就真得兌現，眼下大德興茶票莊在全國各州府縣共有多少分號，你就敢掛出這樣的招牌？」

致庸哈哈一笑：「這位爺說得對，今天僅靠大德興一家之力，肯定做不到匯通天下，可是致庸已經想到了一個辦法，能使這件事不再成為一件難事！」眾人轟然一驚，連成青崖也睜大了眼睛。

田二掌櫃酸酸道：「那我們倒要領教了。眼下兵荒馬亂，喬東家又是初入票號業，是一個什麼樣的辦法，能讓貴號做到匯通天下？」眾人一起看向致庸。只見致庸又是一笑，道：「諸位，這話本想到了酒席上再說，既然大家這般希望知道，致庸就不好不講了。若有冒昧之處，還請成老前輩和各位見諒。」

眾人道：「喬東家，你就不必客氣了，說吧，我們都等急了。」致庸對著成青崖和眾人誠懇道：「成大掌櫃，致庸有兩件事想對大掌櫃和諸位同仁講。第一件事，無論是今天還是不遠的將來，票號業在我大清商界中都有著無可估量的前途，它的發展將完全改變中國人經商的方式和面貌，一句話，它將帶給中國商業一個空前的大繁榮。第二件事，就目前的規模和影響而論，票號業還不足以為天下商人行大方便，為天下蒼生謀大利益。要想做到後一點，票號業就要有一個大發展，讓匯通天下這四個字儘快成為現實。我們晉商前輩歷來有貨通天下的夢想，只要票商界的前輩和同仁能早日攜手實現匯通天下，晉商前輩們貨通天下的夢想，就第一次有了機會實現！」

眾人深感震驚，議論起來。成青崖手一舉，提高聲音道：「諸位安靜。喬東家，你這些高論我好像已經聽過了，現在我還是想聽你說，你有什麼辦法，能讓大德興今天就做到匯通天下！我真正想請教的是這個，而不是一些空泛的高調子！」

致庸微微一笑點頭道：「成大掌櫃，致庸的辦法非常簡單，也非常方便。當今我晉商之中，已有三家票商，各家的分號加起來，共有十七八處，分布在西北、京津和江南一帶；另外，徽商中也有了兩家票商，分號也有十一二家，分布在東南沿海一帶。僅這五家票商，加起來在全國各地就有了將近三十家分號，分布在我大清一十三省中的九個省。成老前輩，各位相與，各位同仁，既然說到這裡，我想告訴大家，下一步我打算將我喬家大德興、復字號大小有分號的天津、太原、包頭以及內外蒙古各處，都設立茶票莊，另外還要在祁縣設立一家總號，與各位票商以及天下的商人做相與。這樣算起來，全國票商的分號就有了四十餘家，北到蒙古，南到廣州，西到蘭州，東到江寧，就都有票號了。」

成青崖已經有點明白了，臉色難看起來。田二掌櫃尚不明白，逼問道：「喬東家，別扯遠了，這與你的匯通天下有什麼關係？」致庸絲毫不以為忤，看著眾人，越來越熱烈地說：「有關係！成大掌櫃是票號界的前輩，又是票商的領袖，只要您登高一呼，聯絡所有票號，在各家之間實行通匯通兌，將眾票號變為一家，同時引領更多的商家進入票號業，在全國一十三省遍開票號，不只是大德興，所有的票商就能同時實現匯通天下！」

眾人一驚，一起下意識地將目光轉向成青崖。成青崖面色陡變，一句話也不肯說，致庸

又上前一步，懇切道：「成老前輩，匯通天下之日，也就是貨通天下之時。就全國票商而論，再沒有誰比您更有資格出面做這件事了。如果前輩願意出面玉成這件大事，致庸現在就可以表個態，喬家茶票莊願意和所有的票商同仁做最好的相與，喬致庸在這件事上，一切唯成老前輩馬首是瞻！」

四周的目光齊刷刷地落在成青崖身上，氣氛驟然緊張起來。成青崖臉色鐵青，猛一拱手道：「喬東家，你的高論老朽領教了，但我可以明白地告訴你，你，你……你那是在說夢話！」說著他轉身走向自己的馬車。

致庸失望地望著成青崖離去的背影，如兜頭被人潑了一盆涼水，一時間竟說不出話來。眾掌櫃看著這個情形，相互使了使眼色，紛紛向致庸拱手告別：「喬東家，告辭！」「我們有事，酒就改天再喝吧！」……不多會，眾人紛紛離去。望著慢慢散去的人群，致庸的目光慢慢冷峻起來。

夜晚，北京大德興茶票莊的內室裡，李德齡開口道：「東家，您把成大掌櫃得罪了。」致庸苦笑道：「我那些話也能得罪他？我說這些話，是為天下商人著想，也是為天下票商著想，當然也是為他廣晉源著想，怎麼就得罪了他？」

李德齡歎道：「您讓他在票號業牽頭，在各家實現通兌，這些話就已經得罪了他，尤其是您還勸他引領更多晉商進入票號業。唉，這成大掌櫃和別人不一樣，他在票號行混了多年，自從他接管了廣晉源，就一直認為別人不該再染指這一行。此外他還認為自個兒是票號業的老大，他都沒敢在店門前掛出匯通天下的招牌，可今天咱們卻掛上了，要掛也得他先掛呀！您想想，您說的話，做的事，還不處處都得罪了他？」

致庸點點頭，納悶道：「就算是這樣，我也只得罪了他一個人，為什麼別的票商也都走了？」曹掌櫃一拍大腿：「東家，廣晉源是第一大票商，資本雄厚，哪一家票商也不敢和他對著幹。成青崖的霸道是出了名的，今天他從咱們這兒拂袖而去，誰還敢留下來喝酒？」

李德齡接口道：「東家，我還聽人說，今天這幾個票商之所以都來了，就是打聽到成青崖要來，他們才不敢不來。要是成青崖不來，他們也不會親自來，頂多派個二掌櫃來裝裝樣子。」致庸「哼」了一聲：「這些票商走了也罷，那些一直和我大德興做相與的商家，為什麼也都一窩蜂地走了，就算我得罪了成青崖，我也得罪了他們嗎？」

李德齡苦笑道：「有件事東家一定還不清楚，成青崖不但是在京票商的領袖，還是在京晉商的領袖。誰得罪了成青崖，廣晉源就不跟他做生意，遇上了急難，不借給他銀子，他說不定就完了。您想想，這樣誰還願意得罪老成？」

致庸沒料到情況這麼嚴重，半晌道：「這麼說，只要成青崖不點頭，這些在京的票商和晉商，就沒人敢跟我做相與了？」李德齡點點頭：「東家，您還沒看出來？成青崖今天來，就是要給全體在京的晉商和票商一個資訊，他不喜歡我們開票號，其他人誰也不要和我們做生意！」

致庸深深望著他們，忽然仰天大笑。眾人吃驚地看著他。致庸笑了好一會，才擦擦笑出的眼淚道：「諸位，成大掌櫃這麼容易得罪，我就是不想得罪他，也不行了！既是這樣，早點得罪也罷，因為可以早點與他和好！」

李德齡吃驚道：「和好？東家您太不瞭解成青崖了！原先廣晉源的二掌櫃，鞍前馬後跟他幹了三十年，去年見他年高體弱，只是好心勸了他一句，讓他回家休息一陣子，就被他懷

疑上了，覺得人家要搶他的大掌櫃，回頭給東家發話，要趕二掌櫃走，不然他就辭號。那東家被他欺負慣了，沒法，只好把個能幹的二掌櫃趕走了。他這個人既多疑，又睚眥必報，您今天得罪了他，就甭想和好了！」

曹掌櫃也歎氣：「東家，還有一件事，我一直想說，晉商包括這些票商多少年來一直都是各自為政，誰也不聽誰的，您卻要他們團結起來，組成一個整體支撐您匯通天下的理想，就是沒有成青崖在中間作梗，我覺得他們也做不到，您最好趁早打消這個念頭吧！」

「書生意氣」，一時間這四個字在他腦中閃過。致庸歎了一口氣，沉思很久，振作道：「各位爺，哪怕票商們永遠不能團結，哪怕永遠只有我們一家孤軍奮鬥，我們也要把票號開下去，朝著匯通天下的路上走！來，現在看看我們大德興新印出來的銀票！」他努力打起精神，將一張銀票遞給眾人傳看。

眾人看他這般堅定，精神也振作起來。李德齡念著銀票上面的字——「大德興茶票莊匯票」，突然笑出聲：「東家，匠人們可真不容易，這小小的一張銀票，幾經折騰，到底算是過關了！」

致庸點頭：「可不是，雖然是一張紙，但它們馬上就要取代現銀，在商界裡流行，它雖本身不是銀子，可往櫃檯上一擺就是白花花的銀子啊！」曹掌櫃想了想接過話茬：「東家，將大德興茶票莊的招牌掛出去容易，可是想讓天下的商人相信這張匯票就是銀子，大概並不容易吧！」李德齡也道：「開票號有一個忌諱，只要你的銀票有一次不能兌付現銀，你就沒了信譽，就站不住腳了。去年就有一家廣東商人要開票號，結果第一天就讓人給封了門！」

致庸立刻豎起了耳朵：「為什麼？仔細說來聽聽。」

李德齡看看眾人道：「頭一天開張，就有人抱來六個大金元寶來換銀子，這家票號拿不出這麼多銀子，知道是有人不想讓他開票號，當下就取下了招牌！」一聽這話，在場的人一陣譁然。李德齡接著補充道：「據京城商圈的人說，那就是廣晉源幹的，而且不止一回了！」眾人都向致庸望去，致庸哈哈一笑：「這些我們現在都不要去管，既然銀票有了，招牌也掛出去了，連密字也有了，明天咱們就開門，做生意！水深水淺，試過才知道啊。」

一直都沒開口的馬荀笑問：「東家連加在銀票上的密字都想好了？」致庸向一旁站著的高瑞和長栓使了一個眼色，兩人會意，立刻出去把起門來。致庸見他們出去，點頭道：「不錯，各家票商加在匯票上的密字都自成體系，各有各的高招，我們也要搞一套自己的。這件事我早就想好了。一年十二個月，加十二個密字，一到十，十個數字，加萬千百三個，共二十五個密字，再加閏月一個密字，零一個密字，銀兩的兩一個密字，共計二十八個字。你們想想，這正好是一個什麼數？」

幾個掌櫃一起把頭伸過來：「什麼數？」致庸壓低嗓子，神祕地道：「一首詩，一首七絕的字數！」曹掌櫃低低地讚了一聲：「妙，東家，您想用一首詩作大德興匯票的密字？」致庸點頭：「對！用詩做密字，別人是想不到的。」馬荀興奮道：「好！東家，有你的！用誰的詩？用李太白的？」

李掌櫃笑道：「乾脆用杜甫的，我喜歡杜詩。」致庸搖搖頭：「不，用唐代大詩人王維王摩詰的詩。他是我們祁縣老鄉，詩名很大，可一般人一下子卻想不到他。」馬荀想了想：「東家，太熟的詩可不行，人家一眼就看出來了，而且其中的字不能重複。」

致庸讚賞地向他看了一眼，然後壓低嗓子道：「我用一首王維的《秋夜曲》，正好符合標準。我背，李大掌櫃寫，大家再斟酌可用不可用！」李德齡趕緊執筆在手，只聽致庸輕聲念道：「桂魄初生秋露微，輕羅已薄未更衣。銀箏夜久殷勤弄，心怯空房不忍歸！」

李德齡寫好後，眾人傳閱，紛紛點頭。曹掌櫃擊掌道：「好，東家，這一首生僻，又沒有重複的字，就用它了，怎麼樣？」致庸心中一樂：「既然大家都同意，那就是它了！」說著他將銀票收進去，又從靴筒裡掏出兩張銀票遞給李德齡：「李大掌櫃，明天大德興茶票莊就要開門做生意了，你現在讓人去廣晉源，把銀票上的銀子取回來！」

李德齡接過來一算道：「哇，憑這兩張票能支取平准銀三百二十萬兩。」他一驚：「東家，這些銀子你要全部把它們投入票號做資本銀？」致庸點頭笑道：「對啊，我先集中在北京分號，估計這裡會有一場硬仗！如果不行，我還有岳父那裡借的七十萬銀兩後備。」李德齡高興道：「這可太好了，我聽說廣晉源在京銀庫也不過就常備六七百萬銀兩，所以我們應該可以較量一下。何況票號已經開張，我正犯愁鋪子裡沒有足夠的銀子，萬一明天開了門，有人也抱著幾個大金元寶來換銀子，我就傻眼了！」一聽這話，眾人一起笑了起來。

3

然而好幾日過去了，大德興茶票莊內一直冷冷清清。一個上午李德齡進進出出地看了好幾次，卻連一個人也沒有，只得歎了一口氣，向後院走去。各地的分號大掌櫃早已離開，這裡只剩下他和致庸。到了後院，致庸正在寫字，一見他悶悶地進來，便笑問：「怎麼，還是沒有生意？」「東家，我真擔心開了茶票莊，既沒有票號生意，也跑了茶貨生意！」說著李德齡一屁股坐下去，眉頭緊皺。

致庸笑道：「開張才三天，沒生意是正常的，別著急！」李德齡剛要張嘴說話，忽見二掌櫃跑過來叫道：「東家，來生意了！大生意！」致庸和李德齡一驚，一同站了起來。李德齡訓斥道：「來生意了還不好，你臉色怎麼這樣？」二掌櫃看他，又看致庸，苦笑道：「東家，大掌櫃，這生意……恐怕不大好做！」致庸與李德齡心中一沉，急急向店堂趕去。

櫃檯上四個碩大無比的金元寶赫然在目，一個小混混模樣的年輕人領著幾個人在一旁站著。李德齡悄聲道：「東家，您看，好大的金元寶！」致庸讓自己鎮靜，過去對那位打頭的小混混客氣道：「這位小爺，你的金元寶？」小混混兩眼翻白，愛理不理地點點頭。致庸依舊笑道：「這麼好的東西，藏家裡多好，拿出來幹什麼？」小混混斜睨著他，油腔滑調道：「換銀子唄。哎，你管我幹什麼呢，東西是我的，愛藏著就藏著，不愛藏家裡就花掉。」致庸點點頭，問夥計：「稱了嗎？」夥計點點頭，道：「東家，太重了，我平生都沒見過這麼重的……」

致庸對小混混笑笑：「這麼大個的金元寶，那可是寶貝，哪來的？」小混混叫起來：「哎，你這話問的，哪來的輪得著你問嗎？乾脆說吧，你們能換不能換，有沒有這麼多銀子！」致庸還要說話，李德齡急忙上前攔住，對小混混笑道：「這位小爺，你等一等，我和東家商議商議。二掌櫃，給這位爺上茶，請他稍等一會兒。」說著他拉起致庸回到後院，激動道：「東家，前兩天我們剛說到金元寶，今天就來了金元寶，這東西可不好惹！」

致庸想了想，鎮靜道：「李爺，你覺得這種金元寶，有可能是哪裡來的？」李德齡猶豫了一下：「我剛才看了看，樣子不像是皇宮內府的東西，也不像是大清國立國以後的東

西。這還真是個古物。我可是早就聽說過，廣晉源內有一百六十個大金元寶，每個都碩大無朋！」

致庸沉吟道：「我們既開了茶票莊，招牌上寫明了換錢，存放銀子，辦理匯兌，就要守信！所以現在該如何辦就如何辦吧！」

李德齡到底有點遲疑：「可是……萬一收下的就是廣晉源的鎮號之寶呢？」致庸越來越鎮靜，笑道：「就是廣晉源的鎮號之寶，我們也只能收下了！」李德齡無奈道：「好吧！我聽東家的。」說著他走了出去，著手辦理此事。致庸仍舊原地站著，神情極為嚴峻。

夜晚，致庸和李德齡舉著燭火看那四個金元寶。李德齡咂舌道：「東家，就這麼四個金元寶，就把我們的銀山挖走了一角啊！」他繼續道：「雖然這事辦了，我心裡還是覺得有點懸。要真是廣晉源的鎮號之寶，就麻煩大了。東家，這一百六十個金元寶，據說是明代皇宮裡的東西。李自成進北京，將它們帶了出來，南逃時藏在五臺山下，結果讓廣晉源三代以前的老東家金煥喜挖了出來，從此金家一夜暴富，傳到今日。民間有一種說法，這一百六十個金元寶是不會分開的，只要來一個，剩下的就一定會跟著過來……東家，您真一點不擔心這是成大掌櫃在攪我們的局？」

致庸笑道：「李爺，這還只是四個金元寶，是不是廣晉源的還不清楚，不要先讓沒有發生的事兒把我們嚇死！真要是，那也沒有辦法，兵來將擋，水來土掩唄！」李德齡腦門有點出汗：「東家，話是這麼說，但我可真是擔心啊。萬一老成一心要讓我們大德興茶票莊摘招牌，只要他讓人把這些金元寶全搬過來就行了。我們店裡，現在可就只有從廣晉源拉回來的那三百二十萬兩銀子。其中還有一百七十八萬兩是武夷山茶農的銀子，三十萬兩是借耿爺買茶山的銀子。」致庸聞言不語，兩人從銀庫轉身走了出去。

李德齡沒有白擔心，接下幾日內，同樣的金元寶果然接二連三地來到了大德興。致庸心中水波不興，眼見著銀庫裡自個銀子快沒的時候，便吩咐李德齡暫時動用武夷山那邊的銀兩。那李德齡一聽急了：「不行不行。那可是您欠人家的銀子，萬一困在生意裡，到了日子你拿不出還人家，還怎麼去江南販茶？今年不能去江南販茶，大德興還會有什麼大宗生意？東家，我們不能一時賭氣，壞了大事！」

致庸一笑：「別這麼死心眼。李大掌櫃，這筆茶銀子我讓你用，你就大膽地用，我保證過不了多久，它們還會回到鋪子裡來，耽誤不了我去南方販茶。」李德齡思忖地點頭道：「東家，我覺得眼下成大掌櫃的意思，是用這些個金元寶給我們點顏色瞧瞧，讓我們早點知道鬥不過他，把招牌摘下來，或者去求他，放我們一馬。若是像現在這樣，他讓人抱來幾個我們收下幾個，成大掌櫃就會認為我們是在成心和他對著幹，讓他下不來臺，他就真會讓我們大德興茶票莊死在他手裡！」

致庸神情放鬆，道：「李爺，這樣好不好，你就把心先裝到肚裡，真到了沒銀子的那天，我就聽你的，自個兒去求成大掌櫃手下留情，放我們一馬！」李德齡一愣。致庸又笑道：「還有另外一種可能，萬一哪天天上掉下了餡餅，我們有了銀子，能收得下他全部的金元寶，幹嘛一定要摘牌子認輸？」李德齡沒太弄明白，不知他是開玩笑還是另有妙計，但也不好再多說了。

金元寶仍舊每日絡繹不絕地送來，從最初的一日四個，很快變成一日八個，再接著就變成了一日十六個，李德齡急了，對致庸道：「東家，您要是不好意思去，我就托個人，替您

去求求成大掌櫃，要他就此罷手，怎麼樣？」致庸搖頭：「李大掌櫃，沒用，除非我喬致庸摘下茶票莊的招牌，可是我不想這麼辦！」

李德齡道：「那明後天如何是好？」致庸冷笑道：「不管明後天來幾個，我都照收不誤！冤家結下了沒關係，物極必反，天道好還，只要結下了，就有解開的一天！」

李德齡欲走又回頭：「東家，銀庫裡真沒有銀子了，萬一老成又變出點別的花樣，我們拿不出銀子來，就得自個兒摘招牌！您可要早點打主意！」

致庸掐指算了算，道：「李爺，你放心，我保證後天我岳父的銀子就能到！」李德齡半信半疑地看著他：「東家，您可不要指望臨時能在京城的什麼票商、錢莊或相與那裡借到銀子。實話告訴您，這幾日我都去試過了，沒有一家敢借給我們銀子！」

致庸道：「要是明後天這人又來了，我們沒有銀子換給他，那就是說我喬致庸不該在京城票號業立足，咱們就摘招牌，永遠不再說開票號的話！」李掌櫃歎一口氣，出去了。

第二日一大早，那個小混混斜著眼睛又抱來二十個碩大的金元寶，大德興照樣給他兌了銀子走。致庸走進銀庫，原本堆滿銀子的銀架上，只剩下不多的一些銀子。另外一邊的銀架上擺著幾溜巨大的亮燦燦的金元寶。

李德齡跟在後面焦急道：「東家，現在我手裡只剩下幾萬兩銀子，今天夜裡到底有沒有銀子呀，要是沒有，明天早上就抓瞎了！」致庸望望外面的天色，沒有做聲。李德齡嘟噥道：「東家，我當然相信前兩天您說的話，可我也真怕有個萬一。京城裡消息傳得快，明天早上要是那個小混混又來了，我們哪怕只耽誤半天沒銀子換給他，成青崖就有辦法讓我們關張！」致庸笑了笑道：「這不才是晌午嗎？甭急，甭急，再等等大概就來了。」

時間一分一秒地過去，太陽慢慢地從東邊走到了西邊。李德齡頻頻看自鳴鐘，心中焦急，長栓和高瑞乾脆守在店堂門口，不時往門外看一眼，眼睛都要花了。高瑞忍不住道：「哎對了，李爺，我說咱們庫裡放著這麼多金元寶，人家能拿它們從我們這裡換走銀子，我們就不能拿它們到別的票號換銀子？或者就到廣晉源去換！」長栓也連連點頭，眨巴著眼睛看著李德齡。李德齡歎了一口氣：「兩位小祖宗，別的票號你以為我沒讓人去試過，可是咱們的人一進門，人家就連連求饒，說就是讓我們砸招牌，也不敢收下廣晉源的鎮號之寶！至於廣晉源，人家是出招的，我們就得拆招，否則今天你到我這換，明天我再換回去，就是小孩過家家了。唉，也不知道廣晉源的招出到什麼時候呢！」長栓和高瑞對視一眼，不再說什麼了。

黑夜慢慢降臨了，那個夜晚甚至沒有月亮。李德齡看著自鳴鐘，慢慢道：「東家，這會兒都半夜子時了，全北京城的九道城門，早就關上了，您要等的銀車如果是打城外頭來，可一定進不來了！」致庸原本坐著，此時猛然站起：「睡覺，不等了！」李德齡一驚：「不等了？那明天一大早，那個混混再來，我們就……」

致庸忽然輕鬆下來一般帶笑道：「李爺，最壞的情形是什麼？」李德齡看看他，老老實實道：「摘下大德興的招牌，從此不再涉足票號業。」

致庸哈哈一笑：「不是沒死人嗎？摘招牌就摘招牌，既然輸了，就堂堂正正地承認失敗吧。」李德齡看著他，心中一寬，剛要說話，卻聽他又正色道：「李爺，若是我敗了，那怪不得別人，說到底還是咱計畫不周，我喬致庸有誤算！」

李德齡好心安慰他道：「東家，您也不要太難過，做生意的人哪有不失手的時候，俗話說不經一事，不長一智……哎東家，萬一明天天一亮，您等的銀子就上門了呢？」致庸搖搖頭，道：「那不可能。我岳父陸老東家精明過人，而且我給他的時間也很富餘，他說好要在今天夜裡送銀子過來，就不會晚到明天早上。他一定算準了日子，把時間打得富足有餘，不會讓銀車趕在天黑前被堵到城門外頭。這樣的差錯太低級，不是他老人家會犯的。一定是出了別的差錯，連他也沒估計到。李爺，不管是什麼差錯，我們可能真的敗了！」

4

這天夜裡，大家都睡得很好。但第二天一大早，天還未亮，致庸就聽到了打門聲，原來是閻鎮山趕著一溜銀車到了。致庸衣服也沒穿好就衝出去，抓著閻鎮山的手結巴道：「閻師傅你……你遲到了！」閻鎮山一愣：「沒有哇，我昨天晌午就到了，可陸東家叮囑我只能今天一早送來，他說要給你上一課。」

致庸當場呆住，好一陣才如夢初醒，大笑：「原來岳父大人是要……」閻鎮山點點頭：「陸老爺讓我轉告你，說這是給你的一個歷練，他要你明白，天下再好的計謀，也有對不上點兒的時候，要懂得見好就收的道理。」致庸滿臉愧色，連連點頭。李德齡比致庸晚到兩步，一見銀車，喜不自勝道：「東家，以往別人說您料事如神，我還不信，這回我信了。難道說您來北京以前，就知道我們和廣晉源會有這一場惡鬥？」致庸沒有說話。這邊高瑞道：「李爺，什麼叫做運籌於帷幄之中，決勝於千里之外？瞧，這就是。」

一時眾人都忙著把銀箱往庫裡搬。最後一個銀箱上垛之後，致庸眨巴了一下眼，突然問李德齡：「李爺，這些天你一直對夥計們說銀庫裡有銀子，對不對？」李德齡點點頭：「我那不是故意虛張聲勢嗎？」致庸笑道：「好，那從今天起，你就在號內夥計中散布消息，說銀庫裡沒銀子了！」李德齡一愣：「為什麼？我們這不是有銀子嗎？」致庸道：「李爺，兵法上講，虛則實之，實則虛之！今天我岳父給我上了一課，讓我明白，一個人要做成一件大事，不能只靠事先的謀劃，還要在事情進行中多動動心眼兒。有時候，一個出其不意的舉動，就能打亂對方的陣腳，讓勝利提前到來！哎，我們和成青崖成大掌櫃的這一場爭鬥，該收場了！」

那天日上三竿的時候，那小混混果然又帶著人往櫃檯上擺起了金元寶，這次一下子來了四十個。致庸在後堂踱步，對李德齡道：「看來成大掌櫃也不想再玩下去了，既然他都送來了，我們就都收下！」李德齡應了一聲，笑道：「收下後，今兒一大早陸家送來的銀子，加上我們庫裡的銀子，也就只剩下三萬多兩。而老成庫裡的金元寶應該也沒有了。所以說到底，我們也算和他打了個平手，很不錯啦！」

致庸笑了：「不，你錯了，只要他成青崖不能讓我們摘招牌，我們就贏了，他就輸了，我們不是和他打了個平手！」李德齡一愣，也笑道：「對，不是平手，是勝負手，我們贏了，我這就出去，收下老成最後四十個金元寶！」說著，他轉身笑著出去了。致庸看他出去，突然覺得有什麼不對，但一時又說不出，只得罷了。

到了下午，成青崖在廣晉源的大掌櫃室裡，摸著下巴慢條斯理地問二掌櫃：「喬致庸把我們的最後四十個寶貝也吃下去了？」二掌櫃不安道：「對！真沒想到，他整整吃下了我們一百六十個金元寶！」成青崖仰天大笑：「二掌櫃，你信不信，我要是這會兒再讓人抱一個東西到他那裡換銀子，他就傻眼了！」二掌櫃一愣。成青崖「哼」一聲道：「明天，你讓人打開地窖，把介休常家存在我們這兒的六十個銀冬瓜給我取出來，一天二十個，給我送到大德興去！」

二掌櫃沉吟道：「大掌櫃，我擔心咱們的鎮號之寶金元寶，要是流散出去那麼幾個，廣晉源的信譽就完了！」成青崖「哼」了一聲：「那不可能。只要我老成活著，北京的晉商就沒有人敢明著收我的寶貝！」

田二掌櫃有點發急：「成爺，可是還有徽商和浙商呢？還有粵商呢？我們也得罪過他們，萬一他們從大德興收走了我們的金元寶，不管是幾個，就算沒給喬致庸解圍，可也讓我們廣晉源失了寶物，丟了臉面啊！」

這話讓成青崖著急起來：「你說的有道理，既是這樣，就把這件事辦得快一點，明天一大早，你讓人把六十個銀冬瓜一次給喬致庸抱去，讓他摘招牌！我這六十個銀冬瓜，就是最後一根稻草，定能壓垮喬致庸這匹駱駝！我敢斷定，喬致庸聽都沒有聽說過世上還有這種分量的銀冬瓜！對了，你現在再去放放風，告訴那些有實力的徽商、浙商，嗯，還有什麼粵商，如果誰想在這個時候跟我過不去，收我的鎮號之寶，我日後一定會讓他好看！」

二掌櫃點點頭，剛要走又折回來道：「大掌櫃，有件事我差點忘了，江南一家相與，要借兩百萬兩銀子做一樁買賣，我擔心東家在跟喬致庸過招，可能這段時間需要銀子，就沒敢立馬答應他。您看這事……」成青崖摸摸下巴：「這個相與有信譽嗎？」

二掌櫃趕緊點頭：「說來也是老相識，就是上次和我們一起做成廣東那筆綢莊生意的老劉，你見過的，他不是還和三掌櫃拜了把兄弟嘛！聽他說只要半個月，一準把本利一起還給咱們。」

成青崖對這樁買賣多少有點猶豫：「你覺得該不該借銀子給他？」二掌櫃想了想道：「要是在往常，我就做主了。可現在，萬一喬致庸以其人之道還治其人之身，回頭把收下的金元寶再搬回來向我們換銀子，我們若一時拿不出，那時候自摘招牌的就不是他們，而是我們了！」

成青崖一聽這話，反而不樂意了：「胡說！他喬致庸絕對挺不過明天去。我號著他的脈呢，他就那點銀子。你明天一大早就讓人把銀冬瓜給他抱去，先堵住他的門，他肯定得先摘了自己的招牌。這筆江南的銀子，我答應借了！」

二掌櫃一愣：「真借？」成青崖瞪他一眼：「若是不借，相與們會說我們廣晉源也有借不出銀子的時候，知道內情的會說我老成怕了喬致庸！喬致庸，我料定他也就這麼著了，就是再有能耐，他一時半會兒也弄不到什麼銀子收下我的銀冬瓜了！借！」二掌櫃點頭，一迭聲地跑走了。

晚上，高瑞正伺候致庸和李德齡吃飯，那李德齡高興道：「東家，今天廣晉源的最後一個金元寶也進了我們的銀庫，只要東家願意，明天我就帶上這些金元寶，去廣晉源換銀子，要是沒銀子，自摘招牌的就是他們，這一招總算可以換換手了！」致庸還沒有答話，高瑞突然插嘴道：「李大掌櫃，他們怎麼會沒有銀子？您甭忘了，從我們這兒換走的銀子，這會兒都在廣晉源的銀庫裡呢，難不成就像您說的，大家換來換去，真是好玩呢，像小孩過家家一樣……」李德齡瞪他一眼：「你又不懂了，商場上這叫過招，他這招算是出完了，我們也接住了，所以這事大致就算結了……」

他的話還沒有說完，致庸突然一拍桌子大叫道：「不好！只怕我們千算萬算，還是漏了一算！」李德齡大驚。致庸歎道：「成青崖是商界巨擘，不可能只準備一步棋對付我們！金元寶這招我們接住了，但若明天一大早那小混混再帶人抱著些什麼寶貝，來大德興換銀子，我們只能認輸，自己把招牌取下來！」

李德齡變色道：「東家，您可別嚇唬我！」致庸神情痛苦，仰天長歎，最後終於低頭，艱難道：「雖然我並不服氣，可我們大概還是輸了。摘招牌，不是茂才兄說準了，也不是喬家不該進入票號業，而是我喬致庸太笨了，就是進了票號業，也不可能做到匯通天下那一步！罷了，罷了，從此我一生再也不開票號，永遠不再想什麼匯通天下了！」李德齡面色蒼白，呆呆地望著他，一句話也說不出來。高瑞張張口想說話，但看到致庸這般模樣，只得忍住了。

第三十章

1

夜裡，致庸翻來覆去一直睡不著，後來索性起床，坐在燈前看起書來。高瑞看見燈光，笑嘻嘻地披衣敲門進來道：「東家，您一夜沒睡？」致庸放下書，惆悵道：「高瑞，你知道這次我為什麼敗了嗎？」高瑞看看他，忍不住笑道：「東家，保不準事情有變化，您也太過慮了，書上不是說，智者千慮，必有一失。萬一成大掌櫃沒您想的那麼聰明，想不出那步棋呢？」

致庸搖搖頭道：「要是茂才兄和我在一起，絕不會是現在這般處境！」高瑞道：「要不東家趕緊派人去臨江縣茶山請孫先生回來？」致庸搖頭：「晚了，來不及了！」他披衣站起，雞鳴聲隱約傳來，致庸心頭一陣感慨。

不多會李德齡也敲門進來，寒暄過後道：「東家，我想來想去，不如咱們先關張一天怎麼樣？躲一躲，我再到相與間走一走，看還能不能借到銀子。」

致庸沉沉道：「只怕沒用。躲過了初一躲不過十五。不，就是輸，咱們也不能讓人瞧不起！李爺，你再去睡一會，天一亮就讓人下門板，照樣做生意！」這時大門外突然傳來「咚咚」的打門聲，接著長栓跑進來，激動道：「太太來了，後面還跟著好多輛銀車呢！」致庸大驚，看著李德齡，如同絕處逢生一般大喜，想了想道：「到底怎麼回事？這黑天半夜的，太太在祁縣家裡，怎麼能到了這裡！」他話音剛落，玉菡已經走進來微微笑道：「二爺，李大掌櫃，我怎麼就不能來到這裡？」

致庸大為激動：「千里迢迢的，你怎麼來了？」玉菡笑嘻嘻地坐下：「我來救你呀！聽說你快被人逼得摘招牌了，我不來還行？」李德齡匆匆跑出去，一轉眼又跑進來：「東家，太太讓人拉來了二百萬兩銀子！」「二百萬兩?!」致庸吃了一驚，連忙問玉菡：「快說，從哪裡弄到了這麼多銀子？」玉菡嬌俏而得意地一笑：「借的！怎麼樣？」致庸驚奇道：「借的？在哪兒能借這麼多銀子？」玉菡道：「就在北京城裡唄。」

致庸不相信地看著她。李德齡搶上去問：「太太，您在北京還能借到二百萬兩銀子？」玉菡道：「信不信由你們。反正銀子我給你們拉過來了！要是還不夠，我還帶來了一件寶貝。」說著她示意明珠掀開披風，將懷中的翡翠玉白菜放到案上。致庸又是一驚：「你把它也帶來了？」玉菡噘噘嘴：「為了從井裡把二爺撈出來，只能又把它帶來了。我嫁了這麼個爺，我的寶貝也跟著受苦，整天在當鋪裡進進出出，聞些臭氣。二爺，要是二百萬兩銀子還不夠，拿它又可當出一筆！」

致庸難以置信地望著玉菡，一時間欣喜若狂，只望著玉菡，說不出話來。玉菡有點不好意思了，嬌嗔道：「怎麼這麼看著我？」致庸上前抓住玉菡的手：「快告訴我，這兩百萬兩銀子，到底打哪兒借的？」玉菡眨眨眼睛笑著反問道：「你覺得眼下我們還能從哪兒借到這麼多銀子？」致庸突然有點回過味來，驚道：「難道……難道是從廣晉源借的？」

玉菡得意地點點頭。致庸一把將她抱起，激動道：「太太，真有你的！你從廣晉源借到這麼多銀子，不但救了我的急，還把廣晉源的銀庫掏空了一大塊，呵呵，你是用別人的名義借的吧？」玉菡看了一眼旁邊的李德齡等人，臉大紅，趕緊推他，掙扎著要下來。李德齡等人見狀笑著趕緊離開了。

致庸回過神，有點尷尬地放下玉菡。玉菡理理頭髮，嬌媚地瞟了他一眼，笑道：「可不……拿你的名義能借到銀子？」說著她又湊到致庸耳邊說了幾句話，致庸大驚，出了半天神，看看四下無人，突然又抱住玉菡使勁親了一口。玉菡又羞又急，躲閃道：「你幹什麼，也不看看這是什麼地方！」致庸大笑，轉身走出，嚷嚷道：「下門板，今兒要好好做一筆生意！」外頭眾人大聲回應。

清晨的陽光帶著點興奮和喜悅，照在大德興茶票莊的招牌上。二掌櫃站在櫃檯內，一邊用雞毛撣子撣著櫃檯，一邊緊張地朝門外望。門外人來人往，他沒發現每天拿金元寶換銀子的那幫小混混，不禁暗暗有點失望。

李德齡走過來道：「時間差不多了，那幫人還沒來？」二掌櫃點頭，李德齡鬆了一口氣：「那也好，也許我和東家都想得太多了！」二掌櫃有點不安道：「但願如此。」李德齡點點頭，剛要走，突聽二掌櫃驚呼一聲，李德齡下意識地朝門外看一眼，目光一下直了。遠遠地只見那個小混混帶著更多的人，而且是每四人合抱一個東西源源不斷走了進來。二掌櫃不禁叫出聲：「大掌櫃，你看，他們又來了……」

李德齡也一陣緊張，但立刻道：「別出聲！快去稟告東家！」二掌櫃飛一樣跑進後院。這邊小混混已經「咚」一聲將銀冬瓜放在櫃檯上，同時揭去包裹它的破布。李德齡的眼睛一

下瞪大了：「這……這是什麼？」打頭的小混混斜著眼睛道：「銀冬瓜，沒見過吧？要是沒見過，就好好看看！」

李德齡還沒反應過來，卻見又有四個小混混模樣的人抬著一個銀冬瓜進來。李德齡目瞪口呆：「到底有多少哇?!」打頭的小混混「哼」一聲：「等著吧，多著呢！」說著他一招手，又有四個小混混抬著一個銀冬瓜走進來。李德齡的眼睛瞪得越來越大，話也說不出來了。

致庸隨夥計匆匆走來，櫃檯上已經擺了好多個銀冬瓜，小混混的人數也越來越多，都鬧哄哄地堵在門口。喬致庸的目光一下子冷峻起來，旁邊的小夥計緊張道：「一看就是來鬧事的，來了一堆人呢！」致庸吩咐道：「你去！把大夥都叫來，尤其是閻鎮山閻師傅，還好他還沒來得及走，請他過來幫一下忙。我們一半人在店堂候著，還有一半人到門外去，把住大門。」小夥計應一聲，趕緊跑走。

櫃檯上已經擺了五十九個銀冬瓜。李德齡為了掩飾慌亂，不住地乾咳著，眼見著又來了四個小混混，將最後一個銀冬瓜抬進來，櫃檯上早已經放不下，於是許多個碩大無朋的銀冬瓜就胡亂地擺在店堂內。他們輪番搬運的五十來號人，皆用挑釁的目光得意地望著李德齡和致庸。

致庸走上前，一個個看銀冬瓜：「啊，這不是山西介休常家有名的銀冬瓜嘛。怎麼，一下就搬來了六十個？」聽了這話，為首的小混混不禁對他刮目相看，拉長聲調道：「沒想到喬東家這麼年輕，也知道介休常家的銀冬瓜，佩服了！」李德齡怔怔問：「什麼……銀冬瓜？」

致庸笑笑，解釋道：「李爺，當年介休常家全盛的時候，茶路從武夷山一直延伸到法蘭西的巴黎，比今天水家、元家的生意還要大，每次他們販茶到俄羅斯，回來時就把所得的銀兩熔化成一個個巨大的圓砣，外形像冬瓜。這東西又重、又圓不溜秋的，就是被搶匪搶了，他們也抱不動，跑不遠。呵呵，這就是銀冬瓜的來歷。」李德齡也大為佩服，接著問：「後來呢？」

致庸轉著桌子上的茶壺蓋，悠悠道：「後來常家敗了，最後六十個銀冬瓜流散出去，下落不明，沒想到今天它們來到了我們大德興茶票莊！」說著，他穩穩地坐下，問道：「各位爺，今天你們把這麼多銀冬瓜抱來，還是想換銀子嗎？」

打頭的小混混斜眼道：「自然是想來換成銀子。這麼大的銀子，本大爺就是想花，也花不出去呀，你們招牌上寫明了可以換銀子，怎麼，您這店裡頭能換嗎？」長栓再也忍不住，走上前去一把抓住這個小混混：「你到底是誰，前些天抱來的那些金元寶，幾乎將我們的銀庫換空，今天又一口氣搬來這麼多這玩意兒，你哪是來做生意？你根本就是有意搗亂，來攪我們局的！」

小混混大叫：「你幹什麼你！你還敢打人呢！……」李德齡趕緊上前拉開長栓，那小混混依舊不依不饒道：「我怎麼搗亂了？你們做的就是這行生意，要是做不起，就把招牌摘下來，別做了就是啊！」說著他轉了個圈，惡聲招呼道：「弟兄們！看樣子他們不想做這行生意了，那就給我把他們的招牌摘了！」

李德齡大怒：「你……」這邊閻鎮山帶著眾夥計衝進來，大聲道：「今天我看誰敢先動手！」小混混一看他的架勢，就知道是個練家子，當下竟也不敢妄動，一時間兩幫人劍拔弩張。

致庸手裡轉著茶壺，不緊不慢地抬起眼，淡淡道：「這位爺，今天實在是對不起，小號一下拿不出這麼多銀子留下你的銀冬瓜，你還是帶著你的寶貝到別處換吧！」打頭的小混混勃然變色：「這麼多的重東西，我們費老大的勁弄來了，還想讓我們弄走？不行，我們今天一定要換，而且非在這裡換不可！」一旁的小混混立刻起鬨：「想讓我們走也行，只要你們取下招牌，從此不做這行生意。你們不做這行生意了，我們當然就不會在你們這裡換錢了！」致庸笑道：「諸位爺，一定要在小號換銀子？」眾小混混應著亂嚷起來。致庸又笑問：「不換銀子，就摘牌子？」一聽這話，眾混混更得意了，又跺腳又叫嚷。致庸點點頭：「嗯！按說開票號是有這麼個規矩……那好！李大掌櫃，把貨收進去！」李德齡會意，對夥計吩咐道：「聽東家的，把這些貨收進去！」混混們大吃一驚：「哎，你們真收進去了？」

致庸站起，和顏悅色道：「對呀，不過諸位爺，貨雖然收進去了，可要想拿到銀子，還要等一會兒！」那打頭的小混混又嚷起來了：「怎麼還要等？我們不要等！」致庸冷冷地盯著他，沉聲道：「這位爺，這就是你們有意讓小號為難了。你們近來已經在小號換走了幾百萬兩銀子，我們就是想和你做這筆生意，庫裡一時也拿不出這麼多銀子了。這樣，你們消消氣，坐下來喝點好茶，稍等一會兒，容我們到別處把銀子拉回來，再付給諸位。既然諸位爺看得起小號，放心，小號今天一定幫你們換成！」打頭的小混混一愣。致庸不再理會他，回頭道：「來，給諸位爺看座，上茶，好好侍候著！」李德齡機敏地對夥計們喊：「東家說了，還不照辦！好好侍候諸位爺！誰要是動手，那就衙門裡見。」

打頭的小混混見狀，只得招呼著自己的兄弟坐下，有點忐忑地喊了一句：「哎，你們可不能讓我們等太久，爺們有事，沒工夫老等。」致庸扭頭笑看他：「諸位爺放心，我一定說到做到，銀子一會兒準幫諸位拉回來！」

說著他和李德齡向後院走去。到了後院，致庸便壓低嗓子激動道：「李爺，馬上帶上那些金元寶，到廣晉源去兌銀子！」李德齡一愣：「東家，我們庫裡現在有銀子可以換給他們啊！」致庸搖搖頭：「錯！昨天我岳父陸老東家使計從廣晉源借出二百萬兩銀子，可不是為了今天再把它們送回到成青崖那裡。借出這二百萬兩銀子，只是為了給我們創造一個機會。而且二太太剛才偷偷告訴我了，今早還有幾個『高人』出手，廣晉源今天上午應該又被兌了三百多萬兩銀子，所以這會兒廣晉源的銀庫已經空了大半，現在我們去找他兌銀子，摘招牌闆張的就是他們。老天爺啊，總算該我們出招了，只有一招制勝，才能和廣晉源結束這場較量！」

李德齡又驚又喜，轉念一想，又問道：「東家，萬一等會兒我們去了，成大掌櫃銀庫裡沒有銀子，他就不會也讓我們等著，讓人去別的票商那兒借銀子？」致庸大笑：「李爺，你太不瞭解成大掌櫃這個人了！成青崖是不會到別處借銀子的！只要他去別的票號借銀子，人人立馬就會知道廣晉源出了事，他成大掌櫃的票號也有兌不出銀子的時候。成青崖一身傲骨，就是死他也不會讓別人知道他有這一天的！」李德齡一拍大腿，高興道：「東家，要這麼說，我們這一去，真有可能逼成大掌櫃自己摘下廣晉源的招牌！該！這個人一輩子對別人下狠招，只要是他認定的對手，非置於死地不成，哼哼，沒想到他也有今天！」

2

廣晉源票號田二掌櫃驚慌地看著李德齡指揮著夥計們，將金元寶一個個擺上櫃檯。忙活了半天，李德齡喘口氣，拱手道：「就這麼多，全在這兒了。敝號實在周轉不開，請貴號幫著全換成銀子，好應付今天的生意！給您添麻煩了！」田二掌櫃的汗開始淌下來，今天如同形勢逆轉，廣晉源一開門就被幾張銀票領走了三百多萬兩銀子，現在對著這些金元寶，他半晌才顫聲道：「李大掌櫃，你稍等一會兒，我去去就來！」說著他匆匆走回內院。

成青崖聞言臉色蒼白：「這些飯桶，我讓他們拿銀冬瓜去對付喬致庸，怎麼成了這個樣子？」田二掌櫃為難道：「大掌櫃，大德興的李大掌櫃還在外頭等著呢，您看這事……」成青崖突然轉身：「哎，你對他講，給我們一天時間，明天再兌給他們銀子！」田二掌櫃囁嚅道：「我已經說過了，可是李大掌櫃說，他們家櫃檯前現坐著人，帶來了六十個銀冬瓜，立等著現銀，要是今天換不回現銀，大德興茶票莊就得關張！」

成青崖狠吸了幾口旱煙，突然站起道：「今天來兌銀子的其他幾個相與簡直就是商量好的。喬致庸身後有高人，難不成是……是那個陸大可，他現今在北京？」田二掌櫃大驚：「你是說這事是太谷的陸大可幹的？」成青崖點點頭，難堪道：「應該不會錯，能幫他們的忙從我們這裡借走兩百萬兩銀子，今早上又相繼兌走三百多萬兩銀子，再加上前些天陸陸續續兌走的銀子——能走這步棋的不光需要腦子，還需要人脈，一來是他們有交情，二來是我輕敵貪利，三來，就是……就是我做事一向不饒人，都得罪過他們……就說這個陸大可，我當年整得他頗慘，今日他一定不會放過我。」

田二掌櫃沒料到他會說出這樣一番話，當下手足無措道：「大掌櫃，您別急，事到如今，我們只能另想主意。我們銀庫裡只剩下不足一百萬兩現銀，現在我就去找相與，懇求他們借三百萬兩銀子給我們，讓我們渡過難關！」成青崖搖搖頭：「不！就是能借得出，我們廣晉源的名聲也完了，一天之內，全北京的商人都會知道我廣晉源也有兌不出銀子的時候！喬致庸他還是贏了！」

田二掌櫃大急：「大掌櫃，那該怎麼辦？」成青崖走到窗口，半晌，含淚顫聲道：「沒有辦法了……等一會兒，我自個兒出門去摘掉廣晉源的招牌，從此關門停業，成青崖也打今天起退出江湖！」田二掌櫃「撲通」一聲跪下：「大掌櫃，萬萬不可！您要是不便出面，我親自到大德興茶票莊去，代您向喬東家負荊請罪，求他放廣晉源一馬！這麼拖下去，廣晉源今天就要名譽掃地了！」成青崖慘然一笑：「只怕廣晉源已經名譽掃地了！」

在前面店堂內等了半天的李德齡嘀咕道：「這田二掌櫃進去了，怎麼半天也不出來。」致庸突然走進來，微微一笑：「那倒也好辦，咱進去找他去！」說著拉起李德齡向後院走去。長長的走廊上，很奇怪一個人也沒有，致庸和李掌櫃一路尋摸，走了好一陣，遠遠聽到前面人聲鼎沸，亂作一團。接著迎面慌慌張張跑來一個小夥計，一見他們，便急道：「真是二位爺啊，可不好了，大掌櫃不想活了，二掌櫃拉都拉不住他，只得急著打發我來找二位爺去勸勸，高抬貴手……」

致庸大驚：「你說什麼？再說一遍！」那小夥計急急地把剛才的話重複了一遍。致庸趕緊道：「快去稟告成大掌櫃，就說晚輩喬致庸求見！」小夥計點頭，一路跑進去。致庸和李德齡也緊緊跟著在後面跑起來。還沒到廣晉源大掌櫃室，就聽見成青崖在裡面吼：「不，

你讓我去死！讓我去死！」致庸朝裡面一瞧，只見成青崖手舉一把劍，正和田二掌櫃激烈掙扎著，幾個人都拉不住。那小夥計跑進去道：「大掌櫃，喬東家已經到了門口，要見大掌櫃呢！」成青崖一驚，朝門外看去，回頭更劇烈地鬧起來：「不，我一生英名，就毀在這個人手中。你出去告訴他，成青崖死就死了，我不見他！他，他敢進來，我就抹脖子！」

致庸聞言對李德齡急道：「這怎麼辦？誰還有別的辦法？一定要救下成大掌櫃，不然，喬致庸可得終身背負逼殺成大掌櫃的惡名了！」李德齡想了想道：「東家，解鈴還需繫鈴人，我想到一個人，說不定成大掌櫃願意見他！」致庸趕緊問：「誰？」「陸老東家！成大掌櫃此次不是敗在東家手裡，而是敗給了陸老東家，成大掌櫃這樣的老英雄，只會佩服打敗他的人！」

致庸大為激動：「我怎麼沒有想到這個，快派人去請他！」這時背後傳來陸大可慢悠悠的聲音：「不用請，我算準了這時候該我出場啦！」致庸大喜過望：「岳父，您可一定要把成大掌櫃救下來啊！」陸大可道：「放心，我這一輩子可和他交手多次，如果救不下來他，我跟他一起死！」眾人聞言都大為愕然，但也顧不得了，當下幾個小夥計擁著陸大可向大掌櫃室走去。

成青崖和田二掌櫃還在房內相持。一個夥計跑進來道：「兩位掌櫃，太谷的陸老東家來了！」成青崖一驚回頭看，陸大可已經進了門，哈哈笑著拱手道：「老陸這廂有禮！成大掌櫃，好久不見，你這是在唱哪齣戲啊？」成青崖一愣，手中那把劍仍橫在脖子上，但握劍的手卻抖了一下。

陸大可回頭對田二掌櫃道：「去吧去吧，大白天的拿把劍舞持什麼？上廚房給我們切盤羊頭肉。我和成大掌櫃好久不見，讓我們老哥倆單獨喝兩盅，嘮一會兒。」田二掌櫃看一眼成青崖，躊躇著不敢去。陸大可瞪瞪他：「田二掌櫃，你怎麼回事，你還不放心我呀？這個老頭，反正是要死的，早一天死晚一天死又有啥不同？早死還有早死的好處，至少年輕時結交下的相與都能來送一送他，要是死得晚了，就沒有相熟的相與送了！」

田二掌櫃低聲道：「陸老東家，這可不是開玩笑的時候！」陸大可「哼」了一聲，徑直走上前去，一把抓過了成青崖手裡的劍，輕輕鬆鬆地就奪了下來，轉手把劍遞到田二掌櫃手裡，衝他一擺手：「去吧，小子，照我說的，來盤羊頭肉，來壺好酒，我們兩個老東西就愛這一口。」田二掌櫃大大鬆了一口氣，趕緊去張羅陸大可要的東西了。

陸大可回頭對成青崖笑道：「我說老成，算了吧，別做樣子了。我都來了，已經給你面子了，你當年對我可沒那麼大方啊，只怕那時我抹了脖子，你只會拍手叫好呢！」成青崖沮喪地在炕上坐下，無聲地抽泣起來。

陸大可「哼」了一聲：「老成啊，你以為我這一趟到京城，是為著我女婿來的？不是！告訴你，我就是為了給你這個老東西解圍來的！從一開始，我就知道，你鬥不贏這一仗。哼哼，你這個人，從年輕時就剛愎自用，目中無人，一身的臭毛病。在票號業又飛揚跋扈，心胸狹窄，得罪的人多了去了，你這種人一輩子要是不敗個那麼一兩次，簡直天理難容！」

成青崖委屈地抹了一把淚：「陸大可，你這個手下敗將，也敢這麼和我說話？老不死的，暗地裡設局讓我鑽。」陸大可見他雖然一張口就是罵人的話，卻終於開了口，當下心中一寬，道：「我是個什麼人你知道，你是個什麼人我也知道，大家都是老不死的。呵呵，你這次反正已經敗了，我們也算扯平。得了，那麼多人都來了，也算是給你面子了。他們都不

知道你的底細，可我知道，所以我不擔心你會自殺，你就是做做樣子，想讓自己有個臺階下！你騙得了別人，騙不了我！」

一聽這話，成青崖又跳起來：「陸大可，你，你……我今天非死給你看！」陸大可笑笑，無動於衷道：「你死呀？剛才你的手一動，就抹了脖子了。你以為你死了，別人會說你剛烈，說你是個人物，不會的，你就是死了，大家也只會說你這個人是跟自己較勁死的，你敗在一個後生小輩手裡，臉上掛不住就死了，你一世英名成了狗屁，過上三年五載，還有誰會記得你這個沒志氣的老東西？再說了，你根本就不會死，你要是想死，還娶那麼年輕的小妾幹嘛？哼，我們背後都議論你呢，娶那般年輕貌美的小妾，簡直是……告訴你，你死了，不說別人，就連你新買的小妾，也不會為你守著，她轉眼就會嫁人，你捨得嗎？」成青崖這次到底清醒了一點，遲疑了一下，抹抹臉上的淚珠子，哭腔道：「可是老陸啊，我要是不死，怎麼出去見人？」

田二掌櫃端著酒菜進來，為他們斟上。陸大可「哼」了一聲，端起酒道：「你個老東西，我給你圓圓場，等會兒讓致庸過來，當著眾人的面，跟你賠個不是，咱把錯都算到這小子頭上，讓他給足你面子，你把他的銀子還給他，他把你的金元寶和銀冬瓜還給你，你們從頭來，願意做相與就做，不願意就拉倒，你開你的票號，他開他的茶票莊，從此兩不相擾，如何？」說著他與成青崖手中的酒杯碰了一下。成青崖一愣：「那……喬致庸能答應嗎？」

陸大可瞪他一眼：「瞧你這個人，管他答應不答應，咱把他叫進來，再把他攆出去，然後就出去說他向你跪地求饒，你給了我面子，不跟這小子過不去了。至於喬致庸，我敢說，他比你我心胸都開闊，即使這次你下手這樣狠，他也不會計較這些，仍舊還要和你做相與呢！」

成青崖又羞又愧，低聲問：「真的？」陸大可看著他又好氣又好笑：「你以為人都像你這樣啊？就我所知，他今年還要去武夷山販茶，那麼遠的路，中間又有長毛軍，銀子帶著不方便，他還想將銀子存在你這裡，然後帶張銀票，到廣晉源在福州的分號兌銀子呢。那樣，你有了生意，他也方便。這小子求你的事多呢，不敢怎麼著！」

一席話說得成青崖臉色青一陣，白一陣，心下卻大大地平了，他一口喝乾杯中酒，終於面有愧色地答應了。陸大可見狀呵呵笑著衝門外喊道：「喬致庸，你小子在哪兒？快進來，給成大掌櫃磕頭賠罪……」

3

溫柔的夜色中，玉菡望著樂呵呵從外面趕回來的致庸，心中一陣甜蜜：「二爺，這麼高興?!」致庸笑道：「當然高興，從今天起，大德興茶票莊就在京城站住了腳，我再也不用害怕有人天天抱著金元寶來算計我了！」玉菡「哼」了一聲：「二爺的大難躲過去了，就不記得要謝謝我？」致庸大笑，一把將她抱起：「自然謝謝你，太太，明天你到街上去逛個夠，看到什麼喜歡的東西就買什麼，帳算我的！」

玉菡啐道：「呸，你以為我稀罕那些東西呢，我稀罕的是你這個人！」致庸哈哈一樂：「那好，既然太太稀罕我這個人，明天你就不用上大街買東西了，銀子我也省了。」說著他涎著臉貼近玉菡：「我人就在這裡，太太拿去吧！」

玉菡臉大紅，趕緊推開他，面帶心事道：「哎，有件事我想告訴二爺……」致庸沒介意，依舊一邊嘴裡開著玩笑，一邊動手撓她的癢。玉菡笑著趕緊躲開，然後隔著幾步遠，輕聲道：「雪瑛表妹生了！是個男孩！」

致庸勃然變色，繼而掩飾著激動問道：「什麼？雪瑛生孩子了，什麼時候？」玉菡在他的臉上觀察，細聲道：「就是二爺離開祁縣那天，何家來人報的喜！」

致庸慢慢坐下，眼神忍不住迷離起來：「雪瑛表妹，對了，還有孩子，這會兒都好嗎？」玉菡心頭掠過一陣陰影，但還是回答：「挺好的。你走後一個月，我替你去了榆次，見著雪瑛表妹和孩子了。」

致庸一時失態，猛地站起：「你……你見了她，還有孩子？」玉菡點點頭，心中一陣發酸。致庸有點語無倫次了：「她……啊，對了，還有孩子，怎麼樣？」玉菡心中漸漸不樂，道：「雪瑛妹妹可是大變樣了，現在她一心念佛，只想替何家好好養育這個孩子。」致庸背過臉去：「她就……她就沒說些什麼？」玉菡心中更加不高興了，過了好一會才賭氣道：「啊，說了。雪瑛表妹說，以前的一切，你和她，還有我，都過去了，這會兒她心裡只有菩薩，只有何家的這個孩子！」

致庸眼裡猛然湧出淚水，轉身望著窗外沉沉的夜色，好一會才讓自己平靜：「這就好，雪瑛有了孩子，就有了終身的依靠了。」玉菡看在眼裡，心中終於妒忌起來，眼中浮出淚花：「二爺，你……你還是忘不了她？」

致庸意識到了什麼，趕緊轉過身來，努力賠笑道：「哎，時候不早了，你今兒就住下吧，別回陸家老鋪子了。」玉菡聞言反而往門口退，含淚道：「告訴我，你到了這會兒，是不是整天心裡想的還是她？我剛才一提到她，你的心是不是又疼了？」致庸避開她的目光，一時間也說不出話來。玉菡更是傷心：「你望著我！說實話！」致庸頭猛地一抬，直視著她道：「我當然說實話，我……我早就把她……忘……忘了。」但他話還沒說完，眼神又避開了。玉菡知道他說的不是實話，忍不住又是失望、又是責備地望著他，半晌才道：「我也不知道你說的是不是實話，可我願意信這是實話……二爺，雪瑛表妹都有了孩子了，你幹嘛還要想著她，你就不能多想想我嗎？」致庸上前，幫她拭淚，道：「我沒想她。這一會兒，我心裡想的只有你，全是你。」玉菡一聽又不樂意：「就這一會兒？」

致庸被她弄得手足無措，只得跺腳道：「不不不，我又說錯話了，我確實天天想的都是你，是我們喬家，我們喬家的生意，還有我要做的大事。剛才是你提起了雪瑛，不是我！」說著他眼圈委屈地紅起來。玉菡見狀心中一陣後悔，趕緊回身抱住了他……

幾日後致庸送玉菡與陸大可回山西。車到京郊，致庸拱手準備說些送行的場面話，就聽陸大可「哼」了一聲道：「別光說這些虛的。告訴我，你覺得成青崖從此便能容下你，大德興茶票莊立馬就會生意興隆了？」玉菡一驚：「爹，您到底想說什麼呀？」陸大可一瞪眼：「我問他話呢，你甭插嘴！」

致庸搖頭，正色道：「不，我不相信。不過從今以後，誰也不敢再對我大德興茶票莊下狠手了。我明白了一件事，喬家的第一家票號，托岳父大人鼎力相助，到底是立起來了。另外，這次爭鬥還讓我明白了一件事，靠成大掌櫃這些人實現不了匯通天下，要實現匯通天下，必須靠自己，為了做成這件事，從現在起，我要做好打持久仗、艱苦仗的準備！」玉菡看看陸大可的臉色，打岔笑道：「二爺，你打算為匯通天下忙活一輩子？」致庸還沒回答，陸大可道：「有句話

我還是要說，天下有些事情，哪怕用盡你一生的力量，也不一定做得成。等你到了我這個歲數，發現自己忙碌一輩子，還是沒有實現年輕時的抱負，那時你可甭後悔！我像你那麼大歲數的時候也有一番雄心，可慢慢地都消磨掉了，哼哼，最後成了山西第一老摳……」

玉菡笑起來，致庸卻沒笑，反而恭敬道：「謝岳父大人教誨，事情雖然艱難，有一件事爹卻可以放心，匯通天下一定能在致庸這一代人手中實現，不然我是不會死的！」陸大可看著這個強小子，不知怎麼，心中突然湧起一陣強烈的喜愛，但又不願說破，哼哼道：「小子，知道我這次為何動用這麼多關係出手幫你嗎？一來是卻不過我閨女的面子，二來氣不過成青崖那老東西飛揚跋扈，可你也別狂，不要到了哪天撞得頭破血流，才知道鍋是鐵打的呢。好了，你們小倆口說點體己話吧，我先走一步了。」

說著他便自顧自上路了。玉菡含情脈脈地望著致庸，想說什麼，又止住了。致庸深深望她：「怎麼，還有事情？」「啊，沒有了。是這個，我想給你！」玉菡說著從脖子上取下一件東西，給致庸戴上，眼圈一紅：「二爺，這是玉菡的護身符，從小到大，我一直戴著，是它保佑了玉菡。今天我讓你戴上它，讓它保佑二爺，不管行千里萬里，用多少年的時間去做你想做的大事，一定都會平安無事的！」

致庸大為動容，剛要說話，玉菡又遞過那卷《大清皇輿一覽圖》：「想著你要下江南，我就把它也給你帶來了！」致庸大喜：「太好了，我正想著它呢。有了它，我今年下江南，無論走到哪裡，都不會迷路了！」玉菡不再多說什麼，頭一低，噙著眼淚，轉身上車離去了。

望著兩輛遠去的車子，致庸有些惆悵起來。李德齡上前勸道：「東家，回去吧，太太已經走遠了。」致庸仍舊望著遠方沉聲道：「我不單是在望太太，我也在望我岳父陸老先生，人人都說我岳父為人很硌，一句話打發一個主顧，可今天我覺得，他這次給我的教訓，抵得上我經商以來所有的收穫！」李德齡沉思著點點頭，致庸繼續道：「匯通天下是件大事，雖沒有孫先生講的那麼艱難，可也不會像我原先想的那樣容易。我們要做成這樣一件大事，要有堅強的心力，準備應付更多的艱難……」

回去的路上，致庸和李德齡並排坐著，說些生意上的閒話。致庸突然手一指問道：「哎，李爺，這些人幹嘛的？」李德齡順著他手指的方向看去，只見一座氣派的官邸外，畏畏縮縮站著幾個身穿舊官服的男人。李德齡回答道：「他們呀，都是些在京候補的官兒。這裡是吏部堂官烏魯的府邸，他們只怕都是來給烏魯送銀子的，想托烏魯捐個快班，早點補個實缺。」致庸大為驚奇：「一個小小的吏部堂官，竟有那麼多人巴結？」李德齡聞言笑了：「東家，您可別小看一個吏部堂官。您看這些來補缺的人，其中不乏二品頂戴、三品頂戴呢。吏部堂官雖小，卻掌管著這些朝廷大員的升遷，過不了他這一關，憑你官再大，就是有銀子也遞不上去。就這他們敢不來巴結？」

致庸忍不住生氣道：「什麼叫做賄賂公行，這就是賄賂公行！在天子腳下，這些骯髒的事也敢公開地幹？」李德齡見他這般生氣，倒有點驚訝，當下點點頭，不再多說。沒料到致庸越琢磨越生氣：「吏部堂官這麼幹，吏部尚書之類其他官員就不知道？朝廷裡的臺諫幹什麼去了？還有皇帝身邊的大臣，難道什麼也不管？」

李德齡壓低嗓子道：「二爺，您可真是讀書人的脾氣，大清國一直都是這樣啊。要說這些人也是被逼的，他們有的原來就是官，不過是家中父母過世，暫時丁憂，離開了朝廷，再

回來就不容易撈上實缺了，花點銀子不過是想儘快回去當官。要說呢，其中也有正人君子，可就是他們，也得走這一條道！」

致庸一愣：「怎麼，這些人裡頭還有正人君子？」李德齡又笑了：「東家愛讀史書，自然知道若遇開明盛世，自然龍是龍，魚是魚，涇渭分明，可若是你的命不好，遇上了眼下這個世道，你就是條龍，也只能和小雜魚混在一個渾水坑裡，要不你就回家，別再做官！」致庸不做聲了，半晌悶悶道：「快回去，看了這些真讓人氣悶！」李德齡見他這般模樣，笑道：「東家，天不早了，這裡有一家酒館狗肉不錯，今兒我請東家喝兩杯，解一解東家的悶氣！」

4

柳泉居酒館店堂不大，可裡面的狗肉倒是大大有名。致庸和李德齡對飲，三杯酒下肚，情緒才慢慢好起來。兩人正嘮著嗑，突見一個氣宇不凡、面容消瘦的中年男子，慢慢走了進來。那小二立刻迎上去：「張大人，小的給張大人請安。」那被稱為張大人的男子手一擺：「罷了，什麼張大人，現在是張閒人，張匹夫！」致庸回頭看看他，接著對李德齡低聲道：「這位有點意思！」李德齡湊上前壓低嗓子道：「東家不知道吧，這就是張之洞，以前可是三品大員呢。」

店主親自迎上來：「張大人今兒是在哪生氣了？小二，還不趕快給張大人看座！」那小二趕緊抹桌凳：「張大人，請這兒坐。小的這就給您沏茶去。」張之洞打著哈哈道：「慢著，你也不要那麼殷勤，等我吃了你的酒，拿不出銀子給你，你就不會那麼殷勤了！」小二看著店主。店主一怔，笑道：「張大人說哪裡話，您是三品大員，雖說丁憂還鄉三年，回京候補要在吏部等一陣子，可您老瘦死的駱駝比馬大，還缺我們小店這一點銀子？小二，快給張大人上酒！」

張之洞「哼」了一聲，把懷裡最後一串錢掏出來扔在桌上：「看好了，張閒人今日就這麼多錢，你要是上多了酒菜，我可真不付帳！」小二回頭看店主一眼，店主臉色立刻黯淡下來，拾起那一串錢，走回櫃檯，對小二耳語了一句。小二很快跑進去，轉眼端出一壺酒，幾碟不像樣的小青菜，擺在張之洞面前。

張之洞哈哈大笑：「好，好，醃蘿蔔條一碟，茴香豆一碟，小蔥拌豆腐一碟。哎，店家，這一碟豬耳朵大概是可憐我，多給的吧。哈哈，謝了！」他不再說話，獨斟獨飲。

致庸和李德齡感興趣地偷望著張之洞。這邊店主已經回到張之洞身旁：「大人，今兒出門跟誰嘔這麼大的氣？」張之洞趕他：「你走你走，別攪了我張閒人這會兒的好心情。」店主也不介意，繼續湊近道：「是不是又為了銀子上的事兒？」

張之洞也不看他，長歎一口氣道：「一個朝廷大員，丁憂起復竟然也要向吏部交銀子，才能排個快班復職，這是第一大可笑事；第二大可笑事，我這個朝廷的三品命官，為了復職，竟然也要和光同塵，去票號向那些山西老摳借貸銀兩；第三大可笑事，遇上這種可笑之事，竟然無處可講，只能說給你這麼一個店家聽！你說可笑不可笑？」

店主一愣，繼續賠笑道：「難不成大人去票號沒借到銀子嗎？」張之洞復又大笑：「這就是最大一樁可笑事了。可恨這些個票商，狗眼看人低，只認帶貝字旁的財，不認沒有貝

字旁的才，看我這三品大員做了多年，竟沒有銀子回京復職，便認為我沒用，即使幫我復了職，將來也沒銀子還他，便異口同聲地說出兩個字來。」「什麼字？」店主好奇地問。「不借！」張之洞咬牙切齒地從嘴裡蹦出兩個字。

店主聞言道：「哎，這是為什麼？您可是大官呀！」張之洞嗤之以鼻：「這就是又一件大可笑事了！一個三品大員，拿不出銀子復職，肯定是不會貪汙受賄！一個不會貪汙受賄的官員，只靠一點俸祿，養家糊口尚且艱難，如何能連本帶利還他們的銀子！哈哈！」

店主一聽也樂了。張之洞歎道：「還有更可笑的，你想不想聽？」店主連連點頭，張之洞心中慘然，直接端起酒壺痛飲兩口，然後苦笑道：「今日你賞我這一碟豬耳朵吃，我認你是個朋友。告訴你，這幾日我走遍了京城，得出一個結論，普天下的票號商人，全都只認得貪汙受賄的官員，只借給他們銀子！正人君子一概不借！你說可笑不可笑?!」

致庸忍不住走上前去，向張之洞一拱手：「大人，打擾了！」張之洞看看他，不客氣道：「有話請講！」

致庸笑道：「大人方才痛罵京城票商一概見利忘義，似有一竿子打翻一船人的嫌疑。敢問大人真的去過京城所有票號嗎？」張之洞久久看他，忽然又大笑：「今兒可笑之事全讓我趕上了。這位爺，想來你自然也是個商人了？」致庸點頭：「在下是山西商人。」一聽是山西商人，張之洞語氣更不好了：「你是商人，原來還是個山西商人，哈哈，你置身京城，竟然不知道山西商人在天下人中的口碑？」

致庸面色一紅：「山西商人在天下人中的口碑如何，大人不妨明言！」張之洞不笑了，正色道：「今日下官飲了酒，說了醉話，你不要計較。這麼說吧，你們晉商行遍天下，為天下人通天下貨，能吃苦，肯下力，其功不小。可就下官在京城的經歷而論，山西商人吝嗇，唯利是圖，見利忘義，也是時人的共識。」

致庸聽他說完開口道：「大人說到這裡，在下斗膽問大人一句，商人以商為業，謀利是其本分，只要合情合理，即使唯利是圖，也不為過。譬如大人，當年自然也是十年寒窗，苦讀聖賢之書，學得文武藝，售與帝王家，其實也是一種買賣啊。今日大人賦閒在京，沒有銀子打通吏部，令大人十分不耐煩，以至於遷怒於京城票商，亦對山西商人不齒。可是在下要問大人一句，就是有票商願意借銀子給大人，讓大人回朝為官，大人又能為天下百姓做什麼呢？」

張之洞心中一震，不禁睜大眼認真地看他，然後一拱手，恭敬道：「適才確是張之洞胡言亂語，唐突了晉商。不過這位爺，你是在商言商，不懂吾之心也。下官所以盼著早日補官，回到朝廷之上，並不只為了幾兩俸祿銀子。下官丁憂返鄉三年，天下之亂日甚一日，百姓苦楚年勝一年，朝廷大臣，尸位素餐，能出奇策獻良謀，腳踏實地讓我大清撥亂反正的竟無幾人。倒是連一個小小的吏部堂官，都敢公開在家收取賄賂銀子！下官雖然只是三品官，在朝廷裡算不上什麼大員，但只要有一日見到皇上，就要大聲疾呼，為民請命，為我大清國興利除害，讓士農工商各安其業，天下萬民休養生息。我特別要彈劾那些貪官，整頓吏制，為國除賊，為民除害！」

致庸不覺叫了一聲好：「然後呢？」張之洞講得興起，拍案道：「然後深謀遠慮，師四夷之長技，革吾國之舊弊，臥薪嚐膽，奮發三十年，富國強兵，讓我泱泱華夏之國，重現昔時漢唐之氣象……」可說著說著，他忽然又泄了氣，歎道，「罷了，今日我在這裡講這些幹

什麼，沒有銀子，我就回不了朝廷，見不到皇上，萬事皆空呀！」

致庸默視他良久，忽然道：「大人要借貸多少銀子，能告訴在下嗎？」張之洞一愣，冷冷道：「我要借貸十萬兩，你有嗎？」致庸想了想，道：「我沒有。可是我知道有一家山西人新開的茶票莊，可以借給大人這筆銀子。」「新開的茶票莊？」張之洞有點沒聽明白。致庸點點頭：「大人明日不妨到西河沿山西祁縣喬家大德興茶票莊問一問，他們說不定會借給你銀子。」張之洞打了個酒嗝，將信將疑地看他。致庸不再多說，會了帳，與李德齡離去。

第二天一大早，致庸就關照李德齡：「李爺，給前頭說一聲，說不定這幾天會有一個丁憂回京候補的三品大員，來我們這兒借十萬兩銀子。」李德齡一愣：「東家，您以為張大人真會來借銀子？」致庸點點頭：「如果他是一個急著補官，好去任上魚肉百姓的貪官，他今天就一定會來借銀子；相反，如果真是個從不貪汙受賄的好官，又憂國憂民，急著入朝去治國平天下，今天也一定會來借銀子！」

李德齡笑：「東家，您覺得他是一個貪官還是一個清官？」致庸沉吟道：「據我看來，說不定他真是一個清官，一個想有所作為的好官。」李德齡擔心道：「十萬兩銀子不是小數。我們要是借出去，他一個清官真有可能還不了！」

致庸沉思道：「如果是這樣，就更應當借給他。不為我們賺銀子，為了眼下朝廷上下，清官太少，貪官太多！」李德齡想了想又道：「一個三品大員，活動個快班好像用不了十萬兩銀子吧？聽說可多可少，就看他的人緣。」

致庸想了想道：「要是這樣，你現在就去前頭，幫他立個可以隨時來取銀子的摺子，上面寫明十萬兩銀子，他用多少，就來我們店裡取多少，用不了的，存在我們店裡，不算他借，將來也不算利息。」李德齡道：「這樣好。他用多少取多少，也不押著銀子耽誤我們做生意。哎，東家，現在就給他立摺子，咱是不是太性急了？還不知道他來不來呢。」致庸一笑：「我算定他十有八九要來，所以還是先立好了等他吧。他要是來了，讓人告訴我。」

李德齡道：「東家，這樣的生意可不能多做啊，只賠不賺！」致庸道：「這樣的生意偶爾做幾回，也沒什麼！再說……這件事上我還有點別的想法。」

當日上午張之洞果然如約前來，雖然他猶豫再三，但最後還是下決心走進了大德興茶票莊的店門。二掌櫃立刻迎上去，幾句話一聊，聽說他要借貸十萬兩白銀，二掌櫃立刻問道：「客官莫非姓張？」張之洞大為詫異：「正是，你怎麼知道？」二掌櫃笑了：「既然如此，您就是張大人了。張大人的事情在下略知一二，請稍坐片刻，待小人去把東家請出來與大人一見。」張之洞點點頭：「請便！」他坐下來，立刻有夥計恭恭敬敬地端上茶來。張之洞喝著茶，突然發笑自語：「我只是為了試一試才來，若這件事成真，那就越發可笑了！」架子上的自鳴鐘帶著點自嘲，「噹噹」地響了起來。

致庸和李德齡快快走出來拱手道：「張大人請了。」張之洞一驚，也站起拱手：「失敬，原來你就是東家。」致庸笑著點頭：「在下正是山西祁縣商人喬致庸。」張之洞哈哈大笑：「奇遇，奇遇，張之洞回京這些天，真是開了眼界。」他上下打量致庸，接著道：「早就聽說過山西祁縣喬家堡的喬家，只是沒想到喬東家竟如此年輕。不過，喬東家，下官有一事不明。此事不說清楚，下官還是不敢借這筆銀子。」

致庸做了一個「請」的手勢。張之洞沉吟道：「你與我只有一面之緣，別的票商害怕我還不了他們的銀子，你就不怕？」致庸聞言大笑：「大人，致庸願意借給大人銀子，是因

為昨日親耳聆聽了大人的高論，明白了大人的胸襟。大人有志於撥亂反正，救萬民於水火之中，將銀子借給這樣一名官員，致庸深感銀子借對了人家。以後大人若是還不了我銀子，那也是我命該如此，與大人無干！」

張之洞久久看他，突然變色，搖頭起身就要走。李德齡連忙道：「哎大人，您怎麼話也不說就走了？」張之洞連連擺手：「這銀子我不借了！」致庸笑道：「大人，不借也行，可說明白了再走也不遲啊。」張之洞回頭道：「喬東家，你是個商人，行事卻不像個商人。一個商人行事不像個商人，其中必然有詐，這銀子我還是不借的好。」

致庸一聽樂了：「大人，致庸還有一句話，大人聽了，就知道致庸借出去這筆銀子，其實仍有所圖。」張之洞點點頭：「對，這樣你才像個商人，才不讓我覺得害怕，說吧。」致庸道：「大人，致庸是個商人，當然圖的是利。今天借給你十萬兩銀子，不是想讓大人到期本利還清，而是想和大人套一份交情。大人現在是三品大員，照朝廷的規矩，不出三年，大人就會外放，那時你就是封疆大吏。若大人那時還是還不上敝號的銀子，在下但求大人能讓敝號在你那開一家分號，幫大人料理官私一應銀錢事務，就當大人你還了我的銀子，如何？」

張之洞久久注視著致庸：「喬東家，眼下兵荒馬亂，商路不通，商人大都做不成生意，你為何還要擴張票號？」致庸輕歎一口氣：「大人對我票號業還有所不知，正是因為眼下南北阻隔，商路不通，銀車不能自由來往，致庸才覺得應當大力擴張票號。有了票號，天下商人靠信用就可以做生意，南方的銀子可以不必北上，北方的銀子也不用南下，這不就既疏通了銀路，又疏通了商路？」

這一席話說得張之洞立時對致庸刮目相看：「喬東家，下官一直認為京城乃天下商人藏龍臥虎之地，一定有了不得的人物，可我一直沒有遇到，不免遺憾。今天可算彌補了這份遺憾。喬東家年紀輕輕，竟有這樣的眼光，下官實在佩服！」致庸連稱不敢當，張之洞接著沉吟半晌，終於道：「好，這筆銀子我借！你的條件我也答應！」

致庸笑了笑，做一個手勢，夥計立刻遞過一個早已經做好的摺子。張之洞接過來一看，十分驚訝。他心中一動，拱手道：「喬東家，你方才的話倒也提醒了下官……我若是幫你想到了一條發財之路，同時又能大力擴張票號，就不算白借你的銀子了！怎麼樣，想不想聽？」致庸大喜：「大人有話請講。」張之洞點點頭：「這裡不方便，有方便的地方嗎？」致庸朝內室一指：「大人請！」

進了內室，張之洞坐下便道：「喬東家，如今長毛軍占據長江一線，遮斷了南方各省向京城解送官餉之路，朝廷正在著急。喬東家若能在此時派出幹練之人到南方各省設莊，替各地官府向朝廷匯兌銀兩，就解了朝廷和各地官府的大難。到那時，只怕貴號可以大把賺錢了……怎麼樣，我這條發財之計，頂得上你的十萬兩銀子吧！」

致庸聞言大喜不已，一拍腦門子：「不錯！去南方各省設莊，既幫朝廷疏通了銀路，又擴張了票號，真是一箭雙鵰！」說著他就要跪下，張之洞急忙將他扶住：「別別，我這會兒還沒補上官呢，仍舊是個老百姓，你不用下跪！」李德齡也在一旁激動道：「張大人，你這條發財的門道，還沒對別的票商講過吧？」

張之洞「哼」了一聲：「別的票商不願借給我銀子，我當然沒有機會對他們講。喬東家真要去南方各省設莊？」致庸重重點頭。張之洞笑道：「既是這樣，我就在這裡幫你們寫幾

封信給南方幾省的督撫。看我的薄面，他們應該會讓你們進門的，不過進門之後怎麼和他們攀交情，那要看你自己了。另外，剛才說的是玩笑話，你的十萬兩銀子，張之洞總還是要還的！」致庸一愣，兩個人哈哈大笑了起來。

張之洞到了半下午才走。送走張之洞後，致庸站在門口，捏著那幾封信激動地對李德齡道：「李大掌櫃，我要馬上寫信回祁縣，讓曹掌櫃親自帶上他招募的票號人才，去廣西、江西、湖南各省設莊！我自己則帶人去廣州那裡設莊！這樣的商機稍縱即逝，我大德興茶票莊一定要捷足先登！」李德齡也一陣興奮，趕緊點頭。

兩人正要進去，突見門口一個小商人模樣的中年人，在店門前伸頭縮腦，猶猶豫豫。看見他們，囁嚅了半天問道：「聽說北京城內只有貴號不論商家大小，都可以辦理異地匯兌，我的銀子很少，你們也辦理嗎？」致庸大為高興：「真的嗎？你想辦理匯兌？請請請！」說著連忙將他引了進去。

小商人進門坐下，半天才拘束地道：「喬東家，李大掌櫃，只是我的數額很小，而且要匯兌的地方太遠，只怕……」致庸不介意道：「這位東家，看到我們門前那塊招牌沒有？上面寫著匯通天下四個字，這塊招牌是我掛出去的，我說了，就能兌現。」

小商人仍舊遲疑：「喬東家，我跟您說實話，我是浙江杭州臨安府薛家村人，到京城裡投親不遇，只得用手裡的幾兩銀子做著小買賣，好不容易攢下了二十兩紋銀，可一直沒法往回帶。聽說你們這裡幫小商人匯兌銀兩，所以斗膽過來瞧瞧。但我第一不知道這麼小的生意，你們做不做；第二我家離得太遠，中間又有長毛軍隔著……」

致庸高興道：「不瞞這位相與，你是小號開業以來，第一個來敝號辦理異地匯兌的客人。既然我掛出了那樣一個招牌，你就是只有一兩銀子，我也要幫你匯兌！」說著他便招呼李德齡道：「李爺，你來辦，為了感謝這位相與給了我們第一宗生意，你把我們大德興茶票莊天字第一號的銀票寫給他！」

李德齡默默看他，遲疑了一下，但仍舊去辦了。過了一小會，他將寫好的匯票拿過來，交給致庸。致庸轉手將匯票鄭重地交給小商人：「這位相與，這是你的匯票，看好了，上面寫明二十兩紋銀，匯往浙江杭州臨安府鎮海縣薛家村。你明天把它交信局的人寄回去也可，托人捎回去也可。一個月內，小號定會有人上門憑票兌銀子。因為你是小號的第一宗生意，所以我們不收你的匯水。願你日後生意做大了，能和小號做一個長長久久的相與！」

小商人大為感動，只差沒磕頭了，千恩萬謝好一會才離去。致庸送他出門，回頭見李德齡和店裡人都默默望著他。致庸笑道：「今天是大喜的日子，一天之內就有了兩宗生意，你們一個個這是怎麼了？」

李德齡悶聲道：「東家，我們在杭州可沒有分號，您真的會為了這二十兩銀子，往杭州臨安府什麼薛家村跑一趟？」致庸點點頭：「杭州眼下還沒有我們的分號，可等我今年南下到了那裡就有了。既然我們把匯通天下的招牌掛了出去，豈能食言？」李德齡更急了：「東家，萬一有人說他想把銀子匯到新疆去，我們難不成為著幾十兩銀子，還專門派人跑到新疆？」致庸笑了：「李爺，你瞧好吧，用不了多久，哪怕是新疆，也會有我們的分號！」

第三十一章

1

致庸帶著高瑞和長栓攜著那幅《大清皇輿一覽圖》，終於上了去江南的路。高瑞異常雀躍，滿嘴念叨：「哈，過去聽說過乾隆皇上七下江南，這回我也跟著東家下江南了！」因為慮及廣州設莊須和官府打交道，致庸臨行前還是寫了一封信給茂才，囑他將茶山之事安頓後，和曹掌櫃一起走西路前往廣州。隨後他們三人在通州上船，順運河南下，過黃河，入淮水，躲過占領了揚州的太平軍過長江，再轉到江南運河，一路上雖然勞頓，卻始終摻和著新鮮和興奮。就這樣一路行著，最後終於到達了第一個目的地──杭州！

當晚三人先在杭州郊外的小店中暫時安頓下來，第二日高瑞守著行李，致庸和長栓則向店家打聽好了地方，借馬趕往了臨安府薛家村。只見逃難的人一路絡繹不絕，道路擁堵，致庸和長栓騎一陣，走一陣，中午才到了要去的地方。長栓下馬說明來意，打聽張家的確切地址，卻見被問的那個中年婦女目瞪口呆地看著他們，也不作答，突然轉過身，兩隻小腳跌跌撞撞飛快奔往村頭的一個小院，激動地喊道：「張家娘子！張家娘子！有人從京城裡給你送銀子來了！快開門吧！」沒一會兒，只見一個小丫頭扶著一位瞎眼婦女急急奔出。那瞎眼女子兩手摸索著，連聲問：「北京來的爺在哪兒？你們不是又要騙我吧！」

致庸撇下馬，趕緊上前攙住她道：「張家太太，在下姓喬，你家老爺一個月前托小號往家裡匯二十兩銀子，你瞧，我今天就是給你兌銀子來了！你把匯票拿出來，我們這就給你銀子！」那張家娘子流著眼淚，從懷裡哆哆嗦嗦地掏出一張揉搓得厲害的匯票：「喬、喬先生，真的嗎？是不是它？」致庸接過一看，立刻吩咐道：「長栓，把銀子給這位太太！」長栓立刻將一個銀包放到張家娘子手裡。

張家娘子緊緊將銀子抱在懷裡，兩手不停地摸索，喜淚交流，道：「是銀子！真是銀子啊！」說著她把銀子交給丫頭，跪下道：「恩人哪，喬先生，你是我們張家的恩人！我要給你磕頭，你就是菩薩啊！」致庸急忙拉住她，道：「太太，在下擔不起，快快請起。」張家娘子跪在地上不肯起來，哭道：「這位先生，你聽我說！我家男人一去京城四年，要不是你們答應幫他送這二十兩銀子回來，我都不敢相信他還活著！就是有人送來了那一張紙……」圍觀的人雖也唏噓不已，這會卻有好幾個人笑著提醒她道：「張家娘子，那不是紙，那是銀票！」

張家娘子連連點頭：「對對，是銀票。就是有人送來了那張銀票，我還是不敢相信他活著。你們今天送來了銀子，我就不能不信了！喬東家，你今天不是送來了二十兩銀子，你是救了我們一家子的命啊！」她一說這話，圍觀者都點頭感歎。致庸心中一熱，趕緊扶起張家娘子道：「張家太太，你放心，等我回到北京，一定把你們家的平安信捎給張東家，讓他也放心。」圍觀的人越來越多，致庸四下看了看，拱手道：「好了，票銀兩清，我們這就告辭了！」說著他便帶著長栓往村外走。張家娘子原本已經站起，卻又跪了下去，圍觀的人紛紛

地讓出一條道。一位拄杖老者感慨道：「這家商號，真是仁義呀！」旁邊一個看上去頗有點閱歷的中年人點頭道：「過去我也聽說過票號，杭州城裡原先有一家山西人開的廣晉源，可他們只和大商家做生意，現在戰亂更是關了張。你看這家大德興茶票莊，連二十兩銀子的生意也做，這不是做生意，這是行善呀！」眾人紛紛感歎，致庸和長栓心中也頗為感動，一路拱著手，稱謝而去。

一行人到了杭州，出乎致庸的意外，只見商街兩旁人慌馬亂，十有八九的店鋪都下了門板，原來的九街十八衢，無處不是綢緞莊，這會兒卻十停關了七停，有的鋪面門上還醒目地貼了出售或轉讓的啟示。高瑞嘟囔道：「東家，都說上有天堂，下有蘇杭，咱們到了杭州，應當是到了天堂了，怎麼天堂裡這麼亂呀！」長栓搶著答道：「你耳朵聾啊，沒聽說長毛軍快打過來了！」致庸一直皺眉頭不說話，這時突然在一處寫有出售告示的鋪面前停下，仔細看了起來。

當日他就把這處經過精心選擇的店面盤下了，帶住家後院，共計五萬兩白銀，約定賣家帶著大德興的匯票到北京西河沿大德興茶票莊提取現銀。兩日後經過一番籌備，鋪面前就掛上了大德興茶票莊杭州分號的招牌。高瑞跑斷了腿才買到一掛炮仗，劈里啪啦大放了一氣。長栓忍不住道：「二爺，您是不是又犯了糊塗，長毛軍說話間就要打到杭州了，人們都紛紛地把鋪面出手，帶著銀子離開，您倒要花銀子買它們，要是外人聽說了，不說您是傻子嗎？」致庸瞪他一眼：「住口！你懂得什麼？要不是到處喊長毛要打過來，五萬兩銀子你想買這麼大一個鋪面，還有後面的宅院？」高瑞看著致庸和長栓，也不說話，竊笑不已。致庸坐了一會兒，站起對長栓和跟來的票號夥計道：「你們沿街去發布大德興茶票莊杭州分號開業的消息，以及主營的業務，高瑞，你跟我去絲市和綢市！」長栓不高興了：「二爺，憑什麼帶他不帶我，我是您的長隨，他不是！」致庸笑了，道：「好，你願去就跟著去！」

三人去了絲市和綢市，吃中飯時才轉了回來，號內已經熱鬧起來，聽說大德興茶票莊這時還可以幫他們辦理匯兌，不讓他們帶著銀子逃難，眾多商家都找上門來。長栓有些吃驚：「沒想到還真有生意！」轉而又擔憂道：「他們不敢帶銀子離開杭州，將銀子交給我們，我們收了他們的銀子又怎麼辦？」高瑞為致庸端上一盅茶，笑著道：「東家，我想在杭州留下來，我不走了！」致庸一怔，看看他沒說話。長栓「哼」一聲道：「怎麼，莫不是看見東家在杭州設了個莊，你就想留下來做大掌櫃？」

高瑞點點頭，又搖搖頭笑道：「東家怎麼會讓我做大掌櫃？東家，我只是想留下來。」致庸笑著打量他，問：「這是為何？」高瑞沒有直接回答，反問道：「東家，您覺得長毛軍這次能不能打下湖州？」致庸想了想道：「照現在的氣勢，他們能。」高瑞點頭：「那麼他們打完了湖州，還會不會打蘇州、杭州？」致庸道：「蘇杭二州是天下聞名的富庶之地。要是官軍擋不住他們，他們自然會來取這兩州。」

高瑞拍手道：「著哇！您想，長毛軍要打湖州，絲市上就有這麼多湖州的絲商急著拋售自己的存貨，回去和家人一起逃難，絲價一天內落了一大半！一旦長毛軍來取蘇杭，那時又會有多少蘇杭的綢商要拋售存貨？」致庸眼睛一亮，道：「有道理，說下去！」

高瑞看看他，終於鼓足勇氣道：「東家您看，我們剛剛在這裡設了一個莊，就有不少人把銀子交來讓我們幫忙匯兌。這個莊開下去，用不了多久，風聲一吃緊，一定會有更多的人讓我們匯銀子。您想想，那時我們將在這裡收下多少銀子？我都想過了，我們就用這些銀子低價買絲，想辦法用船走運河運到開封，入黃河西上，從風陵渡上岸，然後運往潞州，把那些失業的織戶們組織起來，織成綢緞，再運往口外和京津。第一可以讓潞州織戶恢復舊業，找到飯吃；第二我們兩頭也都可以得利，有大筆的銀子賺！」致庸又高興又驚奇，笑道：「好小子，簡直與我不謀而合嘛，若是長毛軍接著打蘇杭二州，我們正好用杭州商人的銀子買下杭州商人的綢貨，然後運往北方，是不是？」

長栓見他們說得起勁，忍不住在旁邊「哼」一聲，譏諷道：「你們想得倒妙，萬一長毛軍來得快，我們收了絲貨，又收了綢貨，卻運不出去，那該怎麼辦？」致庸點點頭，又朝高瑞看去。高瑞想了想笑道：「東家，這就看您的運氣了。反正現在是個大商機，運氣好咱們就大賺，運氣不好東家就要大賠！」致庸聞言大笑：「你小子這是把我架到火上烤！……」他想了想道：「我當初把你從野店裡弄出來沒有做錯！行，我就把你留下來，將茶票莊交給你，你一邊收銀子，一邊用這裡的銀子買絲買綢，你買了絲，就雇船往回運，由運河入黃河，我讓太太派人在風陵渡等著接貨，然後運到潞州，找織戶織綢。你買了綢，就由運河一直北上，運往北京和天津，我讓李大掌櫃和侯大掌櫃接貨，那邊的事情由他們管，至於杭州這邊的事，我全都交給你。」他打量著高瑞，道：「不過，這麼大的事，你小子真敢幹？」

高瑞挺直胸膛，豪言道：「只要東家放心，高瑞就敢幹，大不了把事情弄得一塌糊塗，銀子連同絲貨綢貨一同讓長毛軍劫了，身無分文哭著回去找東家！」致庸一聽笑了，道：「行！這種兵荒馬亂的年代，咱們拿不下這條絲路和綢路也不算丟醜，拿下來了，生意可就做大了！天下商人都會羨慕我們！這個險我冒了！」高瑞聞言大喜：「東家，說幹就幹，我這就去東大門絲市接洽絲貨！」致庸使勁向他點了點頭。高瑞不再多言，立刻就往外跑去。

長栓大急：「二爺，您真的要讓高瑞留在這裡當大掌櫃？」致庸收回目光，笑問：「怎麼，不行？」長栓又酸又妒道：「他一個十幾歲的人，能幹成這麼大的事？您也太輕信他了！」致庸看他一眼，索性道：「那我把你留下來怎麼樣？我還要南下武夷山，從福建去廣州，這裡總要留下一個人！」長栓一驚：「我？不行不行！我不逞那個能！」致庸「哼」了一聲，轉身就走。長栓跟上來：「哎，二爺，您是不是心裡也想過讓我去哪兒當個大掌櫃？要說我也不是幹不下來。」

致庸聞言站住，道：「真的假的？你要有這麼大出息，我就在別處設一個莊，讓你當大掌櫃！」長栓大為高興：「您說話可要算數！」致庸點點頭，道：「好吧，這一趟回去，我就讓你進鋪子學生意，然後帶你去蘇州設莊，如何？」長栓想了想卻搖頭：「還是算了，進鋪子當學徒，第一件事就要給掌櫃的倒尿壺，這我可幹不了。」致庸大笑，長栓撓撓頭，也跟著呵呵笑起來。

不幾日安頓停當，高瑞正式當起了大德興茶票莊杭州分號的大掌櫃，致庸則帶著長栓上了路，風塵僕僕趕往武夷山。到達當日耿于仁親自帶人迎接致庸，一見面就握著致庸的手感歎道：「兄弟，你真是個守信義的人。不瞞你說，這些日子我可是望眼欲穿地等著你。你要是不來，我在眾茶農面前，可就失了信了！」

「大哥，你看，我這不是來了嗎？」久別相逢，致庸也自是感慨。長栓在一旁添油加醋道：「耿東家，您知道這一趟我和二爺是怎麼來的？去年我們走西路回去，差點讓匪徒砍了腦袋，今年我們走的是東路，長毛軍一直打到泰州，我們是沿著河汊子摸到長江口的，差一點都見不著您了！」耿于仁大為動容，致庸擺手道：「耿大哥，甭聽他胡說。所以來晚了幾天，是因為還要趕到福州去給你提銀子，提了銀子又要雇鏢車。還好，最後幾天路挺好走的！」

耿于仁道：「不晚不晚，一點也不晚。別說你現在就到了，就是大年三十到，只要到了，就不算晚。」致庸忽然想起什麼：「哎，耿大哥，來前我聽說，我們祁縣的大茶商水家、元家，還有邱家今年都派人來武夷山販茶，你見到他們了嗎？」

耿于仁大笑：「啊，我正要跟你說這事呢。他們倒是來了幾個人，不過沒有買走我們的茶。」致庸一怔。耿于仁道：「除了水家的王大掌櫃親自帶人到了我們這兒，其他像元家的葛大掌櫃，他根本就沒敢過長江，從山西走到襄陽府就停下了，派了幾個夥計來，怎麼能買得回去？達盛昌邱家的崔大掌櫃也是這樣，走到武昌府，見了長毛軍，又給嚇回去了，只有水家的王大掌櫃買回去了十幾船茶，可他說不敢多帶，所以剩下的茶，我都給你留著呢！」

不幾日茶貨備齊。由於致庸急於趕往廣州，一番商議之後，耿于仁慨然應允，親自幫致庸將茶運往北方，考慮到當時的戰局，這次不走西路，改走東路，先到杭州，再順運河往北。致庸再三囑咐耿于仁到杭州後去大德興茶票莊找高瑞，讓高瑞幫忙找人引領茶船，到了長江口見機行事，若是揚州水路暢通，就走運河北上；若是不通，就讓高瑞請那位原來帶致庸過江的老船家，領他們從致庸來時走過的射陽湖北上，此路雖然曲折，但能用小船將茶貨運至淮安府，再雇船運往京城外的通州碼頭。

雙方都是豪爽磊落的男兒，商議停當，三大碗酒助興互相送行，當即各自上路。致庸的去路更為凶險，因為要直接通過太平軍的控制區，所以再三考慮後，他們決定走水路，從烏溪入連江，翻過大庾嶺，接著雇船入韓江，由韓江再入東江，最後到達廣州。

2

且說茂才到了臨江縣後，依著計畫，對茶山進行了頗具規模的規劃和整飭，一個多月過去，茶山的事情基本走上正軌，茂才卻生起病來。不過是尋常的寒熱，卻拖了半個多月才慢慢好轉。病後幾日，隨後趕來相助的鐵信石原本想讓茂才散散心，便邀他去縣城聽戲，不料以後茂才像對楚劇著了迷，三天兩頭往縣城跑，茶山一有急事，鐵信石還要去戲院找他。更有一日，鐵信石在戲院沒找見茂才，一路尋去，卻意外見到茂才從有名的妓院梨香院出來，兩個脂粉女子風情萬千地將他送出。

鐵信石大驚，剛要避開，茂才卻一回頭看見了他，大方地招呼起鐵信石來，鐵信石反而鬧了一個大紅臉。

鐵信石憋了兩日，終於尋了個機會，提了一壺酒來到茂才住處，酒過三巡後直言道：「孫先生，你的年紀也不小了，何苦不正經地尋一門親事呢？卻去那種地方，終究，終究有辱斯文啊……」說著他抬眼看著茂才，擔心他會立時勃然變色，拂袖而去。不料茂才只是神色略顯悲涼，半晌低聲道：「信石，你當我不想嗎，可是……」鐵信石剛要詢問，卻見茂才深深看著他，以攻為守地反問：「信石，你我相處一陣，也算有緣，你也年紀不小，卻為何也不娶親？」鐵信石腦中立刻掠過一個倩麗的身影，當下張口結舌起來。茂才微微一笑，淡淡道：「兄弟，你我都未娶親，原因各自不同，若說出來，多半也是傷心事，何苦多問？」鐵信石不再言語，呆呆地發起愣來。

茂才一杯杯酒灌下肚去，半天自語道：「老天生人，各有各的用處，我卻不知道自己的

用處在哪裡？想我孫茂才，早年娶妻，自感琴瑟和諧，卻飛來橫禍，賢妻難產，一屍兩命，撇下我孤家寡人，傷心度日；自命天降大任，可科考連連名落孫山，報國無門，榮身無路，人屆中年，一事無成；即便是投靠商家，卻眼看著東家步履險地，無可奈何。哈哈，我孫茂才困居茶山，不聽戲嫖妓，還能做什麼呢？」鐵信石大驚，忍不住開口問道：「東家真的步履險地嗎？孫先生您是諸葛亮，該多幫幫他才是啊！」

茂才醉了，凝神看著鐵信石，感慨道：「信石，你真是個血性漢子，你對喬家的這份情誼，不是一般人可以做到的啊！」鐵信石心中一痛，低下頭去。茂才主動敬他一杯，鐵信石仰頭乾了，半天啞著嗓子問道：「孫先生，我是粗人，不大明白這些生意上的事，眼見著喬家紅紅火火的，難不成真的會……」他說不下去，紅著眼看著茂才。茂才仰天長歎道：「東家是個性情中人，一個頗有抱負的商人，可他選的是一條險路，現在這世道變數太多，我真是為他著想，才勸了又勸，可是……」他說不下去，仰頭又乾了一杯。

鐵信石也聽不大明白，又勸了幾句，但也不得要領。茂才只一個勁地灌酒，很快便醉了，又哭又笑。鐵信石也勸不得，索性由他去了。只聽茂才斷斷續續地吟道：「知我者謂我心憂，不知我者謂我何求……不如意事常八九，能與人言無二三……」

打那以後，茂才照舊看戲逛窯子，鐵信石呢，多少知道了一點他的心意，雖然內心不贊成，但也不勸了。日子忽忽而過，茂才卻在又一次大醉後，忽然徹底變了個癖好，不再看戲逛窯子，取而代之的是買書、看書。茂才除了在縣城及其附近搜羅各種書籍，還帶著鐵信石，冒險去附近一些太平軍控制或半控制下的城鄉購書。鐵信石基本不認識什麼字，但對讀書卻極為推崇，眼見著茂才「轉了性」，自然異常高興。可是茂才自打「迷」上了書，常常捧著書長吁短歎，有時甚至茶飯不思，時不時還要生點小病。鐵信石也不好多勸，只是時不時地拉茂才出去玩耍一回，不讓他一直埋在書堆裡。

轉眼已近半年。一日鐵信石興沖沖地到了茂才房中，遞上一封致庸的信。茂才展開一看，眉頭緊鎖。鐵信石在旁邊試探地問道：「孫先生，東家說什麼呢？」茂才道：「東家要去廣州見兩廣總督哈芬哈大人，在粵桂湘贛四省省會開辦票號，幫官府向朝廷匯兌官銀。這麼大的事，他怕自個兒辦不了，要我們在這裡等曹掌櫃，然後走西路去廣州，與他相會，共同辦成這件大事！」鐵信石一驚，茂才沉吟道：「東家要是辦成了這件大事，江南四省的票號業，喬家就成了龍頭老大，可是，只怕……」鐵信石想了想道：「曹掌櫃什麼時候到？」茂才不語，鐵信石又問了一遍，茂才這才回過神道：「也就這半個月內吧！」鐵信石見他神情大變，心事重重，不再多問，徑直去了，茂才卻對著窗外發起呆來。

曹掌櫃大約是一週後到的，到時已近深夜，鐵信石見茂才房中還亮著燈，也未多想，就將曹掌櫃引了進去。曹掌櫃這一進門，倒把茂才嚇了一跳，趕緊招呼一聲，接著立刻站起，把桌上的書收好，方才定下心來與曹掌櫃坐下晤談，這邊鐵信石已經招呼人送上了茶及點心。

三日內，茂才井井有條地安排好了一切，留下鐵信石照應茶山，便與曹掌櫃踏上了前往廣州的路程。他們由臨江縣南下，避開了太平軍占領的武昌城，在荊州渡江，進入湘西武陵源，由那裡向西南進入當年秦始皇開鑿的靈渠，再進入西江，此後便一路無驚無險，一帆風順地到達了廣州。

3

致庸和長栓歷經三個月的辛苦旅程，終於到達廣州，在珠江碼頭看見了茂才和曹掌櫃，不禁大喜過望，問道：「你們怎麼這麼快，我算著你們下個月初十才能到廣州呢。」

曹掌櫃搶先一步拱手道：「我和孫先生都到了十天了。聽說江西官道不通，真不知東家能不能按期來到廣州，我都擔心壞了！」長栓插嘴道：「我們這次是從武夷山入烏溪過五嶺，直入廣東，從東江那邊過來，雖然相對慢一點，可絕對安全。」

曹掌櫃吃了一驚，回頭看看茂才，感歎道：「嘿，這條路線竟和孫先生猜得一樣，這回我可真服了，難怪他一直勸我不要擔心呢。東家，孫先生真是神人，連您大約在這幾天到都猜到了，拉著我天天來碼頭上等您，沒想到，還真讓我們等到了！」致庸見茂才一直站著沒有說話，便趕緊轉向他道：「茂才兄，你瘦多了，辛苦啊！」

茂才仍舊笑笑，沒有說話。曹掌櫃道：「東家，這回孫先生又讓我開了眼，我們在臨江縣茶山會面以後，孫先生帶著我也改了路線。」當下他將來時的路線講了一遍，致庸當即讚道：「好！茂才兄就是一張活的地理圖！」

這邊曹掌櫃道：「東家，我還沒講完呢，孫先生帶我一路走來，還辦了幾件大事。我們一路南下，已經在湖南長沙、廣西桂林把大德興茶票莊的分號開起來了，到長沙的時候，還派人去了江西南昌，將那裡的票號也開了起來。現在，在粵贛湘桂四省省會，只有廣州的票號等您親自掛牌了！」致庸大喜，道：「太好了，茂才兄，真有你的！對了，茶山的事怎麼樣？」

茂才做了一個「請」的手勢：「東家，還是上車說吧。」曹掌櫃和長栓都注意地看了他一眼。致庸得知茂才一路上親自設莊，只當他已經改變了初衷，全力支持自己投入票號事業，當即興高采烈地上了車。

廣州城內，市面看上去頗為繁盛，時不時可以看到一些高鼻深目的洋人走過。致庸大大稱奇，長栓更是稀奇地將頭伸出車外，瞧個不止。

到了下榻的客棧，略加休息，用過一些飯菜，曹掌櫃道：「東家，我和孫先生到廣州後，已經找了一塊鋪面，交了定金銀子，單等東家來到敲定，掛上牌子就可開張。」致庸大笑，道：「這件事還等我幹什麼，二位商議定下就是了！」

曹掌櫃朝茂才看，茂才想了想，道：「東家，有些事情茂才和曹掌櫃商量一下，就可以做主，但有些事情，卻必須和東家商議。」致庸一聽這語氣，知道有些麻煩，當即笑道：「茂才兄，你可別嚇我，有事直言即可。」茂才看看曹掌櫃，終於問道：「東家，明天你真的打算去兩廣總督衙門見哈芬大人，幫這裡的官府向朝廷匯兌餉銀？」

致庸看看他們倆，有點納悶地點頭道：「對呀，我們這次所以要南下粵贛桂湘四省省會設莊，就是為了做成這筆生意！」茂才和曹掌櫃對看一眼。致庸心中猜到三分，道：「茂才兄，曹掌櫃，其一，南方四省因長毛軍隔斷長江多年，餉銀無法北運，朝廷對此無計可施，耽誤了多少國家大事不能辦，我們要是做成了這件事，就是幫了朝廷，做了一件利國利民的大事；其二，如果這筆生意做成了，我大德興茶票莊就能在朝廷乃至全國各省督撫衙門裡名聲大震，要是我大清一十三省的督撫衙門都讓我們替他們匯兌京餉，那會是什麼景象？如果這樣，我們大德興茶票莊就做成了天字第一號大的生意，我們夢想的匯通天下也許根本就用不了三十年，只怕三五年內就能實現！」茂才站起打斷道：「東家，茂才為東家擔心的也正是這個。」致庸正

說到興頭上，硬生生地被茂才打斷，先是一驚，接著有點不悅地向茂才看去。

茂才道：「東家，恕茂才直言。當初東家決心進入票號業，茂才就勸過東家，此行斷不可進。今天東家既已進了票號業，茂才再要阻止東家已沒有意義。不過，茂才今日還是要勸一勸東家，北方各處和南方四省的票號開了也就開了，但是接下來要和各省督撫衙門做生意，又是做朝廷的生意，東家，我看你還是算了！」

致庸抬眼向曹掌櫃看去。曹掌櫃也道：「東家，這件事我也有些顧慮。古語有之，商者商也，你買我賣，大家平等相待，這是交易的基礎，可是和官府朝廷做生意，他們不大可能對我們平等相待。」茂才見他說得這般委婉，又補充道：「曹掌櫃，你這話說得並不周全。大家和氣時，我們和官府是相與；若大家失了和氣，官府又成了官府，我們則又成了人家治下的商民。不過，我真正為東家擔心的並不是這個。」

致庸心中漸漸有些浮躁，卻又不好發作，只得深深看他：「茂才兄心裡有什麼隱憂，請一起說出來吧。」茂才歎了一口氣：「東家，還是那句話，老子說：天下神器，不可為之，不可執之。為者敗之，執者失之……」

致庸終於不耐煩起來：「茂才兄，這話年前你已經勸過我，我不想再聽。」茂才心頭一痛，堅持道：「東家，茂才今天要說幾句逆耳之言，你也別不高興。你就是不高興，我也要說！不然我就對不起每年三千兩的酬勞銀子！」致庸盡可能壓抑著內心的反感，坐下道：「茂才兄，你說你說！最好一次說完！」

茂才道：「東家，以往太平年間，總是各省官府自己派人解送官銀上繳京城。東家不要小看這件事，官銀由官府送，朝廷收，民間商家一概無緣插手，朝廷和官府就掌控了我剛才說的神器，也就是天下命脈。而今天時局不寧，票號業開始躍躍欲試，要代替各地官府向朝廷匯兌銀子，這就發生了天大的事。一旦天下官銀可由票號業向朝廷匯兌，本該歸朝廷和官府掌控的天下神器、天下命脈就要移位！東家，你細想一想，如果你是朝廷，你是皇上，會容忍這種事情嗎？」

致庸一時長思不語。茂才越說越激動：「東家，當初茂才就不贊同東家進入票號業，那時我就對東家說過老子的一句話：魚不可以脫於淵，國之利器不可以示人。可惜那時茂才想得還不夠深，悟得還不夠透。東家，當初我只想到開票號這件事本身會引起商界大變，國情大變，並沒有想到其實你，還有諸多商人本身就是國之利器！只要你們想做，你們就能在今日中國的商界引發一場地震，所謂五百年必有王者興，其間必有名世者，你們當之無愧。可是東家，你們自己是國之利器，可同時又只是商人，與強大的朝廷做生意，只能像個商人那樣行事，否則就會大禍臨頭。東家，魚只有藏在水裡才安全，國之利器也只能深藏不露才不會為自己引來災禍。東家天縱英才，茂才雖不是蕭何、張良之流，卻也不敢過於自貶。東家，茂才不擔心你做不成天下那麼大的生意，我擔心的是你一旦做成了天下那麼大的生意，給自己，甚至給喬家引來的反而是不測之禍！」

致庸緊緊盯住他，半晌道：「怎麼，茂才兄是擔心我做成了匯通天下的大事，朝廷反而會殺了我的頭？曹掌櫃，你也這麼看？」「東家，我也覺得孫先生的話有些道理。我們只是商人，只做商人該做的事好了。我讀書不多，可也知道物極必反的道理，所謂木秀於林，風必摧之，堆出於岸，流必湍之……」曹掌櫃雖然想打圓場，但致庸這會問到頭上，也只得實話實說了。

致庸看了他倆半晌，終於背過身去，怒聲道：「這麼一件利商利國利民的大事，如果我不去做，也許別人也不會做。今日國家多難，民不聊生，和南北餉路不通大有關係。如果我們重新疏通了南北銀路，朝廷能拿出更多的銀子平定內亂，外禦強敵，讓萬民各安其業，我喬致庸的性命算得了什麼？如果我們明知自己做的事關係天下興亡，而且將造福後人，卻仍然瞻前顧後，畏首畏尾，為了自保什麼都不敢做。茂才兄，難不成我們要做這樣的商人嗎？」

茂才一時間說不出話來，嘴唇哆嗦了半天，才又開口道：「東家，現在是亂世，我們只是區區商民，若不能自保，何談救國。縱觀天下大勢，我們能做的只是隨機而動。就目前而言，絕不能主動挑戰朝廷的權威，不可為天下先……」他話未說完，致庸已經氣呼呼地站起：「夠了，你既說是亂世，那就絕無行黃老之術的道理，茂才兄，你什麼都想到了，就是忘了『天下興亡，匹夫有責』這八個字！」

茂才被當場噎在那裡，再也說不出話來，當下失望地站起，轉身朝外走。曹掌櫃趕緊拉住他。茂才道：「東家決心已定，孫茂才剛才的話多了，也不該說！」曹掌櫃打圓場道：「孫先生，你不能走，明天的事怎麼辦，東家和我還得等你拿主意呢！」

茂才呆了半晌，臉上浮現出一抹奇異的笑容，曹掌櫃一驚。只聽茂才道：「東家，只要你一天沒辭掉我，我有話就還是要說，至於聽不聽那是你的自由了。至於明天這件事，你的脾氣性情也不適宜直接和官府、朝廷打交道。如果你執意要做，只怕還得我和曹掌櫃去辦！兩廣總督哈芬哈大人，他也算是我們的老相識了，剛調任不久，所以你只要明天去見一下他，將張之洞大人的信函呈上，剩下的事情我們看看情形再說吧！」致庸久久盯著茂才，半晌沉聲道：「好吧！」

4

第二日一大早，茂才陪同致庸前往兩廣總督衙門。

由於茂才和曹掌櫃早已打點過，候不多時，哈芬便接見了他們。哈芬看完了張之洞的信，突覺「喬致庸」三個字頗為熟悉，當下仔細打量起恭立在那裡的喬、孫兩人，半晌突然脫口道：「噢，原來是你們兩個……」

致庸剛要說話，茂才已經賠笑道：「大人，那時我們無知，冒犯了大人，還請大人海涵。」哈芬「哼」了一聲，接著卻又笑道：「沒什麼，都是過去的事情了，今日他鄉相遇也不是容易的事啊。」致庸和茂才對看一眼，微微鬆了一口氣。哈芬打著官腔道：「哎我說，你們這個茶票莊，真能像張大人信上說的，代本督將兩廣餉銀上送給朝廷？」致庸點點頭：「大人，在下今天做的正是這一行生意。」

哈芬也不說話，又打量了他們一會，才拉長聲調道：「自從長毛軍斷了南方各省的餉路，每年為了此事，各省都十分頭疼。喬致庸，雖然張大人向本官舉薦了你，可是畢竟口說無憑，我怎麼能相信你真能替各省把銀子解往北京？」致庸當下細細地向他解釋了一番。

哈芬凝神聽了好一會，點頭道：「這樣一說我倒也有點明白了。哎喬東家，這個主意很妙，這樣好的主意是誰想起來的？兩邊……北京和廣州……將來如此結算？這一行生意，賺銀子多嗎？」致庸笑道：「回大人，山西商人經營票號這一行已經有了些年頭，可眼下還不成什麼大氣候，但只要大人支持，它在不久的將來會成為我大清商業的一根主要支柱……」

茂才輕輕地碰了致庸一下，趕緊接茬道：「至於說到利潤，商民在商言商，自然要收些

匯水，就是費用。但大人放心，這筆開銷絕對小於大人每年讓人押送銀車去北京的費用！」哈芬細瞇著眼睛想了好一會，突然開口道：「喬致庸，雖然這樣，我還是不能相信你。向北京解送餉銀乃國之大事，出了差錯是要砍頭的，本官可不想拿自個兒的性命開玩笑！」致庸一聽，並不著急，微微一笑道：「大人為何不能信任小號一回呢？若是出了差錯，小號寧願作出雙倍賠償！」哈芬「哼」了一聲：「真出了差錯，你就是不想賠也得賠，因為這是國課。」他想了想繼續道：「當初胡沅浦胡大人可是對你讚賞有加，說你將來一定是個安邦定國之才，現在看看，哈哈，你最多也就能幫老夫冒險往京城裡運些銀子罷了！」致庸受了奚落，也不介意，道：「那麼大人是答應商民了？」

茂才佩服地看了致庸一眼，把期待的目光投向哈芬。哈芬的話卻讓他們都吃了一驚：「不，本官什麼也沒答應。喬致庸，真想讓本官相信你也有一個辦法，那就是你拿自個兒的銀子替本官小試一回。」一聽這話，致庸和茂才對視一眼，哈芬繼續道：「由廣州往京城運銀子，太平年間也要三個月，現在兵荒馬亂，朝廷急等著銀子用，你要是能在一個月內先代我把三十萬兩銀子，通過你說的什麼北京票號交到戶部銀庫，我就相信你，把你墊上的三十萬兩銀子付給你，再請你幫我解送四省數年積壓的京餉。這辦法怎麼樣啊？」

致庸略一思索，便爽快地答應道：「謝大人！從明天算起，一個月內，我一定幫大人把三十萬兩銀子上交到戶部銀庫！」話一出口，哈芬和茂才都吃了一驚。哈芬放下手中的茶杯，站起道：「好，咱們就一言為定！」

回到客棧，聽他們說完事情經過，曹掌櫃立刻著急道：「東家，哈大人讓我們拿自己的銀子幫他上繳國庫，萬一出了岔子，回頭他又不認帳，我們就虧大了！」致庸神情凝重：

「古人云，人而無信，誰言其可。我們以誠信待人，哈大人也不見得就一定會不以誠信待我們！」「話是這麼說，可這麼遠的路，誰能擔當起這樣的大任呀！」曹掌櫃又道。致庸聞言一驚，忍不住撓起頭來。長栓在一旁氣不過了：「幾位爺，你們也太目中無人了！一個堂堂男子漢你們都看不見，我還站在這裡幹啥？」

致庸回頭看他一眼，一旁的曹掌櫃忍不住問：「長栓，你覺得自個兒行嗎？」長栓生氣道：「曹掌櫃，這兩年我跟著二爺，南到過武夷山，北到過恰克圖，不說出生入死，也算是見過一些世面。不就往北京跑一個來回嗎？別的大事我幹不了，這點小事我也幹不了？」致庸和曹掌櫃都沒有接口，一起朝茂才看去。茂才兩眼看天，長長地吐出一口煙，沉聲道：「我覺得你不成！」

長栓大惱：「孫老先兒，自打你到了喬家，就一直跟我過不去，我怎麼著你了？」茂才不動聲色道：「長栓，二爺要做的可是一件大事，匯通天下就從這裡而起，萬一這事讓你辦砸了，二爺的夢可就做不成了！」長栓大怒：「你——」曹掌櫃趕緊打圓場：「東家，孫先生，我覺得長栓行。長栓一向對東家忠心耿耿，現在又正是用人之際……」

長栓聞言「哼」一聲，腰杆直往上挺。致庸看看茂才：「茂才兄，你看呢？」茂才道：「這事我本不想管，可東家既然問我，我好像不管還不成！東家要真想匯通天下，就不要讓長栓去，長栓去了，非把事情辦砸不可！他就不是個能辦成大事的人！」長栓氣得哆嗦，一把將哈芬寫給戶部的信從致庸手中奪過來：「二爺，您要是信得過長栓，就讓長栓去北京送信，您要是信不過長栓，長栓今天就死在這裡！」說著他乾脆「撲通」一聲跪下，帶著哭腔道：「二爺，您說句話吧！」茂才一看這個架勢，「哼」了一聲就往外走。

致庸攙起長栓問道：「長栓，你真的能行？」「我能行！」長栓恨不能把心掏出來。「方才孫先生的話雖然不中聽，可他的話並沒錯！這封信事關大德興在江南各省設莊的成敗，事關我們匯通天下的第一步能不能成功！」致庸一邊說著，一邊深深地看著長栓的眼睛。

長栓道：「二爺，您就放心吧，只要長栓不死，我就是爬，一個月內也要把信送到北京，再回到廣州覆命！」致庸不再猶豫，當即道：「好！拿酒來！」曹掌櫃趕緊端過酒來。致庸舉起酒杯，莊重道：「長栓，我喬致庸拜託了！」說著他單膝跪下，高舉起酒杯。長栓也不客套，接過酒杯一飲而盡，慷慨道：「二爺，長栓去了！」

這時茂才走來，看著遠去的長栓，不禁微微一笑。致庸頭也不抬道：「茂才兄，剛才你的激將法用得好！」茂才收斂笑容，道：「是嘛，東家，只怕孫茂才也就這麼一點用處了！」說著他一磕煙袋鍋，轉身又向自己屋裡走去。

5

所謂點將不如激將，長栓此行果然不辱使命，十餘日間不休不眠趕到了京城大德興茶票莊。李德齡接信大驚，但當日就將三十萬兩銀子迅速地解往了戶部。稍事休整的長栓立馬又上了路，終於在離開廣州後的第二十七天趕回了廣州。

一見到致庸，長栓就昏了過去。眾人手忙腳亂地將他抬上床。致庸從他身上摸出一封信打開，裡面藏著一張朝廷藩庫的收據。

致庸將它交給茂才和曹掌櫃傳看，興奮道：「好樣的，明天我就去哈芬處，讓他將……」他話未說完，突然覺得他們兩人哪兒有點不對勁，致庸驚奇道：「怎麼了？」曹掌櫃道：「東家，我和孫先生商量好了，明日去總督衙門就由我們去吧，那些和官府打交道的瑣碎事您不是最不耐煩了嗎？」致庸一愣，向茂才看去，只見茂才敲著旱煙鍋道：「是啊，東家掌管的是大局，至於這些瑣碎事就交給我和曹掌櫃吧。」致庸心中先是疑惑，但轉念一想，覺得他倆的話也很對，便乾脆地點頭同意了。

第二日，茂才和曹掌櫃一大清早就出門，直到中午飯後好一會，才帶著醉意回到客棧。致庸早已經等得心急如焚，一見面趕緊問事情進展如何。茂才打著酒嗝摟住致庸道：「東家，不但兩廣這幾年的京餉全由我們大德興來匯兌，贛湘兩省的京餉哈大人也同意幫忙考慮，估計很快就能成功……」曹掌櫃也呵呵笑道：「東家，這可是筆天大的生意啊，那李大管家雖然條件苛……」致庸一驚，趕緊問道：「難不成還有什麼附加條件嗎？」曹掌櫃剛要說話，茂才已經接口道：「沒什麼，沒什麼條件，只有喝酒，喝酒……」他說著捅了曹掌櫃一下，曹掌櫃酒微醒，使勁晃了晃頭，趕緊補充道：「說來還真怪，像李大總管這樣的人，平日裡是專門幫這些總督巡撫撈油水的，這一回卻沒有向我們提任何別的要求！」「是啊，這是東家有面子。不，是哈大人看張之洞張大人的面子……」茂才也附和道。

經過幾日的籌備，大德興茶票莊廣州分號終於開張，場面的氣派與隆重讓致庸吃驚。他無法想像，茂才和曹掌櫃不過比他早到十日，如何結識這麼多的商家。他忍不住開口問茂才，茂才想了想道：「一是東家的聲名與面子，二來哈大人也幫著捧了捧場。」致庸一愣，剛要說話，卻見一抬小轎落地，一個小廝撩開轎簾，裡面走出一個五十來歲的瘦削男子。茂才吃了一驚，忍不住低聲道：「哈府的李大總管怎麼也來了？」

致庸也沒多想，當下走過去和茂才、曹掌櫃一起拱手相迎：「李大總管大駕光臨，小號不勝榮幸，請請請！」門前一干廣州商家紛紛拱手招呼。那李大總管派頭十足，略略拱了一下手，便大模大樣地向裡走去。

致庸心中反感，但仍耐著性子陪李大總管裡裡外外地看。看了好半天，李大總管總算落坐，呷了一口茶，拉長聲調道：「不錯啊，喬東家，湘贛兩省的官餉生意也已經到手，這新票號一開張，你立馬就是日進斗金吧？」致庸毫無防備，賠笑道：「托總督大人和李大總管的福。」李大總管「哼」了一聲：「上次我沒有聽清楚，貴號從粵桂湘贛各省朝北京匯兌銀子，要收多少匯水？」致庸還沒說話，茂才急忙搶上前道：「李大總管，事情都是在下跟大總管談的，我們東家他不大清楚，李大總管有不清楚的地方，過會問在下就是。」

致庸不禁警覺起來，只聽李大總管不陰不陽道：「我是說，像你這樣賺銀子，比總督哈大人還省力。這不，哈大人在大德興廣州分號入了股不算，今天又特地打發我來，看看開張的情形怎麼樣。對了，曹掌櫃，咱們可是說好的，得了匯水，你一我二，可不要錯了！」致庸大驚，茂才急忙將致庸拉到一旁。曹掌櫃找了一個藉口，請李大總管看匯票，總算把他支應到別處去了。

致庸沒有當場發作，應付完了開張儀式，才怒容滿面地在內室坐了下來，氣急道：「茂才兄，曹掌櫃，快說，這到底是怎麼回事?哈大人怎麼就在我大德興廣州分號入了股?還要分什麼利？」曹掌櫃語塞，向茂才看去。

茂才倒心平氣靜，道：「東家要是還想攬下南方四省向北京匯兌餉銀這筆生意，就不用再說什麼了！我再三思量，若要實現東家的志向——匯通天下，那和朝廷大員綁在一起做事，對於我們商人，對於東家，可能是最安全的方法了！」

致庸根本不接這個茬，怒道：「我說這件事怎麼辦得如此順利，原來是這樣，而我卻被蒙在鼓裡！說吧，茂才兄，這事到底是哈大人自己提出來的，還是李大總管幹的？」茂才沒有回答。致庸看看兩人，越發怒道：「……我們怎麼能答應這種事情？這件事如果成了真，就是我喬致庸變相向哈大人行賄。從哈大人那一邊說，就是受賄！是貪贓！」

茂才突然開口道：「東家，我要是告訴你，這件事既不是哈大人提出來的，也不是李大總管提出來的，上竿子找人家說這事的是我，你信嗎？」致庸大驚：「茂才兄，我萬萬沒有想到，你竟會背著我幹出這種事情來！」茂才轉身就走。曹掌櫃忍不住道：「也不是孫先生非要這麼幹，那日哈大人幾句話就把我們打發了，說是先讓我們和李大總管商議。一頓飯吃了幾個時辰，人家的意思就在喉嚨口，就是不先說出來，孫先生是不得不說。東家，您想想，若不是這樣，只怕您最初替哈大人上繳的三十萬兩銀子，眼下就收不回來了！」

致庸一怔，立時什麼都明白了。這邊茂才看看致庸，又拱拱手道：「東家，且不說哈大人和李大總管本身就是這個意思，若沒有，我也會勸他們這麼幹，因為我認為這是最安全、損失最小的做法。當日我們商議好不讓你去，就是知道你不會答應。現如今不管你答應不答應，事情都無法挽回了！主意是我出的，事情也是我辦的，和曹掌櫃無關，你要不答應，我就只有另謀生路，辭號！」此言一出，致庸忍不住回頭激動地望著茂才，大聲道：「茂才兄，你這是在逼我！」

曹掌櫃趕緊勸道：「東家，孫先生這麼做，也是好意，想幫東家把這件大事做成。這事

可不能全怨孫先生，孫先生找我商議時，我也是點了頭的。東家，您想想，『三年清知府，十萬雪花銀』，若非如此，事情如何能進展如此順利，且讓哈大人這般捧場？」致庸半晌痛苦道：「怎麼，這世道果真如此？與官府做生意不出銀子，真的一件也做不成？」

曹掌櫃進一步勸解道：「東家，我這裡也勸您一句，東家為了實現匯通天下的宏願，為了替朝廷重新疏通南北銀路，千里萬里，九死一生來到嶺南，難道就因為這樣一件事，讓自己前功盡棄？而且事情已經不可挽回了，除非東家從這裡撤莊。不，就是您想撤莊，哈大人也不會幹的，他可能根本不會讓我們平平安安地離開廣州。和匯通天下比起來，東家今日受一點委屈又算得了什麼？如果東家執意不肯，我這個大掌櫃也不做了，我跟孫先生一起辭號！」

致庸久久佇立，無比痛苦道：「曹爺，茂才兄，如果我在這件事上睜一隻眼閉一隻眼，從今天起，我就不會再覺得自個兒是乾淨的了，我喬致庸也成了個和貪官同流合汙的人！」說完，他憤然轉身走出去。

致庸在這件事上始終不肯原諒茂才，但卻無可奈何。茂才卻越發不管不顧，許多大事他說了就算，最多和曹掌櫃交代一下，也不和致庸多說。這段時間，致庸乾脆什麼都不問。喬家北方的銀兩終歸有限，所以有相當一部分官銀還是要由南方北運。好在武昌城已在官軍手中，茂才於是決定廣東廣西的銀子由西江過靈渠，入湘江，經武昌北運；江西的銀子先由旱路到湖南，經湘江北運；至於湖南的銀子，則直接經湘江北運。由於利益相關，哈芬答應沿途派兵保護銀船銀車。茂才和曹掌櫃商量，自己先回茶山，在那裡等候接應江南各省官銀上了旱路，再和鐵信石一起前往北京。曹掌櫃是第一次見識茂才的手段，事情雖多，竟被他安排得井井有條。

致庸打算等此地大事一定，便攜長栓直接北上，曹掌櫃則要回祁縣去，照料總號和潞州的生意。很快就到了要各自上路的日子。臨行的前一天晚上，曹掌櫃特意安排了一桌酒，盼著致庸和茂才能夠和解。不料一場酒喝下來，致庸和茂才都沒怎麼說話。茂才灌了不少酒，感覺要醉，吃到後半局便提前告退，卻聽致庸沒頭沒腦地問了一句：「茂才兄，我剛剛聽說，哈大人對你十分欣賞，說要請你出山，做他的幕僚，有這事嗎？」茂才一怔，微微變色，搖頭道：「啊，沒有！這是哪裡話！」二人對視了一會兒，致庸突然將目光閃開。茂才一笑，藉著酒勁唱著《胡秋戲妻》出了房。

第二天茂才先上路，到了碼頭，他也不說話，只衝著致庸和曹掌櫃拱了拱手。曹掌櫃有點擔心，道：「孫先生，此去千里，你又要料理茶山上的事務，又要接應江南的銀船，忙得過來嗎？」茂才淡然一笑，道：「一些區區小事，忙不了孫茂才。」致庸一直默然無語，這時突然道：「茂才兄保重！」茂才看了看他，目光中微露真情，道：「東家，此次廣州辦理官銀匯兌一事，你的聲名已經震動了大半個中國，但世間事禍福相倚，只盼你精華內斂，小心行事，多多保重！」說完也不等致庸回答，轉身上船。船行許久，致庸才突然道：「曹掌櫃，你不覺得，到了這會兒，我不像個商人，他才真像個商人嗎？」曹掌櫃聽了一驚，揣摩不出東家的意思，也不好搭話。

長栓在後面喊：「好了好了，孫老先兒也走了，東家您也犯不著跟他嘔氣了，說說，這兩天我們幹什麼去？」致庸大聲道：「幹什麼去？看海去呀！當年王協老先生北上大漠南到海，今天我們也做到了，為什麼不去看海？明天我們都去看海！」

下

第三十二章

1

致庸一行長途勞頓，總算如期到達了京城大德興茶票莊，一到那裡，聽到的各地消息便著實令他振奮不已。致庸一邊親手在一張新繪的《大清皇輿一覽圖》上插著小旗，一邊高興道：「這次我們在廣州、桂林、南昌、長沙添了四個分號，另外高瑞、太太、馬荀又在杭州、潞州及內外蒙古設了大小七個分號，加上北京、天津、太原的分號和祁縣的總號，兩年內我們大德興已有了一個總號加十四個分號。」李德齡在一旁連聲恭喜，接著笑道：「另外，曹掌櫃昨天捎信來，說太太在潞州的生意也經營得不錯。東家沒看錯高瑞這小子，去年他不但引領武夷山的茶船過了長江，還在耿東家回來時將這隻茶船隊截在了杭州，讓他們回頭幫我們運回了絲綢，現在耿東家的茶船隊，竟成了高瑞手中販運絲綢的船隊。您看這圖，高瑞打發回來的絲船在風陵渡上岸，交給太太派來的騾隊，運回潞州，太太把第一批織好的潞綢已經運往包頭馬大掌櫃處，接著便銷往俄羅斯了！」長栓看著那一面面小旗，也大為得意：「二爺，照這樣下去，您一年設十個莊的願望，一定能夠實現！」

致庸還未回答，忽聽李德齡道：「哎，東家，我可剛聽說，在京票商以廣晉源為首，近來也紛紛派人去江南各省，要把三年前撤的莊都恢復起來。以後我們在江南的生意，就不會像今天這麼好做了！」

致庸笑道：「這個不用怕！大家都去江南設莊，對匯通天下只有好處，沒有壞處。只要能實現匯通天下，功不一定非由我而立，事不一定非由我而成。孟子曰：『國無敵國外患，國恆亡。』一個國家沒有了對手，就一定要滅亡。做生意也一樣，我們現在有了對手，反而更容易把生意做好！」

正說著，一個夥計跑進來，呈上一封信局剛送來的信。致庸打開信看著，漸漸皺起眉頭，接著把信遞給了李德齡，沉吟道：「你也看看吧，近一年多來，一直有人暗中與我們較勁，我們南下販茶，前腳剛離開，他們後腳就到了，出的價錢比我們高出三分之一，鬧得武夷山的茶農心都動了，照這麼看，明年武夷山的茶貨生意就不好做了！」李德齡一驚，看完信後道：「這到底是怎麼回事？太太信上還說，有人在潞州也搶我們的生意，和我們一樣從蘇杭二州販絲來潞州織綢，這又是誰？」

致庸道：「這件事我早就知道了，高瑞早些日子來信也提到。」長栓在一旁忍不住摩拳擦掌：「這是什麼人呢，敢跟我們喬家作對。我要是打聽出來是誰，我……」致庸瞅他一眼：「你想怎麼樣？你經商，人家也經商，你還能不讓別人和你一樣做生意？」

長栓道：「二爺，可我琢磨著不對，他們出手的招數，明擺著不像是做生意，而是在硬擠我們，跟我們過不去！」李德齡也說：「東家，商海險惡，如同戰場，我們不能不防。東家打聽到這是哪一家在和我們作對嗎？」

致庸出了一會神道：「打聽是打聽了，在蘇杭二州有意抬高絲價，再運到潞州織綢的據

說是一位安徽商人，到武夷山茶山出高價買茶的是一家江西商人！」長栓撓起腦袋：「這也真奇了怪了，我們喬家剛剛好一點，這江西商人、安徽商人就一夥一夥地上來了。天下的生意那麼多，幹嘛非要和我們過不去？看我們的頭好剃怎麼的？」

李德齡正色道：「東家，長栓話糙理不糙，會不會有人有意要和我們過不去，所以出了這些陰招子？」致庸出了一會兒神，突然哈哈一笑，大氣道：「想我喬致庸為人做事，一向光明磊落，就是做生意，向來也遵循祖宗的教誨，與相與們誠信相待，敬讓有加，自信不會有什麼仇人要使用陰招子和我作對。也許你們把世事想得太可怕了！」

長栓向李大掌櫃看，頗不以為然，剛要開口，致庸已經先發話了：「你想說什麼我都知道，我問你，萬一到武夷山抬高價錢買茶的確是一個江西商人，在蘇杭二州出高價買絲織綢的也真是一個安徽商人呢？而他們又確實想花大本錢做這些買賣呢？」李德齡點點頭：「東家說得也是。進了商場，就不會沒有競爭。」長栓看看兩人，還是嘟囔道：「不怕一萬，就怕萬一，萬一……」

他沒說下去，致庸也沉吟起來，半晌道：「萬一？如果有萬一，那也要先從我們這邊找原因。天下沒有無緣之恨，一定是我們什麼地方做得不好，得罪了相與，人家才會這麼幹。我們只要深自檢討，不再犯同樣的錯，自然就會風平浪靜了。」

正說著，二掌櫃慌慌地跑進來，上氣不接下氣道：「大事不好了，外頭都在傳，說長毛軍打過了黃河，占領了保定府，就要打進北京了，這會人人都想著往外逃呢！」眾人一驚，皆向大門外看去，只見市面上已經亂作一團，店鋪紛紛上起門板。致庸向李德齡使了一個眼色，李德齡會意，立刻打發了幾個人四下探問去了。

幾個時辰後，各種消息接踵而至，有的說太平軍剛過黃河，有的說已經打到了保定府，更有甚者說快到廊坊了！短短半天內，街上各種逃難的車馬都已經出動，紛紛向城外擁去。

致庸一直臉色鐵青地坐著不說話。李德齡勸道：「東家，您甭生氣，這種時候大夥道聽塗說，以訛傳訛也是有的。不過長毛軍要打進北京，這消息應該不假，他們真的打過來了，勢如破竹，官軍根本擋不住！東家您得趕緊拿個主意，廣晉源他們要撤莊回山西，咱們要是撤，也得快！這種事情，宜早不宜遲！」店中的夥計雖不敢進來，可大多堵在門口，屏息等候致庸的決斷。只見致庸閉目良久，終於開口冷冷道：「我們不撤！」

「不撤?!」李德齡頓時臉色蒼白。致庸振衣而起，大聲道：「國家興亡，匹夫有責，這如今國都要亡了，我一個大清的臣民還能走到哪去？你們要走就走，我不走，我要留下來保衛京城！」門忽然「匡」地一下被門口的夥計們擠開，為首的幾個差點跌進屋內，看了致庸一眼，又慌忙退了回去。

李德齡上前把門關好，勸道：「東家，我們只是些生意人。為了打長毛，我們年年納捐，月月納捐，可是長毛軍沒有被剿滅不說，他們還要打到北京來了！要是大清國不保，那是朝廷和王公大臣們無能，不干我們的事！」

致庸雙目圓瞪，大叫起來：「錯了！若是大清國亡了，你還開什麼茶票莊，做什麼生意！對了，打聽過沒有，北上的到底是哪一路長毛軍？」他話音剛落，門外二掌櫃探進一個腦袋：「東家，我剛剛聽說，是長毛軍的北伐部隊，領頭的是個挺有名的大將，竟然是你們山西人，叫什麼劉黑七！」

致庸大驚，盯著二掌櫃問：「真的是他？」二掌櫃有點怕他的目光，趕緊點頭。長栓想

說什麼又忍住，只是緊張地盯著致庸。致庸忽然仰天大笑，半晌，自語道：「若是這個人來，我更不能撤了！我和這個人有約！」李德齡臉一下白了，小聲問：「東家，您說啥呢，您沒喝酒吧？」

致庸不滿地看了他一眼：「我喝什麼酒？這個劉黑七，我和他真的有約在先！他要是真能打進北京城，我得請他喝酒！」李德齡大驚失色，對二掌櫃使一個眼色。二掌櫃嚇得一哆嗦，回頭把門外的眾夥計轟走。

這邊李德齡顫聲道：「東家，剛才的話您可不要亂說。您什麼時候認識這個大匪首的？要是叫官府的人聽到了……」

致庸很不以為然：「聽到了怎麼著？我就是認識他，還是老相識呢。」他大致說了一下和劉黑七的交往，接著道：「前年去江南販茶，茶船北返的路上，我、孫先生、長栓在武昌城下被一群土匪劫了，差一點沒砍頭。正是這傢伙及時趕到，救了我們的性命，我讓他跟我走，他不但不肯，還和我打了賭，說他們一兩年內準能打進北京。我說不能，他們說能，沒想到他還真打過來了！氣死我了！」「東家，原來您真認識這個劉黑七？還和他打過賭？」二掌櫃有點害怕了，說著話，人還往後躲了躲。

致庸大笑道：「你甭怕，我根本就不信長毛軍真能打進北京！我當時對他說，他要是真能打進北京城，我就服了他，請他喝酒！」屋裡的人都白著臉不說話。致庸呆了一會，神情慢慢沉重起來：「當初只是一句玩笑話，沒想到這個人還真帶兵殺向北京來了！」

李德齡歎口氣：「東家，劉黑七殺進北京，一定玉石俱焚。我們不走，您就不怕他們殺了您，搶鋪子？」致庸慨然道：「李大掌櫃，你就忘了一句古話——覆巢之下，安有完卵？

若長毛軍真的打進北京，我一個小小的茶票莊豈會不完？房子能帶走嗎？眼下到處都是亂兵暴民，你拉著銀車又能走多遠？反過來說，要是長毛軍打不進北京，大清國無恙，咱們的茶票莊自然也無恙。一動不如一靜。」說著他朝外望望，下定決心地亢聲道：「是的，我不走，更何況我和劉黑七打過賭，即便為了守信，我也要留下！」

李德齡終於絕望道：「東家真要留下？」致庸看看他，一笑道：「李大掌櫃，你出去告訴眾人，願意走的，今天就可以讓他們離號，事情過後，若大德興茶票莊還在，他們可以照常回號；不願走的，就跟我一起留下！」李德齡道：「東家，無論是鋪子還是銀子，說到底都是身外之物，您不可惜這些東西，也不可惜您自個兒的一條命嗎？」致庸盯著他看：「李爺，到了這會兒，我仍舊不相信他劉黑七真能打進北京！」一聽這話，李德齡和二掌櫃不再勸說，對看一眼，歎口氣走出去了。

2

雪瑛這段時間一直在北京住著，除了翠兒和趙媽，她沒帶什麼人過來。胡管家在京城挑選的宅子，外頭看著不顯山露水，裡面卻別有洞天，雪瑛頗為滿意，已經誇過他好幾次了，這讓胡管家心中很是得意，雖然在他眼裡，這位東家實在太難伺候了。何家的典當行由雪瑛請來的那位盛掌櫃掌控著，一段時間下來，業務倒也風生水起，頗為紅火。但是除此之外，這位東家的種種舉動都透著瘋狂和古怪。她先後暗中聘了江西籍和安徽籍的兩位掌櫃，斥給大量的資金，參與武夷山茶業和蘇杭及潞州絲綢業的競爭，以驚人的價格擠壓喬家在當地的

生意。這兩位掌櫃就像雪瑛住在北京一樣神祕，對外一直自稱是東家，何家也只有兩三個人知道他們。這還不算，這幾日喬致庸回到京城，攜著代匯江南四省京餉的業務，聲震全國。雪瑛私下立刻回應，計畫聘一個非山西籍的掌櫃進軍票號，欲與喬家一決高下。

這個決定只能讓胡管家暗中叫苦不迭，因為除了典當業以外，茶葉和絲綢業按這種方式和價格競爭，擺明了要大虧；至於票號，只怕風險更高。但雪瑛似乎卯足了勁要和喬家過不去，鐵了心非要做不可。胡管家向來怕她，只勸了幾句，便閉上了嘴巴。

現在長毛又打過來了，為了何時離京的事，又讓胡管家大為頭痛，再次領教了這位東家的倔強與乖戾。長毛要打進北京的消息，狂風般旋裹了京城每一個角落，何宅也不例外。胡管家勸了好幾次，雪瑛卻紋絲不動，只吩咐道：「你派人盯緊大德興茶票莊，只要他們不撤莊，我們也不動！」胡管家心裡發急，想了想說：「東家您看是不是這樣，我和盛掌櫃留下打點店裡的事情！東家和小少爺先走。」

雪瑛沉沉地看了他一眼：「這個我自有主張，都先穩一穩，你吩咐盛掌櫃先把當鋪關了，等我做了決定再說。」說著她揮揮手，示意胡管家退下。胡管家心說這不是變成一個都不走了嗎？但他不敢再說什麼，抹抹腦門的汗，趕緊退下了。

廣晉源裡裡外外一片忙亂，裝好的銀車剛要出發，卻被圍在門前的客戶擋著。眾人手裡拿著銀票，嚷嚷聲此起彼伏：「你們不能走。」「快把我們的銀子兌了！」場面十分混亂。

田二掌櫃跑進大掌櫃室，對成青崖著急道：「大掌櫃，門口堵著上百的人，咱們的銀車出不去！就是出去了，我也害怕這兵荒馬亂的，遇到了強盜如何是好！」成青崖頭上貼著膏藥，捂著腮幫子直吸冷氣，發火道：「怎麼辦怎麼辦？到了這種時候，我是神仙嗎？還有多少欠帳沒收上來？」田二掌櫃聲音低了下去：「還有五六十萬兩。」成青崖又問：「銀庫裡有多少存銀？」「前幾天照您的吩咐拉走了大半，現在還有一百多萬兩。」成青崖吃了一驚：「怎麼還有這麼多？……你有什麼救急的主意？」田二掌櫃眼睛骨碌碌轉，接著上來低語了幾句。成青崖一驚，問道：「你是說把我們的存銀和業務全託付給喬致庸？」田二掌櫃點頭道：「喬致庸口口聲聲說同業間要相互扶持，大掌櫃就借這個由頭，請他們接收我們的存銀，全權代理我們留下的業務。長毛軍打進來，喬致庸的莊垮了，我們可以在山西找他要銀子，長毛軍打不進來，大家虛驚一場，我們頂多捨棄一些利息給他們！」

成青崖道：「主意是個好主意，只是喬致庸那麼聰明，就看不出我們的金蟬脫殼之計？」田二掌櫃道：「可是除此之外我們還能有別的辦法嗎？……」成青崖的牙又疼起來，當下道：「死馬當成活馬醫，我也不要這張老臉了，讓人套車，我親自去！」

聽了成青崖的來意，李德齡一邊吩咐齊二掌櫃陪他，一邊將致庸拉進內室，急切道：「東家，千萬別上這個老狐狸的當，成青崖這是想讓我們替他擦屁股，擔風險，他自己一溜了之！」

致庸出了好一會神，卻道：「李大掌櫃，你的意思我明白，可我還是想接下這筆生意！」李德齡大驚。致庸解釋道：「北京是國都，皇上坐龍廷的地方！別說長毛軍打不到北京城下，就是能打到，朝廷也會用盡全力保住它！接下廣晉源的生意，對我們有利無害，我幹嘛不幫他這個忙？」李德齡道：「東家，要是萬一北京城守不住呢？」致庸怒道：「我說過了沒有萬一！我喬致庸、喬家大德興茶票莊，要與這個國家共存亡！」

李德齡見他這般堅持，當下也不再勸，發了一會呆，突然道：「東家要真的不走，我們

就真還有不少生意可做！」致庸吃一驚：「你也不走了？」李德齡歎道：「東家都不走，我一個大掌櫃，更不該走，大德興茶票莊是我和東家一起創建的，我也要和它共存亡！」致庸高興地一笑，叫了聲：「好！」李德齡也不客氣，道：「目前有不少商家，要走又帶不走銀子，問能不能存放到我們這兒，還有些商家要走沒有盤川，想找我們借銀子。更有一些商家，要把鋪子低價頂出去，問我們要不要。這些生意，只要我們打定了主意不走，都可以做！」

致庸點頭：「對呀！廣晉源要我們接下他們的一百多萬兩存銀，我們就用這筆銀子借貸，頂鋪子！我們要做天下那麼大的生意，在北京城裡只有這麼一個茶票莊怎麼行？這些生意，我們做！」

李德齡道：「那我今天就讓人去收銀子，借銀子，頂鋪子！」他一邊往外走，一邊道：「東家，要是真應了您的話，長毛軍打不進北京，我們這一筆財，就發大了！」「誰說不是呢！」致庸笑道。

何宅裡胡管家已經急得團團亂轉，對一旁的盛掌櫃道：「風聲又緊了，東家這會兒再不走就真的來不及了！」盛掌櫃道：「我就不明白了。她怎麼就不願意走呢？」胡管家欲言又止，半晌歎口氣解釋道：「先備車吧，萬一這姑奶奶轉了主意，只要說一聲走，我們立馬就能上路！」盛掌櫃點頭。

內室中，雪瑛和翠兒正給小少爺餵飯。雪瑛時不時努力地聽著外面的動靜，皺眉道：「翠兒，你打發一個人，看喬致庸還在不在北京，是不是像胡管家說的那樣他要等著長毛攻進北京。」翠兒應聲出去，剛要開口喚人，想了想，卻吩咐套車，自己親自出了門。

原本熙熙攘攘的街面上已空無一人，秋風卷著落葉，滿地亂滾。接著一隊官兵齊齊地跑過。快到西河沿大德興茶票莊的時候，翠兒吩咐停車，她下來躲在一棵大樹後面，遠遠地張望過去。

這大德興茶票莊只怕是京城目前最後一家還開著的店鋪，生意異常火爆，存銀取銀的絡繹不絕。翠兒張望的時候，人已經少多了。店裡閒著的男人們紛紛尋覓傢伙，如致庸號召的那樣，只等著和長毛幹仗。長栓拿著杆紅纓槍，舞得風火輪一般……翠兒遠遠看著，忍不住捂嘴笑，緊跟著眼淚卻落下來，她癡癡地望了好一陣，心中雖有百般不捨，卻還是悄悄地上車走了。

一進何宅，翠兒便迎面撞上胡、盛兩位掌櫃。「翠姑娘，怎麼樣？」兩人急得連聲地問。翠兒低低道：「喬致庸，他真的還……還沒走！」胡管家急得一跺腳：「翠姑娘，我可告訴你，我們得趕快讓東家走，再晚就怕走不掉了！」翠兒剛要說話，雪瑛走了出來，看看翠兒問：「你怎麼自個跑了出去？那……喬致庸走了嗎？」

翠兒突然道：「太太，喬家的人走了，大德興茶票莊也關張了，我們也快走吧！」雪瑛一愣，不相信地拿眼看著翠兒。已相當練達的翠兒不露聲色地回望著她。雪瑛冷冷笑道：「真沒想到他也走了！我還以為他是條漢子，刀架在脖子上也不眨眨眼呢，這會兒看來他也不過就是個賣茶葉做票號的商人罷了！胡管家，我們也走！」眾人心中大喜，略略收拾了一下，很快便擁著雪瑛上了路。

一路上關於長毛的謠言依舊四起，逃難的人到處都是。雪瑛原本極少與人往來，可這次倉皇回到榆次，江家與何家的不少親戚都上門來，一是看望，二是詢問京城的情形，同時交

換著各種各樣的小道消息。

這一日雪瑛送走一個本家表嫂，怒沖沖回到內室，喚來翠兒問：「告訴我，當初是誰說喬致庸已經離開了北京城？」翠兒低頭不語。雪瑛盯了她半晌，突然道：「我要是查到誰出的主意，絕不輕饒！」不料翠兒一抬頭，靜靜道：「太太，是我的主意。」雪瑛勃然變色：「你？」翠兒硬著心腸點點頭。

雪瑛再也忍不住，氣急敗壞道：「果然是你，你……」她氣得一時說不出話來。翠兒看著她，道：「太太留在北京不走，是因為喬二爺不走，這個翠兒自然明白，可太太和喬二爺不一樣，太太不但是個女流，還帶著小少爺呢，為了太太和小少爺早點離開，所以我就扯了個謊！」

雪瑛看著翠兒，兩行淚直淌下來：「翠兒……真沒想到，連你也在騙我！這都二十多天了，要是長毛軍打進了北京城，他和長栓就得死……」翠兒一聽這話，眼淚呼啦啦地掉了下來，她一把抹去，端過一杯茶，平靜地遞給雪瑛：「太太，您先喝茶。」

雪瑛一把將茶杯打落：「你……走開！連你也騙我！我身邊真是沒有人了！來人，叫他們套車，我要去北京！」在門口聽了半天的趙媽趕緊跑進來。翠兒看看她，耳語了幾句讓她離去。雪瑛大怒，剛要發作，聽翠兒靜靜道：「太太，喬致庸是您的仇人，他要是死了那就好了，太太就不用每日每時想著他，恨著他了！」

「你……」雪瑛又驚又怒，說不出話來。翠兒激烈道：「自從太太在何家接管了家事，做的每一件事，都是在和喬家較勁。太太心裡一定恨死了喬東家，有一日非要將喬家置於死地不成。既然這樣，若喬致庸今天死在北京城，太太為何還要難過？這應該是大好事，劉黑七的長毛軍替太太報了仇，以後世上就沒有喬致庸這號人了。喬致庸一死，喬家倒了頂梁柱，也就完了，太太以後也就省了心，不用每天琢磨怎麼擠垮喬家的生意了。太太，喬致庸死了好！死了……」

雪瑛再也忍不住，劈臉給了她一個耳光。翠兒捂著臉，淚水淌下來，依舊繼續說：「這喬致庸不死，只怕太太早晚都得發瘋，太太到了今日這一步，全是他喬致庸害的，就是劉黑七抓住他，將他千刀萬剮，也是他活該！太太……」雪瑛再也受不了，捂住耳朵狂叫一聲，撲到翠兒懷裡大哭。翠兒撫著她的背，淚也流了一臉，只盼雪瑛能稍有醒悟。

李媽慌慌地跑進來，說胡管家到了前廳，帶來了京城的確切消息。雪瑛和翠兒聞言皆大驚，因為各自心有所牽，草草拭了一把淚，趕緊奔往前廳。一進門，就見胡管家喜形於色道：「太太，剛剛得了準信兒，長毛軍根本就沒打進北京！」胡管家又看翠兒一眼，說：「啊，當初喬東家並沒有離開北京，是我們打聽錯了！可昨天喬家北京大德興茶票莊的齊二掌櫃特地從北京回來報平安信，說喬東家沒事兒！」一陣巨大的喜悅瞬間湧上雪瑛心頭，接著淚光便在眼眶中浮現。胡管家看看兩人，歎道：「喬家的兩位太太都急病了，趕著打發曹掌櫃進京。不過喬東家這一陣子在北京可是發了一筆不小的財。這次人人都要離開北京，銀子帶不走，都往他那兒存，連廣晉源也這麼做，他用這些銀子買生意，置房產，當初人都覺得他瘋了。喬東家真是個神人，他算準了長毛軍進不了北京，這長毛軍就真的沒進！一來一回，他賺了個溝滿壑平。這喬東家，真是個奇人……」

雪瑛慢慢平靜下來，一種逆反心理又開始像螞蟻般咬齧她的心。她突然恨恨地打斷胡管家的話，道：「我讓你說這個了嗎？對了，上次我跟你說過，喬家到處開票號，我們也開，

你謀劃得如何了？」一聽這話，翠兒頭一抬，失望地向她看去。

胡管家囁嚅了半晌：「太太，別的事情都好辦，只是這開票號的事，我還真是有點打怵！」雪瑛越來越生氣：「怎麼，是怕我不給你銀子？」胡管家頭一低，趕緊道：「那倒不是，辦票號需要人才，一時半會我們也找不到這麼多人才呀。」

雪瑛「哼」了一聲：「原來是因為這個。這個好辦，你去問問，喬家開票號雇的那些掌櫃，一年撐死了能拿到多少銀子，我們給他翻番。一個一個，你想辦法全給他們挖過來，幫我們做！」

「太太，這個不太好吧，這麼幹就壞了規矩！」胡管家一邊說著，一邊求助般向一旁的翠兒看去，翠兒卻轉身離開了房間。

雪瑛心中一動，放緩聲音道：「你把事情做得細密一點，不就行了嗎？」胡管家雖然為難，但還是點了點頭。雪瑛當下揮揮手，示意他退下。

房中只留下了她一個人，雪瑛背過臉站著，她雖然強忍著，但淚水還是痛快地流了下來。

3

沒過多久，潞州又來了一封信，看完信大家都沒做聲。致庸摸著下巴問：「在潞州和我們唱對臺戲的那個安徽商家的底細，查清楚了嗎？」李德齡搖頭道：「沒有。東家，這事也怪了，在京的安徽商人，誰也不認識這家徽商。還有在武夷山上和我們唱對臺戲的那家江西商人是什麼來歷，也沒人知道。」

長栓在一旁道：「豈有此理，這家徽商就這麼厲害，非要將我們趕出潞州才甘休嗎？不行，我們得過去教訓教訓這個不講理的傢伙！」李德齡也歎口氣道：「不管怎麼說，東家倒是快拿主意，前天回來的齊二掌櫃就說，再這樣下去，我們在潞州將會一敗塗地。」

致庸忽然輕聲一笑。長栓見狀忍不住道：「就這您也笑得出來？擺明了人家是專門衝您來的，還不知什麼後臺呢！」致庸擺擺手：「我想好了，既然這位徽商如此熱心在潞州織綢，我看咱們乾脆從那兒撤出，把生意全部讓給他得了！」

「撤出？」李德齡一驚，叫起來。這邊長栓已經急著擺手：「不行不行，那樣我們就敗了！您怎麼仗還沒打，就認輸呢？哼，只怕家裡的太太也不會幹！」致庸看看眾人，道：「當初讓高瑞在蘇杭兩州買絲，運回潞州織綢，本就不是為了賺錢，而是讓潞州失業的織戶復業，家家都有口飯吃。現在既然有人爭著跟我做這件善事，我們乾脆就讓給他做好了！」

李德齡佩服地向致庸看去，繼而又說：「長栓說的也有道理啊，太太在那裡做了這麼久，我們投進去了那麼多銀子，現在這麼撤出來，太太她能願意嗎？」長栓見李德齡支持他，忍不住得意地挺了挺腰杆。致庸看看他，笑道：「這樣好了，我寫兩封信吧，你馬上讓人分別送往祁縣和潞州，我決定了，不和對方鬥氣。」

一聽這話，眾人想了想，都點起頭來，李德齡問：「東家，可那武夷山上的茶貨買賣呢？東家不會也打算拱手讓給那位來歷不明的江西商人吧？」致庸微笑道：「這個你們不用擔心，武夷山大著呢，誰家也沒法把那裡的生意都吞下來。大茶商耿于仁是我的好大哥，只要我寫一封信去，這位江西商人就買不走他那塊的茶！」

當下致庸寫好三封信，李德齡拿起剛要走，又聽致庸搖頭笑道：「這個劉黑七，說什麼一兩年內打進北京，現在想起來，真是大夢一場！」眾人想起前一陣那場虛驚，都笑起來。致庸又出了一會神，振作道：「長栓，你準備一下，高瑞有批綢貨要到了。接了這批貨，我們也不在北京待著了，我和你一起去包頭走走！我算著，咱們到了包頭，馬大掌櫃也該從蒙古草原上回來了！」

長栓一聽要出門，大喜，剛要說話，外面的夥計急急送來一封家信。致庸拆開，長栓忍不住湊過來看，一邊嘮叨著：「二爺，剛剛齊二掌櫃從祁縣回北京，太太又來了信，什麼急事兒呀？」話音未落，只見致庸差點要跳起來，大喜道：「太太生了，太太又給我生了個兒子！」眾人一聽皆連聲道喜，致庸又得意又高興，對長栓道：「快去收拾一下，連夜就走，長栓，我們先回祁縣轉一轉，然後再去包頭！」

致庸前腳離開，雪瑛後腳就到了京城，聽說致庸離開的消息，心頭大為不快。胡管家比她早到一個多星期，看她的臉色不對，趕緊向她稟報道：「太太，潞州來了消息，喬家在那兒已讓我們擠得有點撐不住了！」

雪瑛並無高興之色，悶悶道：「是嗎?陸玉菡也有撐不住的時候?她們陸家不是有大把的銀子嗎，幹嘛不把銀子全拉到潞州去，跟我爭做一回織綢的霸盤？」胡管家看看她，不敢多說，敷衍道：「太太一路上累了，還是早點歇息吧。」雪瑛「哼」了一聲，接過翠兒遞過來的茶碗，道：「我不累，你就這麼一點事情告訴我啊?武夷山那邊怎麼樣了？」

胡管家猶豫了半晌，低聲道：「太太，武夷山那邊的情況不太好，聽我們派去的劉大掌櫃講，原先已經和一些茶農說好，等明年茶貨下來，高價賣給我們，不想當地一個叫耿于仁的人，把事情給弄壞了，眼下有些茶農又不敢答應我們了，所以我們沒法像原計劃收購那麼多！」

雪瑛勃然大怒：「為什麼？這個姓耿的是什麼人？」胡管家看看她，趕緊道：「劉大掌櫃說，姓耿的是當地茶農的領袖，和喬東家是結拜的兄弟！」「喬致庸，又是喬致庸！」雪瑛「啪」一聲把手中茶碗摔在地下。胡管家嚇了一跳，道：「太太要是沒事，我就退下了。」雪瑛不回答，依然怒容滿面。胡管家也不說話，拱拱手，趕緊躲了開去。

一個小丫頭剛想趕過來收拾碎碗片，雪瑛立時大怒：「你幹什麼，誰讓你收拾的？給我走！」小丫頭害怕地離開。雪瑛「哼」了一聲，將房中陳設的瓷器一件件拿起摔到地下。翠兒在旁邊皺眉站著，見她毫無罷手的樣子，突然轉身，也要離去。

雪瑛越發生氣，回頭喊道：「站住！」翠兒站住了，可並不回頭。雪瑛喘氣怒道：「我讓她們走，讓你走了嗎？你給我待在這裡，哪也別去。你別以為我不知道你的心思，你就是想躲開我，去找你的長栓。哼，我現在就可以告訴你，別做這個夢……」翠兒猛地轉過身，冷冷向她看來。雪瑛突然清醒過來，背過身子坐下，流出淚水。

這樣的日子沒過多久，翠兒生起病來，一個人躺在床上，又是咳嗽，又是流淚。雪瑛聞訊帶丫頭匆匆趕來，坐在床邊，一迭聲地問：「翠兒，你怎麼了？」翠兒咳嗽著，抹眼淚：「沒……沒怎麼，太太不要……擔心。」雪瑛越發焦急：「這是怎麼了？來人，翠姑娘病成這樣，為什麼不早點告訴我？傳我的話，給翠姑娘去請大夫，請京城最好的大夫！」「太太，沒事兒，您甭……」雪瑛著急道：「你病成這樣，怎麼能說沒事兒？」「真的沒事兒，我躺一兩天就會好的。」說著，翠兒還是哽咽起來。

雪瑛道：「翠兒，好妹妹，你到底怎麼了，你……你可不能病了，你病了我可怎麼辦？」胡管家匆匆趕來，雪瑛一見他便站起發怒道：「你們都是死人嗎？翠姑娘病成這樣，你們沒一個人想到她，改日我若是病了，還不知怎麼待我呢！」胡管家趕緊道：「太太，我一直忙外頭的事，真不知道，我馬上就請大夫！」說著他轉身就往外走。雪瑛恨恨地回頭坐下，握著翠兒的手：「好妹妹，你不要難過，我陪著你……」

大夫很快就到了，給翠兒診脈後對雪瑛道：「小姐就是偶感風寒，吃一兩劑藥發散發散，就會好的。」雪瑛當下心寬了不少：「謝大夫。胡管家，外頭奉茶。」一個小丫頭捂嘴笑了起來，多嘴道：「大夫，她不是小姐，只是我們太太陪嫁的丫頭。」大夫一怔，走了出去。雪瑛回頭瞪著小丫頭道：「你說什麼？」小丫頭一見她的臉色，害怕地立刻後退了兩步，囁嚅道：「太太……」

當下雪瑛厲聲道：「你們都給我記好了，翠姑娘是我的丫頭不錯，可在這個家裡，跟你們比，她就是小姐！」眾人害怕地點頭。翠兒大為不安：「太太，您別……」雪瑛回過頭溫存道：「妹妹，快說，這會兒想吃什麼，只要是北京城裡有的，我讓他們給你買去！」翠兒心頭一陣難過，有氣無力道：「太太，您千萬別這樣，您要是這樣，翠兒心裡倒要不安了。」雪瑛見她仍舊與自己這般生分，心也冷下來，半晌慢慢站起離開了。翠兒眼睜睜地看著，半晌又哭了起來。

雪瑛不再過來。翠兒病了好幾天，有一日見午後陽光溫暖，撐起身子走出房間。她病後頗為虛弱，在廊中走了許久，慢慢到了後花園。遠遠看見雪瑛一個人在偌大的花園裡踽踽獨行。翠兒怔怔地瞧著她，心疼雪瑛，眼淚像斷線的珍珠一般落下來。她抹去眼淚，叫了一聲：「太太……」雪瑛猛一回頭，先是一怔，接著露出了難得的笑容，道：「翠兒，你好了？」「太太，我好了。」翠兒忍不住又要落淚，可趕緊硬生生地止住了。

雪瑛高興地走到翠兒面前，笑著看她半晌，突然拉起她的手：「走走，我給你看一樣東西。」翠兒見她高興，便點了點頭。兩個人牽著手來到雪瑛屋中，雪瑛打開箱子，拿出一個精緻的盒子，接著取出一個小包，裡三層外三層地打開，一個和當年致庸送給雪瑛一樣的鴛鴦玉環露了出來。翠兒大驚：「太太，這是……」雪瑛拉翠兒坐下，眼中忽然湧出淚花：「認出它來了？」翠兒點頭，仍舊驚訝不已：「太太，這是哪裡來的？」雪瑛搖頭：「你想錯了，這只鴛鴦玉環不是喬致庸當年送給我的那只，這只是我前幾天讓胡管家照著樣子請玉工做的。你仔細看看，和當年那個，是不是一模一樣？」

翠兒不覺熱淚盈眶：「太太，沒想到過了這些年，玉環的樣子您還記得這麼清楚。」雪瑛眼睛一熱，反覆撫摩玉環：「是呀，怎麼能不清楚呢，他是我愛上的第一個男人，也是最後一個男人，這是他送給我定情的信物，當年我可是把它當作命一樣藏著，護著，天天看它，親它，自然把它上面的每一條細紋都記在了心上。」

翠兒想著當年的種種往事，也頗為難過，當下勸道：「太太，事情都過去這麼久了，就不要再想它了，這東西，快收起來吧，看著只能讓人難過！」雪瑛卻不鬆手，捏著玉環哆嗦道：「我們女人，以為男人給了我們這個東西，就終身有靠了，可我們錯了。來，妹妹，伸出手來。」說著雪瑛拉過翠兒的手，將玉環給她戴上：「翠兒，我把這只玉環送給你。」翠兒大驚，趕緊褪下來，急道：「太太，這麼貴重的東西，萬萬不可……」

雪瑛按住她的手道：「好妹妹，你害病的這些日子，可嚇住我了！你瞧瞧我現在過的日

子。我待在山西，那麼大一個家，雖然僕傭眾多，可我整天一個人，孤單得受不了；我搬到北京來住，以為到了這裡可以熱鬧些，但這裡也是這麼大一座院子，這麼大一個花園子，還是我一個人，每天孤零零地走來走去，就像一個活死人，一個遊魂……一想到我一輩子的日子都可能要這麼過，我就害怕！妹妹，我現在身邊只有你，你可要救救我！」翠兒心中大悲，一把摟住她，哭道：「太太……」

雪瑛淚流滿面道：「翠兒，好妹妹，你答應我，就是天下所有的人都離開我走了，你也不會，是不是？你是我從娘家帶出來的，無論到了什麼時候，你都不會離開我，把我一個人孤零零地撇下不管。對嗎？」說著她仰臉向翠兒看去。翠兒心頭大痛，趕緊點了點頭。雪瑛卻勃然變色道：「不，你騙我呢，你也不會！」

翠兒見她這般反覆無常，忍不住大急：「太太，您，您為什麼要這樣？」雪瑛拭淚，和顏悅色道：「翠兒，別叫太太，還是叫小姐吧！」翠兒已經不習慣了，半天彆彆扭扭地叫了一聲：「小姐……」雪瑛點點頭，發了一會呆，半晌突然開口道：「我問你，你真能捨得下長栓嗎？」「我……」翠兒被她冷不丁一問，心情又大痛起來，手上擺弄著玉環，半天說不出話。

雪瑛歎口氣，要幫翠兒將鴛鴦玉環重新戴上，翠兒一驚，再次推辭起來。雪瑛按住她的手道：「咱們倆中間，只有你有資格戴它了。至少這世間的男人還有一個想著你，只可惜他沒有這麼一只玉環送給你！」「小姐……」一聽這話，翠兒心頭又翻滾起來。雪瑛看看她，話裡帶話道：「不過話又說回來了，他就是有一只這樣的玉環送給你，也不一定會娶你；就是他娶了你，你和他也不一定能白頭偕老！」翠兒見她說出這般刺心的話，當下淚花湧出，低頭不語！

雪瑛又換了一種口氣，指著玉環道：「好妹妹，你要是真的願意留下來陪我一輩子，不讓我孤單一個人活到死，你就留下它吧。」一聽這話，翠兒一邊流著眼淚，一邊顫聲道：「太太，我……」雪瑛道：「強扭的瓜不甜，你要是不願意，你就走……」翠兒將玉環摘下來，想了想，又戴上去，又摘下又戴上……半晌大哭道：「太太，我會留下來陪您一輩子……」

一聽這話，雪瑛抱住她，哭道：「好妹妹，我就知道你會答應的，你把長栓忘了，我也把喬致庸忘了，就我們兩個在一起活，誰也不離開誰，說好了？」翠兒點點頭，心頭大痛，更多的眼淚瀑布般湧出。雪瑛又鬆開她：「可我還是擔心，你不會真的忘了長栓！你能嗎？」翠兒見她這般反反覆覆，推開她轉身跑走，又回頭哭道：「太太，您不要老這樣逼我……」

雪瑛變色。這時，一個小丫頭進來說胡管家求見，雪瑛只得作罷，示意請胡管家進來。胡管家一進門就道：「太太，潞州那邊出大事了！」雪瑛皺皺眉，不耐煩道：「什麼大事，你慌成這樣？」胡管家壓低嗓子，道：「喬家突然把他們在潞州的生意都撤了！他們不做買絲織綢的生意了！」雪瑛聞言一時還沒反應過來：「你是說喬致庸認輸了，把潞州織綢的生意乖乖地讓給我了？」胡管家點點頭：「應該是這樣，可是太太……」雪瑛笑容驟落：「你想說什麼？」

胡管家遲疑道：「太太，不管怎樣，他們撤了，那我們在潞州買絲織綢的生意，還接著做嗎？」雪瑛愣了愣，一種巨大的失落，一種被對手輕鬆甩掉的痛苦湧上心頭：「喬致庸走

了，喬致庸敗了。可沒了喬致庸，我們還做什麼？喬致庸，他不是敗了，他這是輕輕地就把我給閃了，自己毫髮未損！……這個喬致庸，他簡直氣死我了！」胡管家任由她發洩，半晌又問：「太太，那潞州的生意……」

雪瑛失態地叫道：「喬致庸不做，我們也不做，不賺錢的生意我們還做，傻嗎？撤！用撤出來的銀子開票號，他在哪裡開票號，我們也在哪裡開票號！」

4

致庸這次回到祁縣，本想悄悄地回，再悄悄地走，不料由於他在商圈裡的名氣越來越大，所以雖然他是低調地回了祁縣，但仍舊生出許多的應酬。曹氏原本擔心他在京城的安危，一直生病，這次一見他回來，歡喜得當天就下了床。玉菡更不用說，雖然有一陣擔心得幾乎要崩潰，但在得了平安信後又生了一個兒子，尤其見致庸接信後便放下手頭事務急速返家，更是滿意得說不出話來，那情意又深深地濃了一層。

致庸到家沒多久，曹掌櫃就來報：「東家，潞州那邊有消息了，那家跟我們作對的徽商，也把生意撤了！」致庸心一沉：「真的？」曹掌櫃激動道：「東家，您還真神了，您算著我們明裡撤了，對方說不定就會撤，他們真撤了！」致庸臉色一時間異常嚴肅起來。曹掌櫃試探道：「東家，您是不是連對手是誰都猜出來了？」致庸搖搖頭，迴避著心頭想到的那個人：「……不是說是一家徽商嗎？」曹掌櫃看看他，也不再朝深處問，接著轉入正題：「東家，那我們下一步該怎麼辦？」

致庸想了想道：「照計而行！他們走了，我們還回去，暗裡生意不是都還在潞州嗎？」曹掌櫃剛要走，致庸又喊住他道：「等等，太太現在正坐月子，去不了潞州，咱們這一回也學一學那位相與，不要說喬家又回潞州了，我們也來個隱姓埋名，不讓別人知道我們是誰，如何？」曹掌櫃恍然大悟道：「我懂了，這個辦法好是好，就是麻煩一點兒。東家是擔心我們打著喬家的旗號回去了，我們的對手也會回去，是嗎？」致庸歎了一口氣：「也許不會，儘量避免吧。」曹掌櫃點頭離去。致庸回轉身，久久地注視著一個方向，突然自語道：「雪瑛，難道真的是你？」

致庸在家待了幾天，就按原定計劃，帶著長栓往包頭去。剛到雁門關，一個驚人的消息攔住了他。那日他們正在店中打尖，忽聽旁邊桌上的一位胖客商道：「聽說沒有，就是今年帶兵打過黃河，聲稱要一直打進北京的長毛軍大帥劉黑七，在安徽戰敗，做了官軍的俘虜。」此言一出，喧鬧的店中立刻靜了許多，半數的人都豎起耳朵來。那客商一見這麼多人注意，當下得意地提高聲調道：「我有個表舅現在朝廷為官，聖旨是他幫皇上擬的，消息是他家傳出來的！」「然後呢？」和他一桌的另一個客商一迭聲地追問起來，這胖客商矜持了一下，繼續道：「這個人可是朝廷和長毛軍開戰以來活捉的最大的官之一，皇上發了旨，近日就要解他到北京，在菜市口凌遲處死呢。」

致庸大驚，連忙站起，衝著那客商一拱手：「這位爺請了，你剛才說那位被抓住的長毛軍大帥，真叫劉黑七？」胖客商看看他，道：「是啊，就叫劉黑七，怎麼，你和他有親還是有舊？」致庸聞言一怔，趕緊搖頭。胖客商見狀道：「一無親二無舊，你這麼著急幹嘛？對了，聽話音你是祁縣的，這劉黑七也是你們縣的人呢，沒準你以前就聽說過他？」

致庸沒有接口，拱了拱手表示謝意，低聲對長栓道：「咱們不去包頭了，趕快回北京，晚了就見不到了！」長栓大驚：「東家，您要去北京見劉黑七？」但見致庸已經紅了眼圈道：「什麼話也甭說了！趕快走！劉寨主是當年被我不慎帶進長毛軍中去的，他就要死了，我別的幫不上，我得去送送他，表一表我的愧疚之心！是我喬致庸誤了他呀！」長栓傻了眼：「東家，可眼下……」致庸已經聽不見他在說什麼了，丟一塊銀子在桌上，大步走出，上馬急馳而去。

李德齡見致庸黑著眼圈，風塵僕僕趕回北京來，已經大大地嚇了一跳，待得知原因後，更是大驚失色，趕緊把致庸拉進密室，緊張地問道：「東家，您真的是為劉黑七趕回來的？」致庸重重地點頭。李德齡歎道：「東家來晚了，那劉黑七和他兒子劉小寶前天已在菜市口正法啦，這事整個北京鬧得沸沸揚揚，人盡皆知！」致庸大叫一聲，嘔出一口血來，一把抓住李德齡，一迭聲地大叫：「什麼？已經死了？」說著淚珠子就撲簌簌地落將下來。那李德齡掙脫了他的手，趕緊走過去，看看窗外無人，回頭扶他坐下，低聲勸道：「東家，別這樣啊，人死不能復生，再說這兩人死得悲壯慷慨，他們是唱著咱們山西梆子死的，行刑那天好多人都去看了，都誇他們是真英雄呢！」

致庸一時呆呆地坐著，兩眼直直地望著遠方，淚水就像泉水一般流個不止。李德齡看看他，又歎道：「說來也真是可憐，朝廷要殺一儆百，聽說每個人都剮了三千刀才死，死了還要暴屍一月，不准任何人收殮。」致庸猛地站起，大聲問：「怎麼，人殺就殺了，還要暴屍一月？」李德齡嚇了一跳，點頭。致庸不再說話，走到窗邊久久佇立，突然回頭吩咐李德齡：「讓鐵信石來見我！是我害了劉寨主父子，我不能趕在他們臨死前見一面，當面對他們說出我一生的悔恨，請他們原諒，我還不能在他們死後為他們收屍嗎？……」

京城何家內宅裡，雪瑛一個人呆呆地坐著。翠兒見她無聊，走過來沒話找話道：「太太，您知道嗎？前幾日那個被皇上在菜市口斬了首的劉黑七，就是那個要帶兵打進北京來的長毛軍大帥，竟是山西人，還是祁縣的呢！」雪瑛古怪地看她一眼：「你怎麼才知道？告訴你，這個劉黑七，原本就是祁縣的強盜，祁縣好多人都認識他，就連喬致庸，和他也有瓜葛呢！」

翠兒一愣：「喬東家和一個強盜有瓜葛，不會吧？」雪瑛瞅了翠兒一眼，沒好氣道：「怎麼不會。當初不是喬致庸單槍匹馬去老鴉山，要劉黑七與他一起南下販茶，這個劉黑七還出不了山西，去江南投奔長毛軍呢。這件事別人不一定知道，可是我知道！」翠兒一聽就變了臉色，趕緊擺手，低聲道：「太太可別亂說，這樣的事，要是讓朝廷知道了，給喬東家安一個通匪的罪名，那可是殺頭的罪！」

雪瑛「哼」了一聲，猛地站起，回頭恨恨道：「翠兒，他把我害成今天這個樣子，還不夠個殺頭的罪嗎？」翠兒心中暗暗叫苦，不敢再說什麼，轉身就要走開。雪瑛皺皺眉道：「你又要到哪裡去，還沒陪我說兩句話，就這麼不耐煩了要走開！」翠兒看看她，百般無奈道：「太太，我……我就是心裡悶得慌，想出去走走。」

雪瑛盯了她一眼，看她緊張地擺弄著手上的玉環，恨聲道：「你，還是忘不了長栓？」翠兒忍不住委屈道：「不，太太……」她說不下去，眼淚又要湧出。雪瑛道：「你要是忘不了他，就去西河沿大德興找他吧，讓我一個人孤苦伶仃地活到死！你也不用來給我收屍，也不用回來哭我！你走，你們都走，我誰也不想見！」

翠兒看她又是一陣瘋癲般的發作，只得趕緊回來：「太太，我不出去了，行嗎？太太怎麼忘了，長栓眼下不在北京，長栓和喬東家已經回祁縣了。」雪瑛眼中閃出淚花，變了個淒淒切切的腔調道：「翠兒，你現在和我在一起，是不是覺得特委屈？我這個人是不是變得讓誰都受不了？誰都特想從我身邊走開？」

翠兒連忙搖頭：「不，太太，我就是想出去走走。太太不讓我出去，我就不出去，我在家陪太太。」雪瑛拭去眼淚道：「不，你去！想出去走走就出去走走。來人，傳話給前院，給翠姑娘套車！」小丫頭應聲走出。「謝太太！」翠兒暗暗鬆了一口氣。雪瑛看看她，又換了一個臉，轉過身去不再說話。翠兒注視著她的背影，急忙離去。

翠兒出門上車，心頭一陣輕鬆，接著卻落下淚來。車夫何二在前面問道：「翠姑娘，去哪？」翠兒想了想，拭淚道：「去西河沿大德興茶票莊。」何二也不多問，當下便往西河沿趕去。翠兒在車中擺弄著腕上的玉環，低低地賭氣般自語道：「就算他不在，我就不能去那裡走走？這個沒良心的，真的就把我忘了？……」

大德興茶票莊到了。翠兒尋了一個隱祕的地方下車，癡癡地望著那個熟悉的店門，想著長栓不在，自己還是這麼癡情，不覺流下眼淚。就這樣一動不動待了一個時辰，剛要吩咐回去，卻見一個人趕著大車從大德興茶票莊大門裡走出來。翠兒大驚，只當自己花了眼，揉了揉定睛看去，正是長栓。翠兒還沒有喊出口，那長栓已經趕車從她面前匆匆駛過，向前面一條街去了。

翠兒心裡熱騰騰起來。這些日子她在何家已經受夠了，她想見一見長栓，從他嘴裡得到一句準話，只要長栓說出一個走字，她就會不顧一切地離開那個已經成了她的地獄的地方。

翠兒吩咐車夫快跟上去。只見長栓轉到後街的棺材鋪停下來，沒多久又見他指揮棺材鋪裡的夥計將兩口棺材架到車上，用乾草小心蓋好。翠兒又驚又疑，心頭撲騰騰亂跳起來，自己要辦的事也忘了大半。

那長栓左右看了看，載著兩口棺材離去。這次他沒有回大德興茶票莊，而是向城外趕去。翠兒令車夫一路遠遠地跟著，只見長栓走的路越來越荒涼，樹林子越來越多，已經很少看見行人車輛。翠兒越跟越覺得長栓的行蹤詭異，心裡也越來越覺得害怕。這時就見長栓趕車轉過一個荒涼的山坡，進了一片林地，四下看了看，停了車，草帽蓋臉，閉目打起瞌睡來。翠兒遠遠下車，慢慢摸過去。長栓仍在打瞌睡，停車的地方赫然出現兩個挖好的大坑。翠兒身上冷汗都出來了，不敢再去驚動長栓，轉身哆嗦著往回走。走了一陣，強烈的好奇心又讓她停下了腳步，尋了一個有利的地形躲好，耐心地等待起來。

夜，漸漸地暗下來。

第三十三章

1

翠兒返回何宅，已經下半夜了，雪瑛早急得失了常，她把宅中的人都罵了一個遍，可憐胡管家半夜還帶著人在街上亂找。當翠兒面色蒼白地走進來時，雪瑛又驚又怒：「你，你到底幹什麼去了？」翠兒依著早就想好的話回道：「太太，我心裡悶，就到城郊去逛逛，不料迷了路，所以……」雪瑛哪裡肯信，連連追問，而翠兒則咬緊牙關，就是不鬆口。雪瑛問了半天，無計可施，她想了想道：「料想何二這個老車夫也不會說，你我情同姐妹，你不說我也沒辦法。那好，我回頭就把何二這沒規矩的打發了走人。」

翠兒大驚，趕緊跪下，連聲哀告：「太太，不是我不願意說，只是，只是……」雪瑛當下讓左右人都退下去。翠兒磕頭哭道：「太太，我今兒出去，看見……看見長栓了！」雪瑛一驚：「你說什麼？長栓他還在北京？」翠兒垂淚點頭。雪瑛不禁怒上心頭：「你……你還是去找他了？」翠兒抽泣道：「太太錯怪翠兒了。我不是去找他，我知道他和喬東家回了山西，我就是想到喬家大德興門前望一望，我想在那裡跟他告個別，讓自個兒最後絕了對他的一點念想，沒想到……我卻看見了他！」

雪瑛猛地站起身，盯著她鞋上和衣上殘留的泥土，含酸帶怒道：「難不成，你們竟然做了那見不得人的醜事……」翠兒又羞又急，連連否認：「我想見他，可是沒有見到，卻見到了一件……一件大事！」說著她忍不住哆嗦起來。雪瑛疑心大起，厲聲問道：「什麼大事？」翠兒連連磕頭：「翠兒不敢說！太太要保證不跟別人說，翠兒才敢說出來！」雪瑛點頭：「好，你說吧，我不跟任何人說！」翠兒又猶豫起來，雪瑛「哼」了一聲：「你想逼我去問何二嗎？若是什麼醜事，恐怕誰也幫不了你……」翠兒咬咬牙哭道：「太太，今天白天您說喬東家和那個被朝廷凌遲處死的劉黑七有瓜葛，我還不信，可到了今兒晚上，我信了！因為，因為……今晚上我親眼看見喬東家為劉黑七收了屍！」

雪瑛大驚失色，連連追問，翠兒哭著說了一遍。不知怎的，話一出口她立刻後悔起來，抬眼向雪瑛看去。只聽雪瑛換了一種聲調叮囑她道：「好了，這是人命關天的大事，你口風緊點，以後對誰都不要再說。」翠兒心中一寬，點頭退下。

對致庸而言，這是他無論如何都沒有想到的事情。在那年的北京城，他的生意已經如日中天，他的聲名在整個晉商乃至全國商人中如雷貫耳，可是一夜之間，當他在大德興茶票莊被當作太平軍的內應抓走的時候，他的整個世界就傾覆了。

在刑部大牢的行刑室內，致庸被高高吊起，皮鞭一下下抽過來，身上很快鮮血淋漓。時任刑部尚書的王顯親自審訊。致庸只是一聲聲嚎叫：「大人，我不是長毛軍的內應，你們抓錯了！我冤枉啊！」王顯生氣道：「你還冤枉！你敢通過長毛軍的地盤販茶，敢從他們地盤上解大批官銀進京，你不是長毛軍的人，長毛軍會讓你通行無阻？你不是長毛軍，怎麼會和劉黑七在武昌城下喝酒，還打了賭，說長毛軍一旦到北京，你就要請他們喝酒？而你這次從

菜市口偷偷為劉黑七父子收屍，更是證據確鑿！你不是長毛軍，誰是長毛軍？」致庸閉上眼睛，心中疑雲大起，一時又無從辯解，只得連聲道：「大人，冤枉，我什麼也不知道呀！」王顯怒道：「死到了臨頭，還敢狡辯，給我朝死裡打！」他手一揮，一個彪形大漢用蘸水的鞭子朝致庸身上又猛抽起來。致庸慘叫不已：「冤枉！冤枉……」

大德興茶票莊裡亂作一團，打探來的消息接踵而至，但都是噩訊——此次是慶親王接密告，且奉皇帝聖旨下令抓的人，喬致庸通匪證據條條確鑿！長栓好不容易打通關節，進了牢房。只見致庸鮮血淋漓地躺在亂草中，已昏死過去。長栓喚了半天，他才悠悠醒轉，話都說不連貫，只斷斷續續告訴長栓速請茂才進京。長栓回到大德興，李德齡聽著各種消息，緊皺著眉頭道：「也不知道哪個缺了八輩子大德的人告了密，讓朝廷知道東家為劉黑七收屍的事兒。東家這會兒成了欽犯，鐵定活不了了！」

長栓本在抽噎，一聽這話放聲大哭。李德齡正被他哭得心煩，突見曹掌櫃與馬荀風塵僕僕走進來。兩人一進門就覺著出了什麼大事。李德齡趕緊上前把情況說了一下，兩人聞言皆大驚失色。曹掌櫃到底年歲大，想了想果斷道：「李大掌櫃，速去茶山請孫先生進京。東家的案子成了皇上交辦的案子，我們這幾個人是沒辦法救他出來的，只有請孫先生！」眾人聞言一驚，接著心情更加沉重起來。

曹掌櫃看看眾人，繼續道：「咱們幾個人也不能閒著，明天起分頭去托人，使銀子，就是一時半會兒救不了東家，也要把案子拖下來，等孫先生來了再說！」李德齡想了想道：「曹大掌櫃，就是把信兒瞞著不告訴太太，也得告訴陸老東家，讓他趕快進京，他也是個能人！」曹掌櫃點點頭，對還在抽噎的長栓喝道：「哭也沒用，長栓，明天你再去監獄內打點一下，讓東家在裡面少受一點罪！」長栓點頭，想了想突然抹淚道：「咱們這會兒……是不是該為他準備後事，沖一下？」馬荀怒道：「你說什麼呢！」

曹掌櫃歎一口氣道：「長栓，這，這也是個辦法，趕快交代人去辦，東西要最好的。」眾人聞言先是一怔，接著紛紛紅了眼圈。長栓跺腳哭道：「既是這樣了，就甭瞞著太太了，二爺沒準會很快開刀問斬，他們夫妻一場，太太來得早，還能見上一面！」鐵信石頭一低，兩顆豆大的淚珠砸在地上，道：「我去送信！」

當下眾人便按照曹掌櫃的吩咐，又各自盡力活動起來。張之洞前兩日剛好不在京城，李德齡去了兩三次，最後乾脆派了一個夥計，在他家附近守候。好容易到了第三日下午，張之洞的轎子回府，李德齡顧不得他剛剛到家，即刻上門求見。

那張之洞到家剛換好衣服，一聽到「大德興茶票莊」幾個字，眉頭微微一皺。李德齡進門啥也不說，徑直跪下連連給張之洞叩起頭來。張之洞歎一口氣，伸手攙起他道：「李大掌櫃，有話就說，如何一見面就這樣呀？」李德齡含淚道：「大人，我來替我們東家求您了。大人要是再不能替我們東家在皇上那兒說句話，他必死無疑！」

張之洞神色凝重：「我這兩日奉旨在外辦差，喬東家的事也是剛剛聽說。李大掌櫃，我問你，這幾日你們是不是給朝廷上下官員使了很多銀子？」李德齡一時無語。張之洞看看他，口氣帶點嚴厲道：「你不說實話，我也就不好去見皇上了。」李德齡趕緊又跪下：「是是，為了救東家，我們確實上上下下使了不少銀子。」張之洞撚著鬍子，沉沉道：「總共花了多少銀子，你詳詳細細地告訴我！」李德齡愣了愣道：「十幾萬兩吧。」張之洞搖頭：「你沒說實話！」說著，他轉身看著窗外，一時不再開口。

李德齡一下傻了眼，趕緊道：「大人息怒。我說實話，為了救東家出來，我們已經花了一百二十萬兩銀子，連喬家包頭復字號大小馬大掌櫃帶來接貨的銀子也花進去不少了！」張之洞「哼」了一聲，轉身問道：「你們還準備花多少銀子？」李德齡一驚，說不出話來。

張之洞看看他，嚴厲道：「你老實告訴我，我到了朝廷裡，也好如實說給皇上聽。」李德齡不再兜圈子：「實話說，眼下小號裡已沒有太多銀子，東家這兩年是掙了些銀子，可是全拿到各地去開票號了，若是再要銀子，只有變賣京城和各地的鋪子！」張之洞點點頭道：「你回去聽消息吧。」

李德齡一時沒動，囁嚅道：「大人，我從小號帶了一點……不成敬意……」張之洞面色一變，喝道：「你以為我會要你們的銀子？第一我從來不受賄；第二我就是受賄，你們也沒有銀子了；第三我再告訴你一句，就是你們有銀子，不但是我，朝廷上下這會兒也沒人敢收了。」李德齡大為震驚：「為什麼？」

張之洞稍帶悲憫道：「李大掌櫃，皇上剛剛發了話，要收了你們家銀子的官員三日內務必把銀子全繳上去，不然就要視作長毛軍的奸細，一體論罪。」李德齡冷汗涔涔而下，黯然告辭。

2

翠兒瘋一樣跑進後花園，雪瑛正抱著孩子在池塘邊看魚、餵魚，興致盎然。翠兒急奔過來喊道：「太太，太太……」雪瑛嚇了一大跳，回頭嗔道：「什麼事？」翠兒哭出聲：「太太，太太，喬東家……喬東家進了朝廷的天牢了，外頭人人都在說，皇上要殺他的頭呢！」雪瑛一驚：「是嗎？這事我怎麼不知道？」翠兒緊緊盯著她，半晌大聲道：「這件事太太果然不知情？」

雪瑛猛地站起，皺眉道：「我知道又怎麼樣，不知道又怎麼樣？你不覺得他是罪有應得？」翠兒震駭地睜大眼睛：「太太，你……」雪瑛「哼」了一聲：「你想說什麼？」翠兒又急又慌：「喬東家掩埋劉黑七屍骨的事，是翠兒看見了，回頭告訴太太的，太太您可是答應了我不說出去的！」雪瑛聞言大怒：「翠兒，你給我住口！你懷疑是我把你的話傳出去的？」

翠兒趕緊搖頭，但忍不住心頭又一陣恐懼掠過。雪瑛怒道：「當日你能看見，只怕也能有別人看見，何況官府也不是吃素的，他們自己查不出嗎？」翠兒呆在那裡，半晌點點頭：「我知道不是太太，太太不會的……一定不會的！大家都說是有人告密，害了喬東家的一定是別人……」但她說著說著，內心卻越發懷疑事情就是雪瑛做的，聲音越來越低下來。雪瑛「哼」一聲，背過身去不再說話。翠兒一陣恍惚，當夜葬屍的情形又出現在她的眼前……半晌，翠兒「啊」的慘叫一聲，轉身跑走。

雪瑛回過身來，默默地望著她，招呼一邊的李媽過來，把孩子交到她手中，吩咐道：「她瘋了，找個人看著她，打今兒起，不准她出何宅一步！」李媽嚇了一跳，抱緊孩子，趕緊離去。

雪瑛出了半天的神，猛一抬頭，發現偌大的花園裡又只剩下她一個人了。她心中一慌，喊：「來人，給我再拿點魚食來！」半晌沒有任何人應她。雪瑛驚駭起來：「人呢？快來人啊，為什麼又只剩下了我一個人？來人……」園中依舊靜靜的，連一絲風也沒有。雪瑛跌跌

撞撞地穿過花園長長的走廊，越跑越快，聲音也變得淒涼尖銳：「來人哪……快來人……你們不能把我一個人撇在這裡……」

胡管家匆匆進來的時候，一眼看見雪瑛正靠在榻上抽煙，她還不習慣，吸兩口，咳嗽起來。胡管家大吃一驚，忍不住勸道：「太太，您怎麼可以……」雪瑛掩飾道：「啊，我不是抽，這是大夫給我開的藥。」一邊說著，她一邊吩咐小丫頭將煙具收下去。

胡管家微微皺眉，道：「太太叫我來，有什麼吩咐？」雪瑛示意他把門關上，問道：「白天我聽翠兒說，朝廷要殺喬致庸的頭，是真的嗎？」胡管家咬著嘴唇點頭道：「外頭都這麼說。」雪瑛怫然不悅：「我問的是你，不是外頭的什麼傳言！」

胡管家面色頗為難看，想了想才道：「喬東家這一次的罪名是通匪，朝廷認定他是長毛在北京城裡的內應，殺頭是肯定的！」「這麼說，他這顆人頭，是保不住了？」雪瑛問，臉色一變。胡管家也猜不透她的心思，只得道：「現在外頭有幾種傳說，一種是說大德興的李大掌櫃他們找了內閣學士張之洞張大人，張大人向皇上求了情，皇上恩准喬家先交銀子作罰金，交完了銀子再說殺不殺；另一種說法是皇上這回不但要喬家的銀子，還要喬致庸的人頭！」

雪瑛呆立半晌，突然縱聲狂笑：「喬致庸，你把江雪瑛害成這樣，沒想到你也有這一天！哈哈！哈哈！你把江雪瑛送進了一座墳，江雪瑛也把你送進了天牢，咱們一報還一報，這筆生意，你一點虧都沒吃，還賺了呀！哈哈！」

胡管家身子抖了起來，他的猜想現在被證實了，面前這個東家讓他覺得渾身發冷。他望望雪瑛，低聲道：「太太要是沒事兒，我就下去了。」雪瑛盯了他一眼，生氣道：「你……好吧，我知道你們誰都不願意和我在一起多待一會兒，你們走吧，都走！」胡管家不敢再說什麼，轉身退了下去。

雪瑛一個人怔了半晌，突然將身邊的一件器物摔在地下，大喊：「來人！」外間的李媽趕緊慌慌地跑進來。雪瑛頭也不抬道：「去，告訴胡管家，讓他想辦法，我要到天牢裡去見一見喬致庸！我想親眼看看他如今的下場！」說著她突然狂笑起來。李媽一動不動地看著她，心頭也一陣驚惶：「太太，那可是天牢！」雪瑛止住笑，瞪她一眼道：「天牢又怎樣，胡管家不是說他到處都有朋友嗎？多花些銀子，我一定要見見喬致庸！我一定要見他！」李媽不敢再說什麼，答應一聲，急急離去。

夜裡，雪瑛出門時，空中開始急急地落雨。雪瑛一直在車中呆呆地坐著，搖搖晃晃的馬車燈光映射在她的臉上，她似乎在出神地想著什麼，腦中又似乎一片空白。車輪碾過一片水塘，髒髒的水花頓時四濺，空氣潮膩得令人煩悶。

致庸遍體鱗傷，在亂草中沉沉地睡著。老獄卒提著燈，引著臉上蒙著半截黑紗的雪瑛和小丫頭走進來。雪瑛一眼看見致庸，不覺心神大亂。那獄卒要喚醒致庸，被雪瑛伸手制止。她要一個人看看他，就這樣看看他。

雪瑛兩手緊握住牢房的隔欄，走近了去。現在她看清他了。這就是那個她當初可以為之付出生命的人，而今她恨他，為他有這樣的下場而大感快意！可是突然間，令她自己也猝不及防的是，她竟然為這個血肉模糊的人流出淚來。她無聲地張了張嘴，一時間全身癱軟，只好用力靠在隔欄上。

致庸在草堆上全然不知，死沉沉地睡著，突然夢囈道：「蝴蝶，好大個的金蝴蝶呀，你看，你看……」接著他翻過一個身，半天再也沒有聲息。雪瑛心中又痛又恨，一種無法言說

的感覺幾乎要讓她燃燒起來，半晌，她轉身快快地離去了。

就在這時，致庸突然醒過來，翻身坐起，自語道：「莫非我真要死了，平日裡想念的人，今夜都一一在夢中見到了?!」那老獄卒顫巍巍地提燈走過來：「喬東家，你一個人在這裡念叨什麼呢？」「老人家，剛才我夢見有人來看我……我是做夢嗎？還是真有人來過？」老獄卒一怔，想了想，打了個哈欠道：「今夜是我當班，沒見人來。喬東家一定是想念什麼人了……好好睡吧，天快亮了。」說著他便要離去。致庸大急，含淚喊道：「老人家留步，聽在下說一句話！喬致庸這話，今晚上一定要說出來，找個沒干係的人來聽，老人家，你就幫個忙，聽幾句再走吧！」老獄卒心中一陣憐憫，當下站住點了點頭。

致庸深吸一口氣，道：「老人家，剛才我夢見的那個人，是我日日夜夜都想見的一個人，是我一生一世想起來心就疼得流血的一個人，也是我一生中最對不起的一個人！老人家，這些天來，我一直在想，想到底是誰告密將我送進了天牢，不知怎的，我想到了她！可是……我不願意相信是她！相反，我還是天天地想念她，想見她，就算到了這會兒，她還是我死前最想見的人！」老獄卒歎了口氣，顫顫巍巍道：「喬東家，你也不要多想了，人生際遇，生死情仇，只要大限來臨，再多的怨恨也解脫了，你還是再睡一會吧！」說著他便慢慢轉身離去，一邊走，一邊搖頭感慨：「唉，可憐見的，人死到臨頭都這樣……」

致庸完全清醒了，怔怔地望著雪瑛離去的方向，突然大聲喊道：「雪瑛！剛才是你來過了嗎？是你嗎？雪瑛，雪瑛……」他喚了好幾聲，一時間滿眼是淚，一種特別的思念簡直無法忍受……

雪瑛恍惚中聽到了致庸的喊叫，猛然站住，但一時間似乎又什麼都沒有了。她使勁地晃晃頭，讓自己清醒，趕緊又匆匆向外走出。外面雷鳴電閃，胡管家招呼她們趕緊上車。雪瑛越走越慢，最後索性呆呆地在雨中站住了。那個喊聲是真的嗎？她雖然恨他，可還想聽到那個喊聲！小丫頭一邊拉她，一邊怯怯地問：「太太，剛才那人就是喬東家？皇上真要殺他？」雪瑛猛然一驚，一個閃電打過來，正照著她的臉，那一刻她的臉色蒼白得如同死人。小丫頭大駭，手上的傘掉在地上，大聲尖叫：「胡管家，我怕！」雪瑛來不及說話，雷聲、閃電一個接著一個，天空如同要裂開一般。雪瑛再也忍不住，捂著臉，「啊」地一聲叫起來，跌跌撞撞地奔向馬車。

3

茂才接到消息後大驚失色，立刻從臨江縣日夜兼程趕往京城。一進大德興茶票莊的門，眾人便「忽」地把他圍在中間，七嘴八舌地說起各種情況，茂才急得直瞪眼，可什麼也聽不明白。曹掌櫃伸手攔住眾人，將茂才引進屋中坐下，細細說了起來。

茂才呷著茶，一直不動聲色地聽著，但當聽到李德齡從張之洞處得來的消息，朝廷暗示喬家拿出一千萬兩白銀以助軍用，致庸也許可以不死時，他手裡的茶盅「砰」地落到地下摔個粉碎！

眾人見他這樣，心裡都一沉。李德齡讓夥計收拾打碎的茶盅，又親手給茂才捧過一杯茶來。茂才道：「現在咱們手中還有多少銀子？」李德齡道：「孫先生，自打東家進了天牢，我們上下打點，已經花了一百多萬兩，京津兩號眼下已沒什麼銀子了。馬大掌櫃說，他把手

裡的貨物脫了手，能湊一百萬兩，祁縣那邊……」他看了看曹掌櫃，沒有說下去。曹掌櫃道：「孫先生，祁縣那邊還有什麼銀子？銀子都讓東家拿去潞州織綢了……沒有辦法，就只好頂鋪子了……」茂才聽不下去，拍案怒道：「這是什麼朝廷，這和土匪綁票有什麼不同！」

大家面面相覷，眼圈都有點發紅，低下頭去。茂才重新坐下，問：「你們的打算是什麼呢？」曹掌櫃道：「我們的打算就是盡力拖住案子，等你來到。你可得給大家拿主意啊，我們就指望你了！」茂才苦笑：「曹爺，你真當我是諸葛亮再世啊，我……唉，先說怎麼救東家吧！」曹掌櫃愣了半晌，斷然道：「孫先生，你就做主好了，只要能夠救東家，讓我做什麼都行。實在不行我們就頂鋪子！京津兩地，每個鋪子十五萬兩，山西境內的鋪子，江南各地的茶票莊，包頭復字號大小，每個鋪子十萬兩，內外蒙古，每個鋪子五萬兩，還有臨江縣的茶山，加在一起，要是不夠，就賣我們大家的家產！」

茂才沉吟一會兒，搖頭道：「這也不夠呀，喬家今天滿打滿算不到四十家鋪子，加上茶山，最多賣到四百萬兩，還有六百萬兩的缺口……」李德齡點頭，也著急道：「原先還想過一個辦法，就是去相與商家借銀子。不過我們就要把鋪子頂出去了，喬家沒了生意，誰還會借給我們銀子！」

茂才想了一會兒，突然問：「有件事我差點忘了，要是我們能繳上這筆銀子，東家的性命是不是可以保住？」曹掌櫃道：「聽張之洞張大人的意思，好像還不是。這件案子現在成了欽案，皇上身邊那位得寵的懿貴妃傳皇上旨意給慶親王，慶親王又傳給王顯王大人，說喬致庸是長毛的內應雖然查無實據，為劉黑七父子收屍的事也沒查清楚，可他曾在武昌城下和劉黑七喝過酒，還打過賭，卻是他自個兒承認的，既然如此，皇上就是定他個通匪的死罪也冤枉不了他。這幾年朝廷內外都傳遍了，說晉商中出了一個喬致庸，北上大漠南到海，又插手官銀匯兌，銀子賺得水淌，眼下朝廷最缺的就是銀子，他既然不承認是長毛的人，就該為國出力，拿出一筆銀子來助軍，以表明他確有忠君愛國之心。」茂才問：「我聽你說了半日，還是沒聽明白，給了銀子他們能不能留下東家的一條命？」曹掌櫃看了一眼李德齡道：「這話我們也問過張大人，張大人說，話也不能這麼說，就是給了銀子，皇上和他身邊的那位懿貴妃一高興，要殺東家，照樣誰也攔不住！」

茂才呆呆地坐著，半晌道：「諸位大掌櫃，恕茂才說一句實話，其一，如果我們把喬家的生意和茶山全賣了，東家出來後，依他的性格，肯定覺得生不如死；其二，別說我們目前不可能湊到一千萬兩銀子，就是湊到了，只怕皇上也不一定能就此放過東家！」

眾人聞言大驚，李德齡倒吸一口冷氣：「孫先生，你是說皇上故意設局，讓我們賣了喬家，把銀子送給朝廷，再一刀把東家殺了？」長栓在一旁忍不住大叫：「這哪是皇上，這不是流氓無賴嗎？」

茂才盯了長栓一眼，接著平靜道：「本該如此，譬如明初沈萬三之於朱元璋，那沈萬三好好的一個商人，唯一的罪過就是銀子太多，以致引起太祖的嫉恨，最終的結果就是抄家流放。而東家，我反反覆覆告訴他，南方四省匯兌官銀的生意一成功，就會招來朝廷的矚目與嫉妒。偏生東家又不善加自護，一旦讓人捉到把柄，哪有輕易了局的道理？」

這時，夥計來報，說是喬家大太太到了，眾人一擁而出，杏兒已攙著滿臉憔悴的曹氏走進來。原來陸家和喬家同時接到消息，陸家父女便趕忙上了路，不料禍不單行，才行了半日，陸大可突然生起急病，咯血不止，玉菡只得先行折回將陸大可送往家中救治。曹氏心急，替她趕了過來。

曹氏進了屋，也不多言，徑直走到茂才跟前，雙膝跪倒，含淚道：「孫爺智慧無雙，懇請孫爺救救致庸！」眾人皆大驚，茂才手足無措，臉上紅一陣，青一陣，趕緊扶起曹氏道：「太太言重了，茂才何德何能受太太如此大禮，茂才是喬家的師爺，盡力乃是分內之事。」曹氏站起，長途奔波勞頓，兼之憂急交加，一陣眩暈，差一點便倒了下去。眾人見狀趕緊招呼隨行的杏兒和張媽將她扶進內室休息。

一陣忙亂後，眾人的目光又齊齊向茂才看去，茂才半晌站起道：「諸位大掌櫃，銀子咱們還是要湊，至於東家的人頭，只能去求胡大帥來保！」李德齡猛一抬頭：「孫先生，你說胡大帥？他真能在皇上面前保下東家？他真有這麼大的面子？」茂才點點頭：「光憑胡大帥的一張嘴，還是救不了東家，朝廷這回明擺著是要銀子，所以必須有銀子；只要我們交出我們能交的所有銀子，皇上也不會一點不給胡大人面子！」

眾人聞言連連點頭。曹掌櫃和李德齡一起道：「孫先生，事到如今該怎麼做，你儘管吩咐，我們都聽你的！」茂才不再客套，當即道：「李掌櫃，曹掌櫃，你們明天就去遍告在京各地商人，說喬家要頂生意救東家。我們一邊大張旗鼓地頂鋪子，一邊要進行造勢，其一讓明眼人都明白，喬家的身家根本不值千萬；其二東家此次只是性情上的糊塗，並非真正通匪。這兩點造勢極為重要！胡大帥這邊，本該東家親自寫信給他，現在也顧不得那麼多了，由我代寫。鐵信石，你收拾一下，準備立馬攜信去江南，火速求見胡大帥！長栓，你安排我去牢中見東家！」

4

由於上下打點，致庸這些日子沒再吃什麼苦頭。茂才來到天牢的時候，他的境遇和身體都有了一定好轉。他一見茂才，立刻撲向柵欄，大喜道：「茂才兄，你到底來了！」茂才見他受刑後的慘狀還是嚇了一跳，含淚道：「東家，你可受苦了！」

致庸強笑道：「茂才兄，我受點苦沒啥，你來了我就放心了，我知道，只要你到了，我出去的日子就不遠了！」茂才不搖頭，也不點頭，席地坐下，從食盒裡取出酒斟上：「東家，我們好久沒有一起喝酒了，來，咱們喝一杯！」致庸心情大爽：「好，咱們喝點！我這些日子可饞酒了！」

茂才講了些商量好的解救之法，包括代他執筆寫信給胡大人等，致庸也不說什麼。茂才飲了一杯，開口道：「東家，你知道今日的禍事從何而起嗎？」致庸一怔，搖頭。茂才道：「記得東家當初要開票號，茂才曾勸過東家，魚不可脫於淵，國之利器不可以示人。東家今日遭遇縲絏之災，其實真的不是因為東家和劉黑七有什麼勾連，皇上和懿貴妃才要殺你，而是因為這些年來，東家你為朝廷和天下萬民辛辛苦苦做的許多好事啊！」

致庸大吃一驚：「我落到這個下場，竟是因為這些年為朝廷和天下萬民做的好事太多了？」茂才點頭道：「東家這些年，南下武夷山，北去恰克圖，讓萬里茶路上的許多茶民有了飯吃；東家去湖州販絲，去蘇杭二州販綢，讓不少絲民和綢民有了飯吃，有了衣穿。今日天下洶洶，絲茶路不通，所有的鉅賈大賈都做不成生意，東家橫空出世，一枝獨秀，已經犯了大忌。不過這也罷了，但東家不該人心不足，又要插足票號業，做銀子生意。東家插足票

號業也就罷了，又不該立下誓言，要用一生的時間代天下商人實現匯通天下之夢！東家做了這麼多橫空出世之事，不但驚動了天下商人，還驚動了天下的官吏。不但驚動了天下官吏，還驚動了朝廷。只怕東家今日不坐監，明日也要坐監，今日不遭殺頭之禍，明日也要遭殺頭之禍！」

這一席話聽下來，致庸忍不住心中起了反感：「茂才兄，你扯遠了，我這些年做的事，和今日坐監以及皇上要殺我的頭應該沒有關係的！」茂才道：「東家錯了。如果東家不去江南四省，為朝廷解運回來一千多萬兩官銀，朝廷就不會受到震動，皇上就不會盯上東家，天下人也就不會異口同聲認為喬家富可敵國，以至於讓皇上身邊的懿貴妃開口就建議向東家索要如此高額的贖銀……」致庸大驚，連忙追問，茂才趕緊住口，目前他並不願意讓致庸知道太多贖銀之事，一來他幫不上忙，二來依他的性格，定然不肯，所以茂才定定神，換了一種口氣道，「東家，贖銀是多少還不得知，但你現在回頭想想，是我錯了，還是東家錯了？」

致庸想了半天，一字一句道：「茂才兄如果真要審問致庸的心，致庸今日就如實相告。茂才兄，天下興亡，匹夫有責，我喬致庸這些年的作為，不過是盡了一個匹夫、一個商人應盡的責任罷了，若是這樣就是錯了，那我就不知道什麼是對，什麼是錯，什麼是頂天立地的大丈夫，什麼是蠅營狗苟的小人了！」茂才不為所動，繼續道：「東家，東家，你知道你誤在何處嗎？」致庸搖頭。茂才盯著他道：「東家，你生錯了時代，這個時代只能讓普普通通的商人安全地活下去，可你偏偏不願，你偏要做一個不同凡響的商人，一個以天下為己任的商人，一個讓皇上、貴妃、王爺和大臣們都要起妒忌之心的商人，所謂逆時代而行，不知自保，你誤就誤在這裡啊！」

致庸搖頭笑道：「茂才兄，你我自開票號以來，爭執不斷，就在是否自保這一點上大見分歧。我可以再和你說一遍，致庸寧死，也不會委屈自己的心，認可你那些自保的大道理！」茂才久久地望著他，最後點頭道：「我知道今日說了也無用。東家，不過我再問你一句，若這次真的因此而死，你就一點兒不後悔？」

致庸長出一口氣，道：「茂才兄，若真像你說的，致庸此次牢獄之災，起因竟是致庸要做匯通天下之事，我怎麼會後悔？茂才兄，沒有匯通天下就沒有貨通天下，沒有貨通天下就沒有天下的大利，我喬致庸為這麼大一件事而死，我有何悔？也許真像你說的，這件大事不是我一個人或者我們一代人能完成的，要完成一定會有人犧牲，那麼這個最先犧牲的人，我願意是我！今兒完不成的事業，我相信後世一定還會有人去接著完成，那時就會有人重新記起我，認可我今天為天下萬民做的一切！人生一世，草木一秋，莊子說，彭祖活了八百歲，不能算是高壽，小孩子剛生下來就死了，也不能算得上夭折。呵呵，人總是要死的，關鍵在於人活著為天下萬民做了些什麼。這次喬致庸如果一定要死，我會哈哈大笑著走上刑場，我會對自己說，咱喬致庸這一生，上不愧天，下不愧地，中不愧天下人，我為自個的夢想而死，為天下人的未來而死，死得其所。茂才兄，我有何悔？」

茂才道：「東家，若是天下人都不這麼想，他們不說你死得無辜，只說你糊塗，你會作何感想？」「茂才兄，天下人會這麼說我？不，只有那些只顧自己身家性命，置天下蒼生於不顧的俗商，才會這麼說我。哼哼，其實就我看，若像他們那樣活一世，才真正是糊塗呢！」致庸說罷，哈哈大笑起來。茂才再說也無益，收拾了酒具就走。不過走了兩步，他又突然回頭：「東家，想沒想到害你的仇人到底是誰？」致庸笑聲驟落，半晌搖搖頭。茂才深深看他，拱手快步離去。

大德興票莊內，曹掌櫃、李德齡、馬荀等人皆齊齊地望著從天牢返回的茂才。茂才則在房中反覆兜著圈子，沉吟半晌後終於開口，擲地有聲道：「把喬家的生意全部頂出去換銀子！」眾人心中一顫，很快互相看了看點頭。曹掌櫃道：「事到如今，什麼也甭說了，大家分頭去找買主吧！」茂才看著大家，沉聲道：「動作要快！」

眾人都離去後，長栓猶豫著看茂才問道：「老先，你一向料事如神，你覺得東家到底能不能逃過這場災？」茂才不回答。長栓大叫：「老先，你甭嚇我！」茂才歎口氣，半晌道：「我只說給你一個人聽，我琢磨著，皇上這回就是得了銀子，也還是會殺了東家！這話我不敢告訴曹掌櫃和李大掌櫃，我怕我一說這話，他們的氣一泄，就什麼事都做不下去了。」長栓又哭起來，著急道：「既是如此，還不快派人去催太太，她來遲就見不到二爺了！」

五日後，玉菡終於到了，讓大家吃驚的是，病中的陸大可也一同到了京城。玉菡垂淚解釋道：「爹怎麼都放心不下，所以，所以稍稍好了一點，便跟我一起上了路……」眾人皆唏噓不已，一邊安排玉菡儘快探監，一邊將陸大可安頓下來。陸大可歎道：「說來說去，這次致庸是讓朝廷瞄上了他的錢，所以最後能救他的也只有錢……」

那曹氏本要陪玉菡一起去探監，但上次她去過一次以後，回來大哭不已，茶飯難咽，竟也生起病來。茂才常常主動過去寬她的心。這次一見她想陪著去，趕緊勸阻，扯謊說是獄中只放一個人進去，曹氏這才作罷。

玉菡進了天牢，一見致庸，便撲了過去，抱住致庸，淚如泉湧，半天方說出話來：「致庸……他們打你了？……疼嗎？」致庸搖了搖頭，笑道：「沒什麼事。男人活一輩子，免不了要進一進監牢，就像一匹馬，身上免不了要挨幾鞭子！」

玉菡見他還在說笑話寬慰自己，忍不住更多的淚湧出來。致庸趕緊岔開話題：「孩子們都好嗎？元楚在家讀書怎麼樣？劉先生喜歡他嗎？」玉菡點點頭，哽咽道：「孩子們都好。元楚在家讀書也好，劉先生越來越喜歡他，說他將來一定能成大器。只是三姐的身子骨，一天不如一天了。」

致庸歎口氣，半晌道：「元楚將來一定比我有出息，我一生做不成的事，他一定能做成！」玉菡望他，忍不住又哭起來道：「二爺，孫先生他們一直在外頭想辦法，無論如何，你都不要灰心！」致庸點頭：「太太，我不灰心。就是他們真殺了我，我也不會灰心。灰心的人往往是那些覺得自個把事情做錯的人，我並沒有做錯什麼，為什麼要灰心？」

玉菡努力展顏一笑：「孫先生還說，現在最好的消息就是胡大人馬上就要進京。只要胡大人在皇上和懿貴妃面前說句話，二爺應該就能出獄！」致庸點點頭，剛要說話，卻見獄卒匆匆奔過來道：「喬太太，你快走吧，今兒不巧，我們的頭提前來查號子了！」致庸揮手讓玉菡快走。玉菡突然心如刀割，大哭道：「二爺……」致庸跺腳道：「太太快走，萬一事情有個閃失，致庸就將喬家的事，匯通天下、貨通天下的事，都留給太太了！太太比我強，我做不成的事，太太可一定要接著做，替我做到！」

玉菡一邊往外走，一邊回頭痛楚道：「不，我什麼也不會替二爺做！陸玉菡現在只做一件事，就是等二爺平安出獄！二爺無論還要受多少苦，多少艱難，心裡頭都要挺住……二爺就是不願為玉菡挺住，也要為孩子們挺住，為喬家挺住，為貨通天下、匯通天下挺住……」

致庸一直不願轉身，過了好一會，終於忍不住回頭望著玉菡遠去的背影，眼淚滾滾而下。

第三十四章

1

這一時期喬家眾人度日如年。一方面，茂才讓曹掌櫃、李大掌櫃在朝廷上下繼續使銀子，他要弄清楚皇上和懿貴妃對致庸一案的真實態度（現在他越來越明白，真正左右這個案子的人其實並不是皇上，而是懿貴妃），從而確定下一步的策略；另一方面，他也不能不做另一手準備，即讓喬家眾掌櫃全部出動，遍尋商界的相與，商議將喬家全部生意頂出去的事，一旦皇上或者懿貴妃那兒發下話來，他好拿出一大筆銀子替致庸贖命；最後，他還幾乎一天一個地將人派出去，打探胡大人來京的消息。他要把所有這些事情都提前做好，等胡大人一到京城，就能請他去皇上面前為致庸求情，並將準備好的銀子交給朝廷。一個他自己明白卻不敢告訴任何人的想法是：上述三件事只要有一件沒有做好，致庸就性命難保，喬家的全部資產也將化為烏有。玉菡的事情比茂才還要多，她要時常去牢裡看望致庸，還要回到喬家和陸家的店裡來分頭照顧曹氏和陸大可，後面兩個人尤其是陸大可的病在到京之後越來越重了。雖然茂才做的事從不詳細向她解釋，她這麼靈透的人卻什麼都清楚。與茂才不同的是，她心裡相信自己的丈夫不會死的。只有一件事會致致庸於死地，那就是到了要贖人的時候喬家湊不夠銀子。

但無論怎麼說，致庸的案子眼見著拖下來了。無論是朝廷內外，還是北京的晉商圈內，都不再認為致庸是長毛的奸細，他和劉黑七的交往不過是一個沒頭腦的商人做的一件荒唐糊塗之事，恰好被皇上尤其是貪財的懿貴妃抓住了。喬致庸不再是個危險分子，而僅僅是倒楣透了。

雖然朝廷方面還沒有喬家可用銀子贖人的正式旨意，但關於這件事情可行性的探討已在悄悄地進行了。喬家的代表是曹掌櫃和李大掌櫃，朝廷方面的代表則是藏在王顯王大人背後的慶親王奕匡。讓茂才高興的是慶親王收下了曹掌櫃送去的二十萬兩銀子，他覺得這件事至少證實了張之洞張大人的話是可信的：就是皇上和懿貴妃也沒真把致庸看成是長毛的奸細，他們有可能真的只是想從喬家這裡弄到一大筆銀子。

當然也有不好的消息：朝中一直力保致庸的張之洞突然被派往京城外公幹，一去就是半年。茂才原指望一旦胡沅浦胡大人到了京城，胡、張二人能共同出面在皇上面前把致庸保下來，現在張大人看來又指望不上了。這讓茂才心中莫名地多了一種遭遇重大挫折的感覺。

真正的好消息是從陸家在京城的店鋪裡傳來的。號稱山西第一摳的陸大可，竟在連女兒也不知道的情況下，將他價值三百五十萬兩的全部生意以區區兩百萬兩作價頂給了成青崖。他讓人送給玉菡一張兩百萬兩的銀票後，便與侯管家離開京城，孤身回了太谷。雖然二百萬兩銀子距離從朝廷裡傳出的那個數目仍有巨大差距，但玉菡手中到底有了第一筆大銀子。喬家諸人又是驚訝又是感慨，他們沒有一個人料到這麼個平日連幾個銅錢也要數一數再花的老爺子，竟能做出此等毅然決然之事。玉菡哭了一場，茂才心裡卻踏實了許多。

鐵信石就在此時回來了，向茂才等人稟報道：胡大帥已經進京，他在去往江南的半途中與之相遇，便呈上了茂才的信，一宿也沒停，就急忙趕了回來。茂才聞訊大喜，叮囑曹掌櫃等人：「諸位，胡大帥一到，我們就身穿喪衣，去求見大帥！」「身穿喪衣？」曹掌櫃吃了一驚，問。「對！」茂才沉沉點頭，「哀兵必勝。棋走到這一步，能不能救得了東家，多半就看這個人了！」

三天後胡沅浦果然到了京城，不敢回自己的宅邸，先去暢春園叩見皇上。茂才馬上和曹掌櫃、李大掌櫃、馬荀等趕過去，身穿喪服跪在暢春園外。胡沅浦不久就到了，落了轎看了他們一眼，沒有說話，只略略一拱手，便進園去了。

眾人一直跪等到夕陽西下，才見大帥從園中走出，上轎而去。曹掌櫃看看茂才，道：「孫先生，我們怎麼辦？」「我們去大帥府中求見。」茂才說。眾人趕緊爬起，騎上牲口跟了過去。半晌才到了大帥府門外，大帥早進去了，茂才等人下了牲口，又一溜兒跪下了。茂才大聲道：「我們求見胡大帥！」

大帥府內，胡沅浦正在更官衣，突然想起了什麼，回頭對四弟叔純道：「你出去看看，喬家的人一定跟來了，在門口跪著。」胡叔純笑道：「大哥，你真的在皇上面前保住了喬致庸的命？」胡沅浦搖搖手道：「你以為我真有那麼大的面子？我們是漢人，現在國難當頭，皇上要用我等，自然恩禮有加，其實……」他沒有說下去，只揮手對胡叔純道：「你去讓他們進來兩個吧，我指點一下他們。」

胡叔純走出去傳話。不大一會兒茂才和曹掌櫃就跟在他身後走進來，一進門就給胡沅浦叩頭，做哭腔道：「大人……」胡沅浦道：「你們起來說話吧。」茂才道：「大人若不答應救我們東家，我們就跪在這裡。」胡沅浦沉吟片刻，道：「孫先生，你代喬東家寫給我的信我已經拜讀了，今天去覲見皇上，我已經將喬東家的事向皇上奏明。」曹掌櫃一聽，急問：「大帥，皇上怎麼說？」胡沅浦又是半日無語，茂才和曹掌櫃對視一眼，明白其中大有曲折之處，臉色就黯淡下來。「啊，你們放心，本官已以自己的身家性命，在皇上面前替喬東家作了保，保他不是長毛一黨！」「大人！……」茂才和曹掌櫃一聽，不禁大叫起來，叩頭不止。曹掌櫃還流出了眼淚：「大人待我們東家，真是天高地厚之恩，我們替東家謝大人了！」胡沅浦卻不為所動，呷了一口茶道：「你們先不要謝我，我雖然在皇上面前替喬東家作了保，但皇上到底沒答應什麼。本官軍務在身，明天就要啟程返回江南，更多的事已經不能再為喬東家做了。出宮前有些話我也跟慶親王爺說過了，他可以幫你們傳達懿貴妃的旨意，你們好自為之。四弟，送客！」

第二天一大早，胡沅浦便出京南下了，茂才、曹掌櫃等人一直送過了盧溝橋。回到鋪子裡，茂才立即和玉菡、曹掌櫃、馬荀會議。茂才道：「第一，胡大帥已經把東家的命保住了；第二，胡大帥給我們指了路子，讓我們直接去找慶親王，通過他聽候懿貴妃的旨意，要我們做什麼，怎麼做，他們才能把東家從牢裡放出來。慶親王是京城有名的貪財王爺，這一回我們要不惜血本，打通這個關節。成敗就在此一舉！」

慶親王府。慶親王眼看著管家將那一大包銀子收進去，才回過頭來，望著茂才和曹掌櫃，皺著眉道：「你們喬東家知道自己什麼時候得罪過懿貴妃嗎？」曹掌櫃吃了一驚：「我們東家得罪過懿貴妃？沒有呀！」「怎麼沒有？」慶親王道：「當年懿貴妃勸皇上讓山西富商出銀子捐官，以助軍用，喬東家就沒給她這個面子！」茂才和曹掌櫃對視一眼，大驚：

「王爺，這點小事，懿貴妃也知道？」慶親王「哼」一聲，也不讓他們坐，自己坐下，端起茶碗喝了一口道：「說吧，你們來有什麼事？」茂才趕緊上前一步道：「王爺，我們想知道該怎麼做，皇上和懿貴妃才會放了我們東家。」「放了喬致庸？」慶親王「哼」一聲，「哪有這麼容易！啊，我明白了，你們是聽說胡大帥在皇上和懿貴妃面前替喬致庸說了幾句好話，就以為皇上一定不會殺他了。錯！皇上要殺誰，豈是一個胡沅浦能阻攔得住的？」茂才忽然覺得話題切入得不對，忙道：「王爺，我們東家深知當年做錯了事，他現在只想讓我們請王爺的示下，喬家要出多少銀子，才能不讓皇上和懿貴妃生氣。王爺，我們東家一直對當年不出銀子捐官的事後悔得要死，他對我們說，這回就是死了，也要把這件事彌補一二，以顯他一個商家對國家和皇上的忠誠之心。」這一招果然見效，慶王爺的臉色立刻平和了許多，道：「銀子難道是皇上跟你們要的？皇上是一國之君，他才不要你們的銀子呢。不過話又說過來，喬致庸若真有悔過之心，一定要捐銀子助軍，朝廷也不會因他是個罪囚而不納。」茂才問：「那王爺覺得喬家拿出多少銀子，才能……才能讓皇上和懿貴妃不再生氣？」「這個……你們和王顯王大人商量，我這個人向來是不和人談銀子的！」慶親王說著，又變了色。

2

喬家要出頂全部生意湊齊三百萬兩白銀以救出喬致庸的消息，迅速傳遍了北京城。以這麼低的價格賣掉四十個鋪面和湖北臨江縣的茶山，茂才和曹掌櫃原以為會有大批商家聞風而至，但出乎他們的意料，一連過了幾日，竟沒有一個大商家前來商談。經過與王顯王大人的交涉，茂才原本對平安救出致庸已不再擔心，這時心情卻猛然沉重起來。這天他和曹掌櫃悶悶地坐著，突然開口問：「曹爺，你要是一個大商家的東家，這種時候，敢不敢拿出三百萬兩銀子頂下喬家的生意？」曹掌櫃一聽，臉馬上白了：「孫先生你可甭嚇唬我！」茂才默默站起：「曹爺，我不是嚇唬你，我這會兒就覺得，東家這回不一定能走出天牢！」曹掌櫃流下淚來：「孫先生說得對，如果你我是大商家，也不會在這種時候拿出這麼一大筆銀子頂下喬家的生意，他們不怕別人，怕的是皇上和那位懿貴妃！……不過就是這樣，我們也不能什麼事也不做，誤了慶親王給的限期，讓東家死在天牢裡！」「那你說怎麼辦？」茂才回頭問他，眼圈也紅了。「死馬當成活馬醫。我現在就去登門求見水家、元家、達盛昌邱家在京城的大掌櫃，求他們給他們的東家寫信，頂下喬家的生意。他們也是祁縣人，東家就要死了，他們不能見死不救！」茂才點點頭。雖然他知道曹掌櫃去了也是毫無結果，卻不能阻止他去。誰知道呢，水家、元家、達盛昌邱家過去一直想吃掉喬家的生意，現在有了這麼好的機會，說不定他們會不顧朝廷的覬覦，冒險頂下喬家的生意。

水家、元家的回信很快就到了京城。內容是茂才早就預料到的，沒有人敢冒著被朝廷盯上的風險頂下喬家的鋪子和茶山。達盛昌邱家遲遲沒有回信，因為這時邱天駿就在京城。他閉門不出，卻一直在關注事態的發展。當曹掌櫃找上門來時，他一連數日不發一語。崔鳴九明白他是在等待，看有沒有人在他之前願意救喬致庸一把，如果是那樣，他就什麼也不需要做了，但是幾天過去了，崔鳴九回來稟報給他的消息是：已經沒有一家還能幫喬致庸了，喬家的人已經在給喬致庸準備後事了！

邱天駿把自己在房子裡關了一整天，晚上把崔鳴九喊進來，道：「我決定了，我們來救喬致庸！」崔鳴九大驚：「東家，您……」「自從喬致庸在包頭放了我一馬之後，我就說過，有朝一日，我要還這個情，讓天下商人知道，我邱天駿早晚要從喬致庸這裡贏回自己被損害的名聲，現在這個機會到了！」「可是東家，皇上眼下可是盯著晉商呢，您就不怕他們整治完了喬家，回頭就來收拾我們？」「我怕。這就是我今晚找你來的原因。我們既要幫喬致庸一把，又不能讓朝廷盯上我們。」「那怎麼做？」崔鳴九迫不及待地問。「第一要隱姓埋名，第二要和別人聯手。這事你替我去辦。」崔鳴九一聽就明白了：「好吧，東家，辦這種事，我有辦法。」「你一定要把這事替我辦好，因為這是一件註定會青史留名的事。其次，要把每天的進展，隨時稟告於我。」「知道了。」崔鳴九道。

在基本上無望的情況下，突然有一個自稱是雲南的商家前來頂喬家的生意，讓茂才和曹掌櫃有了一種絕處逢生的感覺。這家客商的代表談到他是要和另一家廣東商人聯手頂下喬家的生意，只是希望曹掌櫃再把價錢壓得更低一些。曹掌櫃講明了情況，價錢無論如何不能壓得更低，因為這事關東家的性命。這位商家的代表雖然有些不悅，最後還是表示了理解，並且囑咐曹掌櫃，由於眾所周知的原因，雙方的買賣要在極祕密的狀態下完成，其中的一個條款是賣方不得打聽真正的買主是誰。一心只想頂出生意的曹掌櫃自然滿口答應。雙方約定第二日簽約，隨後他們就付銀子。送走這位客人，曹掌櫃不由得兩淚縱橫，仰天叫道：「東家，您命不該絕呀！」

晚上，京城何宅內，盛掌櫃求見雪瑛。雪瑛道：「讓他進來，這麼晚了還來幹什麼！」盛掌櫃一進門就興高采烈地說：「東家，有好消息！您不是一直想頂喬家的生意嗎？今兒這件事情成了！」「成了？怎麼成了？」雪瑛並不高興，問道。「我們和達盛昌邱家一同把喬家全部四十家鋪子和湖北臨江的茶山頂下來，他們一半，我們一半。」雪瑛大怒：「我讓你去打聽喬家的生意要頂給誰，並不是要你去頂下喬家的生意。喬致庸的死活和我有什麼關係？」「那……東家的意思？」盛掌櫃一時又摸不準她的心思了。「告訴達盛昌，我們不和他們一塊頂喬家的生意，他們要頂，就自個兒頂下來好了！」雪瑛道，眼中一時不覺溢出了憤怒的淚花，「以後沒有我的吩咐，誰也不要再提頂下喬家生意這檔子事兒！」盛掌櫃連聲答應著，走了出去，在門外站了半晌，才緩過氣兒來。

第二天一大早邱天駿就聽到了崔鳴九的稟報。他一個人在窗前佇立良久，眼中浸出淚水，回頭望著崔鳴九，道：「鳴九，我們救不了喬東家了。我早就說過，嶢嶢者易折，皎皎者易汙，像喬東家這樣的人，有一天會死無葬身之地。可惜了。」崔鳴九看著他：「東家……」「沒有別人，我們一家不能冒險去頂喬家的生意，那樣我們就危險了。喬東家，我不是不願救你，是我不能為了救你，讓達盛昌做了第二個喬家！」他說著，那眼淚就大滴大滴滾落下來。

這天到了約好的時間，無論是雲南商人還是廣東商人，都沒有來到大德興茶票莊，茂才就直覺著事情不對。喬家眾掌櫃一直等到天黑，才相信事情真的又黃了。當下曹掌櫃就癱軟下來。眾人將他扶坐在椅子上，曹掌櫃哭道：「東家，您一世英明，難道這次就過不了這道坎，您真的命中該絕了？」一直堅強地挺著的茂才也有點撐不住了，回到自己房間，一個人關起門來。

高瑞就在這時從杭州趕了過來，一進門就哭道：「東家……」長栓攔住他說：「你別

哭，東家還沒死呢！」高瑞止住哭，坐下來聽大家講了一遍，對長栓道：「快弄點東西給我吃，我餓了！」大家看著他，都覺得他有點沒心沒肺。高瑞笑道：「你們怎麼這麼看著我，東家沒事兒，東家死不了！」長栓生氣道：「你知道個屁，朝廷有期限，拿不出銀子，東家的命就保不住了！」高瑞道：「錯！朝廷向喬家要的是銀子，不是東家的命，拿不到銀子他是殺不了東家的，倒是你給他弄到了銀子，東家的小命倒危險了！」茂才不覺心頭一驚，猛地轉回身來看他，失聲道：「高瑞，你說什麼?!」高瑞接過夥計遞過的火燒吃起來，笑著道：「孫先生，我說東家這會兒死不了，懿貴妃那麼貪財，得不到銀子，她怎麼捨得殺東家呢。你們說是不是？」

眾人想想，真是這個道理，心忽然鬆下來。茂才吃驚地看著高瑞：「高瑞快說，下面呢？」高瑞笑道：「孫先生，你是活神仙，怎麼問起我來了？下面的事情是禿子頭上的蒼蠅，明擺著的，繼續想辦法弄銀子，不過也不一定非弄那麼多銀子！」「你是什麼意思？」長栓又叫起來。「我有一計，咱們要保東家的命，就不能朝廷要多少銀子，就給他多少銀子。咱們想辦法弄出一部分銀子，再欠他一部分。為了這一部分欠銀，朝廷就不能殺東家了。」茂才叫道：「高瑞，好小子，有你的！這麼一說，我們這些日子都是白白地發急了！你說得對，我們不急，朝廷就急了，他一急，我們就可以和他們討價還價，東家的命也可以保住了！你小子，以後我得稱你是活神仙了！」

大家一下放下心來。果然此後幾日，王顯王大人反倒派員來催曹掌櫃了。曹掌櫃照茂才的囑咐，和他大哭其難，終於將全部罰銀降到八百萬兩，此次只交六百萬兩，剩餘的二百萬兩等致庸放出來，喬家再分兩次交清。這時茂才道：「現在各種銀子回起來，我們還差三百萬兩，能不能救出東家，就看能不能弄到這三百萬兩銀子了！」

何家。盛掌櫃以為雪瑛已把喬家的事情忘了，沒想到過了幾日，他卻又被雪瑛叫了過去。「喬家的生意頂出去了嗎？」雪瑛悠悠地問道。「聽說還沒有。」盛掌櫃答。「現在還有人要頂他們的生意嗎？」雪瑛又問。「好像沒有。」盛掌櫃道，他又摸不準這位東家的心思了。「你去把它頂下來，要多少銀子給多少銀子！」「東家！」盛掌櫃大叫一聲。「你怎麼了？」雪瑛驚訝地看著他。「我……東家原先不讓我頂喬家的生意，現在又要我……」雪瑛面色一變，怒道：「我什麼時候不讓你頂喬家的生意了？我是不讓你和別人一起頂喬家的生意，我是要一個人把喬家的生意頂下來！去辦吧！記住，不要讓他們知道是誰頂了他們的生意！」

第二天，當曹掌櫃和這位自稱廣東商人的盛掌櫃在合約上簽上自己的名字時，老覺得這是一場夢。可是銀票很快付了，生意約好三天後交接。盛掌櫃走後，曹掌櫃看看眾人，大家也都在看他。玉菡聽到消息馬上趕到，望著傷心的大家，笑著道：「留得青山在，不怕沒柴燒，大家就不要難過了，咱們快去交銀子，救二爺！」大家一下醒悟過來。銀票當天就交進了藩庫，致庸卻要到第二天才能出獄。刑部的判詞是：「喬致庸勾連長毛，事出有因，查無實據，著即勒令還籍，不得出境。另自當年始，每年向朝廷繳付一百萬兩銀子以助軍用，直到朝廷大軍平定長毛之年止。」

朝廷同時傳諭，地方各省每年繳付給朝廷的官銀是朝廷命脈，國家的根本，不能再讓票商染指。有違旨者，一律嚴懲不貸！

致庸被長栓和高瑞從天牢裡抬出時遍體鱗傷，昏迷不醒。對於已經發生的事情，他什麼

也不知道。只是到了這時，玉菡、茂才、曹掌櫃等人才忽然意識到，再過一日，等他們向廣東商人交付了生意，除了祁縣喬家堡的那一座老宅，喬家真的一無所有了。

3

盛掌櫃將與喬家簽訂的契約交給雪瑛，雪瑛只簡單地看一眼就撇到了一邊，對胡管家道：「北京我住膩了，今天就回山西。」說完轉身走進內宅。胡管家呆呆地站著，有點摸不著頭腦，自語道：「把喬致庸送進天牢裡去的是她，現在救了喬致庸命的也是她。不知東家心裡到底是怎麼想的？」一旁的趙媽歎口氣道：「老胡，你就沒看出來，她從一開頭就沒打算讓喬致庸死。她想做的是讓他傾家蕩產。她想讓他活下去，為自己當初撇下她娶了陸家的小姐後悔，讓他為失去了全部產業心疼到死！」

當日雪瑛便帶著胡管家和翠兒啟程，一路上幾乎沒說過什麼話。眾人誰也猜不透她在想什麼。出了太原府，行走在通往祁縣的官道，雪瑛突然吩咐停車，接著她下了車，向前方不遠處的一座財神廟走去。胡管家不知道她要做什麼，急忙吩咐翠兒跟上去。

這就是當年致庸赴太原府鄉試，和雪瑛一起來過的那座財神廟，他們曾在這裡海誓山盟，其後卻各分東西。以後每當雪瑛走過這裡，都禁不住要遠遠地望上一眼，一時不免百感交集。今日她本沒打算在這裡下車，之所以突然決定下車，是發現這座昔日破敗不堪的財神廟，不知何時變得金碧輝煌。

一位衣著光鮮的廟祝，恭恭敬敬地迎上來。雪瑛在香案前上香，默禱了一番，然後放下幾塊銀子，在廟裡隨便看了起來。廟祝一直在旁邊陪著。離開的時候，她一腳走出門外，隨口向廟祝問了一句：「這廟修得不錯。誰出銀子修的？」廟祝道：「回太太話，一個東家。」雪瑛並不在意，一邊走一邊又問了一句：「他為什麼要出銀子替你重修這座小廟？」廟祝道：「太太有所不知。這是前年的事了，這位東家所以要出銀子重修這座廟，據說是為了他想見卻不能去見的一個人。」

雪瑛聽了這話，不禁心中一動。她並不回頭，又問道：「想見卻又不能去見的人？想見怎麼不能去見，這人也夠逗的！你還知道什麼？」廟祝微笑道：「這位東家後來告訴我，他所以出重金重修這座小廟，一是因為我們這裡的財神爺聽了他的禱告，顯了靈，讓他心中每日想念卻不能相見的這位女施主懷了孕；二是要請我們這位財神爺保佑那位女施主平安地生下孩子，養大成人，給這位女施主行孝盡義，養老送終。」

雪瑛猛地停了下來，心頭一陣震顫，她怔怔地站了一會，仍不回頭，突然大步向前走去。廟祝仍舊跟著相送。雪瑛走了幾步，突然站住，問道：「你說的這位東家是不是姓喬？」廟祝吃了一驚，急忙點頭：「正是祁縣喬家堡的喬東家，施主怎麼知道？」雪瑛久久地站著，一時心腸大變，眼淚奪眶而出。突然，她快步向官道上的馬車走去，越走越快。翠兒一路小跑才能跟上她。上了馬車，雪瑛對車下的胡管家吩咐道：「不回榆次了，咱們回北京！」「回北京？」胡管家一時沒聽明白，又問了一句。雪瑛又看了一眼不遠處的財神廟，重重地說道：「對，回北京！晚了就來不及了！」

雪瑛一行趕到京城，已經是第二天的下半夜，她立刻召見盛掌櫃，問道：「盛掌櫃，你的家人是不是都在南洋？」盛掌櫃深夜被召，不知道這個神經質的東家又有何事，聽她冷不

丁一問，心中一怔，答道：「謝東家，東家居然記得小人的家人都在南洋！」

雪瑛點點頭：「盛掌櫃，我想請你在南洋幫我開一家膠園，你去當大掌櫃。這樣你就能和家人朝夕團聚了，如何？」盛掌櫃吃了一驚：「哎呀東家，這種事情我做夢都想啊！您的話當真？」不但盛掌櫃，連一旁的胡管家和翠兒都吃了一驚。

雪瑛也不理會他們的驚訝，道：「你要是願意，今晚上就可以帶上銀子走！」盛掌櫃左右看看，囁嚅道：「東家，這不合適吧。我還沒替東家把喬家的生意接下來呢……」雪瑛有點不耐煩了：「這件事你不用再管，我找別人。」盛掌櫃不敢多說，有點尷尬地點了點頭，將那張與喬家的契約交了出來。雪瑛鬆了口氣，又道：「聽著，什麼也甭問，我今天夜裡就給你銀子，你帶上這筆銀子，天一亮就離開北京，從此把我讓你頂喬家生意的事全忘了，以後無論誰問到你，你都只能說不知道！」盛掌櫃似乎有點明白過來了，不覺大駭：「東家，三百萬兩銀子……」雪瑛「哼」了一聲道：「你把風透出去也行，你就是透出去，我也不承認你幫我頂過喬家的生意！」

盛掌櫃想了想，趕緊點頭：「東家，您放心，我什麼都不會說的。東家讓我去南洋開橡膠園，是想讓我遠走高飛。小人這會兒應該都明白了。」雪瑛不再多說，回頭吩咐胡管家道：「胡管家，付十萬兩銀子的銀票給盛掌櫃！」胡管家越來越吃驚，看看她道：「東家，這……」雪瑛道：「我剛才說過了，什麼也甭問！」胡管家遲疑了一下，剛要走出，雪瑛突然又喊住他：「辦完了這件事，我們就走。」胡管家心中突然感到一陣寒意：「那喬家的生意呢？」雪瑛長吸了一口氣，一字一句道：「從這會兒起，我沒有出銀子頂過喬家的生意！」胡管家怔怔地看著她，一句話也說不出來了。雪瑛揮揮手：「你們去吧，盛爺一路順風！」胡管家和盛掌櫃都不再問什麼，轉身一起快步走出。

翠兒一直坐在那兒，突然激動地抽泣起來。雪瑛頭也不抬，道：「我知道你一直恨我把喬致庸送進了天牢。現在你都看到了，我又為他做了什麼……」翠兒拭淚道：「太太，我能問一句話嗎？」雪瑛點頭。「太太三百萬兩銀子頂下喬家的生意，就準備這麼不辭而別？」雪瑛抬頭：「你想說什麼？」翠兒索性直接問道：「太太，您這樣做，到底為了什麼？」雪瑛站起道：「不為什麼！」

翠兒道：「不，太太當初把喬東家送進天牢，接著又用三百萬兩銀子頂下喬家全部的生意，讓喬家傾家蕩產，雖然手段狠了點，翠兒還都能理解。可是今天，太太費盡心機頂下喬家的生意卻又不要了，還那麼乾脆地把喬家人閃在那裡，到底為什麼，翠兒不懂！」雪瑛突然回頭，淚水盈眶卻又強詞奪理道：「你怎麼會懂，你為什麼要懂？我……我把喬家的產業留給喬致庸，是不想讓他死。喬致庸沒了產業，他會心疼而死的。他要是為喬家的產業心疼而死，就不能為他對我做過的事心疼而死了！讓他為喬家的產業心疼而死，我不願意，他這輩子只該為我心疼而死！」

翠兒無語。雪瑛回身道：「記住，你現在什麼都知道，可你不該知道。打這會兒起，你就該把你這些日子裡看到、聽到、知道的一切全都忘掉。聽清楚了嗎？」翠兒看著她那張突然凶蠻的面孔，趕緊點點頭，接著卻冷不丁又冒出一句話：「太太，我總算明白了，您恨他，可您還是愛他！」雪瑛聞言，不禁身子一顫，痛聲道：「不，我這會兒比過去任何時候都更恨他了！」

不說雪瑛帶人離開北京，再說大德興茶票莊內，致庸終於知道了今天就要發生的事情。

致庸顫聲道：「你們……你們瞞著我做的好事！你們竟然把喬家的生意全頂出去了，包括南方諸省的票號……」曹掌櫃抑制著心頭的難過，勸道：「東家，朝廷已經下旨，自此再也不准票號匯兌各省的官銀，我們就是留下江南諸省的票號，也沒用了！」

致庸置若罔聞，半晌仰天長嘯道：「沒有了喬家的生意，沒有了票號，我喬致庸還活著幹什麼？你們為什麼一定要救下我這條命？為什麼不讓朝廷把我殺了……」他話沒說完，一手抓住前胸，搖晃起來，幾欲跌倒。眾人大驚，七手八腳將他扶上床去。就在這時，李德齡滿頭大汗地跑進來：「呀呀，真真出了稀奇的事了！」

眾人一齊回頭來看他。曹氏上前一步急道：「又出什麼稀罕事了？」李德齡舌頭打結道：「照先前曹掌櫃和茂昌利典當行盛掌櫃的約定，我今天去找盛掌櫃，準備先商量一下交接的事情，以便明日正式交辦北京的生意，可是……可是……」曹掌櫃聲音大起來：「到底怎麼回事，你快說！是不是皇上和懿貴妃又想起東家來了？東家，要是這樣，您和太太還是先走，您離開了北京，讓他們忘了您，就……」

李德齡搖頭道：「曹掌櫃，你錯了，這回是個天大的好消息！」致庸從床上直起身子，瘋魔般道：「什麼天大的好消息？我這會兒還會有什麼天大的好消息！」李德齡看他那樣，跺足道：「東家，孫先生，曹掌櫃，這會兒我也糊塗了，不知道是不是天大的好消息！我到了東花市，忽然找不到茂昌利典當行了，這家字號大小連同盛掌櫃，都從人間消失了！」

眾人大驚，連同致庸一時也呆在那裡，茂才定定神：「李大掌櫃，你在說什麼？不是在做夢吧！」李德齡被他一問，忍不住也掐掐自己：「我也不知道我是不是在做夢。喂，你們說我現在是不是在做夢？」玉菡站起急道：「李大掌櫃，快說說到底怎麼啦！」

李德齡直拍自己的腦袋，接著掏出那張契約向致庸遞過去：「你們說稀奇不稀奇，我到了地方，茂昌利典當行關著門。我正納悶，一個夥計從邊上轉出來，看看我，問我是不是大德興的掌櫃，我點點頭，他遞給我一個信封就走了。我打開一看，就是這張要命的契約，三百萬兩銀子的契約就這麼白白地還到我手上，我當時真是嚇懵了，趕緊找那人，那人卻連影子也沒有了。」

眾人面面相覷，一時間都反應不過來，好半天，曹掌櫃首先如夢初醒道：「這就是說，拿出三百萬兩銀子頂下我們全部生意的人，一下從人間蒸發了？」李德齡連連點頭，又用手指那張契約。茂才還是不相信：「你是說他們不想要我們的生意了？」李德齡遲疑一下，又點點頭。曹氏問道：「這是為什麼？」李德齡咧咧嘴：「大太太，我要知道為什麼，還會這麼不停地掐自己嗎？」眾人都低著頭，突然紛紛回頭去看致庸。

致庸抖著手看那張契約，臉上白一陣，青一陣。他突然心中一動，猛然站了起來：「是她！沒錯，只有她！」說著他深深向玉菡看去，玉菡也正在看他，見他火燒一般的目光掃過來，心頭不禁大亂，半晌方膽怯地問道：「誰?!……」

第三十五章

1

一個多月後，致庸在失卻所有線索的情況下，終於下決心來到榆次。他和長栓在何家的客堂內等了一陣，接著致庸出乎意料地被胡管家引進了何家的佛堂。一進門，致庸便大吃一驚，只見雪瑛一身帶髮修行的打扮，坐在蒲團上，面前放著經卷和木魚，正閉目無聲地念著經。

致庸站了半天，雪瑛毫無反應。又等了好一會，雪瑛誦完了整部《般若波羅蜜多心經》，才慢慢睜開眼睛，回頭平靜道：「原來是表哥啊，沒想到是你來了。請坐，翠兒，快快上茶啊！」致庸站著，目不轉睛地看著她，眼中滿是焦慮和疑問。雪瑛淡淡一笑：「表哥見我這樣一身打扮，有點認不出來了？啊，自從亡夫過世，生下何家的根苗，我就信了佛，百事不問，終日坐在這佛堂裡念幾卷經文，以贖前世的罪愆。只盼就是修不成正果，來世也能修個男身，不再受這女人之苦。」

致庸聞言，心中越發難過。「表哥為何不坐？」雪瑛避開他的目光道。致庸抑制著內心的苦痛，道：「妹妹癡心學佛，可有什麼心得？」「對於表哥這樣一碌碌塵世中人，雪瑛不說也罷。」雪瑛道。致庸默默低頭，半晌艱難道：「雪瑛，你就不要瞞我了！前次在北京城，定是你出銀子救了我，救了喬家，然後又隱姓埋名地離去……今日我一是道謝來了，二是按照喬家和那位盛掌櫃訂下的合約，把喬家全部的生意交付給何家！」立在一旁的翠兒心頭一震，向雪瑛看去。雪瑛驚訝道：「表哥，你說什麼呢？我這兩年一直在榆次待著，根本不理俗世之事。當然表哥近來在京城遭了一場災，我也略有耳聞，畢竟此事轟動天下，但就僅此而已，因為無論是表哥的事還是表哥這個人，在我看來，都是佛經上講的幻相，可過於心而不可留滯於心，以免成了經上講的障。表哥今天上門說出這般奇怪的話，我倒要問一句，你中了哪門子的魔障，怎麼會把這事想到我頭上？」

「雪瑛，兩年多來，你真的一直待在家裡？」致庸聽她這麼淡然篤定地一說，自己的猜測開始動搖，深深盯著她，心頭泛起絕望之情。

雪瑛淡然一笑：「表哥，我一個學佛之人，需要過問世俗中的什麼呢？對佛家而言，世間所有，無非是障，一是事障，一是理障，春去秋來，世人無非生老病死，庭前無非花開花落。大千世界，萬物皆幻，我不需要過問任何事情。」致庸瞧著她萬念俱灰的模樣，心頭一陣酸楚：「這麼說，表妹真的一心讀經，做了般若波羅蜜的弟子？」

雪瑛看看他，靜靜道：「表哥又錯了，悟有我者，不復認我，所悟非我，悟亦如是。清淨涅槃，皆是我相。表哥，雪瑛只知參禪，不知何為般若波羅蜜，何為佛法，何為弟子。表哥說出這種話，就是說表哥不但不認得今天的雪瑛，連自以為知道的事也是不知道啊！」

致庸突然心頭一痛，被絕望更被傷感重重地擊了一下，半晌才怔怔道：「雪瑛表妹，你真的沒有幫過致庸？如果不是你，那個拿出三百萬兩現銀，在緊要關頭頂下喬家全部的生

意，後來又像煙一樣在人間蒸發了的人，到底是誰？天下還有哪一個人會為救我喬致庸，拿出三百萬兩銀子？天下還有幾戶人家能拿出三百萬這樣的巨額現銀？」雪瑛看了他一眼，眼中微露些憐憫與輕蔑的複雜神情，淡淡道：「表哥，我明白你今日來見我的因緣了。世上有一個人救了你，你不知道此人是誰，就想到是我，只是因為雪瑛當年與你頗多情愛糾纏。但那都是以前的事了，今日在雪瑛想起已是恍若隔世。表哥，佛經上說，未斷我愛，不入清淨。愛恨恩仇，皆是情障，表哥若是以為雪瑛至今仍眷戀著你，或者仍舊眷戀著舊日的情愛恩怨，那就錯了。雪瑛今日要入清淨界，不但不會再愛表哥，就是對自己，也不愛了。一個人連自己都不愛，怎麼還會去塵世間救人？所謂不救，正是自救。表哥，你這麼想，不是誇雪瑛，而是在褻瀆雪瑛啊！」

「表妹，是我不好，不該貿然闖進佛堂，攪了你的清淨。」致庸看著她憐憫與輕蔑的眼神，聽著她淡然但對他而言割心傷肺的話語，忍不住站起就朝外走，一邊痛聲問道：「表妹修行後似有了大智慧，那可否指點致庸一二，那個救了致庸卻又不留名姓的人到底是誰？」雪瑛依舊不為所動，微微搖頭，只靜靜地站著。致庸見狀也只能作罷了，但出門的一瞬間，他突然又回頭，道：「妹妹，你真的就打算這樣守著青燈古佛過一輩子？」雪瑛聞言渾身一震，終於克制不住道：「表哥不能娶我，置我於這萬劫不復之地，我不學佛，又能怎樣？」致庸僵在那裡說不出話來。雪瑛回身看他，反而又平靜下來：「佛祖有言，地獄天宮，皆為淨土；得念失念，無非解脫；成法破法，皆名涅槃；智慧愚癡，通為般若。怎麼活著才是智慧，才是好的，並不是你我可以知道的。表哥，你就請回吧，雪瑛要念經了！」說著她重新在蒲團上坐好，敲一下木魚，閉目合十，嘴唇蠕動，又念起經來。

致庸徹底絕望，轉身離去。翠兒猶豫了一下，看看雪瑛，終於還是出來送了送致庸。沒走幾步，就見長栓在前面眼巴巴地候著。翠兒當下停住腳步，百感交集，只盼能立時撲到他懷裡大哭一場。長栓見她停了腳步，上前幾步，熱切地問道：「翠兒，你……你好嗎？」翠兒努力忍住眼淚，半晌道：「長栓……請回吧……」

雪瑛遠遠地望著院中致庸和長栓離去，又見翠兒慢慢走回來，一邊抹著眼淚，時不時戀戀不捨地向後看去，輕輕地咳嗽了一聲。翠兒回頭見，雪瑛正冷冷地望著她，不禁嚇了一大跳，趕緊低下頭，拭乾眼角的淚痕，才慢慢抬起頭來。只聽雪瑛冷言道：「你和長栓也見面了？」翠兒遲疑著點頭，看她的神色，又否認道：「沒……沒有。」雪瑛「哼」了一聲：「就是你不再想著長栓，只怕長栓還在想著你呢！」「太太……」翠兒哀懇地叫了一聲，淚花立刻閃出，一時間她悲痛難已，轉身便欲離去。雪瑛見狀喝道：「翠兒，你站住！」翠兒停住腳步，也不回身，又抹起眼淚。

雪瑛看看她，稍稍放緩了語氣：「要是沒發生那些事，我還可以讓你走，可現在出了那麼多事，你覺得，你還能離開這裡嗎？」翠兒猛一回頭，哭道：「太太，我知道，我從來也沒想過離開太太，今天是長栓和喬東家自己來的……」雪瑛看著她委屈的樣子，鬆了口氣，道：「好了好了，我也沒說你什麼，我只是想提醒你。下去歇著吧。」

「謝太太。」翠兒低聲說著，慢慢離去。剛拐過回廊，她終於忍不住，捂住臉哭著跑起來。

佛堂裡，雪瑛聽到了哭聲，突覺一陣氣血翻湧，她再也忍不住，大叫一聲，衝出佛堂，嘔吐起來。

2

窗外響起呼呼的風聲，淩厲而悲涼。致庸對著案上一個寫有「恩人之位」的牌位長久地出神。半晌他自語道：「恩人在上，喬致庸眼下還不知道恩人是誰？可你既救了致庸的性命，就是致庸的再生父母，對喬家恩重如山。喬致庸只要活一天，就一定要找到你，當面向你道一聲謝，我還要還你的三百萬兩銀子！可我落到今天這步境地，想做一時也做不到，我該如何是好？」

茂才和曹掌櫃一前一後走進來，看著他這副頹喪的模樣，半天也沒說出話來。曹掌櫃猶豫了許久，方開口道：「東家，你這會兒有心情見我們嗎？」致庸勉強轉過身來，淡淡道：「二位請坐，我還是沒有得到這位恩人的一點消息。」茂才忍不住，帶氣道：「東家，你不覺得這件事可以先把它放一放嗎？眼下喬家有多少大事需要東家做出決斷，為什麼你要一心糾纏在這件事情上呢？」

致庸神情陡然一變，顫聲道：「茂才兄，我不糾纏在這件事情上，又能做什麼呢？我已經被朝廷圈禁在祁縣原籍，不准離境，我什麼事也做不了了！」茂才道：「就是不能出境，也沒有天天守著這個恩人牌位痛不欲生的道理。東家有難，有人願意拿出三百萬兩銀子救出東家，又不願意讓東家知道自己是誰，東家何必一定要知道他是誰呢？天下萬事，皆由因緣二字而起，恩人仇人，皆是與東家有緣之人。像東家這般聰明的人，難道會想不通這個道理？或者說你遭了這場大難，從此自暴自棄，不願意再想通了？」

這話說得極為嚴厲刺耳，曹掌櫃趕緊向茂才遞了一個眼色。致庸背過身去，仍舊不為所動。茂才心中湧起陣陣煩躁，扭頭就要離去。這時長順走過來，遞給茂才一封信，道：「孫先生，廣州兩廣總督衙門來的！」致庸和曹掌櫃同時回頭，向他看去。茂才不動聲色地接過信，也不看，徑直塞進衣袋，快步出門。曹掌櫃和致庸對視一眼，又勸了致庸幾句，便起身追出去。

曹掌櫃趕到茂才房中，卻見那封信扔在桌上，已經拆開了，茂才本人卻不在。曹掌櫃朝信上瞄了兩眼，不覺吃驚，原來是兩廣總督哈芬哈大人又來信催茂才入幕，還承諾將來保茂才一個出身。這樣的信，就曹掌櫃所知，已經是第三封了。曹掌櫃趕緊走出，四下看看，剛巧長栓走過，曹掌櫃一把拉住他，問茂才在哪裡。長栓撓撓頭，說是剛剛看他出門去了。曹掌櫃心中一急，對著長栓耳語了幾句。長栓聞言一怔，點點頭，悄悄尾隨出去。

天快黑了長栓才一臉不屑地回到喬家大院，對曹掌櫃撇撇嘴道：「曹爺，您倒是好心，想讓我扮那蕭何月下追韓信的角色，可那孫老先不是韓信，我一路跟著他，他倒好，彎都沒拐一個，就去了太原府一家……一家妓院，尋開心去了！」

曹掌櫃沒料到會聽見這個，愣了愣神，替茂才開脫道：「你小子別胡說，就算是去了，那也是男人心煩的時候去放鬆，又不損大節。」「還不損大節呢，曹爺，店規上寫著呢，只要是大德興的人，一律不准嫖妓，您老以前不是一直都教育我們不能去那種地方嗎?說是下賤無良男人的去處，去了被人知道就會趕出喬家大院。呵，現在輪到孫老先頭上，您倒換了一個腔調了……」

曹掌櫃又好氣又好笑，剛要開口，卻見張媽路過，大約耳中吹到幾句，已經皺著眉頭要

過來詢問了。曹掌櫃知道張媽的脾氣，最看不慣這些事，拉起長栓趕緊走開，張媽在後面追不上，也只得暫時作罷。

茂才很晚才打著酒嗝，東倒西歪地回到喬家大院。曹掌櫃看在眼裡，暗暗擔心。他自個兒想了半天，最後還是去敲了茂才的門。

茂才好一會才過來開門。曹掌櫃進了門，一時間不知說什麼，好一陣子才小心翼翼地問起那封信。茂才倒也爽快，話也不說，就把信遞給了曹掌櫃。曹掌櫃裝作是第一次見到，所以又看了一遍，半晌試探道：「孫先生，曹某今日多說幾句，雖然孫先生追隨東家多年，可你到底是個讀書人，不得意才暫時棲身商界，眼前既然有了這麼好的機會，喬家又到了這一步田地，孫先生的前程要緊，就不要再顧及東家和我們了！」

茂才聞言，突然奪過信，三下兩下撕掉扔了出去。曹掌櫃一驚：「孫先生，你這是為何？」茂才咕嘟咕嘟喝了一大杯茶，也不說話，神情煩躁。曹掌櫃歎道：「孫先生，曹某不知該說什麼！先生自幼讀書，十年寒窗，頭懸梁錐刺股，學得滿腹經綸，肯定不願一生終老在一個商人之家。不過……東家眼下大難臨身，前途未卜，心思昏亂，孫先生若是又這時候去了，對喬家來說可謂是雪上加霜……」

茂才舉手制止他，斷然道：「曹掌櫃，不要再說了，我現在心頭也亂得很，不知該何去何從。喬家正踩在一道坎上，東家若能聽從茂才的安排，喬家或許還能走上一條重生之路，若不然，我就是留下，也無濟於事！」

曹掌櫃聽出了弦外之音，趕緊道：「孫先生有什麼良謀，快講出來，大家一起商量。若是都這樣鬧脾氣，只怕會越來越糟糕呢！」茂才帶氣道：「眼下喬家不僅僅是欠那位救了喬家的無姓無名的商家三百萬兩銀子的問題，更要緊的是每年欠著朝廷一百萬兩銀子，東家自己又被朝廷圈禁在山西，不准出境，長毛軍五年不滅，東家就欠朝廷五百萬兩銀子，長毛軍十年不滅，東家就欠朝廷一千萬兩銀子。一年交不上銀子，東家就會被朝廷追究，喬家就要一敗塗地。曹爺你想一想，眼下是找這位恩人要緊，還是想一想喬家的未來更要緊？」曹掌櫃連連點頭：「孫先生，你說下去，我來傳話給二爺，這樣大家也好做個商量。」

茂才看看曹掌櫃，沉吟了半晌索性直言道：「我也沒什麼太多的計謀。總之，第一，改弦更張，示弱於敵，喬家不但在票號業要收縮，在別的生意上也要收縮，要給相與商家，尤其是給朝廷一個一蹶不振的印象，讓皇上和懿貴妃漸漸忘了喬家，也讓眾多的大商家忘了喬家這麼一個對手；第二，學一學越王勾踐，臥薪嚐膽，十年生聚，十年教訓，集中力量，把銀子投放到其他賺錢的行當裡，不計其他，悄悄做大；第三，二爺本人要退出江湖，斂去鋒芒，韜光養晦，直到解禁復出的一天，都不要再想什麼貨通天下、匯通天下！」

這一席話聽下來，曹掌櫃忍不住咂舌：「這也就是孫先生答應留在喬家，不去兩廣總督府的條件，對嗎？只怕，只怕……」茂才笑道：「曹爺，我現在算什麼人？我不過是個師爺，一個東家想起來就用，過後就棄之一邊的人。何況這種時候，東家也許自有打算，用不著我多嘴！對了，曹掌櫃，你告訴東家一聲，我得回家，我爹好像病了！」說著，他站起身，略略收拾了一下，也不願再說什麼，只衝曹掌櫃拱拱手，接著走進了大風呼嘯的茫茫夜色之中。「孫先生！」曹掌櫃追著喊：「我讓長栓套車送你！」

3

三天後，茂才一回到喬家大院，長順就過來請他，說是大太太要見他。茂才一愣，猶豫了一下，仍舊去了。一進門，曹氏便殷勤地吩咐看座看茶。茂才心裡有點明白，神情反而淡淡的。

曹氏略略有點尷尬，想了想便先把張媽等下人們都打發了出去，接著沒話找話地問候了一番，才小心說起廣州的來信。茂才知道她多多少少聽說了一點，突然心頭一動，但趕緊忍住了，淡淡地說此事他仍在考慮之中。曹氏歎一口氣，眼睛望著別處，略帶傷感道：「說起來，廣州倒也是個好地方，啊，孫先生上次自廣州回來，捎給我的衣料還有首飾，我都喜歡，真難為你想著我，每次出門都替我捎些東西。」

茂才大起膽子看著她道：「太太喜歡就好。只要太太喜歡，茂才就沒有白操這一份心。」曹氏更加難過，低聲道：「真難為你一個大男人這麼細心。自從曹氏嫁到這個家，除了致庸這兩年有時還能想到點，好多年沒有人對我這麼細心了。」茂才心中一動：「那……故去的致廣東家呢？」曹氏聽他這麼一問，更是難過：「他，他在世時一心都是生意，很難顧及到我，我們感情雖好，但我在這個家裡，倒更像他的一把總鑰匙，替他看家、看孩子、看守銀庫。」

茂才心頭一陣翻攪，自從曹氏幫他做了一對護膝，他心中便有了這個女人。遲疑了半天，他鼓足勇氣道：「太太，茂才心裡也有幾句話想說，只是怕唐突了太太。」曹氏一愣：「這些年來，孫先生對我而言……對我們而言都已經不是外人了，有話就說。」

茂才索性大膽道：「太太，我真恨自己是個一文不名的窮秀才，真恨太太已經嫁人，還嫁在這麼一個巨富之家，我第一次見到太太，就……就喜歡上您了！」曹氏聞言，臉立刻紅了起來，眼裡跟著湧出淚水，半晌方道：「孫先生，你……你是真心的？」

茂才突然拉過曹氏的手，跪下顫聲道：「太太，茂才跟您說實話，我之所以不願離開喬家去做哈芬哈大人的幕僚，就是因為太太……太太當年懇請我幫助喬家渡過難關，從那一刻起我就下定決心，無論如何……可後來二爺翅膀硬了，他要自個兒飛了，票號一事，茂才一直與他極不愉快，後來更是弄到幾乎翻臉的地步，若不是想到您，當時我就留在廣州不回來了，何至於拖延到現在！」

曹氏一時意亂神迷，那手就沒有抽得回來，哽咽道：「我的心都讓你攪動了……孫先生，現在喬家又到了難關，你……你能不能看在我的分上，留下來再幫喬家一把呢？」茂才握緊她的手，眼含狂熱的期待：「太太，您……我們離開這兒，您隨我到廣州去，我們……」曹氏看著他，心頭大痛，抽回手去：「孫先生，我……只怕你錯愛了，喬家有家規，從來還沒有過一個嫁進來的媳婦能夠再走出這個院子……」一聽這話，茂才的心似乎被狠狠地齧咬了一下，失望地站起來。曹氏大急。茂才要走又沒有走，想了想道：「只要太太一句話，茂才還是可以不走！」

曹氏趕緊道：「你說，只要我能做到的一定會做，我……我一向信賴你。」茂才出神地看了她一會，心中突然起了另外一個念頭，猶豫了一下，咬咬牙道：「太太，喬家到了今天，但凡是個明白人，都看得出來，眼下需要一個人站出來，幫太太，也幫喬家渡過難關。這次二爺鐵定是不能了，太太要想不讓喬家就此陷入萬劫不復的境地，就該站出來，重新接管家事！」

曹氏一愣：「我？」茂才看看她，繼續道：「太太，喬家所以會走到今天這一步，不是因為二爺替劉黑七收了屍，甚至也不是因為二爺執意要進入票號業，做什麼匯通天下的大事，喬家走到這一步，歸根結底，是因為掌管喬家家事的是二爺這麼個人！」曹氏聞言更是驚訝：「孫先生，你說下去，你的話曹氏還是不太懂……」「太太，我今兒個索性都說了吧。二爺這個人滿腹文章，聰明過人，果斷敢為，可他骨子裡從來就不是一個合格的商人，說白了他經商根本不是為了發財，而是為了所謂濟世救民。濟世救民當然也沒有錯，可他卻不懂得自保，而且好大喜功，不知收斂，為人又過於鋒芒外露！就像這次，倘若真的審成通匪，那便是全家抄斬。太太若是繼續把喬家的家事交給他管，只怕就連太太自己，將來也會死無葬身之地！」

曹氏被他說得害怕，一時忘情地抓住他的手：「孫先生……你有什麼辦法，快講出來讓我聽！」茂才道：「我讓曹掌櫃給二爺帶話，只要他答應我三個條件，我就可以留下，可我知道二爺不會答應。因此現在只剩下一個辦法。記得當年太太將喬家的家事交給二爺時，曾和二爺有過一個約定，二爺只是幫太太暫時掌管喬家的生意，一旦景泰少爺長大，二爺就將喬家的家事交還給太太和景泰，有這話嗎？」曹氏遲疑起來：「有倒是有，可是……」茂才打斷她：「那就是說，喬家真正的東家仍然是太太和景泰。眼下喬家危若累卵，太太真要為喬家的祖宗和後輩子孫著想，就該將家事從二爺手中收回，自己來經管！」

曹氏終於明白了他的意思：「孫先生，你是說，你願意替我掌管喬家的生意？」茂才單膝跪下：「只要太太信得過茂才，茂才一定幫太太把喬家的生意管好，不但每年幫二爺繳清欠朝廷的一百萬兩銀子，保住二爺的人頭，而且還要暗暗擴展喬家的買賣，讓喬家銀倉滿滿，卻絕對不會引人矚目，以致引起禍端！」曹氏心頭一陣難過：「孫先生是個能人，這我知道，可……致庸怎麼辦？」

茂才臉上現出複雜的神情，半晌道：「二爺本來就是老莊性情，他願意讀書便讀書，不願意大可遂他心意，遊山玩水便是。倘若……倘若太太不願意收回家業，實在不行還可以分家，因為不管怎樣，分家也總比捆在一起，一損俱損的好……」曹氏一言不發，面色凝重，沉思起來。茂才鼓足勇氣親吻曹氏的手道：「太太還看不出茂才的心嗎？我不求別的，只求太太能與茂才長相廝守，讓茂才這輩子能照顧太太……」曹氏心亂如麻，避開他熱烈瘋狂的目光，顫聲道：「我……只怕做不到……可我這會兒也不知道怎麼了，不想讓你離開我……可是名節，我的名節，都說好女不嫁二夫……」茂才也不說話，只瘋狂地去親吻曹氏的手。曹氏一動不動，一任他親吻，也不看他，渾身顫抖……

4

終於到了攤牌的時候，茂才突然有了一種奇異的感覺，他覺得事情能成！曹掌櫃顯然委婉地和致庸談過了，在情理之外又在意料之中的是，致庸同意了他的條件，但前提是茂才必須代替他繼續完成匯通天下的計畫。茂才堅決不肯，他再三聲明，他留下來的第一個要求就是喬家要從票號業全面撤出，不獨南方四省的莊要撤，就連大德興茶票莊的字號大小，也要改回來！

致庸誠懇地對他言道：「匯通天下本來就是天下人的事，茂才兄若能繼續把票號開下去，代替我完成匯通天下的宏願，我真的願意把喬家的生意全部託付給你！」茂才聞言又是失望又是惱怒，他想了想，欲擒故縱道：「二爺，如果我們談不攏，我倒可以幫您推薦一個人。此人名叫潘為嚴，一個月前還是平遙三江匯票號福州分號的掌櫃。去年冬天，因為南北信路一時斷絕，這位潘掌櫃沒有稟告總號大掌櫃、廣晉源成青崖大掌櫃的徒弟李德元李大掌櫃，就越權將五十萬兩銀子借給福建將軍烏魯，讓後者去活動吏部，謀取剛剛光復的武昌城大帥之位。三江匯的李大掌櫃看不出潘掌櫃做這筆買賣大有賺頭，便發了一封急信，責令潘為嚴辭號，還要他於辭號之前追回借出的銀子。未想到烏魯活動成功，真的升為武昌城的領兵大帥，五十萬兩銀子如數還給三江匯，還付清了全部利息。此事一畢，雖然李大掌櫃多方挽留，潘為嚴還是堅決辭了號。」

致庸好奇地問道：「為什麼？」曹掌櫃接過話頭道：「我也聽說了，據說這位潘掌櫃和東家一樣，也是一位少年英才，一位不甘屈居人下庸碌無為的帥才！東家，據說這位潘大掌櫃和東家一樣，也有匯通天下之心，繼續留在三江匯票號，已不能讓他實現一生的宏願！」

致庸興奮起來，道：「有這麼優秀的人，你們怎麼早不說！這就好了，茂才兄，以後你主持喬家其他的生意，讓這位潘先生主管票號生意。」茂才直視著致庸，不依不饒道：「不，我已說過了，只要喬家還開票號，我就退出……」致庸聽了，臉立時黑下來。這時就聽杏兒過來道：「二爺，大太太請您到她那裡去一趟！」

致庸出門，曹掌櫃將他拉到一旁，給他看了一封信。致庸雙眉皺起，低聲道：「信上說的事情屬實？」曹掌櫃點頭。致庸怒道：「這個茂才兄，竟然剋扣臨江茶山茶工的工錢，包養妓女，我真沒想到！」曹掌櫃看了看周圍，又道：「聽說眼下他還在太原府包養了一個小妓呢！」「我明白了，」致庸道，「不剋扣茶工的工錢，他哪來的銀子包養妓女！」曹掌櫃道：「東家，您看事情怎麼辦？」致庸想了想道：「這件事情到你這兒為止。也許是我錯了，早該給茂才兄娶妻，該給他加工錢了！」說著他走去曹氏房中，見曹氏神情和往常大為不同，一臉慍色，開口就道：「二弟，有些事情，我想問你。」致庸不敢坐下來，站著道：「嫂子想知道什麼，就問吧。」「當初你大哥過世，我照他的囑託，把喬家的家事交給你掌管，實指望你能將祖宗留下的這份基業發展壯大，可是你不聽孫先生的規勸，執意要做什麼匯通天下，把事情做得一敗塗地，讓我和景泰也跟著你擔驚受怕。」致庸吃驚地看著她，臉上的笑容落下去。「從現在起，不但你自己再也出不了山西，我們喬家受你的連累，每年開門頭一天就欠了朝廷的一百萬兩銀子。致庸，致庸，你把這個家弄得風雨飄搖，你太叫我、叫你早死的大哥失望了！」致庸看她和往日不同，默默跪下：「嫂子教訓得都對，致庸讓嫂子受驚、讓地下的大哥失望了！」曹氏站起，不理他這份恭敬：「你起來吧，你也老大不小了。嫂子也該尊稱你一聲二爺了。」致庸越發大驚：「嫂子……」曹氏道：「叫你起來，你就起來，今天我有大事要跟你說！」

致庸站起。曹氏道：「致庸，這句話我本不該說，可想來想去，為了喬家的祖宗和後代子孫，我不說又不行！」致庸急切地道：「嫂子，你說！」「二爺，喬家不是你的喬家，也不是我的喬家，喬家是祖宗的喬家，後輩子孫的喬家，我這話對嗎？」致庸越來越摸不著頭腦：「嫂子這話對！」「嫂子是你大哥的未亡人，是喬家三門的長媳！喬家雖不是嫂子的，可你大哥不在了，嫂子身負著長門長媳的重擔。兄弟，不是嫂子狠心，是嫂子覺得，喬家

的生意再讓你管下去，祖宗辛辛苦苦創下的這份家業真的就會徹底覆滅，喬家真的就會從此陷入萬劫不復的地界兒……」致庸大驚，霍然站起：「嫂子……」曹氏道：「當初嫂子和兄弟有過約定，景泰還小，待景泰長大，你將家事交給他，自己還回去讀書、科舉，任自己的性情活這一世。這會兒我覺得，我不能再等到景泰長大那一天了，兄弟你現在就可以把家事還給嫂子了！」「嫂子，你是說，你要將家事收回去自己掌管？」「嫂子不想這樣，可你把家事弄成今天這種局面，嫂子不能不這樣！」致庸倒平靜了，細心地問道：「嫂子的主意是誰幫著出的？」曹氏怒道：「二爺，你把嫂子看成什麼人了？這樣的主意，還要別人替我出？」致庸道：「嫂子不要生氣，致庸不會說話。我只是想問一聲，嫂子將家事收回去以後，是自己掌管呢，還是再交給一個什麼人替嫂子掌管？」曹氏拍案道：「你自己把家事弄成這樣，我現在把家事收回去，無論交給誰掌管，你都無話可說！」致庸還要說些什麼，沒開口就被曹氏打斷了：「二爺，你什麼也甭說了！嫂子這麼做，也是為了你，孫先生今天早上對你說的話是對的，你現在成了朝廷盯住的人，動輒獲咎，我現在把家事收回去，讓你做個閒人，事情傳出去，對你只有好處，沒有壞處，你就不要多想什麼了！我的話完了，你走吧！」

致庸回到內書房裡，一眼看見玉菡站著，目露驚慌。致庸看她一眼：「怎麼，你都聽見了？」玉菡激動地點點頭：「二爺，這是怎麼回事？嫂子怎麼突然說出那種話來？」致庸發火道：「我怎麼知道？」他猛地站住，喃喃自語：「嫂子一個本分厚道的人，喬致庸今日又落了難，按說不會在這種時候再落井下石，朝我的傷口撒鹽！」玉菡也道：「嫂子一天到晚待在這座大院子裡，能見到什麼人？誰會幫她出這種主意？」這一句話提醒了致庸：「孫茂才！肯定是他！」玉菡道：「二爺真能肯定是他？孫先生為什麼要這樣？難道他想……」

致庸坐下來，沉思一會兒道：「這件事我要弄個水落石出。若是茂才兄真是為喬家著想，替嫂子出了這樣的主意，我不但不會怨他，反而要謝他！畢竟眼下他又一次接到了哈芬哈大人的信函，心裡卻還想著喬家的家事。」他站起來，大聲問自己：「我喬致庸能讓這個既嫖妓又貪汙茶農工錢的孫茂才接管喬家的生意嗎？我能嗎？」

玉菡驚駭地望著他：「二爺你……」致庸自己回答自己：「我能！世道在變，我也要變！屈原屈老夫子怎麼說的？舉世皆濁我獨清，舉世皆醉我獨醒。不不，我想說的不是這話。水至清則無魚，人至察則無徒，舉世皆濁，我焉能獨清？我清得了嗎？哼，讀了那麼多聖賢之書，空有滿腹經綸，不去好好地做人，又嫖妓又貪汙，他也不過是一個俗而又俗的人罷了，我喬致庸就是個俗人，他孫茂才居然比我還俗！」他坐下來，讓自己平靜，下決心，玉菡一直害怕地盯著他。「我要和他談，我們要好好談談，太太，你放心，我不跟他算那些臭帳，什麼養妓女，貪汙茶農的銀子，我只跟他談，他願不願意繼續把匯通天下的事做下去！……如果我們能談得通，他能答應我，接過票號生意繼續做下去，一年不行兩年，十年不行二十年，直到匯通天下實現的一天……只要他能答應這樣，我就聽大嫂的，把喬家的家事全部託付給他，自己回山裡閉門讀書，再也不回頭過問世事！」

玉菡眼淚湧出：「二爺，你真的捨得？」致庸哈哈一笑：「我？我都到了這會兒，還有什麼捨不得的？我捨不得又能怎麼樣？我捨不得也要捨得！」玉菡道：「不……」致庸回頭：「你想說什麼？」玉菡含淚道：「二爺，知夫莫若妻，為妻知道二爺捨不得！不是二爺捨不得喬家的這一份家業，而是……而是因為二爺捨不下自己胸中這一顆英雄之心！二爺若

能捨下匯通天下的大事不去做，以後一年三百六十五天，如何天天面對自己的英雄之心！」

致庸僵立，如同一座雕像，突然回頭，淚流滿面卻不自覺：「不，你錯了！我這會兒已經沒有一顆英雄之心了，我現在只有一顆讓賢之心，一顆與世俯仰之心！孫茂才在哪裡？我去見他！」

茂才這時正在房內哼著小調品茶，聽到敲門聲，他一邊應著，一邊開了門。一見致庸站在門外，他立刻變了一個人似的，神情倨傲而冷淡：「東家，原來是你。有事兒？」致庸走進來坐下又站起，道：「茂才兄，有這麼一件大事，我必須和茂才兄商議。剛才我大嫂找到我，要收回喬家的家事。這件事茂才兄想必也知道了？」茂才淡淡地：「啊，有所耳聞。」「茂才兄是怎麼想的？」茂才避開他的注視：「東家，這是東家的家事，我一個外人怎麼好開口。不過東家應有自知之明，大太太突然提出收回喬家的家事，一定有她的理由。」致庸道：「茂才兄，我們就不要繞彎子了，大嫂的理由我知道，你也清楚。現在我想和茂才兄談的只有一件事，茂才兄，你想不想替致庸接管喬家的家事？」茂才心裡發虛，一下緊張起來，有點語無倫次：「東家，你怎麼能說出這樣的話？哦，一定是茂才這幾天話說多了，讓東家起了疑。東家，大太太今天提出收回家事，不過是一時的氣話，改天也許就會後悔。你想啊，一個女人家，就是再有能耐，還能管得了這麼大個家事？」他突然回頭盯著致庸，「還有二爺你，一心想著匯通天下，真的願意放下自個兒的凌雲壯志，喬家的事一切不管，交給大太太後就去到山中讀書？」

致庸心中有一點點吃驚，卻不動聲色：「茂才兄，致庸今日正為此事來見你。如果我下了決心，要把家事交還給大嫂，在辦這件事之前，就還需要為大嫂物色一位大才，來實際掌管喬家的生意。」茂才不免暗中得意：「怎麼，東家就是來和我商量這件事的？東家可不要想到我，孫茂才一介村儒，才疏學淺，你就是讓我做，我也不會做的！」致庸突然襲擊：「不是你！是你和曹掌櫃昨天為我舉薦的那個人！原平遙三江匯票號福州分號的大掌櫃，潘為嚴！」

茂才情緒頓時激烈起來：「他？這人我知道，這人其實不行！絕對不行！」致庸盯著他看：「茂才兄，你怎麼了？據說潘為嚴此人，乃是當今我大清國票號業數一數二的人才，山西眾商家一聽說他從福州任上辭了號，個個躍躍欲試，要請他做自己的大掌櫃，你怎麼說他一定就不行？」茂才一時竟紅了臉：「東家，我說他不行就是不行。潘為嚴這個人，我早對其有所耳聞，從做徒弟開始，就不安分，喜歡變更章程，我行我素，當了三江匯福州分號的大掌櫃，更是霸道得對總號的招呼置之不理，視東家和總號大掌櫃如無物，而且此人心狂氣傲，志大才疏，唯我獨尊，臥榻之旁，不容他人安睡。東家若是執意要請這個人來掌管喬家的家事，別人走不走我不知道，反正孫茂才要辭號！」「不過茂才兄，潘為嚴儘管有這麼多毛病，可他卻有一個長處，正合致庸的心。他的長處是，和致庸一樣，也有匯通天下之心。喬致庸可以放下喬家的生意不管，但決不會讓匯通天下的事業半途而廢，茂才兄，我本可以向大嫂舉薦你來接手喬家的家事，但既然你對匯通天下毫無興趣，我就不能不想到別人了！」

茂才心中暗暗吃驚，想了想，道：「東家，你剛才說的是真心話？你真想過把喬家的家事託付給我？」致庸眼睛一亮：「對！這些年來，茂才兄和我北上大漠南到海，做了多少大事，茂才兄的才識學問，致庸一直自愧不如。如果你願意接手喬家的生意，把匯通天下的

事業做下去，我幹嘛還要捨近求遠，去請一個毫不相知的人來掌管喬家的生意！」茂才深深看他，突然明白那是他的真心。「啊，這件事……讓我想想，讓我想想……東家，我並不是一定反對接著做匯通天下的大事……這樣吧，東家剛才的話如果是真的，這副擔子，孫茂才接了！」致庸激動起來：「茂才兄，你說的是真話？」茂才更加激烈道：「孫茂才是誰，孫茂才是個吐口唾沫也要在地下釘個釘的人！大丈夫一言既出，駟馬難追！」致庸大喜過望：「好，太好了！茂才兄，我現在就去見我大嫂，舉薦你代替我接管喬家的家事！」說著他走出去。茂才大聲道：「東家，你慢走！」他望著致庸走遠，關上門，閉上眼睛，長出一口氣，不由得手舞足蹈，自語道：「孫茂才，孫茂才，沒想到，你也有這麼一天！」

內書房裡，玉菡和曹掌櫃緊張地站著，等待著。致庸一路走回來，神情激動，喊：「長栓，倒茶，我渴！」長栓倒一碗茶給他，致庸一飲而盡，大聲道：「出去！」長栓不明就裡，提著茶壺走出去。致庸也不看玉菡和曹掌櫃，大聲道：「曹爺，太太，我把喬家，交給孫先生了！」曹掌櫃大驚：「東家！」致庸不回頭，也不答應。曹掌櫃看一眼玉菡，玉菡會意，曹掌櫃匆匆走出。致庸回頭，疑惑地看一眼玉菡：「他怎麼走了？」玉菡問：「二爺已經為孫先生的事去見過大嫂了？」致庸道：「還沒有，我馬上就去。」玉菡欲說還休：「二爺……」致庸看她：「怎麼了，有話就說，怎麼吞吞吐吐的！」玉菡臉色蒼白：「二爺，有件事，就是陸氏，也不敢說。」致庸越來越吃驚了：「什麼事，連你也不敢說？」玉菡走上前，對致庸耳語一番。致庸變色，怒道：「胡說！我大嫂是個什麼人，這不可能！」玉菡道：「可曹掌櫃說，他昨天確實親眼看見孫先生在房裡，跪在大嫂面前！」致庸還是不相信：「胡說！不可能！曹掌櫃想幹什麼？我說不可能就不可能！」玉菡耐心地道：「二爺，曹掌櫃也沒說大嫂和孫先生做什麼別的事，他就說了剛才那一件事！」致庸哈哈大笑，驟然又面色嚴峻，道：「我明白了，曹掌櫃這是嫉妒，他不想讓孫先生掌管喬家的家事！他知道大嫂對我喬致庸來說是嫂子，更是一個娘，我喬致庸可以死，也不會容忍別人玷汙她的清名！曹掌櫃，太可惡！」

他大步朝外走。玉菡追出去，問：「二爺，你去哪？」致庸回頭：「我這會兒就去見大嫂，我要今天就把大事定了，免得夜長夢多！」陸玉菡無奈地望著他走遠，心情煩亂不已。

曹氏住的院門開著，致庸大步走進來。杏兒忽然跑出，看見致庸，站住了。致庸吃驚地問：「杏兒，你怎麼了？」杏兒囁嚅道：「二爺，大太太……大太太一個人在哭。」致庸吃了一驚，道：「我大嫂在哭？為什麼？」杏兒的聲音哆嗦起來：「不……不知道。」致庸轉身衝進曹氏房內。曹氏急忙拭淚，站起，背身而立。致庸大叫起來：「大嫂！你怎麼了？剛才杏兒說你在哭？」曹氏哆嗦了一下，道：「誰說我在哭，多嘴的丫頭，好好的我哭什麼！」致庸看她一眼，放下心來，道：「啊，大嫂，有件事我想好了，要稟告大嫂。」曹氏道：「什麼事呀？二弟，你坐下說。」致庸扶她坐下：「大嫂，今天上午你說的事情，我想過了，大嫂要收回家事，致庸答應，但大嫂不可能自己出頭露面去管喬家的生意，致庸給二弟選好了一個人，大嫂可以將家事交給他掌管！」曹氏心中一驚，問：「誰？」「孫先生！孫茂才！」曹氏變色，轉過身去。致庸仍然興致勃勃：「嫂子，孫先生這人看起來其貌不揚，可做起生意來，連二弟都不如他！這些年二弟做的這些事情，全是他的計謀，他的功勞，而且，他還親口答應，要把二弟剛剛開了頭的匯通天下的大事做下去！嫂子，將喬家的家事交給他經管，二弟我放心！嫂子也盡可以放心！錯不了的！」致庸還要說下去，曹氏冷

不丁地打斷了他：「二弟，他今天說的，要把匯通天下的事往下做？」致庸道：「對呀！」曹氏不語，半晌才又開了口：「二弟，你和孫先生談到了他的薪酬嗎？」「這個還沒有。不過我想過了，孫先生非比別人，我們給曹掌櫃一份大掌櫃的薪金和身股，我們給孫先生兩份，不行就三份，總之，我們喬家不能虧待了他！」致庸道。曹氏不語。致庸看她，起疑道：「嫂子，怎麼了？對了嫂子，有人說昨天嫂子見了孫先生，莫不是你和他說到了這件事？」曹氏渾身一顫：「啊，我……我讓杏兒給孫先生做了幾件夏衣，順便送給他……」她下決心要說出來，猛轉過身去，「致庸，你還不知道吧，孫先生昨天說過，若是我們請他掌管喬家的家事，他要和我們對半分利！」

致庸一驚，叫起來：「嫂子，真的？」曹氏避開他的直視：「對。還有接著做匯通天下的話，那是假的！」「假的？」致庸又叫起來。「除了這個，他還要你和弟妹離開家，去山中別館讀書，自此不再管喬家的事！」致庸內心起了巨大波瀾，他深深看曹氏，突然道：「嫂子，有人看見，昨天孫茂才跪在嫂子面前，我不相信，有這樣的事？」

曹氏臉色急變，「哇」地一聲哭出來，捂住臉朝內室裡跑去，撲倒在床上。張媽和杏兒聞聲跑進來，喊：「太太！太太！」內室裡，曹氏什麼也不說，只是大哭。致庸在外間如夢方醒，渾身顫抖，大叫一聲：「這個孫茂才，他……他到底想幹什麼?!」

張媽跑出來，道：「二爺，大太太這是怎麼了，一直在哭！」致庸想了想道：「你們出去！」張媽招呼杏兒出去。致庸走進內室，顫聲道：「嫂子，他……他沒怎麼著你吧？」曹氏哽咽道：「他……他摸了我的手！」致庸的聲音提高了，他大怒道：「就只是摸了摸手吧？」曹氏大哭著點頭。致庸走上前去，一時撕心裂肺地喊：「嫂子別哭，你記住，什麼事都沒有，什麼事都沒發生，就連你剛才說的這件事，也只是你的一場夢，根本就沒這回事兒！聽清楚了嗎？」曹氏還在哭，致庸轉身招呼張媽和杏兒：「過來侍候大太太！」他大步走出。

茂才這時正在自己房間裡，急得抓耳撓腮，不時朝窗外張望，一邊嘀咕：「怎麼回事呢，怎麼還不來回話呢？」他又朝外面一望，不覺大喜。只見長栓領頭，一干人等端著酒菜，魚貫而入，將酒菜放在桌上。致庸隨後走進來。

茂才故作淡漠地：「東家，有事情說事情，還弄酒菜幹什麼?快說事情辦得怎麼樣，酒可以以後再喝！」致庸坐下，長栓擺開兩只酒杯。致庸道：「長栓，斟酒！」長栓倒酒。致庸大聲道：「孫先生，請坐！」茂才不知虛實，坐下，嘻嘻地笑道：「東家，這還真喝呀？」致庸端起酒杯，盯著他，一飲而盡。茂才去端酒，致庸一把將酒杯碰翻。茂才意外地：「哎……」致庸又喊：「長栓，斟酒！」茂才也跟著喊：「對，斟酒，你看我還沒喝，就撒了！」長栓看致庸。致庸大聲道：「看我幹什麼，斟酒！」長栓斟酒。致庸飲酒，茂才去端杯子，又被致庸打翻。茂才吃了一驚，變色道：「東家，你這是怎麼了？」致庸掏出一把鑰匙，放在茂才面前，道：「喬家銀庫的鑰匙，孫先生不會不認識吧？想要它嗎？」茂才臉上又現出笑容，趕緊道：「東家，不急不急，不就是一把鑰匙，再說眼下喬家銀庫裡，也沒什麼銀子了。」

致庸道：「孫先生，你不急我急，昨天晚上，我就把它從太太那兒幫孫先生要回來了，要交給你的！」「你看這……謝東家。長栓，你怎麼不斟酒?你也不知道今天是什麼日子，快斟酒！」茂才道。長栓又看致庸。致庸道：「看我幹什麼，孫先生讓你斟酒，你就斟

酒！」長栓斟酒。茂才端起酒杯：「我敬東家一杯！」致庸不動：「孫先生，這是誰家的酒？」茂才一怔：「當然是東家的酒。」「孫先生還想喝喬家的酒？」「東家，你……你你這是什麼意思？」「把酒杯給我，我侍候你喝！」「東家，你這是客氣什麼？以後雖說你不管家事了，可你仍然還是東家……」致庸猛地站起，怒喝一聲：「給我！」他從茂才手中奪過酒杯，把玩著：「孫先生，我聽我大嫂說，你在喬家管家，要和我們對半分利？」茂才變色：「東家，這也不過是說說，你怎麼當真了？」致庸傷心道：「你這個條件，我本來也可以答應的！……只是你太急了！」茂才不知深淺，道：「東家，你真是待我太好了，不過……大太太也真是的，怎麼能幫我提這樣的要求？」致庸道：「如果我答應了你的要求，讓你接管了喬家的家事，你會怎麼辦？」茂才信誓旦旦地：「我？我一定不辜負東家的重托，將匯通天下的事業做下去，做到底！」致庸又坐下去，道：「可我大嫂說，你接管了家事以後，喬家就從票號業全部撤出，本錢全拿去做有利可圖的生意，有這事嗎？」茂才一下急了：「東家，你看是這樣哪，當時大太太這麼問，我就那麼一說……」致庸又喝了一杯酒，道：「接管了喬家的家事之後，你還打算帶著大太太走州過府，一輩子守在她身邊？」茂才勃然變色：「東家，這話從何說起？」「還有，過不了多久，你就不止包養妓女，剋扣茶工們的工錢銀子，就連這個家，也會是大太太一半，你孫茂才一半，最後不分彼此，都成了你的產業，你不願去廣州做哈芬哈大人的幕僚，留在喬家，就是為了這個，是嗎？」茂才的臉色青一陣，白一陣，終於他跳起來：「東家，這是怎麼說的？誰這麼坑害孫茂才？」致庸「啪」一聲將杯中酒潑在茂才臉上，眼裡冒出火光，大聲地道：「孫茂才，只要你能把匯通天下的大事做下去，做成功，你包養妓女，剋扣茶工工錢的事，我都不說了。就連喬家的產業分給你一半，我也不會捨不得，可是你不該打她一個女人的主意……喬家的酒，你真是喝到頭了！」

他「嘩」地一聲把桌子掀翻：「來人！」長順帶人闖進來。「孫茂才，你知道我大嫂是個什麼人？她是我大嫂，可我是她從小養大的，在我心裡，她就是個娘！」致庸叫道，眼裡像是要噴出火光，他猛一回頭，對長順等人道：「還愣著幹什麼？把這個狗東西，連同他的鋪蓋卷，給我扔出去！」長順大喝一聲：「上！」眾人將茂才架起，長栓抱起茂才的鋪蓋卷，往外就走。

茂才大叫：「喬致庸，你想幹什麼？長順，你們這些狗東西，快把爺放下來！」致庸跟出屋外，餘怒不息：「來人，抬一大桶水，給我把這狗東西弄髒的地方沖乾淨了！」兩個僕人抬一大桶水來，「嘩」地倒進室內地下。外面，眾人架起茂才就往外走。茂才大叫：「把我放下來！你們不能這麼對我！」眾人回頭看致庸。致庸叫道：「扔出去！」眾人將茂才抬至門前，長順發一聲喊：「給他來個遠的！一二——！」只聽「撲通」一聲，茂才被遠遠地扔了出去，接著，長栓將茂才的鋪蓋卷扔到他臉上。茂才跳起來，叫道：「喬致庸，你這樣待我，是會後悔的！」

致庸道：「孫茂才，我本不屑再跟你說什麼，可又不得不警告你，走出這個大門，你出去要是敢胡說一句，我就讓人割了你的舌頭！我說到就能做到！」茂才道：「好！好！喬致庸，這次算我孫茂才輸了，我認栽了！你說的沒錯，是我把事情辦得太急了！可是喬致庸，我可告訴你，離開我孫茂才，你們喬家也完了，你自己也死定了！不信咱走著瞧！」長順這會兒也不結巴了，喊：「孫茂才，人丟成這樣，還不快滾！」茂才抱起鋪蓋，邊走邊喊：

「走就走！此地不留爺，自有留爺處！我走，我去廣州，去兩廣總督哈芬哈大人那兒做官去！在你這兒發不了財，我到哈大人那兒發大財去！」玉菡和曹掌櫃趕出來看。致庸氣得眼裡含淚，道：「真沒想到，一個人能變成這個樣子！」曹掌櫃勸道：「東家，這種陰險無恥的小人，您不值得跟他生氣，您把他得罪得太苦了，他會記我們一輩子仇！」致庸轉身，對曹掌櫃道：「快派人打聽清楚潘為嚴大掌櫃的行程！一定要把他搶到手！」

第三十六章

1

夕陽斜斜地照著襄陽府碼頭。微風吹過落日餘暉籠罩下的水面，微微的漣漪往復不斷地擴散著，就像世情一般變化莫測。

身材微胖的潘為嚴和背著銀包的徒弟何慶上了岸。何慶左右看了一下：「師傅，這兒就是襄陽府了？」潘為嚴點點頭，接著舉目四顧，忍不住歎道：「天下如此之大，居然沒有一人真正賞識我潘為嚴，唉，我都到了這裡了，難不成竟還沒有一個山西商人前來接我？潘為嚴活得真是太失敗。」何慶瞅著他笑了起來：「師傅，離開武昌城時您可是說過，只要在這兒一下船，就會有人來搶您呢！」

潘為嚴當下苦笑著搖頭道：「罷了罷了，人走了背字，就說不得了。走，咱們自己找個小店先住下再說。既然到了襄陽府，就好好玩上幾天吧！」一聽這話，何慶也不多說了，緊緊肩上的包，笑嘻嘻地走上了街。

其實碼頭對面的茶店內，就坐著山西來的商人。崔鳴九帶著達盛昌的兩名夥計一邊坐著喝茶，一邊細瞇著眼睛打量著下了船的潘為嚴。張夥計試探地問道：「大掌櫃，下不下

手？」崔鳴九「哼」了一聲道：「等等再說吧，我們都來了幾天了，也不見喬家人來。也許喬致庸根本就看不上這個人。」說話間，就見從茶店門前走過的潘為嚴正停下向一位老人問路，突見兩個叫花子模樣的人擠到何慶身邊，猛地將他身上的銀包搶走，撒丫子就跑。

潘、何兩人先是大驚，接著順街追起來。茶店裡的崔鳴九冷笑道：「一個商人，連自己的銀包都看不好，就是把他請了回去，又有何用？走，回家！」張夥計不敢多說，很快隨崔鳴九揚長而去。隱在附近馬車上的曹掌櫃看著眼前的一切，不禁微微一笑。

致庸在風陵渡整整候了一個星期，終於等到了潘為嚴。他遠遠地便迎上去，拱手道：「潘大掌櫃，一路辛苦，喬致庸在這裡恭候多時！」潘為嚴前幾日被長栓等扮成的叫花子「搶」到以後，已經瞭解了不少情況，當下一見致庸，急忙下馬拱手：「喬東家，潘為嚴久聞喬東家大名，今日得見，實是三生有幸！」致庸大笑：「潘大掌櫃，致庸對於閣下，更是仰慕已久。」說著他親自執轡牽過一匹披紅掛彩的馬，恭敬道：「潘大掌櫃，請上馬！」潘為嚴連連擺手：「這……潘為嚴和喬東家素無一面之緣，今日這樣厚待潘為嚴，在下如何擔當得起？」曹掌櫃在旁邊笑著勸道：「東家專為迎候潘大掌櫃而來，你就不要客氣了！若是東家能出山西，他還要到襄陽府迎候你呢！」潘為嚴也不客氣，拱手上馬，然後在致庸等人簇擁下上路。

到了祁縣界碑前，致庸舉鞭一指：「潘大掌櫃，再往前走，就是祁縣了，再走二百里，大掌櫃就到了家。大掌櫃十年在外，今日返鄉，有何感想？」潘為嚴扼馬前望，半晌道：「潘為嚴慚愧！不瞞喬東家，潘為嚴當日離開山西，曾向妻兒誇下海口，說十年後潘為嚴再回來，定要坐著八人抬的大轎，鼓樂開道，錦帽貂裘，不料今日還鄉，仍舊一事無成。潘為嚴現在明白什麼叫做無顏見江東父老了！」

他正說著，遠遠走來一隊鼓樂。致庸笑道：「潘大掌櫃此言過矣，您已名動天下，怎能說是一事無成呢。不過您既有這一番感慨，我們就借前面這家人的鼓樂和八抬大轎用一用，送潘大掌櫃坐著大轎鼓樂還鄉，如何？」

潘為嚴愕然苦笑：「喬東家實實羞殺潘為嚴了！今日不知此地誰家娶親。還是十六人抬的大轎哩。大丈夫一生，哪怕就排場這麼一回，也不枉來世上走了這一遭。」致庸一笑，只是靜候著，見大轎遠遠地過來，在他們前面停了下來，轎旁的長順恭恭敬敬道：「喬家上下恭迎潘大掌櫃上轎！」

潘為嚴大為驚訝，看看長順，又看看致庸：「喬東家，這真是府上特地來接我的？」致庸頷首微笑，親自下馬幫他拉住韁繩：「潘大掌櫃，什麼都甭說，快請上轎吧。致庸沒有別的意思，只是不想讓潘大掌櫃外出經商十年之後，就這樣不聲不響地回家。」潘為嚴當下十分感動，竟也不再推辭。一時間鼓樂齊奏，鐵銃震天，致庸親自騎馬前導，將潘為嚴直送到家。

一個月後，潘為嚴如約來到祁縣大德興茶票莊，一進門便向致庸和曹掌櫃拱手道：「二位爺，今日為嚴前來，並非是來就任大德興的大掌櫃，而是……而是要辭掉這個職位！」致庸和曹掌櫃皆大吃一驚，笑容驟落。曹掌櫃急道：「哎潘大掌櫃，你和東家不都說好了嗎？等你到家休息一個月，便來大德興上任，怎麼這會又變卦了？是不是因為原來曹某在這裡做大掌櫃？這事你不用顧慮，東家已決定將大德興茶票莊一分為二，大德興本號仍改為大德興絲茶莊，另外成立大德通票號，請你做大掌櫃，全權掌管喬家的票號生意！」

「這個……」潘為嚴一時語塞，接著向致庸看去。致庸會意：「潘大掌櫃今日說出這話，一定事出有因。有什麼不方便之處，潘大掌櫃盡可以說出來，咱們好商量。」潘為嚴看著致庸，眼中突露複雜之色：「喬東家，諸位爺，你們不要誤會，喬東家待為嚴義重恩隆，為嚴感激不盡。正是因為這個，為嚴回家後想了一個月，今天才決定親自登門辭掉大掌櫃之位！」一聽這話，致庸和曹掌櫃更是不解，但曹掌櫃耐住性子道：「潘大掌櫃若實在不願做這個大掌櫃，東家自然也不會強人所難。但不管怎樣，請潘大掌櫃說出其中原因，求同存異，大家還可以好好商量一番。」

潘為嚴顯然深思熟慮，當下慢慢道：「喬東家，諸位爺，喬東家禮賢下士，待我頗為周到，禮數不算，且用心良苦，為嚴頗有知遇之感。古人云滴水之恩，當報以湧泉。為嚴雖讀書不多，但這點做人的道理還是懂的。說實話，今日為嚴不是為了別的原因要辭這個大掌櫃，而是覺得就是接了這個大掌櫃，也做不好！」致庸一驚，急問：「為什麼？」

潘為嚴道：「為嚴還鄉一個月，對喬東家生平已略有耳聞。喬東家天縱英豪，接管喬家生意以來，北上大漠南到海，縱橫大江南北，長城內外，不僅為天下重開茶路，還重開了絲路和綢路，進入票號業不久，就為朝廷從江南四省解回上千萬兩官銀。如此建樹，就是比之古人，也不遜色。其次，喬東家說是東家，其實就是喬家真正的大掌櫃。為嚴還聽人說，喬東家曾在北京大德興茶票莊門前掛出過一塊招牌，說要用盡一生，把大德興辦成天下最大的票號，實現匯通天下。喬東家，這些話大致不錯吧？」

致庸深深望他，點了點頭。潘為嚴深吸一口氣，道：「為嚴今天要辭掉這個大掌櫃，正因為這些！因為喬東家雖然想用為嚴這個人，卻不一定真正捨得將喬家票號交由為嚴全權經營，也就是說，喬東家很難只扮演東家的角色，除了四年一個帳期，按股份分銀子，其餘一概不問！」

致庸心頭一震，默默望他，半晌方道：「潘大掌櫃就是為這個才要辭去大德通的大掌櫃？」潘為嚴眼睛直視著他，重重地點了點頭。致庸凝神想了好一會道：「潘大掌櫃能否更詳細地解釋一下，致庸需要如何做，潘大掌櫃才會接手喬家大德通票號的大掌櫃？」

潘為嚴看了致庸半晌，接著下定決心點點頭正色道：「事關緊要，為嚴也不得不直言，得罪之處，只能請東家海涵了。首先，為嚴為人，雖比不上喬東家，卻也心高氣傲，做事喜歡獨斷獨行，東家若要掣肘，為嚴一定做不好，所以為嚴在不能得到足夠許可權的情況下，實在不能接這個大掌櫃。」

曹掌櫃看看致庸，心中忍不住歎一口氣。只聽潘為嚴繼續道：「其次，也是更重要的，回到家中一月之內，為嚴請教過不少相與，得出一個結論，東家若想將喬家票號辦成天下最大的票號，實現所謂匯通天下，為嚴就不能照東家的辦法去經營，而必須用我的辦法。這套辦法可能會讓東家看不慣，佛然大怒，於是一定會去干涉，而我要幫東家和我自己做的大事就會半途而廢。因此，思慮再三，若為嚴不能獨斷，就一定不能做這個大掌櫃。」

致庸心頭一陣翻攪，眼前莫名其妙地浮現出茂才的身影，他定定神道：「潘大掌櫃，假若致庸將喬家大德通票號全權交潘大掌櫃經營，具體事務一概不參與，那潘大掌櫃打算如何經營？」

潘為嚴有些激動起來，思忖著笑了笑道：「算了……其實儘管我是這麼想的，但還從來沒有機會這麼做……我還是不說吧……」致庸直視著他，眼中滿是鼓勵：「你儘管說。」潘

為嚴終於開口道：「經營的細節不說也罷，但喬東家若能對喬家票號不聞不問，交給潘為嚴全權，為嚴自有辦法，幫東家也幫為嚴自己實現匯通天下之夢！」

曹掌櫃大吃一驚，向致庸看去。致庸深深激動道：「潘大掌櫃，你也認為匯通天下有一天能夠實現？」潘為嚴漸漸露出本相和雄心：「東家，潘為嚴早年投身票號業，從夥計做起，又在分號大掌櫃的位置上慘澹經營了十年，若不是一直有匯通天下之心，為何要在這一行裡受苦，甚至不惜辭去原先頗多白花花銀子的大掌櫃之職。」說著他停了停，盯著致庸道：「東家若將喬家票號交由為嚴打理，只要為嚴不死，為嚴就一定替東家，也替自己替天下有為的票商，遂了匯通天下之願！」

致庸猛地站起，雙手一拱，話還未出口，淚卻落下來。潘為嚴大驚。只聽致庸哽咽道：「潘大掌櫃，喬致庸今日已是一個被朝廷圈禁的罪人。我原來以為，今生今世，再也找不到另外一個人替我去做匯通天下這件大事了，是上天可憐致庸，可憐天下商民，把你賜給了我，不，是賜給了天下商人，甚至應當說是賜給了天下蒼生……潘大掌櫃，從今天起，喬家大德通票號，致庸就交給你了！無論十年，二十年，甚至即使要耗盡致庸的一生，致庸都不會嫌長；而且致庸願意接受你所有的條件，承諾決不插手喬家票號的生意，我會一直在喬家堡做一個純粹的東家，除了四年帳期讓管帳的和你結一結帳，其餘一概不問！我會一天天一年年等下去，等著潘大掌櫃有一天來告訴我，你幫我也幫天下人實現了匯通天下，那樣我喬致庸仍舊算是做成了我們這一代票商應當做成的大事，既無愧於心，也無愧於後人了！」

正所謂惺惺相惜，潘為嚴再也忍不住，當下激動地跪倒在地。「潘大掌櫃……」致庸眼見著，也趕緊跪下，只喊了一聲，卻流淚哆嗦著嘴唇再也說不出話來。潘為嚴見狀執著他的手哽咽道：「東家，有您這些話我就放心了，而且要謝謝您給了我這麼好的機會，讓我和您這樣一位志同道合的東家，一起實現匯通天下之夢！」

曹掌櫃在一旁唏噓不已，趕緊攙起兩人。致庸一面起身，一面激動地對曹掌櫃吩咐：「曹爺，快寫信給包頭的馬大掌櫃，讓他回來，我們一起把喬家大德通票號的牌子掛出去。喬家大德通票號，正式開張！」

2

「爹……」玉菡瘋一般跌跌撞撞向陸家的後院奔去。宅院裡一片破敗，家人也不見一個，院中赫然擺著一口薄皮棺材。後院臥房內，陸大可奄奄一息地躺著，只有侯管家在一旁侍候。

玉菡奔進來，連哭帶喊地撲了過去，陸大可勉強睜開眼，露出一絲欣慰的笑容，接著虛弱地吩咐侯管家：「你出去，我有話要跟我閨女一個人說。」侯管家眼中蘊淚，當下點點頭，走出去並輕輕關上了房門。

「爹，我半月未來，您如何就病情惡化成了這樣？您怎麼信兒也不及時給我們一個呀！」玉菡泣不成聲，陸大可顫抖地拉著她的手道：「閨女，沒事，我才不想讓你操心呢，何況你這會來了正好，我還怕我閉眼以前見不著你呢。你瞧，我把自個兒的後事都安排好了，我連壽衣都提前穿上了。閨女，你爹一輩子都這樣，不喜歡人家欠我的銀子，我也不想麻煩別人！」

玉菡滿臉是淚，勉強帶笑道：「爹，都到了這種時候，您還在說笑！」陸大可喘了一口氣，也努力笑道：「閨女，我可不是說笑，我是說真的。這口棺材，是咱家十年前修房子時，我用剩下的木料偷偷請人打的，不花錢！至於壽衣，那年進京正碰上一家壽衣店倒閉大清貨，你往我身上瞧瞧，正宗的織錦緞，一套衣服才一兩銀子，多便宜！」

玉菡忍住眼淚：「爹，您老人家這一輩子掙了幾百萬兩銀子，是致庸和我拖累了您，讓您一生的心血付之東流。可我們家這會兒就是再窮，也不能讓您老人家這麼走啊！」陸大可道：「閨女，你傻了不是？我不是今兒死，就是明兒死，所以也不怕把心裡話說給你聽了。閨女，你當我心疼花在我女婿身上的那二百萬兩銀子？……我陸大可辛辛苦苦一輩子，從無到有，攢下了那些銀子，我常以為自己很了不起，可是自從你嫁了這麼個女婿，我才明白，我這一輩子做的事，還頂不上我女婿這三五年做的！」

玉菡心頭一陣傷感，失聲哭了起來，陸大可疼愛地拍拍她的手：「別心疼咱這家，別心疼我那二百萬兩銀子。我那銀子沒白花，我幫你救下了一個人，這小子有點混，時常還有點糊塗，可他那糊塗，是大智慧，大志向。這一陣子因為他糊塗，倒了大楣，可這樣的日子總有一天會過去的，那時候你女婿就會重出江湖。只要他一出山，山西商界和大清商界就又是一番新氣象，除了匯通天下，他還能為天下商人、天下蒼生做好多了不起的事。你想想，我那二百萬兩銀子做了這麼大一件事，多值呀！」

玉菡見他說得高興，當下也擦著眼淚，給他一個微笑。迴光返照的陸大可眼中一陣發亮，喘了一口氣，道：「閨女，我是看不到這一天了，不過你能看到。我女婿眼下正在難中，他的日子不好過，我要死了，不再擔心自己，我只擔心他，擔心像他那樣一個人會扛不過去。閨女，爹走了，不能再護著他了，可是還有你，你一定要替我好好護住他，不是護住他這個人，是要護住他那顆心！護住他一生的志向，護住他一生的銳氣！無論我們爺兒倆付出多大的犧牲，都要幫他咬緊牙關扛過去。只要他能扛過去，就能做成他一生想做的大事，我們父女倆這一輩子，也就做成了大事，不只掙了些生不帶來死不帶去的銀子！」玉菡點頭，一時間什麼話也說不出來，只是落淚。

陸大可說累了，閉上眼緩一會兒，半晌又睜眼道：「右邊床腿下面有塊磚是活的，你把它挪開。」玉菡一驚，趕緊照做。她挪開床腿下的磚，看到一把鑰匙，拿出問道：「爹，這是什麼？」

陸大可臉上露出一絲得意且欣慰的蒼老笑容：「我之所以把家裡的東西都賣了，卻沒賣這座宅子，就是想等你來，把我留給你的東西拿去。閨女，爹要走了，最擔心的還是你。櫃子後面有一道暗門，門裡是一個暗室，裡面藏著留給你的二十萬兩銀子。我剛才誇了半天女婿，可有了這樣的女婿，卻又放心不下你。這筆銀子不是給喬家的，是給我閨女的，給我閨女留的私房錢，有了這筆銀子，我女婿和喬家日後就是有個好歹，我閨女也會有一口飯吃，我也能安安心心地閉上眼睛了！」玉菡大慟，撲到陸大可面前，哭道：「爹呀，您可不能死……」

陸大可想抬起一隻手，摸摸她的頭髮，卻終於沒有力氣了，歇了好一會才聚起力氣道：「侯管家跟了我一輩子，我也已經安排好他了，剩下的事情你要聽他的安排，他最懂我的心思。你可記好了，一定要用那口薄皮棺材埋我。只有這樣，外人才相信我沒給你留下銀子，也只有這樣，人家才相信喬家這回是真的敗了，才不會再給你和你女婿招禍。你要是不聽我

的話，給我大操大辦，就是忤逆不孝！我躺在墳地裡，也饒不了你，記下了沒有！」

玉菡大哭：「爹，可是我們怎麼能讓您……」陸大可呼嚕呼嚕地喘著氣，好一會才又掙扎道：「閨女，你怎麼又犯了傻？有人死了，要花一萬兩銀子，我死了，加上打發人客，你最多花上十兩銀子，比起他們，咱們還是占了便宜！咱是沒銀子的主兒？咱有銀子，可咱們不把它埋在地下，咱一分一厘都把它用到該用的地方去！你可聽好了，以後你們喬家用銀子的地方多了去了，千萬不要在我身上浪費，記住了嗎？只要這樣埋我送我，你就是對我行了大孝！」

「爹，女兒記下了！」玉菡一邊說著，一邊使勁攥住陸大可的手，只盼能將他抓住，或者多留一會兒。然而不多會兒，陸大可長出了一口氣，終於耗盡了力氣，含笑而去。「爹呀……」玉菡叫了一聲，放聲大哭。

3

一隻像從夢境中穿過般的金色蝴蝶，驅趕著時光從致庸的面前飛過，接著翩然而逝。致庸揉揉有點混濁的眼睛，怔怔地看了半晌。三年間，陸大可和如玉先後辭世，他則依照對潘為嚴的承諾，正式退出了商場。眼下的他一身農民打扮，背手在田埂間慢慢走著，簡直就是一個標準的普通農民，唯一與當地農民區別的是，他每到田頭，腰間都會掛著那個當年胡大帥送給他的單筒望遠鏡。

三頭黃牛穩當當地跟在他身後，時不時發出「哞」的聲音，這是喬家的老規矩，免費給周圍農戶使用的，一般時間都在喬家大院外拴著，誰要用只管牽去就是，致庸下田時往往便會帶著牠們走。

致庸走了不多會兒，陸陸續續便有農民上前借走了牛。唯有借牛的那一瞬間，他才會對鄉人露出難得的一笑。長栓凝視著致庸屁股上晃蕩著的望遠鏡，忍不住暗暗歎了口氣，遲疑了半晌，終於開口道：「二爺，有件事，不知二爺想不想聽。」致庸沒有拒絕，但也沒有接口。長栓看看他，跺足道：「我聽大德通總號的人說，潘大掌櫃把南方四省的莊全撤了！」致庸猛地一驚，好半晌才慢慢回頭望著遠方道：「啊，今年麥子長勢不錯。」長栓心裡憋悶，聲音大起來：「我還聽說，潘大掌櫃喜在官場結交，尤其是京城裡的達官貴人，銀子花得海了去了！」

致庸也不聽，一邊慢慢往家走，一邊喃喃道：「再下場雨，就該種高粱了。」長栓無奈地看著他，只得作罷。回家路上路過麥地，致庸彎下腰去查看麥子長勢，忽然淚水盈眶。長栓見狀心中一陣難過，忍不住暗暗扇了自己一個嘴巴子。

他們一進家門，見鐵信石正給玉菡行禮。致庸一陣激動：「鐵信石，你回來了？」鐵信石一見他，也趕緊過來行禮。致庸顧不得別的，趕緊追問盛掌櫃的下落。

鐵信石道：「回東家，鐵信石無能，這次奉東家和太太之命南下，走漢水入長江，化裝成災民混入長毛軍占據的蘇杭二州，然後去福建，入廣東，走遍了梅州、潮州、惠州、廣州、端州，能到的地方我都到了，卻一直沒打聽到盛掌櫃的下落。我都已經失望了，可是在端州，我遇上了一位盛掌櫃的遠親，他告訴我，盛掌櫃從北京回來，帶著一筆銀子下了南洋，現在據說在東婆羅洲開橡膠園！」

致庸和玉菡聽得心裡起落升沉，最後致庸失望道：「你……是不是說，你到底還是沒有找見他這個人？」鐵信石點頭：「對不起東家，鐵信石沒把事情辦好！」致庸絕望地閉上眼睛，半晌，他轉過臉悲痛道：「恩人啊，你的心機為什麼這麼深？你把盛掌櫃派到那麼遠的地方去，喬致庸可就再也沒辦法查到你到底是誰了，只怕從此終身背著這個沉重的債務，日夜不安，永無寧日……恩人，你讓喬致庸活下來，就想讓他這麼活著嗎？」玉菡忽然流出眼淚，想了想，簡單地吩咐道：「鐵信石，下去歇著吧。」

鐵信石站著沒動，猶豫了半天又道：「我回來的時候，長毛軍已經打下了杭州和蘇州，潘大掌櫃把那裡的莊也撤了！聽說高瑞被堵在杭州城內，不知是死是活！」玉菡嚇了一跳，趕緊衝他擺手。鐵信石一驚，慌忙退下。臨出門的那一瞬間，他回頭看致庸，卻見致庸就如傻了一般，久久地站著，一動不動。

夜深人靜，致庸又在恩人的牌位前上香。玉菡走進來，默默望他，欲言又止。致庸頭也不回道：「太太，這一陣子我心情不是很好，我想一個人在書房裡睡，你甭往心裡去。」玉菡心疼地望著他，點點頭道：「我知道了，我就是想過來看看。」說著她便和明珠一起動手，將被褥添加到了內書房的床上。

致庸看著她們忙活，也不說話，只慢慢解下脖子上的護身符，一邊遞還給玉菡一邊道：「太太，這是你的護身符，我在家也用不著了，你好生收著吧，以後可以給孩子戴。」玉菡心中再次受到撞擊，卻只能無言地接過來。好半晌致庸突然喃喃地將心裡話說了出來：「福州的莊撤了，包頭馬大掌櫃為了湊夠去年繳付朝廷的銀子，將外蒙古那塊的四個莊也押出去了！加上今天長栓和鐵信石說的，你算算，我們還剩幾個莊了？」

玉菡也不回答，只盯著他看，淚水在眼眶裡打轉。致庸明白她的意思，長歎道：「太太，算我剛才什麼也沒說！……我現在只要管好我自己就行！管好我自己的心就行！對不對？太太，你知道嗎？今年的麥子長勢不錯，看樣子，今年不會再鬧饑荒了！」

玉菡低頭，悄悄拭去臉上的淚。只聽致庸又喃喃問道：「你知道孫茂才去哪兒了嗎？」這段時間，這個問題他已經問過好幾遍了。玉菡心中難過，看看他，小心道：「不是去了廣州哈芬哈大人那兒了嗎？」致庸無語，往炕上一躺，不再睜眼，並且很快就睡熟了。玉菡怔怔地瞧著他，眼淚慢慢地爬了一臉。

第二天一大清早，鐵信石照常在馬廄院內刷馬，玉菡默默走了過來，輕聲問道：「鐵信石，告訴我，你真的沒找見盛掌櫃，更沒打聽到究竟是誰救了二爺和喬家？」鐵信石心平氣和道：「太太，鐵信石說過了，鐵信石無能，沒有把東家和太太交代的事情辦好。」

玉菡久久地望著他，半晌不做聲。鐵信石也不管，依舊神態平靜，自顧自地刷著馬。玉菡無奈，放下手中的兩件衣服：「天要寒了，這是明珠給你縫的兩件夾衣。」鐵信石臉微微一紅，連忙口中稱謝，接了過來。玉菡看看他，微微一笑道：「信石，你娶了這個幫你做衣服的人好不好？我來做大媒！」

鐵信石吃了一驚，忍不住朝外一看，正巧看見明珠紅著臉的身影一閃而逝。鐵信石微微歎了一口氣，當下跪倒：「謝太太，鐵信石沒有福分，不能接受！」「為什麼？」玉菡一怔。只聽鐵信石柔聲回答：「因為信石已經心有所屬，雖然此生無望，但能偶爾見到，就很滿足了。」

玉菡聞言，不再多勸，轉身便欲離去。鐵信石久久望著她，突然叫了一聲：「太

太……」玉菡心頭一震，回頭道：「你還有事？」鐵信石欲言又止，半晌道：「東家有東家的心思，可太太為什麼也一定要找到那個救了東家命的人？」

玉菡突然情緒激烈，道：「這不是你該知道的事！」鐵信石看著她，極為心疼，道：「鐵信石是個粗人，太太，您就從來沒有想過，這回置東家於死地的人和救了東家的人，有可能是同一個人？」玉菡大驚，身子晃了一下，沒有再說話，轉身離去，只是走得異常艱難。她走出馬廄院，一抬頭，迎面看到了明珠流滿眼淚的面孔。

對玉菡而言，這是一個必須做出抉擇的艱難時節。

明珠雖是個丫頭，卻是個內心極明白的人，她甚至比許多足夠唱一部大戲的癡男怨女、公子小姐們有著更多的清醒。她是喜歡鐵信石的，這喜歡像每一件她曾經為鐵信石縫製過的衣服一般，一針一線，細細綿綿。然而她同樣是清醒的，在鐵信石拒絕她以後，明珠沒有太多的等待和糾纏，就嫁給了東村一個小康殷實農家的兒子，那個農家的兒子在一個極偶然的場合見到明珠後，便央他的父親來求親。這個婚姻雖是玉菡做的主，卻是明珠自己選擇並最終拿的主意，她沒有考慮太多，就告訴玉菡她要嫁一個喜歡自己的人，好好過日子。於是在明珠心平氣和，甚至是快快樂樂地嫁過去的時候，玉菡除卻祝福與傷感，不知怎麼竟還有了一些羨慕。

沒過多久，當長栓和從何家逃出來的翠兒在柴房裡被人堵住的時候，玉菡內心再一次感受到了震動。張媽告訴她，堵住他們的人曾在柴房內聽到翠兒對長栓哭哭啼啼地說出一番極剛烈的話——「你們男人對我們女人總是始亂終棄，我既是來了，就願意做你的人，可我要告你一句，你要是也那樣對我，我就死，我才不會像我們家小姐那樣要死要活的，結果還是嫁了人，我說死，就一定會死！」玉菡想了整整一個下午，然後吩咐張媽把鬧著要上吊的翠兒帶進來。

哭腫眼睛的翠兒進門時，張媽喝道：「沒臉的東西，見了太太還不磕頭？」玉菡看了一眼張媽，打發她先下去了，接著和顏悅色道：「翠兒，今上午的事，我不怪你，也不怪長栓，要怪就怪我和二爺，是我們該給你和長栓賠不是。」

翠兒跪在那裡，聞言一驚：「太太這麼說話，我和長栓怎麼擔待得起？」玉菡輕歎道：「當然是我們的錯，我們早知道你和長栓是一對青梅竹馬的戀人，而且你們都這麼大了，二爺這幾年大不順，沒能為你們操心，這事本該我來操心，我也動過心思，可何家那裡……翠兒，你若要怪罪，就怪罪我！」

翠兒聽她說到這些事，心中更是難過起來，當下磕頭道：「太太要這麼說話，翠兒就更無地自容了！」玉菡攙她起來，道：「二爺剛剛特地打發人來關照過了，我打算明天就去榆次何家，親自為你和長栓向雪瑛妹妹求親，你瞧，我連禮都備好了！」說著她讓翠兒看身邊桌上的禮盒。翠兒大為感動，又趴下去磕頭。玉菡連忙攙她：「好姑娘，為了自己的心上人，有膽量跑出來，我佩服你！你放心，這次雪瑛表妹她是點頭也得點頭，不點頭也得點頭，因為你人已經在我們喬家了！」

翠兒哭道：「太太這麼做，就是救了翠兒，今生今世，翠兒甘願為太太當牛做馬！」玉菡一點點地幫她拭淚：「好姑娘，別哭，打今兒起，你要笑，好好地笑！對了，笑一下給我看！」翠兒不由得破涕為笑。玉菡見狀歎道：「瞧，你笑起來多好看。」

玉菡第二天就去了榆次何府，她料得雪瑛不肯輕易讓翠兒出嫁，但沒想到見面一談，雪

瑛竟然比她想像的還要固執，這固執已經遠遠出乎常理，數次讓玉菡腦中閃過「另有隱情」四個大字。此念一起，玉菡不禁心慌，忍不住和心頭埋藏的一些疑惑、一些不敢去想的猜疑聯繫到了一起。

雪瑛在主位坐著，臉色陰晴不定，而客位玉菡的臉色也好不到哪裡去。兩人都心頭翻滾，半晌雪瑛又酸酸道：「表嫂說的話自然是對的，所謂男大當婚，女大當嫁，這是人倫的大道理。要翠兒嫁給長栓，不是雪瑛執意不肯，只是有一件事表嫂還不知道。翠兒這兩天不見了，她好像是瞞著我這個主人，偷偷地逃匿了，我剛剛讓管家把呈子遞到縣衙裡去，要捕快在我們周圍幾個縣緝拿呢。表嫂不用著急，等衙門裡把人找到，連同私自藏匿逃失人口的窩主一塊逮起來判了罪，咱們再說翠兒和長栓的婚事好了！」

玉菡想了想，索性打開天窗說亮話：「妹妹，翠兒並沒有走失，她昨兒到了喬家，現在就在喬家住著。陸氏今天來，一是來為她和長栓求親，二也是代翠兒向妹妹求情，求妹妹看陸氏的臉面，饒了翠兒偷逃之罪。」

雪瑛沒想到她竟然坦言直承，當下猛地站起，也不看她，壓著怒氣冷冷道：「好！很好！表嫂出身大商家，規矩比雪瑛懂得多，那我正好要請教了。表嫂，若是你們家的丫頭瞞著主家私逃後被抓到了，你會給她一個什麼下場？還有，如果找到和這丫頭私自串通，將她勾引出去又藏匿起來的窩主，你們家會怎麼辦？」

玉菡一愣，還未作答，卻聽雪瑛已經對著外面喊話吩咐道：「胡管家，翠兒這該死的丫頭的下落找到了，她就藏在喬家，喬家太太這會坦承是窩主，你快拿上我的帖子去縣衙，讓他們去喬家拿人！」在外間伺候的胡管家應聲跑進，看看她，又看看玉菡，十分為難。

玉菡一見雪瑛這個做派，當下也不客氣了，站起亢聲道：「且慢！妹妹一定要捉拿藏匿翠兒的窩主，那也不用到別處去，我就是那個窩主，翠兒逃到喬家去的事，也是我勾引的，和別人一概無干。胡管家，你們太太一定要拿人，你就不要愣著，快去榆次縣衙，讓他們就到這裡拿我！」說完玉菡又穩穩坐下，神情平靜。雪瑛一時間氣得說不出話來。

胡管家趕緊打圓場道：「太太，喬太太，咱們兩家是至親，我們太太剛才說要衙門去喬家拿人，那是一時被翠兒這丫頭氣壞了，也就是那麼說說！喬太太剛才說自己是窩主，也是氣話……哎，兩位太太，咱們都是自己人，這也不是什麼光彩的事，咱們胳膊肘打斷了往袖子裡揣，自己把自己的事私了算了。太太，翠兒跑到喬家去，那是她小孩子一時糊塗，您大人不記小人過，只要喬家平平安安地把她送回來，事情就過去了。等她回來了，您怎麼責罰她都行；喬太太，我們這邊這麼答應了，你們那邊也辦得漂亮點吧，今天您回去，就打發人把翠兒送回我們府上來，路上千萬別再出了什麼差錯……兩位太太，我這個主意行不行？」

不料他話音未落，玉菡已經斬釘截鐵道：「不行！」雪瑛一驚，回頭怒道：「胡管家，你少跟她廢話！你那個辦法，別說她說不行，我也不答應！我定要追究到底……」一聽這話，玉菡也站起來，「哼」一聲道：「好啊，我看你如何追究到底。翠兒現在已經在喬家了，我今天來見雪瑛妹妹，說是替長栓和翠兒求親，不過是給你一個面子。既然妹妹你不想要這個面子，那我也沒什麼說的了。我回去了，明天就給長栓和翠兒辦喜事！」說著她起身就要走。胡管家眼見說僵了，但在一旁只能乾著急，對玉菡攔也不是，不攔也不是。

雪瑛怒道：「陸玉菡，你……你也太欺侮人了！你給我站住！」玉菡停住腳步，回頭不卑不亢道：「怎麼，妹妹還有話說？」

雪瑛心裡迅速盤算著，換了個念頭道：「既然表嫂說要給雪瑛一個面子，雪瑛也就要了這個面子。不過表嫂索性把這個好人做到底吧，翠兒在我心裡，不是一個平常的丫頭，她從小服侍我，沒爹沒媽的，就是要嫁人，也不能這樣嫁，表嫂今天既是來為長栓求親，就該知道求親的禮數，問名、納吉、納徵、納采，一樣都不能少。而且出嫁以前，她一定得回到何家來，讓我體體面面地打發她出嫁！表嫂若是這麼做了，那就說明你們喬家確有誠意，拿翠兒出嫁當一回事兒，這才是給了我們何家，給了我面子。哼哼，若要是像表嫂剛才講的，讓她就那樣和長栓成了親，江雪瑛是死活不會答應的！如果表嫂一定要一意孤行，到時候就別怪雪瑛不客氣，直接讓衙門去喬家拿人了！我再說一遍，我說到就能做到！」

玉菡聞言久久地望著她：「妹妹說話算數？」雪瑛點點頭，冷冷地直視著她。玉菡於是點頭道：「既然這樣說，妹妹就算已經當著我和胡管家的面許下了這門親事。那麼妹妹願意現在就由胡管家做個中人，為我們兩家寫出一紙媒約，保證日後不再反悔嗎？」

雪瑛深深看著玉菡，半晌終於道：「以往總聽說表嫂為人精明，做事滴水不漏，今天雪瑛見識了。」她扭頭吩咐：「好吧，胡管家，你就做個中人，為我們兩家寫上一紙婚書，但要寫明，翠兒一定要從何家出嫁！」那胡管家抹了一把汗，趕緊寫去了。

4

翠兒自然知道此事絕無輕鬆解決的道理，她聽玉菡回到喬家後大致說了說，心中便明白了大半，向玉菡磕了頭，便痛快地去了。玉菡沒料到她這般乾脆，但總覺得有什麼不對勁的地方，卻又說不出，一時也只得作罷了，仍舊按照與雪瑛約定的方式，吩咐長順幫助長栓準備迎娶翠兒。

翠兒返回何家，一進門便在雪瑛面前跪下。雪瑛怒道：「我早就告訴過你，自從你知道了那麼多的事以後，就再也別想嫁到喬家去了！可是你……」翠兒明白雪瑛的心思，當下賭咒道：「太太，您就放過翠兒吧，我知道太太擔心什麼，翠兒這會兒就向太太發誓，翠兒到了喬家，什麼事也不會說的！」

雪瑛喝道：「你能不對誰說？你以為喬家的太太真是為了你和長栓才到何家求親？你想錯了，她是想把你從我身邊弄到她身邊去，她是想從你嘴裡知道她最想知道的事，她是想弄清楚到底是誰將喬致庸送進了天牢，又是誰將他救了出來！她是個女人，而且是個特別要強的女人，她的心承受不了世上有另外一個女人這樣對待她的男人！」翠兒跪在那裡，平靜道：「太太，喬家太太的心事翠兒也知道，但翠兒不會說的！」「即使你不對她說，可還有長栓呢！你嫁了過去，他就是你的男人，你的天，你的地，你終身的依靠，你在世上朝夕相處的人，要是他也來打探，你仍舊不說？」翠兒慢慢站起，神情凝重道：「太太，翠兒是個什麼樣的人，太太早就知道，這些事關係到太太一世的名聲，別說長栓，就是到了陰曹地府，翠兒見了閻王爺，我既然答應了太太不說，也會咬緊牙關，打死不說的！」雪瑛暗暗鬆了一口氣，緊接著另一個念頭又冒了出來。她看看翠兒，半晌眼圈發紅，道：「就算撇開這個不說，翠兒，你真的鐵了心要丟下我一個人在這個活墳地裡守寡？你，你真的忍心？」

翠兒一聽這話，心頭大軟，又「撲通」一聲跪下，大哭道：「翠兒當然不忍心……要是太太真的捨不得我嫁，我，我就不嫁……」雪瑛聽她這麼說，眼淚便落下來，仰著頭想了半

天，最終伸手攙起翠兒道：「不，你的心已經給了別的男人，我就是留住你這個人，也留不住你的心。何況那陸玉菡已經拿走了婚書……我若一定不讓你進喬家的門，陸玉菡那麼精明的人，也一定能猜到其中的原因。你……你還是走吧！我們主僕的緣分，想來已經盡了！」

翠兒想不到她竟然同意了，一時悲喜交加，哭了起來。雪瑛從身後取來那只鴛鴦玉環，忍著淚道：「翠兒，你前兩日從何家跑走，故意要把這個玉環留下，讓我傷心。你答應我，這只玉環算我給你的陪嫁，你出嫁的時候一定要戴上！」翠兒淚眼矇矓地看著雪瑛，更多的眼淚落下來。「我讓你戴上它出嫁，是想讓你隨時都能看到它，想到你今天對我說過的話，想到榆次何家，還住著一個孤苦伶仃的苦命人，她這一輩子，甚至都沒有像你一樣，有一個自己的男人！」說著雪瑛悲聲大放，翠兒再也忍不住，接過玉環，摟住雪瑛大哭起來。

空曠的內宅，風飄起條條幔帳。半個月後的一個夜晚，胡管家在內堂外等著，看見雪瑛一個人如同一個鬼魂般慢慢走出，忍不住打了一個寒戰。只聽雪瑛聲音低啞道：「我要的東西，你拿到了嗎？」胡管家猶豫了一下，還是點了點頭。雪瑛聞言立刻將一隻蒼白瘦削的手顫顫地伸到他的面前。胡管家打了個哆嗦：「太太，大夫說這是啞藥。太太要它做什麼用？」「啊，院子後頭天天有野貓叫，我睡不著，我用這些藥讓那些野貓不再叫。」雪瑛道。

胡管家背上微微沁出些冷汗，將藥包遞給了雪瑛，想了想又道：「太太，大夫可是說了，這藥毒性大，人一點兒不能入口！」雪瑛點頭：「我知道了。你去吧。」胡管家遲疑了一下，剛要走，卻聽雪瑛又喊住了他：「胡管家，你坐下，陪我說會話。以往的時候有翠兒陪我，可眼見著翠兒就要出嫁了，我身邊連一個可以說說心裡話的人都沒有了……」胡管家看看她，心中泛起一降憐憫，道：「太太要是心裡悶，我叫趙媽過來就是了。」

他雖嘴裡這麼說，可想了想，還是沒有馬上走。雪瑛出了一會神，問道：「翠兒的嫁妝都打點好了嗎？」一聽這話，胡管家有點興奮地一拍腿：「照太太的吩咐，都打點好了，哎太太，不是我誇你，只有咱們何家，才會這麼陪送一個丫頭！」

雪瑛聽了這個話，也不接口，卻自顧自又發起呆來。胡管家走也不是，站也不是，心裡忍不住後悔，實在不該留下來陪這古怪的太太。剛要開口告辭，卻聽雪瑛幽幽地淒涼地說道：「胡管家，你知道嗎?小時候翠兒唱歌可好聽了，就是因為她的嗓音好，唱歌像個百靈鳥那樣動聽，我爹才將她買來服侍我。那時還是孩子的我夜裡睡不著，她就趴在我枕頭邊上對著我的耳朵唱歌，什麼《走西口》呀，什麼《站在高山嘹哥哥》啊，她都會唱呢。」

胡管家嚇了一跳，還沒接口，雪瑛已自顧自輕輕哼唱起來：「青天藍天紫格英英的天，站在那個高山嘹哥哥。十里里山路九道道彎，嘹哥哥嘹得我眼發酸……三人那同行你走在當中，我有心叫哥哥喊不出聲，喊不出聲……」她的聲音淒涼輕飄，雜著一種極其壓抑的痛苦與瘋狂。胡管家心中發慌，眼睛不時瞄一瞄她手中的藥包，突然開口道：「是呀，太太和翠兒，說是主僕，其實情同姐妹，要是哪一天翠兒不能唱歌了，太太心裡一定難過。」雪瑛心中一震，壓著嗓子沉聲道：「天不早了，你去吧！」說著她轉身就走了。胡管家眼見著雪瑛如鬼魂般獨自走遠，忍不住向前追了兩步，卻又頹然地停下了，呆呆地站了半晌，才低著頭也慢慢走開了。

翠兒出嫁那日，頗見排場，引得眾僕人連連唏噓，又是羨慕，又是感慨。當翠兒一身嫁衣被趙媽攙出的時候，不禁淚水漣漣。只見雪瑛端坐在堂上，木著一張臉，正呆呆地出神。

胡管家看了看，趕緊在一旁道：「翠姑娘大喜，太太受翠姑娘拜辭之禮。」

雪瑛仍舊出神。屋內幾個人互相看看，都有點慌亂起來，翠兒心中難過，使勁咬住嘴唇才不至於哭出聲。胡管家暗暗歎氣，提高聲音把剛才的話又說了一遍。雪瑛好似如夢方醒，衝翠兒點點頭，臉上擠出一絲難得的笑容。翠兒心中對她又是感激，又是憐惘，兩人多年相依相伴，今日一旦分別，更是讓她心如刀絞。她流淚跪下，向雪瑛恭恭敬敬地磕了三個頭。趙媽將她攙起，又聽胡管家長聲道：「太太大喜，翠姑娘向太太辭行。」

雪瑛點點頭，忽然輕飄飄道：「照著老輩的規矩，誰家有女孩子出門，當家人都要送上一碗送親的茶。蘭兒，把茶端上來吧！」她話音一落，就見蘭兒從後房端出一碗茶來。雪瑛接過茶碗，遞給翠兒，啞聲道：「翠兒，好妹妹，佛家講因緣際會。我們主僕一場，也是一時的因緣，卻不是一生的因緣。有人已把我的一生誤了，我不能再誤了你。喝了我這碗茶，你就上轎走吧！」翠兒剛要接，忽見胡管家一臉驚駭，上前一步，想要攔，手卻抬不起來。翠兒看看雪瑛，又看看胡管家，似乎突然明白了些什麼，但她淒然一笑，仍舊接過茶碗，道：「太太，翠兒要出嫁了，不能再侍奉太太，翠兒只求太太善待自己，好好過以後的日子，翠兒會天天在心裡替太太向菩薩禱告的。」趙媽已經瞧出一些端倪，上前一步要阻攔，卻見翠兒已將碗裡的茶快快地一飲而盡了。胡管家當下忍不住紅了眼圈。翠兒又跪下磕了三個頭，還未起身，就見趙媽上前急急地將她攙走。胡管家一跺腳，趕緊跟了出去。雪瑛望著翠兒離去的背影，眼淚直流，那熱熱的淚不斷地淌在冰涼的臉上，如同刀割一般。

翠兒出了門沒幾步，就見趙媽在她背上連連拍打，連聲催促道：「快吐出來，好姑娘，快，快吐！」翠兒倔強地緊閉著嘴，只是一味地抹淚。胡管家更是大急，顫著聲音央告道：

「姑奶奶，你倒是趕快吐啊，我，我……這是造的什麼孽啊？」翠兒仍舊緊閉著嘴。趙媽見狀長歎一聲，只念了幾聲佛，便不再多勸。

就在這時，兩人忽聽翠兒聲音清亮地哽咽著開了口：「趙媽、胡管家，我沒事……」趙媽和胡管家對視一眼，吃了一驚，大大地鬆了一口氣。胡管家當下揉起眼睛，趙媽更是連聲念佛。翠兒盈盈拜倒，泣不成聲道：「趙媽，胡管家，你，你們都是好人……太太她也是好人。」她的聲音忽然高起來，道：「太太，翠兒在這裡謝太太了！……」

鼓樂聲中，翠兒終於上了花轎，漸漸遠去。何家內宅內，雪瑛一個人徘徊著，神情悲淒而瘋狂。「翠兒……翠兒在哪裡？」她大叫起來。趙媽急忙跑進來：「太太，翠兒已經出嫁了！」雪瑛如夢方醒一般，揮揮手示意她離去。趙媽擔心地看了她好一會，才出了門，卻仍留在門外張望。只聽雪瑛自語道：「翠兒已經到了喬家，玉菡一定待她很好……老天，為什麼會是這樣，為什麼一定要是這樣……」趙媽在外面忍不住心酸起來，只聽雪瑛又自語道：「若是玉菡知道了一切……不，若是致庸知道了一切，他會怎麼想我？……他一定會恨我……恨我一輩子……我當初鬼迷心竅，對他做下如此齷齪之事……萬一有一天，致庸上門來問我，為什麼我要那麼待他，我該怎麼回答？」

她自語了一會，突然走回長桌前，拿起那個藥包，自嘲地大笑：「我現在什麼都沒有了，只有致庸的心，致庸要是知道我差一點害死了他，他一定不會再愛我，也不再會為了我去重修一座廟！不過致庸即使知道也不會來找我，他是個頂天立地的男人，不會和我一般見識，可他會從此不再理我，不再想著我，他會在心底裡輕蔑我，瞧不起我，他的心裡，從此再也不會有我的位置！哈哈，因為害怕這個下場，我江雪瑛甚至連如此惡毒的法兒都想出來

了，我竟然想用啞藥讓翠兒從此閉上嘴，好永遠防止她說出她所知道的祕密。」

她狂笑不止，眼淚卻流了一臉：「可我沒這麼做，我要做時手又哆嗦了，對待翠兒，我下不了手！翠兒一定知道我可能這樣做，我已經瘋了，可我也知道，就是我把藥放在茶水裡給她喝，翠兒為了讓我放心，也會喝下去！我已經作了許多孽了，我不能……不能再作孽了！我已經活得只剩下自己，我不能再不給自己留下翠兒了……」

她打開藥包，手抖著倒進自己的茶杯中，悲涼而得意地自語道：「不過，現在我可以自己喝了它。我把它喝下去，從此就不用再回答別人的話了。就算有一天致庸來問我，我也不用回答……這個主意好，該喝下這啞藥的人是我，不是翠兒！」說著她端起茶杯，送到唇邊。躲在門外的趙媽再也忍不住，趕緊跑進來驚慌地叫道：「太太，太太，不好了！」雪瑛手一抖，將茶碗放下，厲聲道：「又有什麼事？」趙媽道：「小少爺出疹子了，燒得厲害，我們怕您心煩，一直沒告訴您，可這會怕不好了，您快去看看吧！」雪瑛大驚：「快，快去叫大夫！」趙媽答應著，看她跑走，回手將茶碗裡的茶潑掉，大大鬆了一口氣。

其實春官的疹子早發了出來，只是還發燒，雪瑛心思轉移，一直衣不解帶地守在春官床邊。下半夜趙媽走過來看，欣慰地說道：「太太，沒事兒了，小少爺的疹子出全了！」

雪瑛望著熟睡的春官，一時間眼中充滿依戀和母愛。趙媽見她似乎轉了性，心中大為安慰：「太太，您歇著去吧，這裡有我和奶媽呢。」雪瑛搖搖頭：「不，趙媽，你辛苦了，你和奶媽都去歇著吧，我是孩子的娘，這種時候，該在這裡守著孩子的是我！」趙媽心中一動，順水推舟地打了一個哈欠：「好，太太，我還真睏得沒法兒了，辛苦太太，我去了。」說著她打著哈欠慢慢退去。春官靜靜地睡著，雪瑛愛戀地用絲帕擦拭他嘴角流出的涎水，自語道：「孩子，娘錯了，娘沒有他，沒有了翠兒，還有你呀……以後就是你和娘相依為命了，你就是娘的命！」她說得很平靜，也很愉快，那一會兒，她的淚水似乎用另一種方式痛痛快快地又流了下來。

5

明珠嫁出去以後，玉菡這裡一直是張媽伺候。翠兒嫁過來不久，玉菡就讓她替下了張媽。翠兒做事勤快爽利，對玉菡卻客氣而疏遠，甚至不太願意與玉菡多說話。這一來二去的，玉菡心中有數起來，索性打消了某些念頭，只誠誠心心地對翠兒。翠兒心中不禁大大鬆了一口氣，同時也暗暗佩服起玉菡的為人，一門心思伺候玉菡。這樣沒過多少日子，兩人之間便頗有了些真感情。

這種平靜，沒多久就被打破了。一日清晨，翠兒伺候玉菡洗臉，水比較燙，翠兒撩高了袖管，被玉菡一眼看到那只鴛鴦玉環。玉菡大吃一驚，問起來，翠兒只說是雪瑛自己打製後送給她的。玉菡沒再說什麼，徑直去了致庸的書房，當從抽屜裡翻出那只一模一樣的玉環時，她再也忍不住，伏桌無聲地大哭起來。書桌內的那只玉環，早在致庸頭次下江南販茶的那年，玉菡在裝修整理他的書房時就發現了，這麼些年來，她其實一直都在內心裡希望致庸能親手給她戴上，然而……

又過了幾日，曹掌櫃悄聲打發人來請她去商議事情。玉菡也不驚動致庸，便悄悄地去了。一進門就見曹掌櫃、馬荀、高瑞等呆呆地坐著，個個愁容滿面。玉菡坐下問道：「幾位

大掌櫃，你們今天來，一定是遇到了難事，趕緊說吧。」幾個人對視一眼，曹掌櫃首先開口道：「太太，很快就是年關了……今年長毛軍鬧騰得厲害，南北商路基本斷絕，大德興絲茶莊往年能掙錢的那些商號，今年基本上沒有什麼生意了。」玉菡沒有做聲。曹掌櫃歎口氣，向馬荀看去。馬荀悶悶道：「太太，馬荀無能，今年年景不好，蒙古草原瘟疫橫行，牲口死了許多，連帶著我們也沒了生意，還虧了一些錢。」玉菡倒吸一口涼氣，趕緊向高瑞看去：「高掌櫃，臨江的茶山怎麼樣？」高瑞倒也爽快，道：「太太，茶山情形還好，今年賺了三十多萬，只是運往恰克圖的茶貨卻讓俄商拉斯普汀欠了帳，只怕一時半會救不上急。」

玉菡看看曹掌櫃，急問：「那，其他各地的分號呢，還有潘大掌櫃的票號呢？」曹掌櫃低聲道：「各地分號的情形都差不太多，基本沒掙到錢，不虧已經很好了。至於大德通票號，今年的生意更不景氣，南北商路不通，票號自然沒有生意，潘大掌櫃為了在北京撐門面，已經撤了好些莊了，而且……」曹掌櫃看看玉菡，遲疑起來。玉菡掐著手心，強自鎮定道：「有什麼，請全都講出來。」

曹掌櫃點點頭，歎道：「太太，東家以前有過話，大德通票號的事，由潘大掌櫃一手經理，賠了銀子算是東家的，賺了銀子一兩也不能動，全由潘大掌櫃去擴張票號，這是其一。其二，就我所知，即使潘大掌櫃願意，今年恐怕也無能為力，不單單是生意奇差，以往大德通的銀子多半都借給了京城的達官顯貴，他們不還，商家拿他們也沒有辦法。潘大掌櫃做事情有他自己的路數，我們，我們也不好多說什麼……」

玉菡呆了半晌，道：「我明白幾位的意思了。今年要向朝廷繳付的一百萬兩銀子，還差多少？」幾人聞言心中一陣難過，馬荀啞聲道：「還差……太太，真是對不起，我們無能……還差七十萬兩！」

一股子涼氣從玉菡心中躥起，她想了想，努力微笑道：「諸位不要難過。今年雖然只賺了三十萬兩銀子，可我知道，這比平常年間賺一百萬兩還要艱難。我替喬家在這裡謝謝你們。實話跟大夥兒說，盡我最大的力量，還能給你們湊二十萬兩，餘下的，仍要靠大夥想辦法了！」曹掌櫃吃了一驚：「太太，您從哪裡還能湊出二十萬兩銀子？」

玉菡心中一陣傷感，淚都要下來了，半晌道：「這是我父親去世前留給我的私房銀子。諸位爺，我可就這一點力量了，明年再遇上這種事，就一點辦法也沒有了！」曹掌櫃道：「太太，去年為了湊夠這筆銀子，我們瞞著東家，把太原府等地的生意都頂出去了，今年光景不好，只怕頂生意也不容易……」高瑞想了想，道：「諸位，咱們臨江的茶山倒是能頂出去，也值五十萬兩銀子，可這兩年就指著它掙點銀子了，一旦頂出去，明年如何是好？或者頂一半？」眾人都不說話。高瑞想了想道：「或者先把它質押出去救急，等拉斯普汀的銀子到了，再贖回來？」這個提議也有風險，但高瑞這麼一說，曹掌櫃先就點了點頭，接著馬荀也遲疑地點頭。大家一起向玉菡看去。玉菡長久地沉默著，半晌突然道：「茶山眼下成了喬家的根本，沒有了茶山，明年什麼生意都不會有了。至於剩下的五十萬兩銀子，我自有辦法！」說著她不待眾人回答，便急急離去了，只留下一屋子的爺們帶著點納悶，面面相覷，歎氣。

第三十七章

1

鐵信石一進門就覺得有些不對勁，只見玉菡獨自一人憑窗而望，神情凝重。鐵信石遲疑了一下，行禮問好。玉菡頭也不回，一字一字道：「石信鐵！」鐵信石聞言大驚，呆了呆顫聲道：「太太，原來您早就知道我是誰了？」玉菡慢慢轉過身來，直視著他：「石信鐵，我當然知道你是誰，不只我知道你是誰，二爺也早就知道你是誰！」

鐵信石更是吃驚。玉菡見他不做聲，便繼續道：「石信鐵，你自小不喜歡做生意，一心學武藝，所以十四歲那年你離家出走上了恆山，跟名聞天下的武師季一禪學藝，為此你父親石東山與你斷絕了父子關係。十年後你下了山，去包頭尋父，你父石東山仍然不願認你這個兒子，於是你二次回到恆山，為師傅守墓。咸豐年間，你父石東山不幸捲入喬家與達盛昌邱家在包頭的高粱霸盤，全家自殺身亡，你到包頭埋葬了父母弟妹，然後來到山西隨難民南下，要去祁縣尋找喬家，為你父報仇……」

鐵信石心頭波瀾大起，虎目中漸漸浮起淚光，道：「太太，您不要再說了。」玉菡不理，道：「後來你隨我到了喬家，新婚之日，你本可以一鏢殺死喬致庸，可你沒有，你只一鏢擊中了喜堂上的雙喜字。再後來，你一次次隨致庸遠行，南下武夷山，北上恰克圖，你有許多機會殺死他，可你一直沒這麼做，相反卻一次次救了他的命。信石，我還是叫你信石，你為何要這樣？」

鐵信石目中終於流下淚來，道：「太太，您就不要再問了！」玉菡上前一步，盯著鐵信石，道：「鐵信石，你就是不說，我也能猜出個大概。你是個恩怨分明的大丈夫，你一生不讓我為你娶妻，寧願孤身一人，守在喬家的馬房裡……人非草木，玉菡能不知情？這些年間，你不殺喬致庸，大約就是為了玉菡吧！你知道若是殺了喬致庸，今生今世，玉菡就再也不會快樂……」

鐵信石猛然跪下：「太太，您不要再說了！鐵信石的命是太太在大街上救活的，太太能讓鐵信石守在太太身邊，每天看到太太，聽到太太的聲音，就是給了鐵信石最大的恩典，今生鐵信石知足了！」玉菡心頭又痛又亂，半晌才道：「可是現在我要離開喬家，鐵信石，你還願意留在喬家嗎？你還會對二爺起殺心嗎？」鐵信石大驚，起身急問道：「太太，您說什麼？您要離開喬家？」玉菡沒有回答，把剛才問他的話又問了一遍。鐵信石不再追問她離去的原因，低首呆了半晌，搖搖頭道：「信石不殺東家，有太太的原因，也有東家的原因，東家是天下難得一見的仁義之人，信石即使不為太太也不願意殺他。但，但信石留在喬家的主要原因，且終身不娶，卻還是因為太太您。若太太離開，信石也必會離開，追隨太太左右，別無他念，只求一生做太太的車夫，不離不棄。」玉菡心中大為感動，眼淚直流而下，半晌道：「信石，這個我可以答應你，但若致庸或喬家需要你，但求你看在我的分上，還能伸出援手，我，我也只求你這一件事了。」鐵信石再次跪下，聲若裂石：「只要太太同意信石常伴左右，信石可以應允任何事情。」

當那天終於來臨的時候，玉菡到底忍不住，還是又去了一次書房院。她呆呆地聽著孩子們朗朗的讀書聲，臉上浮起一絲心酸的微笑，接著又趴在窗戶上，偷偷向裡看了許久，方才離去，折身去了曹氏的房間。

茂才離開喬家之後，曹氏著實沉默了一陣。原本家事都已經交付給了玉菡，這幾年她更是撒手萬事不管，一心念佛。這日聽到玉菡要走的話，一時間簡直不知說什麼好。手上捏著那張玉菡自休的文書，一迭聲地問：「為什麼？」

玉菡「撲通」一聲跪倒在曹氏面前，泣聲道：「嫂子，眼看著又是年關，咱們家今年的生意不好，只能拿出三十萬兩銀子，陸氏把私房全部拿出，眼見著還差五十萬兩沒有著落。二爺眼下將這個家交給我管，就是將他的命交給了陸氏，陸氏湊不足這一百萬兩銀子，二爺就要丟了性命！陸氏想來想去，眼下要救二爺，只有陸氏自休一條路可走！」

曹氏定定神，攙起玉菡歎道：「咱們家交不上朝廷要的銀子，你自休了又有何用？」玉菡道：「嫂子，今日要想救二爺，只有賣掉臨江的茶山！喬家不能失去臨江的茶山，就像當初不能失去包頭復字號大小一樣。當年為了救喬家，二爺捨棄了雪瑛表妹，娶回陸氏，因為陸氏能幫喬家渡過難關，重整旗鼓。今天陸氏和陸家再也不能幫二爺了，現在手中有銀子且能幫二爺的人是雪瑛表妹。其實，其實當初二爺在北京落難，拿出三百萬兩銀子救了二爺的，也正是雪瑛表妹！今兒陸氏把自己休了，請嫂子做主，替二爺把雪瑛表妹娶回來，喬家今年要繳付給朝廷的銀子就有了，臨江縣的茶山也保住了，二爺和雪瑛表妹這一對有情人，也就終成了眷屬！嫂子，你想一想，陸氏做了這麼件小事，不但救了喬家，救了二爺的命，還成全了雪瑛表妹和二爺的姻緣，徹底了斷了喬家和雪瑛表妹的這一段怨仇，日後再也不會有那麼一個仇人，天天盯著二爺，把二爺送進監牢，這有什麼不好？我為什麼不該這樣做？」

曹氏吃了一驚：「妹妹，難道說把致庸送進朝廷的天牢裡的人竟是雪瑛？」玉菡連忙擺手：「不不，嫂子，不是雪瑛表妹，不是她，我只是順嘴這麼一說，我當初是懷疑過她，可我們沒有憑據。再說了嫂子，哪怕真是雪瑛表妹，我也不怪她，她是得不到二爺，由情生愛，由愛轉恨才這麼做的，可她歸根結底還是出銀子救了二爺呀。」曹氏心中有點明白過來，於是不再追問，只猛地上前抱住玉菡落淚道：「妹妹，你只為這個家想，只為致庸和別人想，怎麼不為自個兒想想呢？你離開了這個家，能到哪裡去？你的後半生怎麼辦？」

一說到這裡，玉菡反而越發鎮定和堅強了，她拭拭眼淚：「嫂子，陸家雖說敗了，可我爹還給我留下一座老宅。我想無論是嫂子，還是二爺，都不至於會讓陸氏衣食無著。嫂子，陸氏的決心已定，嫂子留下陸氏的休書，回頭告訴二爺，他就是去請我，我也再不會回來了。眼下最要緊的是趕快打發媒人，把雪瑛表妹娶進喬家！」

就在這時，門突然被推開，翠兒一頭撲進來，跪倒在地，哭道：「大太太，剛才二太太的話我都聽見了。二太太一定要離開喬家，翠兒一個下人也擋不住，可是二太太就這麼走，也太可憐了，二太太身邊沒一個人使喚，大太太，求您開恩，讓翠兒跟二太太一起去吧！」玉菡一把將翠兒抱起，哭道：「好翠兒，難為你的一片好心！」

曹氏落淚道：「可是妹妹，你就是狠心捨下我，捨下二弟，可你捨得下自個兒的孩子們嗎？他們可還都小哇！」玉菡淚水滾滾而下：「嫂子，景岱、景儀沒有了我，可他們還有自

個的爹，有先生教書，還有嫂子照顧他們。可若是喬家沒有了二爺，也就沒有了喬家，孩子們就苦了！他們會長大的，到了懂事的時候，就不會恨我了！」話雖這麼說，可三個人心中都難過，當下抱在一起，哭作一團。半晌，曹氏拭淚，整衣起身，對著玉菡跪拜下去，道：「妹妹，你若真下定決心這麼做，我也不再阻攔。可我要替喬家的祖宗，對你行一次大禮。妹妹，是喬家祖上有德，修來了你這樣大仁大義大賢大德的媳婦！」

玉菡收拾停當後，終於趁致庸去田間的時候，和翠兒及鐵信石一起離開了喬家大院。馬車走動的一瞬間，即使玉菡心裡早有準備，卻仍禁不住淚流滿面。恍惚間，她看見當年自己作為新嫁娘走進喬家的情景，那樣美貌，那樣喜悅，那樣滿懷憧憬……翠兒眼淚滾滾而下，強自鎮定地取出絲帕，幫玉菡擦拭眼淚。玉菡再也忍不住，趴在她懷裡大哭起來：「翠兒呀，我當年嫁給致庸，只是喜歡他，可是今天，我才明白，我不只是喜歡他，我還願意把我自個兒的命給他，為了護住致庸，我只有……只有把他捨出去了！我能做的都做了，這是我最後的一個辦法啦……」翠兒又是難過，又是愧疚，將玉菡攬在懷裡，大哭起來。

2

第二日一大早，致庸趕往了太谷的陸宅。玉菡沒有立刻見他，讓他在客堂等了很久。致庸也不介意，只默默地坐著，透過窗戶望窗外的花園，突然想起了多年前初次登門拜訪，玉菡隔著花門偷偷瞧他的情形，內心一下子翻滾起來，那時候，那時候大家還是多麼的年輕啊……

過了許久玉菡才慢慢來到客堂。致庸站起，深深看她，不禁悲從中來，痛聲道：「太太，就是喬致庸有千般的錯處，你也該看在孩子們的面上，跟我回去。」玉菡神情波瀾不驚，堅持地搖頭道：「玉菡既然決定了自休，就不會再回去。至於孩子，上有你這個父親，下有那麼多家人老媽子，還有大嫂，我不擔心他們。」

聽了這話，致庸並不著急，坐下道：「什麼自休，我不答應，你是我喬致庸明媒正娶的太太……太太就是今天不願跟我走，我也會等。一年也行，兩年也行，八年十年都行。」玉菡心頭又是感動，又是難過，卻故意做出決絕的神情道：「二爺這麼說就多餘了，玉菡既然下決心離開你，離開喬家，就不會再回去了。二爺當然可以等，可朝廷不會讓你等的，朝廷過些日子就會找你要銀子！」

致庸心中立刻明白了，他默然很久，突然傷感道：「太太也把喬致庸的命看得太值錢了。其實，喬致庸的一顆人頭算得了什麼？從他們將我圈禁在家中那一天起，我就想到過，喬家也許會有一天支撐不下去，可那又如何？喬致庸也讀過幾天《莊子》，死生怎麼能嚇得住我？可是你我做了多年的夫妻，我一向視你為知己，你不該對我做出眼下這等事！」玉菡一不做二不休道：「二爺，如果陸氏離開喬家，不是因為朝廷的銀子呢？」致庸一驚：「那……那……那是為了什麼？」

「二爺自打將陸氏娶進家，心裡就從來沒有過陸氏，二爺天天想夜夜盼的只是雪瑛表妹，」玉菡哽咽起來道，「我和二爺表面上是夫妻……實則形同陌路。我們已經做了多年的夫妻，陸氏如果還能忍下去，是不會走的，我既然走了，就是什麼都想過了，不可能再回去。二爺，你走吧，衝著陸家幾次幫助二爺渡過難關，你也讓陸氏遂了自個兒的心願，從此

在這裡過自己的清靜日子吧！」

致庸心中大震，待要辯白，卻不知如何開口是好。玉菡流淚道：「二爺……我把多年的真心話告訴你。我雖然人在喬家，你的心卻不在陸氏身上，我是得到了你這個人，卻一輩子也沒得到你的心！得到你的心的人是雪瑛表妹！我今天走出來了，你跟著就來了，我這會兒覺得，至少你現在心上有我這個人了！我真的不願意像以前那樣，一輩子每天守著你這個人，卻讓別的女人取走了你的心！」

致庸心如刀絞，痛聲道：「太太，想喬致庸這一輩子，讀書不成，經商也不成，我甚至也不是個成功的丈夫。是我誤了太太的一生……」玉菡心中大為難過，趕緊低下頭去硬生生忍住。半晌只聽致庸又顫聲懇求道：「太太執意離開喬家，別的不說，喬家的生意怎麼辦？這些年都是太太替我看帳！」

玉菡再開口時，不但目光冷靜得出奇，聲音亦極為淡然：「帳本可以拿過來給我看，就當你雇我做一個帳房先生，以後你就算是我的東家。可是喬家，我是不會回去的。二爺，請回吧！」

致庸呆了一會兒，不覺淚水盈眶，轉身就走。玉菡又喊道：「二爺，等一下！」致庸心中又起了希望，當下轉身回頭。只見玉菡含淚取出那只鴛鴦玉環：「二爺，它本來是我們陸家的東西，就是因為當年我愛慕二爺，我父親才做主，只以一兩銀子的價錢賣給二爺，實指望有一日你悟出其中的機緣，回頭上門來提親，親手將這只玉環給我戴上……可是這世間的事，陰差陽錯，我雖然進了喬家的門，做了你的太太，可這只玉環，卻遲遲沒有回到我腕上來。我現在才明白，也許這東西真的不該是我的，也許它本來就該是雪瑛妹妹的，卻……現在你讓人帶上它去求婚，雪瑛妹妹見了它，說不定就會答應！」

致庸一時間簡直痛不欲生，衝動道：「太太就是鐵了心要成全我和雪瑛表妹，那也是太太自個兒的事，可娶不娶雪瑛，卻是我的事。太太，喬致庸要是鐵了心不娶江雪瑛，你今天做的事還有什麼意義?!」說著他再也忍不住，快步走出。

玉菡心中大震，站在窗前，看著致庸的馬車漸漸走遠，淚水滾滾，回頭抓起那只玉環道：「翠兒，現在看來這件事只有求你了！」翠兒正抹眼淚，聞言一驚：「我？」玉菡點頭，神情激動道：「除了你，世上再沒有第二個人能做這件事了。翠兒……雪瑛表妹不相信別人，可是不會不相信你。你帶上這只鴛鴦玉環，去見雪瑛表妹，就說喬家請你為雪瑛表妹和二爺做大媒來了！這只玉環，就是喬家的聘禮！」說著她將鴛鴦玉環塞進翠兒手中。翠兒大叫：「太太，翠兒怎麼能擔得起這麼大的事，何況小姐連見也未必願意見我呢……」

玉菡坐下，流淚顫聲道：「這麼說吧，喬家現在缺錢。娶了雪瑛表妹就有了錢，有了錢二爺才能保住命。翠兒，求你了！玉菡給你磕頭！」說著她便要跪下。翠兒大驚，連忙將她扶起：「太太只要開口，無論辦得成辦不成，翠兒都會去的。玉菡為了二爺，為了喬家，把家都捨了，翠兒一個下人，還有什麼不敢做的，我去，我現在就去！只是……」「只是什麼？」「只是到了那裡，我該怎麼跟我們家小姐說？」玉菡想了想，心中感傷，道：「你就這麼說，小姐一生都盼著嫁到喬家，與致庸好夢能圓，現在……為了喬家的二爺，也為了成全小姐的一片癡情，玉菡捨棄了自己的親夫。就是為了玉菡的一片心，她也不要再猶豫！你還對她說，這次是玉菡跪地求她了！況且對於她和致庸的姻緣，只怕不會再有第二次這樣的機會了！」翠兒一邊聽一邊哭，跪在地上磕了一個頭，立刻起身隨鐵信石去了。

一路上翠兒一直擔心雪瑛會不會見她，但事情卻沒有她想像中那樣難。雪瑛一聽是她求見，很快就讓她進了佛堂。翠兒鼓足勇氣，結結巴巴，甚至囉囉嗦嗦地總算把事情說清楚了。

雪瑛神色不驚地聽完翠兒的話，半天沒有言語，只是一直用手輕輕地撫弄那只鴛鴦玉環。翠兒看著她著急道：「小姐，這一次您真的見死不救？玉菡太太為了您，都做到這一步了，您還要她怎麼樣？您是想看著她死掉，才會答應嫁給二爺嗎？」

雪瑛突然淚如泉湧：「你是說陸玉菡真的會為致庸而死？」翠兒看著她，堅定地點點頭：「小姐，如果你非要等到玉菡太太死了才會嫁給二爺，玉菡太太真的會去死！」雪瑛半晌小心地放下玉環，扳過翠兒的肩頭落淚道：「翠兒，難道你就一點兒也不明白，我不能嫁到喬家去！」翠兒大驚：「小姐，您……」雪瑛輕輕掩住她的嘴：「你聽我說完，自從我答應何家老太爺，留在何家，替何家守住春官這一線血脈，一生一世就沒了自由！我還怎麼嫁到喬家去！這些你都忘了嗎？」翠兒一下什麼都想起來了，一時間淚水漣漣而下。

雪瑛一邊自己流著淚，一邊溫柔地拭著翠兒的淚，含笑顫聲道：「就算我今天是自由的，也不能嫁給喬致庸了！陸玉菡為了喬致庸，都做到這一步了，我還怎麼敢嫁到喬家去！過去她人嫁到了喬家，卻得不到致庸的心，今天我要是嫁過去了，就會成為一個千夫所指的女人，致庸也會一輩子覺得有負於陸玉菡，那樣我就要永遠失掉致庸的心了……」

翠兒再也忍不住，撲在雪瑛懷裡大哭起來。雪瑛的淚水滾滾而下，仍拍著翠兒的背努力笑道：「好翠兒，回去告訴陸玉菡，江雪瑛眼下過得很好，喬家缺的五十萬兩銀子，我替他們湊齊，喬家的茶山，我也不要。陸玉菡今天做的事讓我明白了，真正拿出性命愛致庸的人不是我，是她。自從她做了這件事，我的心想再靠近致庸也不能了！所以翠兒，我也要走了，我要帶上我們家春官遠遠地出去，住上幾年，躲開這些人和事，我現在只有何家的孩子了，我想清清靜靜地把他養大！」說著她終於放聲痛哭起來。

3

當夜晚的燭影如蝴蝶般在牆壁上振振欲飛的時候，致庸常會長久地凝視著它，臉上掛著一絲蒼白而茫然的微笑。那年雪瑛在吩咐胡管家借給喬家五十萬兩銀子之後，就帶著孩子離開了何宅，誰也不知道她去哪裡了。這種情形下玉菡也沒有再回到喬家，她曾經流著眼淚這樣向致庸解釋——「為了雪瑛表妹待你的一顆心！也為了雪瑛表妹待我的一顆心！」此言一出，致庸只能完全放棄要她回來的念頭。有那麼一段時間，玉菡和曹氏曾經提議讓他再娶，但他決絕地回絕了，沒有任何商量的餘地。

咸豐九年，已經能夠獨當一面的景泰在外得了傷寒，最後歿於恰克圖。這個打擊對喬家幾乎是致命的，致庸原本計畫在景泰再年長一些的時候，將生意完全託付給他。當這個噩耗從萬里外傳來的時候，一切設想都成了泡影，他再次大病了一場。曹氏更不待言，一夜間頭髮全都白了，但她確是個極其堅強的女子，在難以言語的傷痛過後，她仍舊挺了過來。

那暈黃的燈光，空空地填補著這間既是書房又兼臥室的房間。一夜一夜，致庸從狂躁變為平靜，又從平靜變為狂躁。斗轉星移，在旁人眼裡，致庸終於好像變成了另外一個人，那雙黑亮眸子中的光芒慢慢地黯淡了下去，變成無可無不可的茫然。唯有某些夜晚，當他心平氣和地面對黑暗時，眸子裡才會重新跳躍起不屈的光焰來。

同治三年的一個午後，像平常一樣，已徹底是一副中年地主模樣的致庸，正坐在地頭樹下和農民喝茶。一陣馬蹄聲從遠處傳來，越來越響亮。致庸舉起單筒望遠鏡望去，嘟囔道：「哪裡來的快馬？」然後放下望遠鏡，用土坷垃劃出一個棋盤，對旁邊的一個農民笑道：「張柱子，來……下棋！」那張柱子也不推辭，笑嘻嘻地與致庸擺開了戰局。

卻見長栓搖著手一路喊叫著向致庸奔來。致庸嚇一大跳，趕緊站起，問發生了什麼事。長栓上氣不接下氣地奔過來，喊道：「二爺，官兵打下了江寧府，長毛軍滅啦，滅啦！」致庸一把撒掉手中的土坷垃，一躍而起，混沌了多年的眼睛驟然像年輕時一樣明亮，急聲問道：「你說什麼？長毛軍終於滅了？」長栓一邊喘氣，一邊點頭。致庸呆呆地站著，瘋一樣地大笑，接著流出了淚水。長栓眼睛也溼潤起來。

一進喬家大院，曹掌櫃就迎上來，將一封潘為嚴的急件遞過來，致庸展開一看不禁大喜，連聲道：「十年了，到底把長毛軍滅了！長毛軍一滅，朝廷加在我頭上的緊箍咒也該摘去了，致庸又可以和諸位一起走遍天下，幹咱們想幹的大事了！」他說得喜形於色，曹掌櫃卻神色凝重，欲言又止。致庸剛要開口詢問，卻聽長栓問：「曹爺，不是有兩封信嗎？」曹掌櫃臉色微變，趕緊道：「啊，那封是專門給我的，說些……說些生意上的事情，沒……沒什麼重要的。」致庸心裡沉了一下，卻聽曹掌櫃補充道：「二爺，潘大掌櫃在信上說了，他幾日後就會趕到祁縣，親自與您商議，您先別急！」

致庸心中有了一些不好的預感，但他沒有追問，返身回到書房，點燃一支香，在那個無名恩公的牌位前恭恭敬敬地作揖道：「恩人，致庸多年困守家中，只盼滅了長毛軍後，致庸能重新出山，再做一番事業，還您的銀子，當面叩謝報答您的大恩！」書房外的長栓和曹掌櫃都微微紅了眼圈。曹掌櫃長歎一聲，剛要離去，又突然回頭道：「二爺，還有一個消息，江南平定了，各地急需官吏，那孫茂才倒是時來運轉，這麼些年了，哈芬哈大人總算給他保了一個出身，他自己又托人在吏部使些銀子，聽說要去江蘇吳縣做知縣了！」致庸愣了一下，許久才喃喃道：「好啊，只盼他在仕途上也能有一番成就……」曹掌櫃沒有做聲就離去了，反倒是長栓聽了這話，老大不以為然，忍不住搖頭「哼」了一聲：「就孫老先那樣的人也配……」致庸像沒有聽到一樣，只顧自己出神。

潘為嚴是個守信之人，他五日後如約而至到了祁縣。但他先去了大德興茶票莊總號，與曹掌櫃進行一番細細商議後，方才來到喬家大院面見致庸。

致庸見到潘為嚴，握著他的手頗為激動。潘為嚴卻神色平靜，一番寒暄過後，他要求和致庸單獨談談。致庸知道他的脾氣，笑著應允，和潘為嚴一起到了內書房。潘為嚴一進門便問道：「天下平定，朝廷對東家的圈禁令就要失效，想來東家一定準備東山再起吧？」致庸不知怎麼想起那日曹掌櫃的神色，點頭道：「潘大掌櫃，可我還想聽聽你的高見，我喬致庸明天的路該怎麼走！」

潘為嚴沒料到他這般回答，想了想道：「為嚴來前請高人為東家卜了一卦……」致庸一愣：「你為我卜了個什麼卦？」「泰卦！」「泰卦？」潘為嚴看著神色陰晴不定的致庸解釋道：「卦是好卦，所謂否極泰來，東家轉運的日子到了。可在解卦的人看來，這一卦其實凶險，人在否極泰來之時，就會放鬆警覺，盲目樂觀，以為天下事不足慮也。東家，有否極泰來之時，自然也有物極必反之日。所以東家一定要警惕，不可妄動！」致庸倒吸一口涼氣，

突然明白了潘為嚴的意思，顫聲問：「潘大掌櫃，難道你的意思是要我仍像過去那些年一樣，什麼也不說，什麼也不做？」

潘為嚴沒有直接回答，卻換了一個話頭：「東家，這些日子，我一直在京城等待朝廷下達為東家解除圈禁的旨意，為了這件事，也曾托門子見了慶親王，請他去太后也就是當年的懿貴妃那兒活動，可是一天天過去了，沒有結果。恰好前些日子胡大帥到了京城，他功成身退，這次到京城是要求告老還鄉的，不過他仍舊沒有忘了東家，因為他向太后請求的最後一個恩典，就是要朝廷下旨，為喬東家解禁！」致庸心中大為感動：「真的?!……大帥身邊多少大事，他竟還能記得我喬致庸，唉，我喬致庸何以為報啊！」

潘為嚴點頭一笑：「東家是多年來晉商中少見的俊彥，不單是胡大帥，其實記得東家的人多著呢。胡沅浦是中興名臣，太后自然不好駁他的面子，所以當場便允諾解了東家的圈禁令。此外大帥之弟胡叔純，也到了山西就任山西巡撫，大概不久東家就能見到這一位胡大人了！」致庸不禁頗喜，心頭又慢慢燃起希望，剛要說話，卻聽潘為嚴道：「但這次見面只怕不是什麼好事，太后並沒忘記東家每年上繳的那筆銀子，我聽說她老人家近日下旨給胡叔純胡大人，讓他帶聖旨來見東家，要東家今年繼續拿出一百五十萬兩銀子，把當年沒捐的那個官捐了！」

致庸愣在那裡：「……什麼？……天下未平，朝廷不得已讓商人買官，以助軍費，這勉強還說得過去。現如今天下太平，海晏河清，朝廷居然還要賣官鬻爵，聚斂錢財？」潘為嚴歎口氣，無可奈何地點了點頭。致庸又驚又怒：「我所以不願意捐官，原因你是知道的！官職爵位乃是國家重器，怎麼能夠隨意買賣！這個官，致庸當年不捐，今天仍然不會捐！」潘為嚴道：「我也贊成東家不捐，東家今年捐了，太后明年還會記住喬家的銀子。長此下去，喬家豈不是永遠無解脫之日？」致庸想了想，不禁焦急問：「潘大掌櫃，既是決定不捐，那又該如何回絕才沒有後患呢？」

潘為嚴看看他，沉靜道：「這就是潘為嚴急著回來見東家的原因。多年前我勸東家韜光養晦，給朝廷一個一蹶不振的印象，再也不管喬家的生意，也不提什麼匯通天下、貨通天下，東家咬著牙這麼做了，以至於讓天下商人，皆以為喬家完了，喬致庸完了。只有潘為嚴知道，東家沒有完，東家是在忍辱含垢，臥薪嚐膽，期望有朝一日不飛則已，一飛衝天，不鳴則已，一鳴驚人。」

致庸向潘為嚴看去，淚幾乎要落下，強笑道：「……知我者潘大掌櫃也！」潘為嚴也紅了眼圈，半晌終於道：「東家有一顆鯤鵬之心，潘為嚴知道。可光是潘為嚴知道就行了，如果讓天下人，甚至讓當今太后也知道的話，就大大不妙了！這些年來，東家一次也沒有跟潘為嚴再提過匯通天下、貨通天下，可潘為嚴知道，東家心中一天也沒有忘掉過它們！不只東家沒有忘記，朝廷也沒有忘記，很多人都沒有忘！東家圈禁的時間雖然很長，可東家說過，為了實現匯通天下、貨通天下，東家還可以花去二十年，甚至一生，這話東家忘了嗎？為嚴是沒有忘，因此今天為嚴仍要勸東家繼續像……像過去被圈禁的那些年一樣低調隱居！」

致庸對這些話雖然心中已有預感，但聽潘為嚴明白說出來，仍像受了重重一擊，五雷轟頂，心亂如麻。潘為嚴心中難過，上前扶住致庸，哽咽道：「為嚴深知十年來東家一直都盼著重新出山，做成兩件事，一是重走天下的商路，掙出一大筆銀子，還給當年從天牢裡將您救出的那位恩人。第二件要做的大事仍然是匯通天下。就是為了實現這兩大夙願，我也定要

勸東家您像過去一樣，待在鄉間，韜光養晦，什麼也不做。只有讓天下人、讓朝廷知道東家再沒有當年的雄心，喬家也再沒有當年那麼多銀子，東家和喬家才是安全的，也只有喬家安全了，東家的兩大心願才可能完成。天下初定，但朝廷的面孔卻一向多變，無論是東家還是我，都只有待時而動啊……」

……不知過了多久，致庸終於艱難且痛苦地用盡全身力氣點了點頭。沒有人知道後來他們又談了些什麼，致庸也從未向任何人提起過這次談話。只是當日下午潘為嚴上了馬車，駛出喬家大院之後，致庸呆呆地望著一直守著他的曹掌櫃，突然頭一歪倒了下去。曹掌櫃大驚：「東家，你怎麼啦？快來人！」家人慌忙將致庸抬起放到床上，大家亂成一團。曹氏也匆匆趕來：「二弟你怎麼了！快叫醫生！」致庸微微睜開眼睛，向曹掌櫃望去，嘴唇輕輕動了動。曹掌櫃忽然醒悟：「長栓，快，快去追潘大掌櫃，讓他進京後設法稟告慶親王，就說東家得了風癱之疾，起不了床，已經是個廢人了！」長栓沒弄明白，曹掌櫃趕緊向他附耳低聲說了幾句，長栓點頭去了。圍著致庸的人互相看了看，似乎也明白了些什麼。只見致庸別轉頭，呆呆地盯著帳子，許久許久，一行淚終於從他眼角慢慢流了下來。

一個多月以後，新任山西巡撫胡叔純果然到了喬家，他宣讀的聖旨除了解除對致庸的圈禁外，同時還要求他一百萬兩銀子捐官。致庸「重病」在床，根本就「沒法」接旨。胡叔純心領神會，回去後便用「風癱臥床」這個藉口，一紙奏摺幫致庸把官捐推掉了，總算將此事告一個段落。

4

致庸在床上整整躺了三個月才起床，恢復了以前的生活。他依舊盡力做一些善事，這些善事甚至成為他生活中最大的樂趣。

夜晚的燭影依舊如蝴蝶般在牆壁上振振欲飛，致庸的心卻似乎完全平靜了下來，他閒時讀書，更多的時候他會練習書法──「醉裡挑燈看劍，夢回吹角連營」，諸如此類的詩詞，一遍一遍地寫，他也手抄《莊子》、《孟子》等典籍，寫完後，再一頁頁由長栓小心焚去。

當然，在那些平靜的日子裡，也會發生令他大為高興喜悅的事情。雖然三姐如玉、劉本初劉老先生皆先後去世，但元楚卻一直在喬家苦讀，後來又是由致庸做主，將他送往山西最有名的晉陽書院攻讀。元楚不負眾望，終於在一年殿試中獨占鰲頭，考取了狀元，並在不久後作為使館參贊駐守德意志國。

元楚高中後曾回鄉叩祖，亦是當年一大盛事。水長清古怪，仍不讓元楚進門，元楚只得回到喬家，叩拜喬家的祖宗。致庸哪裡肯，便帶著他到了墳地裡，在如玉墓前祭拜了一番。

元楚叩祖結束預備返京，在臨行前，致庸傷感道：「舅舅再也不能像你這樣報效國家了！」元楚跪接致庸手中的酒，慷然道：「舅舅放心，舅舅心裡想什麼，元楚一清二楚，元楚出使德意志國，只是元楚報效國家的一個開始，日後元楚一生都會記住舅舅的教誨，只要舅舅仍然困守鄉里，元楚在外面，就一個人做兩個人的事！」致庸又是眼淚，又是歡笑，在元楚一行遠去很久後，他又抄起掛在腰間的單筒望遠鏡看了又看，吶吶道：「真羨慕他，有這麼好的機會，能夠走遍世界，為國效力！我這一生卻……」

日子周而復始，在某些夜深人靜的時刻，他想起多年前的夙願，他曾經希望像蝴蝶般自由自在，攜著心愛人的手，遊遍大江南北。雖然玉菡甚少見面，而雪瑛更是多年不通消息，但在他朦朧的夢境中，這兩個女子常常合二為一，一起伴著他，自由自在地走遍神州大地無數勝景——千古一聖孔老夫子登臨過的泰山，荊軻刺秦辭行時唱出慷慨悲歌的易水，楚霸王中了十面埋伏兵敗自刎的垓下，秦將白起坑趙兵四十萬的長平，秦始皇帝令蒙恬修建卻被孟姜女哭倒的萬里長城，從崑崙山直瀉東海的滔滔黃河，謝家小兒郎大敗前秦苻堅的淝水，隋煬帝開鬪的南北大運河，唐明皇賜死楊貴妃的馬嵬驛，蘇東坡泛過舟的赤壁，徐霞客遊記裡的奇瑰黃山……

同治七年起，一場百年未遇的旱災席捲了整個北方地區，晉、陝、豫三省餓殍遍地，災民無數。災荒初起，致庸就讓長順在村頭開設了一個施粥場，一日兩餐，施粥給來到這裡的災民。不想周圍的災民聞訊而至，聚集在喬家堡外不走，一時竟有數萬之眾。長順開始只在粥場安了兩口煮粥的大鍋，致庸發覺不夠，便增加到二十口，後來一直增加到一百口。整整四個月過後，災民的數量不見減少，反見增多。等致庸發現事情的嚴重時，聚集在喬家堡村頭的災民已達十萬之多。

曹掌櫃找到內書房裡來，對致庸皺眉道：「東家，看這個架勢，只怕靠喬家一家之力，撐不了多久啊。」致庸滿嘴都是燎泡，沉吟半晌，痛下決心道：「曹掌櫃，我想好了，把這幾年積攢下來準備還給那位恩人的三百萬兩銀子全取出來，派人去外地糴糧，把粥場維持下去！」曹掌櫃吃了一驚道：「東家，那位恩人的銀子就不還了？」致庸苦笑道：「還自然是要還的，銀子花了以後還可以再掙，村外這些災民是衝著我喬致庸來了，我不能讓他們死在這裡！」長栓在一旁嘟噥道：「天下災民這麼多，光我們山西省就餓死了二百萬，你救得過來嗎？」致庸瞪他一眼：「我喬致庸年年困守鄉里，要救得天下災民也就是說說罷了！可我就是救不了天下災民，我連大門外這些災民也救不了嗎！」曹掌櫃點頭道：「行，我聽東家的！」他說著走出去，安排掌櫃的和夥計們提銀子外出買糧。

這邊致庸又把喬家眾人一起喊了出來，致庸環顧大家，大聲道：「大家聽著，既然天下人都成了災民，我們自己也就是災民！從這頓飯起，家裡不開伙了，到了開飯的時候，大家一起去村頭和災民們一起吃粥！再有，從明天起，這個家從我開始，所有人都不得再穿綢緞衣裳，把這些衣裳收好了，等哪一天銀子接濟不上，就拿它們去為災民換糧食，熬粥！」眾人站著不語，女人們中間發出輕輕的抽泣聲。曹氏往前走了一步，顫巍巍道：「孩子們，二弟說得對，天地不仁，以萬物為芻狗，既然天下人都成了災民，我們自己怎麼能例外！杏兒，去給我準備一個大碗！你們要是覺得出不去門，等外頭的粥熬好了，我帶你們去吃粥！」

當日中午，喬家堡外出現了奇特的一幕：曹氏帶著全家及男女僕人全部粗衣麻鞋，每人一只大碗，從喬家大院魚貫走出，走向村外，走向粥場。千千萬萬的災民看到了這一幕，知道了他們的身分，一片一片跪倒下來磕頭，哭的喊的都有——「小人們給老太太叩頭！謝老太太讓我們活命！」

曹氏走上前去，眾災民急忙讓出一條道。那曹氏伸出手中大碗，讓長順給自己盛了一勺粥，回頭大聲對災民道：「眾位請起！今天大家來到喬家堡，只恨喬家德少財薄，不能讓大家吃上口好的，只能喝上這一碗粥。但只要喬家的人餓不死，我們二爺也就不會讓這裡餓

死一個！大家排好隊上前，咱們一起喝粥！」眾災民一時哭聲遍地。景岱等人依次去打粥，人人端在手裡，看著曹氏。曹氏喝了一口粥，笑道：「啊，大家喝呀，味道挺好的，當年我們喬家的頭一代先人貴發公去包頭給人拉車打牆，還喝不到這樣的粥哩！大家喝！」眾人含淚，稀里呼嚕喝起粥來。

多年在家的致庸這次終於走出家門，多方遊說，祁、太、平三縣的鉅賈大賈也紛紛解囊贊助。但即使是這樣，喬家也終於到了油盡燈枯的時候。致庸危難之際，又想到了雪瑛，若是她在家，他一定會到她那兒借銀子買糧，把局面維持下去，直到麥子成熟，災民散去。就在這時曹掌櫃跑進來報給他一個消息：原先聚集在喬家堡村外的十萬災民一夜間全部離去，原來是榆次鉅賈何家也在村外開了一個更大的粥場施粥，眼下聚集在那裡的災民已有二十萬之眾。致庸聽聞這個消息，當時就感動得大哭起來。第一是雪瑛離開山西這些年終於回來了，第二是她終於跳出了人生的小格局，以極大的氣魄做起今天這樣一件驚天動地的大善事。他還有另一種感覺：這些年來雪瑛或許根本就沒有離開山西，她只是真正絕了念想，不再和他來往，而這次何家在村外大開粥場，則是雪瑛得知他已因施粥到了山窮水盡之地，毅然以這樣的方法幫助他從絕境中走出。

山西巡撫胡叔純第二次來到喬家，看著村頭的百口大鍋，不禁動容，忍不住對一邊的馬師爺感慨道：「我大哥真會看人，他早就說過喬致庸是個義士，有一天必定能為天下萬民做出驚天動地的義舉。他說對了，一個普通的商人，家裡能有多少銀子，竟然能救下數萬災民的性命！」

長栓聞訊跑進來對致庸道：「東家，胡叔純胡大人又來了！」致庸想了想，「哇」一聲叫，又「昏死」過去。眾人會意，趕緊把他扶到床上。當胡叔純由曹掌櫃陪著來到喬家的時候，只見一口大鍋放在院中，曹氏帶著全家人正在喝菜粥。胡叔純站住，看著曹氏詫異道：「請問這位是……」曹掌櫃道：「回大帥話，這位是我們東家的大嫂，喬家大東家喬致廣的太太。」胡叔純聞言忍不住又看了幾眼，只見曹氏粗布麻衣，如同村嫗，他不禁大驚：「怎麼如此穿著？」曹氏與眾人默默對視，一時無語。胡叔純走過去，看著鍋裡的菜粥，越發吃驚道：「喬太太，這就是府上現在吃的飯？」

曹氏終於開口，朗朗一笑道：「巡撫大人，若是天下災民都能喝上這樣的菜粥，就是大好事了。喬家今日還有菜粥喝，應當知足啊！」胡叔純聞言不禁兩眼溼潤道：「喬太太，我胡叔純一輩子除了天地君親師，此外還沒有跪過什麼人。不過今天，我要替天下災民，給你們喬家人磕個頭！」說著他雙膝跪下就磕起頭來。曹氏大驚，示意全家跟著跪下，同時攙扶著胡叔純道：「巡撫大人如此大禮，商民一家如何擔待得起？快快請起！」

胡叔純站起，道：「喬東家在哪裡？我想見見他！」曹氏想了想，仍舊溫言道：「回巡撫大人的話，賑濟災民的事，係老身一人所為。二弟致庸多年患風癱頭痛，臥床不起，不能叩見巡撫大人，請多多見諒！」胡叔純心中明白，只得作罷，但仍語帶激動道：「不見也罷。不過喬家此次毀家紓難，驚天動地，下官身為山西巡撫，一定會專折上奏皇上和太后，請朝廷褒獎喬東家這位天下第一義商！」

曹氏連忙擺手：「大人，此事萬萬不可。喬家今日已是舉家食粥，萬一太后因此事又讓我二弟捐官，喬家可是拿不出銀子的！」胡叔純聞言心中更是感慨，但他隨即也不禁微笑：「啊，這也對。那我就以山西巡撫衙門的名義，給喬家送一塊匾，對此等忠義之人，我總不

能什麼也不做吧！」

曹氏這次沒有反對。胡叔純又說了一些嘉勉之語，終於起身告辭。他走了兩步，頗為感慨地仰天一笑，突然回頭大聲道：「喬東家，我替天下萬民謝謝你！你要多多保重，天下之事，還有辛苦喬東家的日子呢！」說完他終於帶人大步離去。

致庸躲在書房的窗後，聽到了胡叔純的話，忍不住流淚自語道：「天下之事，還有辛苦喬致庸的日子？還有辛苦喬致庸的日子？……哈哈哈，也許喬致庸一輩子也就只能這樣了！我喬致庸的路已經走到頭了……」

第三十八章

1

同治十三年，喬家大院的主人喬致庸已經四十六歲了。那個秋天對於他而言，既尋常又特殊。這天下午，他像尋常日子一樣，腰間掛著望遠鏡，由長栓陪著，去田間地頭轉了一圈。秋葉如舞倦的蝴蝶，四下飄散。致庸踩著層層落葉，走得極慢，最後幾乎要長栓攙著，才勉強走回喬家大院。

一進大院，他就吃了一驚，素來難得見面的潘為嚴、李德齡竟然都在等他，滿頭銀髮的曹掌櫃在一旁作陪，更是滿面焦慮。這十多年來，不管什麼大事，北京潘、李兩位大掌櫃從未同時在喬家大院出現過。致庸知道必有什麼特殊且緊急的事情發生了。寒暄過後，他便帶著三人進了密室。

一進密室，潘為嚴便拱手變色急道：「東家，我和德齡兄從京城星夜趕來，是要和您商量朝廷平定新疆的事情。」致庸聞言大驚：「朝廷這次真的要在西北用兵了？」潘為嚴重重點頭。李德齡接口道：「陝甘總督左宗棠左大人專門派了一個單姓師爺來找過我……」致庸心中大為激動，他忍不住想起當年在包頭的情形，那時他和茂才曾經大擺朝廷西北用兵的迷

魂陣，廣收高粱和馬草，異常艱苦的一仗才把喬家從死路上拉了回來。雖然已是多年前發生的，但這些前塵往事常常像演戲一樣在他腦中一遍遍重演。

李德齡見他有點出神，趕緊道：「東家，聽單師爺的口風，左大人這次準備兵發三路，一路蒙古，一路山西，一路陝西。所謂兵馬未動，糧草先行，他……他想請二爺出山，為大軍籌措糧草呢！」

致庸呆住了，半晌方熱淚盈眶道：「那可是大好事啊！多少年了，阿古柏在新疆勾結外敵，自立為王，分裂國土，今日朝廷終於要出兵收復我西北大片河山了！……胡叔純胡大人說得對，喬致庸今生今世，真是還能遇到為國家做大事的機會，太好了！真是太好了！」

潘、李、曹三人不覺對視一眼。曹掌櫃歎口氣道：「東家，您先別高興啊。大軍西征，上千里路途，數十萬人馬，即使是速戰速決，也要二三百萬兩銀子的糧草供應。東家，前些年這是個美差、肥差，但現在大不同啦。如今的朝廷斷斷不會先掏這筆錢出來，說白了就是哪個商家負責為大軍籌措糧食，哪個商家就得把這筆銀子先墊出來……」潘為嚴打斷曹掌櫃道：「東家，左大人已接觸過頗多商家，卻沒有一家願意承接這樁買賣。其實左大人知道東家一直在韜光養晦，他也是沒辦法了，才派人找到我們這裡……」

致庸面色慢慢凝重起來，沉思半晌他問道：「你們的看法呢，是接還是不接？」三人面面相覷，一時間都沒開口，過了好一會，李德齡按捺不住，起身焦急道：「東家，我的意思是不接。不瞞您說，這件買賣的風險前面說的都還不算什麼……」致庸吃了一驚：「難道還有更大風險？」李德齡點點頭歎道：「即使有商家願意墊出錢替大軍籌措糧草，末了朝廷卻不一定會把這筆銀子還出來。」致庸聞言勃然變色。

潘為嚴看看致庸的神色，也開口道：「這些話不是危言聳聽。就這樁生意而言，為嚴真的看不出有什麼好處。東家隱忍了那麼多年，這次如果出山，必然又會招惹朝廷的注意，喬家現在收斂還來不及，如何可以再去做此令天下人矚目的事情呢？」

曹掌櫃也勸道：「東家多年病廢在家，什麼生意也做不了，此事眾人皆知。這一次也一定能瞞過左季高大人！」致庸一直沒有做聲，起身朝前走了幾步，倚窗向遠方看去，夕陽在天邊如血般璀璨地播撒著最後的光芒。致庸突然有了一種淚要流出的衝動，他轉身道：「各位爺，你們知道我今年多大了嗎？」

曹掌櫃一愣：「東家四十六了。」致庸痛聲道：「為了讓朝廷忘掉我，我已經裝風癱裝了十餘年，加上被圈禁的時間，我差不多整整二十來年沒做事了！如果這一次再倒下去，喬致庸這一生，還有為國家做事情的機會嗎？」

李德齡一聽著急道：「東家要為國盡忠，可這明擺著是一個火坑！東家，您要三思！」致庸直視著他們，沉痛道：「就是火坑，我也沒有幾次跳的機會了！何況這並不是火坑，這是天賜給喬致庸為國做大事的良機！胡大帥當日從天牢裡將我救出來，不就是認為我有一日可以為國家做大事嗎？我這些年待在家裡，韜光養晦，什麼事也不做，不就是想等待時機，為國家做件大事嗎？不，曹掌櫃，我都四十六了，頭髮都白了，一生沒有多少這樣的機會了！所以這件大事我真的很想去做啊！」

潘為嚴剛要說什麼，致庸轉過臉看著他道：「潘爺，你我一生都想實現匯通天下的抱負，可實現這個抱負又是為了什麼呢？講到底還不是為了這個國家，現在眼看著報效國家的機會就在眼前，我們難道反而要為一己之私袖手不理嗎？如果這樣，我們匯通天下又有何意義呢？」

這席話說得潘、李、曹三個人臉上一下子有了愧色。致庸越說越激動：「想我喬家，無論是先祖，還是先父，遇到這種國家大事，都是不會猶豫的！喬家世代忠良，若此次因國家之事而敗，致庸和喬家的後人，也一定會以此為榮！」這番話說完，潘、李、曹三人勃然動容，再也不開口相勸了。潘為嚴更是高聲道：「東家，為嚴今日真正見識了東家的胸襟與氣魄，東家是個奇男子，相比之下，我們做人和做事的格局可都局促多了。如果為嚴估計的不錯，左大人不日就會親來喬家大院，拜會東家商議此事。到時就由東家定奪，只要東家拿定主意，我等一定赴湯蹈火，畢竟東家讓我們曉得了為人大義之所在。」曹掌櫃和李德齡相視一眼，也連連點頭。

2

不出潘為嚴所料，十餘日後，致庸在家中接到急報，山西巡撫胡叔純親自陪同左宗棠前往祁縣大德通總號，接著便準備親自到喬家大院拜會致庸。

接著又聽長栓憤憤道：「二爺，曹掌櫃還讓我稟報東家，孫茂才近日升了官，調任太原府知府，成我們的父母官了。聽說等會兒還要和胡大人、左大人一起來呢！」致庸一驚，心頭愈加翻攪起來。

當致庸在鼓樂聲中看到久違的左宗棠與胡叔純下轎時，不禁有了恍若隔世之感。這時長栓又匆匆趕來附耳道：「聽說那孫茂才臨時決定不來了，哼，大概沒臉吧。」一聽這話，致庸忍不住皺了一下眉頭，想要訓他，又忍住了。他定定神，向左、胡兩人迎了上去，躬身道：「兩位大帥光臨寒舍，致庸不勝榮幸，請！」左宗棠上前一步，拉住致庸的手：「喬東家，你我襄陽府一別，二十餘年過去，左某垂垂老矣，喬東家卻風采依然，實在讓左某不勝唏噓。喬東家，左某今天是和胡大人一起求你來了！」

致庸心中感慨，面上卻平淡道：「哪裡，兩位大人才是風采依舊。兩位大人，請！」左季高與胡叔純對視一眼，一時也不知道致庸的心思，點點頭，隨著致庸一同進了喬家大院。

落坐後，左宗棠並無太多的寒暄，直接向致庸講起了當今的國勢。同治四年阿古柏入侵新疆；同治六年在新疆自封為王，自立國號為哲德沙爾汗國，公然掛出奧斯曼土耳其帝國國旗。然而就在這時，朝廷內部卻爆發了大規模的「海防」、「塞防」之爭。朝中一些大員針對同治十三年日本國入侵臺灣事件，認為東西邊防兩者「力難兼顧」，竟然在朝議中提出放棄西部，將所謂「停撤之餉」充作「海防之餉」，力保東部海防。

左宗棠講到這裡，聲音不禁哽咽起來。他含淚道：「海防自然也要緊，但塞防也絕不可放棄，所謂千里荒漠，實為聚寶之盆，哪裡是某些人嘴裡的茫茫沙漠，赤地千里？想我西部萬里腴疆，難不成就在我們這一輩手中讓給強虜？收復新疆，勝固當戰，敗亦當戰，否則豈不成為千古罪人？喬兄啊，更可怕還在後面，因為不戰而棄，我們讓出去的不獨獨是這萬里的大好河山，此時停兵節餉，自撤藩籬，那虎視眈眈的沙俄與英吉利國定會乘機滲透，到時東西腹背受敵，我堂堂大清可真要面臨滅頂之災啦。」

這一席話聽得致庸血脈賁張，拳頭也不禁握了起來。一旁的胡叔純繼續道：「左大人雖然力表異議，堅持收復新疆，但這是一場極艱難的戰事。不說別的，單單是糧草，依朝廷目

前的財力，籌措起來就如登天一樣難啊！這百餘日，左大人頭髮幾乎都白盡了。」

致庸不再猶豫，他當即站起，奔進內室，取出那幅插了許多小旗的《大清皇輿一覽圖》，鋪在桌上，慨然道：「左大人，胡大人，但凡喬致庸還有一口氣，定當竭力協助左大人，完成收復新疆的壯舉。漢唐以降，多少人長途跋涉，遠赴絕域，才開闢出今日之疆域。祖宗遺業，豈能在我們這代人手中丟掉？致庸想好了，喬家可以包頭為基地，同時借助陝甘兩地的分號，兩翼並進，保證西征大軍的糧草供應！」

胡叔純喝了一聲彩：「左大人，我說的沒錯吧！只要你到了喬東家這裡，聽到的一定是這種回答！」左宗棠當下站起，顫聲道：「喬東家，我要代朝廷和天下人謝喬東家！雖然二十餘年過去，我今天見到的喬東家，仍是當初胡大人向我描述的那位意氣風發之人！喬東家比許多所謂高居廟堂的要員識大體多了，所謂『新疆不復，與肢體之元氣無傷，收回伊犁，更是不如不收回為好』，實是謬論。我朝定鼎燕都，蒙部環衛北方，百數十年無烽燧之警，就是因為重新疆者所以保蒙古，保蒙古者所以衛京師。倘若新疆不固，則蒙部不安，非惟陝、甘、山西各邊時虞侵擾，亦必定牽累威脅京師，屆時國之心腹必無晏眠之日。季高必須一戰，但也不瞞你說，國庫空虛，無銀錢調撥，十餘年前這還是個肥差，眼下天下的大商家都避之惟恐不及，無人願接這個燙手的山芋。所以喬東家，眼下我就指望你了，否則平叛收復之事，仍是空談啊！」

致庸慨然道：「兩位大帥不要往下說了，左大人既然是為此等大事而來，想要致庸做什麼，致庸已經明白。銀子不成問題，糧草也不成問題，大帥說個數，致庸自去籌措辦理！」

左宗棠與胡叔純相視一眼，遲疑了好一會才道：「喬東家必有耳聞，此次軍餉數額巨大，況且萬里驅馳，戰事難料，也許可能速戰速決，但更可能曠日持久……」左宗棠這個頗為爽快之人，一時間竟也說不下去了。

致庸聞言心中一沉，仍堅定道：「左大人但說無妨，致庸心意已決，聽大人說個數，只是想各種準備都更充分些。」左宗棠不再猶豫，當即道：「頭一年二百五十萬銀兩是起碼的，往後也許三四百萬，也許五六百萬……」眾人大吃一驚，一旁陪坐的曹掌櫃忍不住朝致庸看去。致庸倒吸一口涼氣，埋頭想了起來。

時間彷彿凝固了一般，左宗棠和胡叔純心都提到了嗓子眼。大約半盅茶的工夫，致庸站起，擲地有聲道：「兩位大人放心，兩百五十萬兩銀子的糧草致庸可以拿出，若戰事拖延，以後的軍餉致庸也可以想法繼續籌措。但有一件事，兩位大人要給致庸一句準話！」

左宗棠、胡叔純聞言大大鬆了一口氣。左宗棠當下離座道：「喬東家，你還有什麼要求和顧慮，請都說出來，我會盡力解決！」致庸點點頭，道：「左大人此次出征，事關國家興亡，用到致庸，致庸自然不敢有所懈怠。但畢竟數額巨大，只怕致庸也要去向其他商家籌借。因此大戰之後，所費銀兩兩位大人要保證朝廷會如數歸還！此外致庸願隨左大人西征，保證西征大軍的糧草充足！」

在中堂內一片寂靜，左、胡兩人萬萬沒想到致庸竟說出這樣一席慷慨激烈的話來，兩人再也忍不住內心的激動，一起站起向致庸躬身行禮，致庸心中也十分激動。胡叔純拍著胸膛道：「我胡叔純只要還活著，喬東家這筆銀子就由我想法子向朝廷要，決不食言。」左宗棠也含淚道：「喬東家一片忠貞之心，老夫領教了！你放心，只要左季高不死，就決不讓朝廷賴掉喬東家的銀子！」致庸道：「兩位大人，致庸是商人，還有一點商家的心思。」胡、

左兩人一愣：「喬東家有何要求，也請說出來！」致庸眼睛閃出了淚花：「兩位大人想必知道，致庸一生想的只是兩件事，匯通天下，貨通天下。左大帥一去新疆，定然收復失地，還我大清萬里疆土。喬家雖是商人，從祖宗起也有過宏願，凡有中國人的地方，喬家都要把生意開到那裡，大軍西行，各地來的餉銀需要有人管理，日用貨物需要有人販賣，喬致庸願請大人恩准，讓喬家隨軍開辦一家大德通票號的分號，替大人經管餉銀，並恩准大軍平定新疆後，由喬家大德興在新疆開辦一家分號，為大軍販運日常貨品。不知可否？」左宗棠看了一眼胡叔純，不覺也淚花閃閃，道：「喬東家，老夫還正發愁這件事呢，雖然朝廷不給銀子，但各地的協餉還是有的，不然我就無法給軍中官兵隨時發餉，激勵士氣。喬家大德通若能隨軍設一票號，就幫了我的大忙；再者大軍到了新疆，一定會留下一部分官兵長期駐防，那裡人煙稀少，語言不通，喬家大德興若能開辦一家商號，將貨物從內地運到新疆，稍帶著連信局的差也辦了，官兵們自然願意長留在那裡，為國戍邊。喬東家，你這麼做，是為國分憂啊！」致庸的淚落了下來，道：「致庸一生夢想像前輩晉商一樣北到大漠南到海，東到極邊西到荒蠻，一生盼著匯通天下、貨通天下，大人允准了致庸所請，就是幫我在祖國西北實現了自己的願望！致庸謝大帥！」說著，他一躬到地。

3

雖然致庸在兩位大帥面前慷慨允諾，但即便是頭一年二百五十萬兩的糧草銀子，對於喬家來說也是一個很大的數字。兩位大帥走了之後，曹掌櫃就為致庸發起愁來。當年為救三省的災荒，喬家耗盡了家底，還欠了巨額債務，近年經過曹掌櫃、馬荀和高瑞的努力，雖然還清了欠債，並且還積攢了將近一百萬兩銀子，但曹掌櫃知道，這些銀子東家一直是為當年那個救他出天牢的恩人準備的，就是將這筆銀子用上，致庸也還缺一百五十萬兩銀子。致庸卻沒有他那麼擔心，兩位大帥離開的當天，他便命人將銀庫裡的一百萬兩銀子全部提出來，交給了曹掌櫃，讓他分頭派人去購糧草，雇大車、車夫和牲口，準備隨軍西征，至於缺的那一百五十萬兩銀子，他心中早有了打算，第二天就讓長栓套車，去了榆次。儘管多年不見，他和雪瑛的這次見面，卻非常平靜。雪瑛道：「如果我沒有猜錯，表哥此來，一定是借銀子。」原來致庸決定一人擔起為西征大軍籌措糧草重任的消息，已經飛快地傳遍了全山西的商家，雪瑛自然也知道了。致庸道：「妹妹知道了就好。致庸今天不是來借銀子，致庸今天是來和妹妹商議，將喬家在臨江縣的茶山和包頭的鋪子，作價一百五十萬兩銀子，抵押給妹妹。兩年內致庸若不能從朝廷拿回銀子連本帶利還給妹妹，臨江茶山和喬家在包頭的鋪子就是妹妹的。」前幾天從太谷陸家回到何家來看望雪瑛的翠兒聽完致庸的話，以為雪瑛不會接受對方用抵押喬家資產的辦法來借銀子，但稍有遲疑之後，雪瑛卻痛痛快快地答應了：「表哥既然要這麼做，就這麼做吧。既然是生意，就讓大德興的曹大掌櫃和我們家胡管家辦去。表哥要喝茶嗎？」致庸也不推辭，坐下喝茶，完了站起告辭。翠兒長久地望著這兩個人，為他們之間的冷淡和平靜吃驚不小。彷彿他們從來不是當年的戀人，幾十年間沒有發生過那麼多悲歡離合、恩怨情仇的故事。致庸和長栓出門時，翠兒才流出了眼淚，她忽然明白了：這樣一種方式，也許是雪瑛待致庸、致庸待雪瑛的最好的方式。致庸做的另一件事是將景岱過繼給了曹氏，並趕在行前為他娶了妻，然後讓他帶著開辦大德通、大德興新疆分號所需的人

員和物品，隨他一同出征。

致庸沒日沒夜地忙碌著，到了出征的前夜，才略略歇息了一下，吩咐曹掌櫃進來安排家事。此去萬里，九死一生，致庸將喬家包括生意上的後事，一件件列在單子上，交代給曹掌櫃，其中特別安排了曹氏和玉菡將來的生活，以及一些年老僕人將來的老病等事，也都一一做了交代。致庸特別交代，如果他遭遇不測，喬家將來不管多難，仍要替他還了欠恩人的那三百萬兩銀子，這一代人做不到就要下一代人做。總之喬家決不虧負對自己有恩的人。最後他又給遠在北京的潘大掌櫃寫了一封信，囑咐他不管大德通票號還要賠多少年，也不管他這次還能不能活著回來，潘為嚴都要堅持把匯通天下的大事做下去。曹掌櫃拿著那張交代後事的清單，一時老淚縱橫。

出征之日，曹氏率全家人出門，含淚為致庸奉上一杯酒，哈哈大笑三聲，慷慨對致庸道：「兄弟，喬家出了你這麼一個頂天立地的男兒，祖宗和我們這些人，都跟著沾了光了！你放心去吧！剩下的事有我呢！就著嫂子的手喝下三杯酒，你就為國出征去吧！平不了新疆，你們不要回來……」說到這裡，曹氏再也忍不住，兩行眼淚直流下來。致庸下馬跪下，就在曹氏手裡，連飲了三杯酒，磕頭叫道：「謝嫂子！致庸有了嫂子，此去萬里，心裡就只有國，沒有這個家了！嫂子珍重！」他聲音嗚咽，也不再看一眼喬家眾人，翻身上馬，大喊一聲：「走著！」

致庸儘管是低調出行，但仍有大量前來送行的商家和鄉紳耆老。糧草大隊經過太谷，玉菡由鐵信石趕著馬車，早早在官道上守候。致庸急急下馬，與她相見，道：「你怎麼也來了！」玉菡望著致庸鬢邊的白髮，猛地熱淚盈眶，想說的話說不出口，只顫聲道：「二爺，你也有白頭髮了！」她端起酒杯道：「此去新疆，千里萬里，戈壁雪山，刀光劍影，二爺珍重！」景岱急忙上前跪下，給玉菡見禮：「母親……」玉菡上前撫摸著兒子的臉，強抑痛苦道：「好孩子，跟你爹去吧，萬里經商，正是咱們商家的本色，娘不攔你！」她從懷中取出了那個護身符，親手給致庸戴上：「二爺，走吧，你的親人都等著你凱旋歸來……」

大隊重新上路。玉菡一邊淚眼婆娑地眺望著遠去的車馬，一邊哽咽著對鐵信石道：「他也不年輕了，有人說他這次不惜傾家蕩產也要做成這件事，是為了沽名釣譽。不，他們錯了，他只是想在自己的餘生為國為民做成一件大事，只要一件大事就夠了！不然這個人會死不瞑目！」鐵信石突然跪下道：「太太，鐵信石不能再陪在太太身邊了，鐵信石決定追隨東家到新疆，盡自己的力量保護他……」「為什麼？」玉菡聞言又驚又喜，問道。「太太從前問過我，為何數十年間，身在喬東家身邊，卻不報殺父的大仇。太太，鐵信石不殺喬東家，固然是因為太太，因為太太一生心愛的人就是喬東家，我殺了喬東家太太定會心痛而死，同時也因為鐵信石多年親眼所見，喬東家一生做了多少利國利民的大事、好事。鐵信石今天當然……當然也捨不下太太，但鐵信石也是個男人，喬東家既然讓鐵信石今生明白了做人的大義所在，鐵信石就不能對他今天做的大事再無動於衷。太太，鐵信石去了！」

玉菡流淚道：「鐵信石，我早有這個想法，想請你重新出山，隨他而去，替我時刻陪在他左右，可我又張不開口，因為他到底是你的仇人。今天我覺得自己沒有看錯，你和他這一對仇人，竟是世上內心相知最深之人！」鐵信石不再多說，猛地站起，平生第一次壯著膽子深情擁抱了一下玉菡，轉身上馬，追趕致庸去了。玉菡久久地站著，眼淚滾滾而下。

第二天致庸的大隊人馬到了榆次，前面官道上又出現了送行之人。致庸心中一動，急忙

催馬前行。松柏搭起的彩門下，酒桌前果然站著雪瑛。雪瑛看著他遠遠驅馬而來，盡可能抑制內心的情感，手捧酒杯道：「表哥今日西征，雪瑛來送一送。」致庸望著雪瑛那雙曾經清媚如水，如今已被無情的歲月磨礪得大氣、平靜、從容的眼睛，望著她鬢角的絲絲白髮，不由淚水打溼了眼簾，道：「謝妹妹！」

雪瑛咳嗽一聲，含淚微笑舉杯道：「表哥，雪瑛一生不飲酒，今日送表哥萬里西征，雪瑛陪表哥飲上三杯！」致庸心中感動，點頭答應，當下舉杯與她共飲。雪瑛放下酒杯，深深盯著他道：「表哥，雪瑛今天在這裡，不只是為表哥送行，雪瑛也是想提醒表哥，你不只欠著我一百五十萬兩銀子，你這輩子欠了我那麼多的債，離還完那一天可還遠著呢。所以……所以你一定要活著回來！……」致庸心頭一震，淚眼相視，信誓旦旦地道：「妹妹，我記住了，為了還妹妹的債，我也一定要活著回來！」雪瑛回頭，從胡管家手裡接過一張契約，含淚笑道：「表哥既然答應活著回來還欠我一生的債，這張一百五十萬兩借款的抵押契約，我就不用留著它了！」她一下一下，將那張契約撕成了一條一條，讓它們如同美麗的白色蝴蝶一樣隨風而去。致庸吃了一驚，深深地望她。雪瑛突然低聲說了一句：「表哥，我老了嗎？」致庸的眼淚終於滾落下來，道：「妹妹沒有老，妹妹還像當年那樣年輕，那樣……漂亮！」說完，他轉身上馬，對雪瑛拱手，大聲道：「妹妹保重，喬致庸走了！」雪瑛久久地在官道上站著，淚水長江大河般流了一臉。

第三十九章

1

致庸雖然早有心理準備，但他仍然沒有料到，這一仗竟然如此凶險。左宗棠的大軍出肅州抵哈密，然後左中右三路大軍並進，向阿古柏的匪軍展開了大規模攻擊。但匪軍依仗地理熟又多是騎兵的優勢，在新疆廣大的土地上與朝廷大軍忽東忽西忽左忽右打起了游擊戰，而其主力則一直隱蔽在天山山口，伺機向大軍的指揮中樞和後方輜重發起致命性攻擊，以求一舉擊敗左宗棠，重新在不利的戰局中奪回優勢地位。左宗棠不愧是一代名將，偵得敵人虛實後，不得已走了對於致庸的輜重大隊來講十分險惡的一步棋，將輜重大隊與軍隊主力分割，有意露一個破綻給阿古柏，引誘他率主力出動，朝廷大軍則趁機以四面合圍之勢，將其包圍殲滅。

致庸等人對於左大帥的戰役計畫毫無所知，仍然按照大帥的命令，指揮輜重大隊向預定的位置前進。阿古柏果然上當，於一天深夜出動主力，向致庸帶領的輜重大隊發起了潮水般的攻擊。在這次決定新疆命運的戰役中，致庸率鐵信石、長栓等人浴血苦戰，並機智地派高瑞衝出重圍，向左大帥報告了消息。朝廷大軍立即從四面合圍而來，將阿古柏匪軍團團圍

住，展開了一場驚天動地的大血戰。在這場敵圍我、我又圍敵的混戰中，靠鐵信石死力相助，致庸才保住了一條性命，而鐵信石自己身中七刀，英勇就義。這場大戰一直持續了三天，清軍大獲全勝，阿古柏勢力自此一蹶不振，清軍取得了收復新疆全境的決定性勝利！

旌旗飄揚，凱歌振天。第二年的春天，致庸將景岱和他帶去的掌櫃和夥計留下，自己率領大車隊、駱駝隊浩浩蕩蕩離開新疆，返回山西。臨行前致庸與景岱他們告別，望著被無邊的森林挾持著奔騰的伊犁河，河灘裡碧綠的草地和雪白的羊群，致庸感慨自己終於又完成了一個夙願：他以這種方式實現了一生中第三個願望，到了中國西部的極邊之地，並在這裡開辦了票號和商號，同時實現了匯通西北和貨通西北。景岱向父親告別，父親這時在名義上已經是他的叔父了，只聽這位叔父說道：「景岱，你現在是喬家的長門長子，要好好地在這裡歷練，三年後我來接你回去，將喬家的生意全部交給你……」景岱向這位過去的父親今日的叔父叩頭，大聲道：「爹，您可不要忘了您的話，三年後一定來這裡接我回去！」

出發時致庸兩鬢斑白，回來時已是滿頭白髮。戰爭錘煉出了另一個喬致庸，他目光內斂，沉著冷靜且從容。但某些特定的瞬間，他眼神中蘊含的那一種堅定純粹、剛直不阿，能讓所有和他相見的人內心深深地吃驚與震撼。

是的，九死一生之後，喬致庸已經不懼怕任何人、任何事了。他的一生已實現了太多的抱負，除了東到極邊這件事沒有做到，他已經走遍了中國的南北西三個方向，在這些地方實現了他貨通天下的誓言。唯一的遺憾是他還沒能讓匯通天下的理想變成現實，不過他不擔心這個，即使沒有他，也有潘為嚴大掌櫃替他做這件事情。他還知道，只要朝廷不開放官銀匯兌，大批銀子進不了票號，匯通天下的目標就會一直難以實現。現在他和潘大掌櫃要做的只有一件事：等待時機。

潘為嚴當初的分析果然沒錯，渾身傷痕累累的致庸在凱旋歸來的當月，就收到了一封來自京城的信。致庸打開看後，憤怒的紅潮立即湧上了他的臉。他一言不發，將信交給了一旁的曹掌櫃，在書房裡快步疾走起來。

曹掌櫃接過信來，迅速看了幾眼，馬上大變了顏色，怒道：「朝廷怎麼會這樣！」高瑞趕過來，問：「怎麼了？」曹掌櫃氣得滿臉通紅道：「潘大掌櫃在信上說，左大人給太后老佛爺上了摺子，請求朝廷儘快歸還喬家為此次西征籌措的二百五十萬兩糧草銀子。沒料到太后見了摺子，竟對慶親王說，反正喬家富可敵國，不缺這二百多萬兩銀子，張之洞張大人就要到山西來當巡撫，讓張大人給東家寫個匾，在門前一掛，就算朝廷和喬家的帳兩清了！」

高瑞飛快地看了那信，大怒，拍桌子道：「什麼太后老佛爺，堂堂一國之主，怎麼能這樣！以後再用兵，哪一個山西商家還敢再替朝廷籌措糧草?!」致庸漠然地坐著，一言不發，心中卻暗暗拿定了一個主意。

2

誰都沒有想到，山西祁縣喬家大院的二爺喬致庸竟會用這麼一種異常激烈的方式，去向朝廷討還一個國家的誠信、一個商家的尊嚴與一名普通人活在世間所要求的公道。

一個月以後，在左宗棠連續三次上奏章無果的情況下，致庸終於走出了早就打算好的那一步，他頭頂狀紙跪在京城端門外，對來來往往的官員和百姓大聲喊道：「言而無信，不知

其可，還我的銀子呀，我為平定新疆墊付出來的銀子呀！」

結果也並不出乎致庸的意料，跪了三天後的他再次被打入了天牢。在獄中他依舊嘶啞著嗓子喊道：「言而無信，不知其可，還我的銀子呀，我為平定新疆墊付出來的銀子呀……」典獄官沒奈何地對著刑部大人王顯道：「大人，怎麼對付這個人？」王顯也無可奈何，只得道：「此人一時也動不得，好好看住他，先餓他兩天，看他還要不要自個兒的銀子！」

典獄官一邊把王顯往外送，一邊感慨道：「王大人，真是曠古未聞的事情，區區一介山西商民，竟然到京城裡向朝廷要銀子，不讓此人受點皮肉之苦，他就不知道馬王爺三隻眼！」王顯「哼」了一聲：「事情恐怕沒那麼簡單，上頭說了先關著，怎麼處置此人，得聽太后老佛爺的懿旨！」致庸嘶啞的聲音遠遠傳來，典獄官回頭看一眼，賠笑道：「大人，小人也是山西人，和這喬致庸是同鄉，從小就聽說喬家祖祖輩輩都糊塗，還得了一個外號叫『糊塗海』，不過那也只是耳聞，今天這一位，可讓我開眼了，這個喬致庸，竟然比他家裡所有人更糊塗得出奇！他是怎麼想出來的，竟然能頭頂狀紙，跪到端門外喊冤三日，跟太后老佛爺要銀子，這不是當著天下人給老佛爺難堪嘛！」那王顯也不說話，帶人離去。深牢中致庸的喊聲仍在嘶啞著繼續：「言而無信，不知其可，還我的銀子呀……」

慶親王府內，李蓮英大大咧咧地坐著，呷著茶，尖聲道：「為了這麼一個小小的喬致庸，張之洞上了摺子，左宗棠也上了摺子，就連已經遠貶的胡叔純，也敢上摺子保他，幫他找太后要銀子，還有一些個朝廷官員也不斷幫他說好話……喬致庸一介匹夫，居然敢這麼放著膽子跟太后鬧，他真以為太后殺不了他嗎？」

慶親王趕緊道：「李公公息怒，喬家除了財力，多年與朝廷官員結交，也是有些勢力的。何況眼下這事已鬧得天下皆知，這個喬致庸，恐怕老佛爺眼下還真殺不了他！」李蓮英「哼」了一聲：「他讓太后在滿朝文武面前丟了臉，太后大為惱怒，已經說了非殺他不可！」

慶親王賠笑道：「太后老佛爺當然可以殺這麼個小小的商民，但天下人此後會說，太后是為了不還喬致庸的糧草銀子，才殺了他滅口。太后可以堵住京城滿朝文武的嘴，卻堵不住天下人的嘴。所以李公公一定要勸太后三思……」李蓮英看他一眼：「太后剛才跟我說了，一定要殺他，太后才不管什麼天下人呢！」

慶親王想了想，小心道：「公公，據我看來，喬致庸這回進了天牢，就沒打算再活著出去，他現在想的，就是讓太后一怒之下把他殺了，讓天下人都指責朝廷沒有信用！」李蓮英一驚。慶親王繼續道：「喬致庸是個什麼樣的人？他就是再糊塗，也不至於糊塗到不懂得以卵擊石的道理！可他還是頭頂著狀紙在端門那跪了三天，公公你想想，他不是明擺著找死來了嗎？」

李蓮英一拍大腿點點頭道：「有點道理，我有點琢磨過來了。」慶親王笑道：「公公自然是聰明人，所以你說堂堂朝廷跟一個草民鬥什麼氣呀。」李蓮英斜睨著眼睛，笑看著他道：「慶親王，太后當然也可以不殺喬致庸，可太后也沒有銀子給他呀，這事怎麼收場，你不是平時辦法挺多的嗎？快支招吧！」

慶親王道：「事情難辦就在這裡。喬致庸不怕太后盛怒之下，一刀將他殺了，還來要銀子，那就是說，他是鐵了心想要回這筆銀子。朝廷不給銀子，他是不會罷手的。可太后是不會給他銀子的，所以思來想去，若太后實在不想還銀子，那只有殺了他！」

李蓮英「哼」了一聲，有點不耐煩了：「王爺，你也夠繞的，一會兒說太后不該殺他，一會兒又說只能殺了。罷了罷了，你就看著喬致庸這麼為難太后？他這哪裡是要銀子啊？他簡直是拿著太后的臉不當臉，是在天下萬民面前要太后的好看！太后說了，她什麼都有，就是沒有銀子，實在逼急了她，她才不管什麼千秋萬代的罵名，先殺了喬致庸，解了恨再說！」

慶親王趕緊道：「我當然明白太后不想給喬致庸銀子，可不給銀子又不好下臺；殺了他不但是千秋萬代的罵名，只怕目前就會群情洶洶。不過這事說難辦也難辦，說好辦也好辦，我們只需找一個能治得了喬致庸的人，讓他自個兒乖乖地把臺階下了即可。」

李蓮英撓撓腦袋：「我都被弄懵了，一時半會兒到哪去找這麼個合適的人？」慶親王笑道：「本王這裡正好有一個人。此人名叫孫茂才，為官之前，曾在喬家做過師爺，後來他不知怎麼與喬家鬧翻，做過兩廣總督哈芬哈大人很長一段時間的幕僚，此人頗有才幹，也善鑽營，我看就由他來辦，他熟悉喬家的情況，又與喬致庸有深仇大恨，由他來對付喬致庸，想來定能遂我們的心思。」

李蓮英打一個哈欠：「既然這樣，就由王爺做主好了，只要不讓老佛爺煩心，不讓她出銀子，怎麼都行！」慶親王點頭：「只是還要煩勞公公啟奏老佛爺，讓軍機處代皇上擬旨，把這個孫茂才弄來京裡任刑部郎中，主管喬致庸一案！」

李蓮英起身告辭，想了想又有點不放心道：「哎，你說，這個孫茂才曾經和喬家鬧翻，他會不會趁機對喬致庸來個公報私仇，置他於死地，把事情鬧得更大？」慶親王大笑起來：「他若是那樣，朝廷是有王法的，他治死了喬致庸，他的好日子也就過到頭了，與我們有何干係！公公，找一個這樣的人來做事，無論如何我們都會有退路的。」

李蓮英回過神來：「妙，兵法上有這一計，叫做借刀殺人！那孫茂才處理得好當然不錯，萬一弄砸了，那時朝廷上下，包括民間，就不會有太多議論了！」慶親王點頭笑著，恭敬地將李蓮英送了出去。

3

茂才畢竟是茂才，太后為什麼要點他到京城來主審致庸的案子，他心裡十分明白，他尤其明白自己有可能在替太后殺了致庸之後再被太后殺掉，以搪塞朝廷和民間的非議。但茂才不會讓太后這麼做，第一，他要把自己的小命保住，為此他發覺不能殺掉致庸，雖然太后希望他這麼做；第二，他也不能輕易放過致庸和喬家。多年以來，雖然遠離喬家，但他一直沒有忘記通過各種管道打探喬家的生意狀況，他深信民間的一句諺語：瘦死的駱駝比馬大。他的一生是從被致庸令人從喬家大院大門裡扔出來為轉捩點的，也就是從那一天起，他給自己定下了人生的最大目標：等待時機，以自己能夠使用的最陰毒的手段羞辱喬家，報復喬家，而且，一旦有了機會，仍然要在搞垮喬家後霸占喬家的產業。

想雖然這麼想，但是到底怎麼做，茂才進京時卻沒有什麼成形的主意。他沒有想到，這件事在第二天的下午，一個久在刑部衙門、不顯山不露水的下等屬吏就幫他想出了主意。這個主意是：試圖自己或派人說服喬致庸自己下臺階，不再向朝廷要銀子，以此保住喬致庸的命也保住自己的命，那在喬致庸是不可能的；同樣，試圖說服太后老佛爺不殺喬致庸，將

二百五十萬兩銀子如數付給他，從而平息這場轟動朝野的官司，那在太后也是不可能的。但即使如此，這位喝多了酒的老吏也還是幫茂才找到了活命之路。「老爺，這其實也好辦。只要喬致庸不死，您就不會死。」那老吏道。「可是他不死，我怎麼了結這個案子呢？」「這更好辦了，」那老吏道：「我的大人，難道真要喬致庸服了軟，大人才知道怎樣回太后的話嗎？」茂才愣了半晌，一拍腦門道：「明白了！哎呀我怎麼這麼笨！你的意思是說，不管喬致庸服軟不服軟，太后要的都是一樣的回話。天哪，這案子還沒審，已經結了！」那老吏也高興道：「大人真是聰明，將來必定還會官升三級！」

茂才跟著就得意起來，到京後的煩悶一掃而光。「這麼說案子就好辦了。只要本官對太后回了話，說喬致庸服了軟，認了罪，不要那二百五十萬兩銀子了，太后也就再沒了話說。我的差事也就交了。」「大人，事情還沒有完。雖然您不能幫太后殺喬致庸，您還是不能讓他活下去。」「你這又是什麼意思？」茂才聽得一頭霧水。「大人，這件事還不好辦嗎？喬致庸要是自己死了，天下人還會認為是大人您殺死的嗎？」那老吏已經喝醉了，奸笑一聲道，「何況喬家是大商家，油水總還是能擠出一點吧！」茂才怔了許久，心裡浮出了一線惡意，笑道：「你說的都好，可我不能照你說的去辦。告訴你，喬家這會兒已經沒油水了！喬家要是還有油水，喬致庸還至於自個兒頭頂著狀子向朝廷要銀子嗎？你們這些人，不要再從這裡頭打發財的主意！」這老吏的酒一下就醒了，變色道：「是，大人！小人喝多了，小人退下。」

室內只剩下茂才一個人的時候，茂才撚鬚，冷笑自語：「太后，慶王爺，你們也夠陰的，想抓一個孫茂才替你們背黑鍋，我才不幹呢，我有對付你們的辦法了；喬致庸，這回我明裡不讓你死，暗裡卻不會放過你，你就看孫茂才當官多年後的手段吧！」

第二天，知道了消息的曹掌櫃、潘為嚴、馬荀、高瑞就一起來到了茂才的官衙，在他面前長跪不起。曹掌櫃道：「雖然當初東家對孫大人多有不敬，但事情到了這一步，我們大家還求大人看在過去有過的交情，看在我們幾個人的面上，救東家一命！不然我們就跪死在這裡！」茂才撮著牙花子道：「這……不好辦哪！」高瑞道：「孫先生，不，孫大人，您是主審官，難道您一點辦法也想不出來？」茂才「哼」了一聲：「要說讓他活命，也不是一點法子沒有，但是你們說，我現在還值得為喬致庸徇私枉法嗎？」

眾人聽出了話外之音，相互對視。潘為嚴道：「孫大人，聽說東家進了天牢，喬家大太太立馬就趕來了，她也知道大人在朝廷裡辦事多有不易，曾經說過只要大人能救東家一命，喬家傾家蕩產也願意！」茂才「哼」了一聲道：「我當然知道瘦死的駱駝比馬大！可是曹掌櫃，你們知道我孫茂才的胃口嗎？自從喬東家帶我北上大漠南到海，縱橫萬里做大筆大筆的生意後，孫茂才就喜歡上了銀子，大筆大筆的銀子。可是這次不一樣，讓我救喬致庸一命也容易，但你們要答應我的條件卻很難，因為我不但要銀子，我還要人！」眾人大驚：「人？」茂才道：「對。你們都還記得當初喬致庸是為了誰把我從喬家扔了出來嗎？正是喬家的那位大太太。」眾人不覺大駭，互相看了一眼。茂才仰天大笑：「喬致庸不是把他大嫂看成母親嗎？告訴你們，本官我當初確實看上了曹氏，孫茂才今日仍然沒有家室，我這回要娶曹氏做我的正妻！讓她帶著喬家的全部家產和生意做陪嫁！」曹掌櫃叫出聲：「這個……」茂才不笑了，冷冷望著他們：「我的話說完了。喬家若能答應我的條件，喬致庸就能活；喬家不答應，你們就等著為喬致庸收屍吧！」他說完了，拂袖走入後堂。眾人色變，

曹掌櫃掩面仰天長歎：「天哪！他怎麼成了這麼一個人！」

眾人走出茂才官衙，高瑞放聲大哭。曹掌櫃和馬荀也跟著落淚。高瑞哭道：「東家這回死定了！」馬荀也哭，恨道：「孫茂才這個王八蛋，他還是個人嗎?!曹掌櫃，潘大掌櫃，我馬上回包頭，雇一個頂尖的蒙古武師，進京殺了這個壞種！他不讓東家活，我們也不讓他活！」潘為嚴比他們冷靜，道：「各位都別哭！就是殺了孫茂才，東家也還是要死。有句話不知道大家忘了沒有，叫做天無絕人之路！咱們回去，把事情稟告大太太，讓她拿個主意！」

大德通票號的內室裡，曹氏久久地坐著，幾位大掌櫃在門外恭立。剛才是大家公推曹掌櫃向曹氏說了去見茂才的經過，以及茂才的回話。自那以後，曹氏就一直這樣坐著，她已經坐了漫長的三個時辰了。

曹掌櫃和潘為嚴、高瑞、馬荀站在門外，不敢離去。曹掌櫃這會兒已經後悔了，說出那些話時他還沒有多想什麼，一經說完就馬上意識到，茂才的話已將致庸的生死和曹氏嫁與不嫁聯繫在了一起！他擔心曹氏聽了茂才那些話會一時想不開，沒救出致庸，自己先尋了短見。他們都知道，曹氏是個極為剛烈的女人！

天已過午。曹氏慢慢站立起來，對門外眾人道：「曹掌櫃，潘大掌櫃，馬大掌櫃，高瑞，我嫁！」眾人一起奔進門去，大駭：「大太太……」曹氏流淚道：「諸位爺，想我曹氏，無德無行，自嫁到喬家，先是丈夫中年夭亡，接著一子又死，當初又是因為我，讓致庸與孫茂才結了不共戴天之仇，為二弟引來了今天的殺身之禍，給喬家引來了滅頂之災……自從……自從讓孫茂才這個天殺的摸過手，我的品行已虧……喬家祖訓，不准休妻，二太太為了救致庸，救喬家，寧可自休，現在想起來，應該自休的是我！……曹掌櫃，你們去告訴孫茂才，曹氏答應嫁他，並帶上全部所有，作為我的嫁妝！」

高瑞哭起來：「大太太，您不能……」曹氏冷冷一笑道：「我不能？到了這種時候，曹氏還有什麼不能？喬家已經敗了，我將帶走全部家產，嫁給孫茂才。曹氏自小生在鉅賈之家，十幾歲時我曹家敗了，嫁入喬家，現在喬家又敗了，我快六十歲的人，還有人娶我，做堂堂五品官的正妻，我一生的福氣不淺哪！」眾人一動不動地望著她，以為她瘋了。曹氏又道：「諸位爺，告訴孫茂才，我今天答應嫁給他，他也要答應我一件事。曹氏出嫁之日，也就是二爺出獄之時。看不見致庸出獄，我就不發嫁！」眾人仍舊一動不動。曹氏怒道：「你們為什麼不動？你們快去幫我辦事，這一回，我曹氏要體體面面地嫁人，風風光光地嫁人！」眾人還是不動。曹氏怒喝：「快去，你們為什麼不去？你們還要讓我這個女人，自己走到衙門裡，去對孫茂才說嗎？」

仍然沒有人動。所有人都望著白髮飄飄的曹掌櫃。曹掌櫃深深地看著曹氏，久久地望著她，突然跪下來，悲愴道：「太太，我替東家謝您！曹某給您跪下了！」說話間眾人一起跪下，哭道：「謝太太！」

曹氏的眼淚滾落下來。

當天下午曹掌櫃和潘為嚴就到了茂才官衙，給了他曹氏的回話。茂才開始不相信：「真的？曹氏親口答應帶著喬家全部家產嫁給我？」曹掌櫃道：「對，我們家大太太親口對我們說的，為了救東家，她願意帶著全部家產嫁到孫大人府上來。但是……」茂才道：「我就知道不會沒有條件，說吧，怎麼做這筆生意？」潘為嚴道：「大人，大太太說，她嫁入大人府

上之日，就是我們東家平安出獄之時。不見到東家出獄，她不發嫁。」茂才想了想道：「這個本官早就想到了，她不這麼想倒不對頭了。哎，不過有件事我要個證據，曹氏怎麼能保證她會帶著喬家的全部家產嫁過來？」潘為嚴道：「這個我們也為大人想到了，大人，這裡有大太太自己具結的一紙婚書，上面寫明她身為喬家的長門長媳，在沒有將家產當著族人的面轉移給二弟喬致庸之前，仍是喬家全部家產的實際所有人，到了那時，她將帶著這些家產出嫁！」茂才看了看婚書，放了心，道：「好。真沒想到這個女人，這回辦事如此乾脆俐落。行，婚書我收下了，既是這樣，我也沒什麼說的了，咱們的生意成交！」

曹掌櫃顫聲問：「那……大人什麼時候娶親？」茂才道：「曹掌櫃，你怎麼也學會給我彎彎繞了？你是想問，喬致庸什麼時候能活著走出天牢。我告訴你，我這就去見慶王爺，幫你們活動喬致庸出獄的事。只要太后那邊一點頭，我就要辦喜事，你們也就能到天牢門口接你們東家了！」曹掌櫃和潘為嚴相視一眼，拱手道：「孫大人，咱們一言為定，我們告退！」

當晚，慶親王府內，茂才俯伏在地，正向前者稟報：「王爺，經微臣一番開導，喬致庸幡然悔悟，痛哭流涕，決心撤回狀子，痛改前非。」慶親王看一眼李蓮英：「李公公，你覺得這事是真的還是假的？」李蓮英問茂才：「銀子呢？他還要嗎？」茂才趕緊道：「回公公，喬致庸說，他那二百五十萬兩銀子，實是喬家傾家蕩產，為朝廷墊支的，為表明對太后老佛爺的一片忠心，他也不打算要了！」慶親王喜道：「孫茂才，你的差事辦得不錯。既是這樣，念喬致庸一向糊塗，聽說又有風癱之疾，想太后老佛爺也不會嚴加懲處了。不過，你要代喬致庸寫個條陳，講一講他的悔過之意，在朝會上替他讀一讀，才好讓他回鄉，閉門思過！我這就進宮，請太后老佛爺的示下！你等著！」茂才答應了一聲，爬起來，看著他們走出去。

慶親王果然去了坤寧宮，一個人在宮門外恭候良久，才見李蓮英托著一套官服走出來。慶親王道：「李蓮英，你讓本王等了這麼久，太后老佛爺怎麼說的？」李蓮英道：「王爺，太后老佛爺說，喬致庸的事，聽憑王爺發落，不過眼下還不能就這麼把喬致庸放回家，這樣放回家，天下人還是會說朝廷欠著喬家的銀子！」慶親王一驚：「那……太后的意思是？」李蓮英道：「太后說，念喬致庸一片忠誠之心，願用此次這二百五十萬兩軍費銀捐一個官，皇上答應了，因此讓吏部特授他一個同山西省布政司布政使的職銜，雖不是實職，可也是個從二品。這套官服，讓王爺派人交給喬致庸。對了，別忘了告訴他，朝廷和他的帳，從此兩清了！太后還說，要吏部布告天下，讓萬民皆知！」他一邊說，一邊將官服交給慶親王。慶親王看了看李蓮英，二人放聲大笑。慶親王道：「太后聖明！太后到底比我們都有辦法！」

這套官服當夜就送到了喬家大德通票號，由曹掌櫃躬身呈交給曹氏。曹氏拿過官服來看，道：「官服不錯。是蘇州的繡工繡的，我喬家用兩百五十萬兩銀子買的這套官服，到底不是假貨！」說著，她「哇」地一聲吐出血來。杏兒急忙上前扶住。曹氏讓自己平靜下來，道：「收起來吧。趕明兒二爺出了獄，留給他穿。」杏兒將官服收起。曹氏背身而立，問：「曹掌櫃，孫大人那邊，定下日子沒有？我可是有點等不及了！」曹掌櫃吃了一驚道：「回太太，孫家那邊已選好了黃道吉日，就是明天！」曹氏又問：「明天什麼時辰？」「吉時定在午時三刻。」「二爺什麼時辰出獄？」「東家比大太太吉時早一刻鐘，午時二刻。」曹氏道：「好。這樣明天我就不能再見二爺了。今天夜裡我要親手做幾個菜，去天牢裡見見二

爺，我們叔嫂一場，有些話要說。」曹掌櫃流淚道：「知道了太太，我這就去準備，等會兒讓長栓陪您去。」

4

這天深夜，曹氏的突然到來讓致庸有點吃驚，卻沒有多想什麼。曹氏一進囚室就強作歡顏，道：「兄弟在牢裡受苦了，嫂子是個女流，別的事情幫不上忙，今晚做了幾個你愛吃的小菜，兄弟，你就快趁熱吃了吧。」致庸心中感動，卻也露出笑臉，道：「嫂子，真沒想到，致庸身陷天牢，死前還能吃到嫂子親手做的小菜。致庸吃了嫂子親手做的菜，就是明天上路，也心滿意足了。嫂子，致庸謝你了！」曹氏心中如同刀絞，卻道：「那就快吃！嫂子還像你小時候，看著你吃！」致庸舉箸，笑道：「嫂子，致庸吃了！」曹氏道：「吃吧，嘗嘗這是什麼菜？」致庸吃了一口，道：「吃出來了，是我們喬家年終招待大掌櫃時有名的八碟八碗名菜中的大菜喇嘛肉，我說得不錯吧？」曹氏道：「兄弟還真吃出來了！這個菜你小時候最愛吃了。那時你大哥掌家，你還小，上不得席，急著要吃……」致庸搶過話頭說：「那時大嫂疼我，就偷偷地從未上席的盤子裡給我揀出幾塊，放到一只小碟子裡，讓我藏在廚房的桌子底下吃！大嫂，你也吃！」他像小時候一樣揀起一塊菜給曹氏吃。曹氏臉上現出笑容：「好，兄弟，嫂子也吃。你再嘗嘗這個，這是什麼？……」

這頓飯吃了太長的時間。在致庸心中，曹氏今日來給他送飯，大約是聽到了朝廷的消息，他的死期快要到了；而在曹氏心中，這是她最後一次看著致庸吃飯。從小到大，她多少次這樣看著他吃飯，他就像她的一個孩子一樣。在明天午時三刻走出那一步之前，她能帶給致庸的就是這一頓飯了！而且，藏在她心中的那個祕密和負擔，她也只有今晚的機會說出來了！

收拾碗筷的時候，曹氏突然道：「兄弟，有一個祕密，在嫂子心中藏了二十五年，今天要說出來了。兄弟，你大哥臨終時，留下的遺言並不是讓你接管家事，棄儒從商，他說的是不管喬家出了什麼事，都要讓你考下去，讓你走學而優則仕之路。你大哥知道兄弟你聰慧靈透，天賦過人，走科舉之路一定大有作為。嫂子是聽了曹掌櫃的話，為了救喬家，才對二弟撒了謊，讓你走了一條經商之路！二弟，是嫂子害了你！」

這卻是致庸從沒有想到的，一時間他震驚地望著她：「嫂子，原來……原來我二十五年做商人，竟是一場錯誤！」曹氏點頭：「兄弟，事到如今，為嫂就是後悔也來不及了。你要是恨為嫂，你就恨好了。為嫂的過錯，只能下輩子補償給二弟了！」致庸想了想，慨然道：「嫂子千萬別說這種話！致庸能長大成人，全靠大嫂。大嫂雖然改了大哥的遺言，可大嫂也給了致庸機會，讓我北上大漠，南到海，西到極邊之地，將生意幾乎做遍了整個中國，也正因為如此，致庸也才會當此亂世之中，南下武夷山，北上恰克圖，東去蘇杭二州，為天下商人重開茶路，重開絲路和綢路，做了多少大事！雖然致庸看不到匯通天下的一天了，可致庸知道，它總會成功的！大嫂，致庸沒有去讀書做官，卻為國為民做成了這麼多大事，致庸不但不會怪大嫂，還要謝謝大嫂。如果真有來世，致庸下一輩子還想生在喬家，與大嫂再做叔嫂，把匯通天下做下去，直到它成功！」曹氏怔怔地看著他，已經有些難以支持，突然大聲道：「兄弟，為嫂可就走了！」致庸猛地跪下，大聲道：「嫂子，致庸本打算等大嫂百年

之後，替大嫂送終，可我做不到了！致庸是個冤死的人，死後精魂不散，夜夜會去入嫂子的夢！」曹氏不去扶他，又大聲道：「兄弟，為嫂真要走了，今生今世有對不起兄弟的地方，你就寬待嫂子是個女人吧！」說完，她大哭著跑走。致庸站起，在囚室大喊了最後一聲：「嫂子……！」

令致庸沒有想到的是，第二天午時二刻，刑部來了一紙文書，將他從天牢裡釋放出去；長栓和高瑞趕來，也不說話，急將他塞進一輛馬車，就朝城外飛馳而去。午時三刻，曹氏一身嫁衣，坐進花轎，被抬進茂才的官衙。離開大德通票號前，她從袖口中拿出一封信，交給曹掌櫃，道：「曹爺，我這裡有一封信，信裡有些重要的東西，待會兒曹氏上了孫家的花轎，你們倆不要管我，立馬讓人騎上快馬，去趕高瑞和長栓，將信交給二爺，不得出半點差錯！」曹掌櫃心一動，點頭道：「太太放心！」曹氏起立，走向門外的花轎，曹掌櫃及眾人轟然一聲跪下，悲憤地叫道：「曹某和眾人送太太了！太太走好……」花轎抬走之時，也是玉菡和雪瑛從山西分別趕到之時，曹掌櫃當即將曹氏交給他的信給了她們，二人看罷大驚，玉菡哭道：「這是大嫂自己寫下的從喬家自休的文書！她出嫁時，沒有帶走喬家的任何產業！」雪瑛落淚，叫了一聲：「不好！大表嫂這一去，凶多吉少！」

孫家洞房內，曹氏一動不動地坐著。鼓樂聲中，茂才醉醺醺地走進來，用秤桿幫曹氏挑去蓋頭，哈哈大笑。曹氏亦對他冷笑。茂才道：「大太太，久違了。當日在喬家一別，茂才對太太你可是一日不見，如隔三秋啊。我本以為今生今世，再也見不到你了呢，沒想到山不轉水轉，石不轉磨轉，你當年太谷大商家曹家的千金小姐，祁縣大商家喬家的大太太，竟然轉到我的床頭上來了，還帶來了喬家全部的產業做你的嫁妝！這一轉眼我孫茂才也成了家資百萬的富人了！來來來，既然你我真做了夫妻，那就讓我老頭子親一個嘴兒……！」「啪」的一聲，他臉上挨了一個響亮的耳光。茂才一驚，酒醒了大半，嚷道：「曹氏，你敢打老爺？」曹氏大笑，眼淚湧出：「孫茂才，你這豬狗不如的東西，大太太我今日來是來了，可我是為了騙你，為了救我兄弟的命！想我曹淑芬，千金萬金之體，豈是你這樣的無恥之徒可以碰一碰的？打了你，也髒了我的手！」

茂才有點發愣：「什麼什麼？你說清楚點兒？你騙了我？你騙了我什麼？你快說！莫非你……」曹氏含淚道：「孫茂才，想當初你一個比叫花子好不了多少的東西，來到我們家，致庸好心收留了你，我看你可憐，讓人幫你縫衣服，做鞋帽，你才像個人樣兒！可我萬萬沒想到，你竟是個人面獸心的東西，竟會在我一個大門不出二門不邁、一輩子只知道相夫教子的弱女子身上打起了鬼主意……也是我一時軟弱，讓你拉了我的手，從那一日起，我一生的名聲就虧了！誰知你害了我還不夠，為了得到喬家的家產，又要借朝廷的刀，置致庸於死地！孫茂才，世間竟然有你這樣的人，我真是聞所未聞！天哪，這樣的人，為什麼要讓我曹淑芬碰上，我前輩子作了什麼孽了？」

茂才的酒完全醒了，叫：「哎，哎，先別扯這麼遠，你說你騙了我，你怎麼騙了我，難道你沒有帶來你的嫁妝，我的意思是，喬家的全部家產？」曹氏拿出一張文書，冷笑一聲道：「孫茂才，你看看，這是什麼東西？」茂才接過來一看，大驚：「什麼，這是你的休書，你把自個兒從喬家休出來了？」曹氏瘋狂地大笑：「孫茂才，你現在後悔了吧？你以為你娶了曹氏，就得到了你一輩子做夢都想要的一切，可是沒想到，你今天娶到的只是曹氏一個人，什麼嫁妝，什麼喬家的產業，你都沒有得到！」

茂才大怒：「你你你……我和喬家有婚書的，你休想憑這一紙休書，就讓我落了個空！我孫茂才不是那麼好糊弄的，你拿這一張紙，騙不了我！」他三下兩下撕碎了那張休書。曹氏笑道：「你撕吧，休書一式兩份，另一份我已經交給喬家人了。我將自己休了以後，就不是喬家的大太太了，不是喬家的太太，自然也就不再掌管喬家的產業。孫茂才，你失算了，你只娶了一個白頭髮的女人做你的娘！」茂才跳腳，嚷道：「不！不行！……你竟敢騙到我五品朝廷大員頭上來了，我不能吃這樣的啞巴虧！曹淑芬，你……你怎麼給我來的，怎麼給我回喬家去，我要的是一個帶著喬家全部家產作嫁妝的女人，不是你這樣一個兩手空空的女人！你給我走，現在就走！」曹氏道：「孫茂才，你三媒六證，八抬大轎將曹淑芬抬進了你們家，誰都看見了。你抬進來容易，再想抬出去就難了！是你害了我這個可憐的女人一生，來來來，我給你看個東西！」

孫茂才不知是計，走近來：「你還有什麼值錢的東西可以給我看？」曹氏待他到近前，一把揪住他前胸，從懷裡摸出一把明晃晃的尖刀：「孫茂才，是你害了我曹淑芬，今天嫁到你家，就是我的死期，也是你的死期！」她一刀扎過去，茂才躲閃開，將她推倒，大聲叫：「你你你……你這個瘋婆子，來人，把她給我捆起來，扔柴房裡去！」曹氏淚流滿面，將刀橫在脖子上，歎道：「孫茂才，我知道我一個女人，沒有力氣，殺不了你，可是我連我自個兒也殺不了嗎？我今天在你家裡殺了我自個兒，我就清白了，我就用我自個兒的手，給我自個兒討了一生的清白！呀——」她手一抖，只見鮮血進出，身子一軟，慢慢地倒了下去。

大德通票號內，喬家眾人很快就知道了消息。玉菡和雪瑛哭道：「大嫂沒有兒女，她為喬家而死，我們這些人就是她的兒女，我們去孫家，為她披麻戴孝！」曹掌櫃哭道：「是我這個糊塗的老頭子把大太太送上轎的，我就是不能讓她再活過來，難道我就不能為她充當一回孝子嗎？」眾人齊道：「走，咱們去孫茂才那兒要人去！」

慶親王府上，慶親王本人也很快聽到了消息。他等了好大一陣兒，才見李蓮英小跑著來到，嚷著：「奴才李蓮英，給王爺請安！」慶親王道：「李大總管，你可來了，你說這事，該怎麼辦？」李蓮英笑道：「王爺，這事有什麼不好辦的？現在滿朝文武都說這個孫茂才該殺，咱們以他貪贓枉法逼死人命為由，把他殺了，不就結了？」慶親王想了想，道：「這是老佛爺的意思？」李蓮英道：「這倒不是。王爺，這個孫茂才貪圖喬家家產，逼死了喬致庸的寡嫂，鬧得天怒人怨，他是死有餘辜。可話又說回來了，要是把他殺了，民心倒是大快，可以後再遇上喬致庸這樣的麻煩事，找個人為太后分憂，就沒人願意幹了。所以說，這個人，又不能殺。」慶親王點頭道：「我明白了，太后一定有了旨意。」

李蓮英道：「太后乃一國之太后，當然要順從民意，這個孫茂才實在可惡，不能繼續留在朝廷裡做官，就是不殺他，也不能讓他活得好，問他一個罪名，找一個邊境苦寒之地，終身發配，不得回原籍，這樣，也能大快人心吧！」慶親王笑道：「太后聖明，就這樣辦！」

第四十章

1

喬致庸終於回到了喬家大院。曹氏的死對他的打擊那麼沉重，以至於他真的一病不起。這一次他真的得了風癱之疾，有一陣子，喬家人幾乎覺得他再也緩不過勁兒來了，連後事都給他預備下了。在喬家沒人主事的日子裡，景儀帶著兩個兒弟，到了太谷，請玉菡回家來代為理家。玉菡無奈，但說好了只住外宅，不在喬家大院裡居住，景儀和曹掌櫃也只好依了。

所謂福無雙至，禍不單行，這段日子裡，喬家又遭遇了新的禍殃：致庸過繼給長門的景岱在新疆大德通和大德通分號做管事的第三年，臨近返家的前夕，因積勞成疾而過世。噩耗傳來，病情已稍有起色的致庸再次受到了沉重打擊。他掙扎著從病榻上起了身，要親自帶人去新疆將景岱的靈柩接回來。無論玉菡和曹掌櫃怎麼勸阻，他仍然哭著道：「我跟景岱說過的，三年過後，我親自到伊犁接他回家，我們父子一場，不能說話不算話。我一定要去。」眾人拗不過他，只得讓他去遂自己的心願。這一趟曹掌櫃親自陪他去，路上走走停停，不敢過於勞累了致庸的身體，但讓他暗暗吃驚和高興的是，這樣離家走出來，致庸的病體倒一點點地強健起來，氣色也一天天地變好，眼睛裡又時不時地開始閃爍起年輕時那種極為明亮、銳利、英勇無畏的光。這種從身體到精神的全方位恢復，最後完成於他們從新疆回來之後。致庸將景岱葬埋於曹氏身邊，葬埋在喬家死在商路上的先人和早先死在恰克圖的景泰身邊。與兒子的靈柩最後告別時，他竟然沒有太多地流淚，只是連著大聲說了幾個「好」字：「兒子，好！好！好！好！」到了第二天，他便對曹掌櫃說，他要去東北為大德通票號設莊。沒有人攔他，玉菡給兒子送完葬就回太谷去了，致庸將部分家事交給景儀，就帶著長栓走上了去東北的路。長栓也老了，前年翠兒因病死去，給他留下一個兒子和那只鴛鴦玉環。臨死時翠兒將玉環交到長栓手裡，讓他賣給致庸，換幾兩銀子。長栓道：「你是不是瘋了，這東西我怎麼能賣給東家？我送給東家好了。」致庸問明了事情的來由後對長栓道：「我給你一兩銀子，你把它賣給我。」長栓驚道：「東家，您還想用一兩銀子買下一只玉環？」致庸道：「你這個老長栓，你不懂得翠兒的心。翠兒叫你賣給我，你就賣給我。」

致庸這次用了半年時間才到東北，在安東等地為大德通和大德興設立了分號。面對著滾滾奔流的鴨綠江，致庸淚流滿面：「這就是東方極邊之地，喬致庸九死一生，今日還是來到了這裡，把生意做到了這裡。長栓，咱們回吧。我一生想到的地方都到了。我累了，一生的事業已經做完，再過兩年，我把家事交給景儀，就再也不會出門了。」

兩年後，馬荀死後自告奮勇出任包頭喬家復字號大小大掌櫃的景儀，被仇家買通一蒙古武師，暗殺於雁門關下。致庸一夜間鬚髮皆白。他強忍著悲憤，到包頭弄清了事情真相，原來景儀少年氣盛，不遵父親教誨，又與達盛昌邱家的少東家邱千里爭做起了胡麻油霸盤，結果為邱千里雇凶殺死。致庸痛定思痛，沒有以血還血，卻親自去了一趟邱府，和年過百歲的邱天駿見了一面，為兒子帶頭挑起霸盤生意的事先向邱老東家道歉，重申兩家永世不做霸盤

之約仍然有效。邱天駿感慨於致庸的胸懷，在景儀出殯之日，和兒子邱千里一同披麻戴孝，在墳前發誓永生永世再也不與喬家為仇。只是事情過後，致庸回到家裡，突然嘔出血來。

致庸病了，這一病就是數年。好在喬家的生意並沒有受到太大的損失。大德興這方面，曹掌櫃老當益壯；包頭復字號大小那裡有高瑞支撐；大德通票號這一邊，潘為嚴大掌櫃越做越好，漸漸開始有所贏利。致庸明白，他的一生已活了太長的時間，這太長的時間施加給他的打擊早已將他的心擊成碎片，可他仍然不能死。第一，他還沒有看到匯通天下的一天；第二，喬家還沒有攢夠三百萬兩銀子，讓他能夠還給那位救了他的命的「恩人」。他不能走還因為另外一個信念，那就是：死是容易的，可活著把看似永遠不可能成功的事做成功，才是最難最難最難的。他與他的命搏了一輩子，他的心雖然碎了，卻沒有死。

他要等下去。

2

光緒二十六年夏日的一個清晨，北京紫禁城神武門內一片混亂。八國聯軍打進了北京，慈禧太后攜光緒皇帝倉皇西逃。此前潘為嚴憑藉自己在官場中結交的耳目，早早地就判斷出大局不好，將大德通票號的庫銀走運河運往了南方，人員和他自己則在洋兵進入北京城的十天前全部撤回了祁縣總號。

致庸知道兩宮西狩的消息已是七月末的一天。這天下午，潘為嚴從祁縣抹著汗走進了喬家大院，神色匆匆。那時致庸正神情平靜地坐在窗前，看一枝新開的石榴花。潘為嚴猶豫了一下才拿出一封信來，道：「東家，御前大臣桂月亭來信，北京陷落，兩宮西狩，八月初大約就到山西了！」

致庸吃了一大驚，過了半晌，眼中滾出淚來：「這麼說大清國還是亡了？五千年衣冠之邦，竟要淪於夷狄之手？」潘為嚴歎一口氣：「東家，眼下不是難受的時候，外頭紛紛傳說，八國聯軍的總司令、德國大元帥瓦爾西，獲知皇太后和皇上逃往山西的消息，決定率大軍親征。東家，從太原府到晉中各縣，不少商家撤莊的撤莊，關張的關張，許多人已攜家帶口逃往江南！東家，我們也要想一下對策了。」

致庸呆呆地望著他，望了很久，像望著一個不可挽回的事實，突然悲憤道：「誰願走誰走，我不走！這裡是我的家，我為什麼要走？你們要走你們走好了！」潘為嚴勸道：「東家，洋兵一旦打進來，玉石俱焚，您老還是跟我們一起走吧！」致庸在地上「咚咚」地搗著拐杖，痛聲道：「潘大掌櫃，大清國都亡了，我喬致庸還能往哪裡去？這裡有我祖宗的墳墓，我的父母，我的大哥和大嫂，還有我的兩個兒子，都埋在這裡，我為什麼要走？我都八十多歲了，就是死也要死在自己家裡，自己的土地上！對了，長栓，長栓，我的官服呢？把我的官服給我找出來，我要穿上它！」旁邊的長栓呆呆看著他，半天沒反應過來。潘為嚴想了想，吃驚道：「東家，您是說當年太后強賣給我們的那套二品的官服？」

致庸點頭，蒼涼道：「對，就是它！大清國不亡，喬致庸不願買官，可大清國若是亡了，喬致庸就是它的最後一個孤臣孽子，我要穿著這套官服去死！」長栓犯難，道：「東家……當初您好像吩咐我把它扯碎了做孩子的尿布……這會兒上哪找去？」年邁的張媽走進來道：「老爺，這套官服我收著呢，翠兒當年沒捨得撕了它給小栓做尿布！我幫您找去！」

內宅裡的女人們很快就知道了消息，很快景岱媳婦就領著眾人走出來，跪在致庸面前哭道：「爹，別人家都走了，我們怎麼辦，還是走吧！」致庸看著心煩，對長順道：「長順，潘大掌櫃，你們安排他們走。長栓，你也帶小栓走！」長栓道：「老爺不走，我也不走！我跟了您一輩子了，您要留下來找死，我也得陪著！」潘為嚴見事情僵住了，忙代替致庸馬上安排車輛，帶喬家的女眷、孩子以及家人離開。十二歲的長孫映霞對致庸道：「爺爺，您不走，我也不走！」致庸高興：「好樣的！」長順帶著景岱媳婦等人往外走，致庸喝一聲：「站住！」長順回頭：「老爺，還有什麼吩咐？」「別忘了還有兩個人呢，也要趕快安排撤走！」長順愣了一愣，忽然明白了他說的是太谷陸家的玉菡和榆次何家的雪瑛，大聲說道：「東家，知道了！」

致庸回頭看著潘為嚴：「他們都走了，你怎麼不走？」潘為嚴笑了笑，道：「東家不走，我是大德通的大掌櫃，職責所在，不能走！」致庸又高興了：「不走好！不走咱們一起留下！」「不行，我得回大德通總號，我要守在那裡！」潘為嚴道，忽然笑起來，「東家，我們留下來，說不定還有生意做呢！」

山西總督衙門，山西總督毓賢和李蓮英二人對坐，愁眉不展。李蓮英尖聲道：「毓大人，太后的意思是我們只在你這兒歇歇腳，立馬就要趕往陝西，陝西山西好歹隔著一條黃河，到了那兒，太后和皇上恐怕才能安全一點！剛才太后還誇你呢，說這一路上，除了一個岑春煊，大人是第二個主動出城接駕的地方官。這會你怎麼會為了三十萬兩銀子，這般束手無策？」毓賢為難道：「李大總管有所不知，近日山西境內盛傳洋人要打過來，太原府及晉中各地的商人和老百姓能走的就都走了，不走的多半都是些窮酸或者硬骨頭！太后從山西到陝西要走一個月，一天沒有一萬兩銀子過不下去，我都明白，三十萬兩銀子在過去也不算什麼，可在今天，就不容易了！」

李蓮英沒好氣道：「毓大人，這話你只能跟奴才我說，可我怎麼向太后老佛爺回呢？我要是照實了回，太后老佛爺一準會說，毓大人是不是也覺得大清國亡了，我們娘兒倆沒用了？毓大人不借給我們娘兒倆銀子，莫不是想讓我們就這樣困在山西，讓洋人趕來殺了我們？或者毓大人想讓我們每天吃沒吃的，喝沒喝的，餓死在去陝西的路上？」毓賢到了這時，也不害怕了：「不管這些話是太后說的，還是李大總管自個兒說的，毓賢一定盡力籌措這些銀子，你就瞧好吧！……來人！」一隊兵將擁進來。「快到太原商街上，將所有商號特別是票號裡沒走的掌櫃和夥計都給我抓回來熬鷹，向他們借銀子！什麼時候他們答應了，再放他們出去，不然就一直餓著他們！」毓賢發令。眾兵將答應著，一擁而去。

只半天功夫，太原府商街各商號票號留下看房子的掌櫃夥計都被抓了來。毓賢派人明確告訴他們，沒有人答應借銀子，誰也別想出去。這些掌櫃夥計們私底下嘀咕：「大清國都亡了，太后老佛爺還找我們借銀子，她還得起嗎？那還不是肉包子打狗，一去不回？」「借銀子借銀子，朝廷多年來從我們這兒勒索了多少銀子，還不是讓洋人打進來了？不能借給她！」不一會兒毓賢自己也走進來，坐下，要眾人一個個表態。一些膽大的夥計就大聲叫起苦來：「大帥，皇太后和皇上把北京城都丟了，現在借了銀子，他們還嗎？」有的喊：「就是亡不了，我們東家也不會借銀子！當年左大帥平定西北，從喬家大德通借走那麼多銀子都沒還，我們還敢借嗎？再說我們都是看房子的夥計，就是想借，也不當家呀！」毓賢氣得渾身發抖，大叫道：「你們不借銀子也行，那你們就在這裡待著吧，說好了諸位，我這裡可不管飯！」

在被抓起來的票號夥計中，也有一名大德通太原分號跑街的夥計，名叫賈紀櫻。這賈紀櫻進了總督衙門，只是睡覺。這時被毓賢的兵用腳踢醒了過來。「哎，幹什麼？」他睡眼惺忪地喊。「幹什麼，說，借不借銀子？」一兵將道。「那他們借不借？」賈紀櫻問。「他們……也沒說不借！」兵將的舌頭有點打不過彎兒來了。賈紀櫻看了一眼，又要睡去。毓賢看得心煩，自己走過來，問：「你們這些人，到底借不借？不借我可要用刑了！外面準備刑具！」說著就讓人把幾個掌櫃模樣的拉了出來，打得嗷嗷直叫。賈紀櫻像是沒聽見，照樣閉眼睡去。毓賢大怒，道：「把這一個也拉出去打！」賈紀櫻猛地睜開眼，跳起來：「哎哎，別打我，我也沒說不借呀！」幾個兵馬上揪住他，叫道：「大帥，有人願意借銀子了！」毓賢走過來，盯著賈紀櫻：「你是哪家的夥計？」「大德通的！」賈紀櫻道。「大德通？你們的東家是不是叫喬致庸？」「對呀！」「你真能做得了主，借給太后銀子？」「我做不了主說什麼？我說話自然算數！」「那好，來人！帶著他去喬家的鋪子裡借銀子！」毓賢大叫。「大帥，現在去我們的鋪子是借不到銀子的，銀子早就回到了祁縣，他們得隨我回祁縣借銀子！」「那我們就跟他去祁縣借銀子，看好別讓他跑了！」眾兵將得令，揪著賈紀櫻出了總督府。

潘為嚴知道賈紀櫻給東家闖了大禍已經是第二天早上的事情了。來到祁縣大德通總號後，賈紀櫻讓眾兵將守在大門外，自己走進去，將事情說給潘為嚴聽。潘為嚴一聽就急了，道：「你這個賈紀櫻，怎麼這麼大膽，答應借給太后銀子！」賈紀櫻卻嘻嘻地笑：「大掌櫃，不是讓他們嚇的嘛，要不這會兒我還在那兒挨打呢！我也沒打算真借給他們銀子，要不這樣，你這會兒就帶我出去，對那夥兵將說，賈紀樓一個跑街的夥計，越權答應借給別人銀子，違反了店規，現在從店裡除名了！大掌櫃，你想，我都不是大德通的人了，他們還找誰借銀子去？」潘為嚴沒他那麼樂觀，想了想道：「不行，我得去見東家，問問他事情該怎麼辦！」

潘為嚴出門上馬，一溜煙地到了喬家堡。進了喬家大門，只見致庸身穿二品官服，迎著大門端坐在一張太師椅上，面前是一杆架好的火槍，手裡拿著那只單柄長筒望遠鏡。長栓和映霞一左一右，如同哼哈二將，站在他身旁。潘為嚴嚇了一跳，驚道：「東家，您這是唱的哪齣戲？」致庸「哼」了一聲，道：「潘大掌櫃，幸好我看清是你，要是洋鬼子進了我的門，我就要開火了！」潘為嚴吃驚道：「東家，您這是要……」「喬家大院是我的家，我要保衛我的家。洋人不殺了我，就甭想進我的家！」致庸道。潘為嚴將他拉回書房，將事情說了一遍。致庸霍然站起，半晌又坐下去，神情悲淒，道：「怎麼，太后和皇上真到了這步田地，若沒人借給她銀子，就到不了西安府？」潘為嚴道：「可不是！大清國都滅了，她就不是太后了，皇上也不是皇上，他們只是兩個從京城裡逃出來的難民！東家，我聽說從北京城到山西，一路上除了一個岑春煊，一個山西總督毓賢，沒有第三個官員認她，大家躲都來不及！」

致庸久久地站著，忽然，潘為嚴看到兩串老淚從他臉上流了下來。「東家……」潘為嚴叫道。致庸回過頭來，慢慢道：「潘大掌櫃，這筆銀子，我們借給她！」潘為嚴一驚：「東家，三十萬兩銀子，真的借給她？」「借給她！」致庸斬釘截鐵道。「為什麼？」潘為嚴叫道，「這筆銀子借出去，很可能再也收不回來！再說了，東家這一生，這個懿貴妃，今天的太后，給東家吃了多少苦，受了多少罪，死都死了幾回，就衝這個，也不能借給她！」致庸聲調蒼涼道：「不，我說借給她，就借給她！以前她那樣對待我，對待天下的商人，因為她是懿貴妃，是太后，現在她不是了，皇上也不是皇上，他們成了兩個亡國的中國人，兩個從京城逃到我們山西的難民！既然他們是難民，我為什麼就不能借給她些銀子，讓他們逃到陝西去！我今天把銀子借給他們。是借給我們中國人自己！太后一輩子不厚道，我們不能像她那樣做，讓外人說我們山西人，說我們山西商人不厚道！」

喬家三十萬兩銀子交到慈禧太后手中，她不免有所感動，歎道：「真沒想到，到了山西，竟然是這個我以為已經死了的喬致庸幫了我。既然如此，我和皇上路過祁縣時，就住在他們家好了，以示恩榮。」於是兩日過後，致庸、潘為嚴一大早就帶人等在祁縣大德通總號門外了。眼見著太陽一點點落山，長栓不禁嘀咕道：「太后和皇上今天還來不來，都等到這會兒了……」致庸突然起了逆反心理，轉身欲走。潘為嚴一把拉住他：「東家，您上哪去？」致庸低聲道：「我累了，想回家……」潘為嚴道：「您怎麼能回去，就是因為東家借了銀子給太后，太后才要路過祁縣，到喬家住一宿。您走了這臺戲可咋唱！」致庸長長吁出一口氣，慢慢閉上眼睛。惹來禍的賈紀櫻也笑著勸：「東家，銀子都借了，還怕等這一會兒嗎？」

正說著，突然聽到長栓叫道：「快，快看，來了！」眾人遠遠望去，只見鼓樂喧天之中，慈禧和光緒的鑾駕出現在街道盡頭，正向大德通走來。致庸瞇細眼睛望著，突然又要轉身走，被潘大掌櫃一把拉住，笑著悄聲道：「東家，哪裡去！」致庸只得站住，神情卻越發冷淡。

太后和皇上的儀仗走了過來。致庸目光中越來越多地現出厭惡。但見李蓮英騎馬前導，太后三十二人抬大轎越來越近。就聽李蓮英下馬，喊了一聲：「太后鑾駕到！」致庸身邊和身後的人紛紛匍匐在地，不敢仰視。潘掌櫃拉了致庸一把，致庸似乎才清醒過來，在眾人前緩緩跪下。

太后和皇上的大轎落了地。李蓮英親自將轎門打開。慈禧緩緩下轎，趴在地下的致庸忍不住悄悄抬頭，定睛看去，不覺大驚。這慈禧布衣荊釵，竟像一個鄉下老嫗。他不相信地看看跪在身邊的潘為嚴，潘為嚴也不敢相信地回頭看看他。致庸再一回頭，感覺變了：這個如同尋常村嫗的老婦此時也掃了他一眼，那不是一雙深含君臨天下的威儀的眼睛，而是一雙經歷了太多的驚嚇、恐怖的眼睛，一雙因孤獨無助而顯得極為悲涼和凝重的眼睛。

毓賢趕緊在一旁道：「喬東家，這就是太后老佛爺，還不恭請聖安？」致庸愣了一下，只得大聲道：「商民喬致庸，恭迎皇太后和皇上聖駕。皇太后聖壽無疆，皇上萬歲萬歲萬萬歲！」

慈禧「哼」了一聲，並沒有馬上走，像是要看清這個被她念叨了一生、今天又救了她的人一樣。「老佛爺裡面請。」李蓮英說著，扶她走進大德通。消瘦的光緒皇上跟著走過來，看到致庸，特意停下腳步道：「喬東家平身。」致庸神情恍惚地站起，望著光緒一行人走進大德通的門去。長栓抹抹頭上的汗道：「東家，潘大掌櫃，她真是太后？看著像個山裡撿柴禾的老婆子！」潘為嚴瞪了他一眼，悄聲道：「少胡說，別看她現在倒了駕，讓她聽見了，還能現割了你的舌頭！」長栓伸了伸舌頭，趕忙退後。

天暗下來了。大德通內張燈結綵，僕人們川流不息地將各色名貴菜肴送進慈禧室內。慈禧吃得津津有味，當下對李蓮英道：「小李子，自打離了北京城，我可就沒吃過這麼多有味的東西。難為喬致庸一片孝心。」李蓮英在一旁嘻嘻笑：「老佛爺，這是奴才今兒聽您第三遭誇獎喬東家了。」

致庸在大掌櫃室裡坐著，一直默不做聲。忽然潘為嚴高高興興地走進來，道：「東家，太后喜歡得不得了，說出了京城，就沒吃過這麼好吃的東西！」致庸突然變了心情，站起來走進廚房，對還在忙碌的廚子道：「哎，都給我停下！停下！」眾廚子一驚，回頭看他。致庸道：「沒上的菜不上了！夠了！」潘為嚴跟進來，吃驚地看著他。致庸緩了緩聲調，對廚子頭道：「哎對了，太后從沒到過山西，不知道山西人每天吃的是什麼，你們給她做點山西人每天吃的東西讓她嘗嘗！」

廚子頭為難道：「東家，今年山西大旱，山西人每天吃的東西，還不是野菜？最好也就是粗糧細做，什麼茶果多兒、高粱麵皮兒！」致庸道：「好，太后就想吃這一口，你們做，等會兒我親自給她上！」

眾人看看他，又看他身後的潘為嚴。潘為嚴看了一眼致庸，道：「東家怎麼說，就怎麼做！還不快點？」廚子頭於是點點頭，對旁邊三個小廚子吩咐道：「趕快去找野菜，找高粱麵兒！」小廚子們笑起來：「這還用找，院子後頭野地裡就有的是……」

李蓮英端著新做的野菜團子走進慈禧的房間，想了想道：「太后，這是喬東家專門讓廚子做的山西風味小吃。他親自捧到門外，交給奴才，說一定要請太后老佛爺嘗嘗！」慈禧道：「難為他一片孝心，端上來。你都讓人嘗過了嗎？」李蓮英點頭，接著將野菜團子放在慈禧面前。

慈禧吃了起來。李蓮英在一旁賠笑道：「老佛爺，不好吃？」慈禧搖頭：「不，好吃！當了這麼多年太后，以為天下好吃的東西都吃遍了，沒想到還有這麼好吃的東西，這趟落難山西，我是因禍得福了！等會兒你拿兩個給皇上嘗嘗，他恐怕從來沒吃過呢！」李蓮英猜不透她的心思，一時間不敢再說什麼。

慈禧艱難地咽著，緩緩道：「等會兒我吃完了，你去見見喬致庸，問他想讓我賞他點什麼。我們到了人家家裡，總不能一點東西也不賞，說來也是老熟人了。」李蓮英趕緊「嘛」了一聲，出門去找潘為嚴。「什麼?!太后要喬東家討賞?太好了！」潘為嚴高興地叫起來。「李大總管，我們東家在大掌櫃室，這邊請！」

大德通大掌櫃室裡，致庸剛剛坐下來，潘為嚴就陪李蓮英走了進來。李蓮英扯開嗓門道：「喬致庸接懿旨。」致庸不得已跪倒在地：「商民喬致庸接旨。」「喬致庸，太后有旨，喬致庸接駕有功，可以向太后請賞。」沒想到致庸聽了這話，當場變色道：「喬致庸有太后令商民花二百五十萬兩銀子從朝廷買來的二品官服，喬致庸不想再要太后任何封賞。」李蓮英吃了一驚，剛要說話，見致庸捂著頭，「哎呀，哎呀」起來。潘為嚴心中明白，趕緊上前扶住致庸，回頭對李蓮英解釋道：「李大總管不要見罪，我們東家風癱之症又犯了……快來人，扶東家下去歇息！」長栓和賈紀櫻趕緊跑進來，將致庸扶出去。

李蓮英看著致庸走出，「哼」了一聲：「這個喬東家沒福氣，太后讓他討賞，他居然病了，罷了罷了！」潘為嚴轉身攔住李蓮英，躬身恭敬道：「李大總管，商民潘為嚴，大膽替東家向太后老佛爺討賞！」李蓮英尖著嗓子道：「老潘，怎麼，你要替你們東家討太后的賞？」潘為嚴賠笑道：「正是！太后駕臨大德通，是喬家曠古未有的榮耀，潘為嚴忝居大德

通大掌櫃之職，怎麼能不為東家向太后求賞！」李蓮英看了他一眼道：「老潘，你比喬致庸會說話多了。說吧，想替喬東家向太后討什麼賞，我都可以替你說去！」潘為嚴道：「商民不為東家討要官賞，商民只替東家求太后一件小事！」「什麼小事？」「當年喬家大德興茶票莊，曾一次代南方四省向朝廷匯兌官銀一千多萬兩，此後太后有旨，禁止票號再做官銀生意。今日八國聯軍打進中國，兩宮蒙塵，各地官府的官銀自然解不到鑾輿之下，所以太后和皇上才沒有銀子用，差點被耽擱在山西。潘為嚴想請李大總管幫鄙東家求太后永久解除票號不得涉足官銀之禁，並允准票號協同辦理各地稅收事務。那樣，太后和皇上就不會像這次這樣，被區區三十萬兩銀子難住了！」

李蓮英笑起來：「老潘，你這人狡猾。永久解除票號不得涉足官銀之禁，一直是你幾十年夢寐以求的事，今天你卻說是為了朝廷和太后使銀子方便……不過話又說回來了，讓票號涉足官銀，其實也不錯，至少下回太后去哪裡巡幸，只要隨身帶幾張銀票就行了，再不用我臨時抱佛腳，到處借銀子，又借不到！……不過這事要說，還不能這麼說，我幫你想想辦法，拐個彎說這事，說不定能成！」

說著他斜睨著眼看潘為嚴，潘為嚴會意，當即遞過一張五十萬兩銀子的銀票，賠笑道：「潘為嚴就先替東家謝李大總管啦……」李蓮英「哼」了一聲，接過銀票掖在袖子裡，站起出門。

一回到慈禧的住處，李蓮英就換了一副模樣，恭恭敬敬跪下，把潘為嚴代致庸求賞的話說了一遍，然後笑著補充道：「太后，其實也不是什麼恩賞。奴才是看太后和皇上一路西行，用銀子實在不易，眼下洋人又把大清國鬧了個天翻地覆，各省官銀無法解送過來，太后和皇上用銀子不方便，才覺得不如答應了他們，以後就讓喬家大德通票號幫朝廷從各省匯兌官銀給太后和皇上使用……」

慈禧點了點頭，不假思索道：「眼下連堂堂的山西總督毓賢毓大人，都給我弄不來銀子花，喬致庸的大德通票號要是能給我們弄來銀子，這個主意有何不好？」李蓮英連連點頭。慈禧想了想又道：「我要是開了票號不得涉足官銀之禁，喬致庸這回借我的銀子，以後就不會讓我還了吧？」

李蓮英一愣：「這……」慈禧看看他道：「你出去給喬家的人說，他們若是還想要我還銀子，我就不開這個禁；他們要是不讓我還，我就開了這個禁，從此讓票號涉足官銀。不僅如此，我還要再給喬家大德通票號一個恩典！山西總督毓賢竟然不能為我籌辦三十萬兩銀子，那以後三年，山西的稅收事宜就不要讓他管了，就讓喬家大德通在山西替我和皇上收稅，直接解送到行在去！」

李蓮英心下高興，面上仍淡淡道：「太后老佛爺聖明，奴才這就去傳旨！」他轉身欲出，回頭又恭敬道：「啟奏太后，還有一件事，奴才差點忘了回！明天太后和皇上啟駕西幸，喬致庸恐怕不能趕過來送了，他的風癱之症又犯了！」

慈禧毫不在意道：「三十萬兩銀子不是已經兌過來了嗎？」李蓮英趕緊點頭。慈禧撫了撫長長的指甲，道：「兌過來就行了，喬致庸來不來的，我也不在意。只是這個喬致庸，端的可惡，他還以為我不知道他最後給我吃的是野菜團子呢，我也是苦孩子出身，他騙不了我！」「是，天下人誰也沒有太后聖明！」李蓮英捂嘴一笑，躬身退出。

當天晚上，潘為嚴就將這個消息稟報給致庸。他以為致庸會大喜過望，但是他錯了。致

庸久久地站著，眼淚滾落下來，半晌才道：「潘大掌櫃，我們等了多少年，喬致庸幾乎等了一生，這實現匯通天下的機會，才終於來臨了！……趕快通知全國各家票號，票號可以經營官銀了。讓大家一起來做，我們這匯通天下的夢想，頃刻間就能實現！要快！……」

3

說話間又是幾年過去了，年關將至，喬家內外又熱鬧起來。第一，四年一度的帳期到了，這是東家、掌櫃的和夥計們分紅的季節，是銀子扎扎實實進到自己家的銀庫和口袋裡的季節；第二，眼看著又到了臘月二十四，又是喬家大掌櫃吃團圓宴的日子。從各地分號歸來的大掌櫃們齊聚一堂，歡聲雷動。

潘為嚴在門外一邊與陸續趕來的大掌櫃們打招呼，一邊低聲問高瑞：「高大掌櫃，人都到齊了，東家到底去了哪裡啊？真急死人了！」高瑞一把拉住滿頭白髮的長順問：「東家哪兒去了，別人不知道，你一定知道！」長順想了半晌，才咧開缺牙的嘴一笑，道：「應該和往年一樣，東家讓人拉著車，挨家挨戶給過不去年的人家送肉和白麵去了！」

高瑞和潘大掌櫃相視一眼，都鬆了口氣。潘大掌櫃趕緊又回屋裡去招呼眾人：「大家先坐一會兒，東家去村裡給窮人家送肉和白麵去了，我們再等一會兒，不把這件事做完，他是不會回來的！」高瑞也進來招呼起大家：「大家坐大家坐，咱們不急，等東家回來。」眾人也不意外，鬧哄哄地坐下，一邊喝茶，一邊七嘴八舌地聊起生意來。

長栓已經不在了，現在替致庸趕車的是長栓的兒子小栓，致庸跟在車後走，身邊跟著長孫映霞。映霞已經十九歲了，照致庸的意思，已經掌管起了喬家的家事。馬車上放著成塊的肉和成袋的白麵，車子走走停停，每到一個看上去是寒門小戶的人家，小栓就把一塊肉和一袋麵從車上取下來，放在這一家的門外。致庸默默看著，也不說話，更不敲門，完了小栓就繼續趕車朝前走。

致庸挺晚才回到在中堂裡坐下，潘為嚴和高瑞聞訊，馬上趕過來。致庸一動不動地坐著，問：「都來了？」「都來了，等東家半天了！」高瑞道，不明白老爺子為何面色沉重。潘為嚴道：「東家，人都到齊了，東家若是身體不適，請映霞少東家代勞也是可以的。」致庸沒有回答，眼睛望著門外，突然道：「潘大掌櫃，高大掌櫃，這一個帳期，我們大德通每股的紅利是多少？」「啊東家，我還沒來得及向您稟報呢。今天上午我和高大掌櫃把帳算完了，這一次，我們大德通每股的紅利撐破了天！」

致庸神情平淡：「到底是多少？」潘為嚴一字一句道：「一萬七千二百三十四兩！東家，就連剛在鋪子裡頂一厘身股的小夥計，今年也能分到一千多兩銀子的紅利！這可是大德通開天闢地從沒有過的事！」

他自己已經激動起來，幾乎要流出眼淚。從當年喬東家禮聘他出任大德通的大掌櫃，經過了多少年的磨難，又遭遇過多少風雨艱難，大德通才有了今天這種匯通天下的局面，這種全國票號業領袖的地位。說完剛才的話，他以為致庸一定也會像他一樣激動，但是沒有，致庸仍然沉沉地坐著，神情竟然越來越沉重了：「潘大掌櫃，高大掌櫃，大德通今天一股紅利竟有一萬七千多兩，你們總共賺了多少銀子？這些年國家的情形一日不如一日，洋人大舉入侵，山西大商家一個個倒閉，走在祁縣大街上，你能看到商鋪一家接著一家關張……這四年

你們怎麼還能賺到這麼多銀子？這些銀子，是你們做什麼生意賺來的？」

潘為嚴看一眼高瑞，心中一沉，回頭耐心解釋道：「東家，自從庚子國變那年我們接了太后皇上一次駕，就出了大名，各地官府年年都找我們往京城裡匯兌大批官銀，朝廷要應付洋人，一時銀子不湊手，也找我們借，最後乾脆把英國人做大總管的海關稅直接退給我們；還有那些皇親國戚，竟會覺得太后是我們的靠山，也把自己的銀錢生意交給我們做，我們的贏利自然就大了！所以……」

他沒有再說下去，因為他注意到致庸並沒有認真聽他講些什麼，致庸盯住的似乎只是自己的內心。「潘大掌櫃，高大掌櫃，你們告訴我，經你們手從全國各省匯過來的銀子，交到朝廷以後，都去了哪裡？」潘為嚴和高瑞又相視了一眼，一時間不敢作答。「你們以為我不知道你們這些年做的都是什麼生意？你們做的是幫朝廷從各省解送銀兩，向倭寇交納甲午戰敗賠償銀子的生意，做的是幫助朝廷向列強交納庚子國變之年，朝廷答應賠給八國洋兵四億五千萬兩銀子的生意！你們做的是幫外國人拿走中國人銀子的生意！你們……」致庸說得激動，忽然哭了起來：「我一生都在夢想匯通天下，沒想到匯通天下了，竟然做的是這種事情！……這樣下去，用不了幾年，不用外國人再打進來，中國的銀子就空了，大清國就完了！國家完了，咱們的票號，咱們的生意，也要完！你們今天這麼高興，就沒有想過，這麼好的生意，還能撐幾年？」

在中堂裡安靜下來，只能聽到致庸一個人那蒼老的哭聲：「國家都要完了，你們今天給我喬致庸賺回這麼多紅利還有什麼用？我能吃它們嗎？」

又是一年過去了，致庸更加蒼老了，這一天他走出喬家堡，扶杖站在田頭，舉著那根單筒望遠鏡朝遠方望著。他的身體已極為虛弱，皓髮如雪。小栓和映霞陪著他，致庸回頭問：「小栓子，你父親死多久了？」小栓輕聲道：「回老爺，我父親他死了三年了。」致庸長歎一聲：「你父親他跟了我一輩子，我們說是主僕，其實是朋友，是夥伴……走，咱們去你父親墳上看看去。」「爺爺，今兒外頭天氣涼，您還是改日等天暖和了再去吧。」映霞道。致庸搖搖頭，有點生氣道：「胡說！我都走到這兒來了，還能不到長栓的墳上去看看嗎？前天下了大雨，我就說，得去他們的墳上看看，別讓塌了窟窿，雨水灌進去。走！」映霞一把拉住他：「爺爺，我說甭去就甭去，外頭兵荒馬亂的……」

致庸一驚：「什麼？外頭又打仗了？還是又鬧饑荒了？」映霞急忙改口：「沒有沒有，這幾年天下太平，風調雨順，沒什麼事兒，咱們還是回去。」致庸正要轉身走，忽然瞇細了眼睛，盯上了遠處出現的一隊災民，大叫道：「那是什麼？小栓子，快幫我看看，那是什麼？我這會兒，用胡大帥給我的望遠鏡也看不清楚了！」小栓剛要回答，映霞暗暗捅了他一把，擺擺手道：「爺爺，沒什麼，您看花眼了，那邊什麼也沒有！」致庸反覆轉動望遠鏡，叫：「胡說！那是人，怎麼看著像是災民！……不對，那正是災民！映霞，你這個混小子，幹嘛糊弄我，說那兒什麼也沒有？看我揍你！」他掄起拐棍要打，映霞早已跳開。致庸神情裡一時注滿了悲傷，道：「這是怎麼回事……這是怎麼回事……映霞，你為什麼還站著，災民又來了，趕快回去搬大鍋，壘大灶，給災民熬粥哇！見到這麼多災民，你怎麼還在這裡站得住呀！我打你這個不懂事的壞小子！」

映霞看他這般傷感，忙笑著道：「爺爺，粥棚早就開了，在村西頭呢，您以為您讓我當了家，我什麼都不懂啊！」致庸鬆了一口氣：「真開了？」小栓忙道：「老爺，孫少爺真的

在村西開了粥場，要不咱去那兒看看？」「走……」致庸要走，又站住：「不，我不去，我不去了，我這一輩子，看到的災民太多了……咸豐五年我見過他們，光緒……我見過他們次數太多了，老天爺為什麼這樣待我，讓我死的時候，還見到他們！」說著他又哭了起來。

喬家大大的銀庫裡堆滿了銀子，致庸被映霞攙扶著，在銀架中間慢慢走著。小栓提著燈在前面為他照亮。致庸用手撫摩著身邊大筆的銀子，突然問：「映霞，我們家裡現在有多少銀子？」映霞想了想，半開玩笑道：「爺爺，您非要知道嗎？」致庸「哼」了一聲：「怎麼，我不是這個家的一家之主了嗎？」映霞道：「爺爺，您當然是，我在家裡，也就是個傀儡。」致庸有點不耐煩，又問了一遍：「多少，快告訴我。」映霞小聲道：「兩千萬兩。」致庸大驚失色，不相信地看著他：「兩千萬兩？你把天下的銀子都弄到咱們家來了？」

映霞看著他，歎口氣：「爺爺……」致庸接著又問：「國庫……國庫一年收入多少銀子？」映霞想了想道：「去掉給洋人的賠款銀子，最好的年景，國庫一年也就能收進去七百萬兩。」致庸又是一驚：「怎麼，我們家的銀子，頂得上兩三個國庫？」映霞點頭。

致庸心中大驚，怒視著映霞。映霞有點害怕地看著他：「爺爺，您又怎麼了？」致庸顫巍巍舉起拐杖：「我打你這個壞小子，我們喬家，總共一百來號人，我們要這麼多銀子幹什麼？你把這麼多銀子放到這裡不流動，怎麼為天下人生利？這麼多銀子放到你家裡，你想吃它嗎？」映霞連忙一閃，卻見致庸已經頹然放下拐杖：「走走，扶我出去，這裡讓我頭暈。」映霞趕緊扶他出去了。

夕陽慢慢落下，最後一片光焰似乎在筋疲力盡地收縮吞吐。喬家書房裡，致庸忽然在舊抽屜裡亂翻起來，叫道：「我的帳，我的帳在哪裡？誰動我的帳了？」映霞聞聲跑進來：

「爺爺，您的什麼帳？您就沒管過帳啊！」致庸不講理道：「誰說我沒管過帳？我管過！去把二十年以前的那些舊帳，都給我找出來，我要算帳！」映霞生氣道：「爺爺，二十年前的舊帳，您這會兒還算什麼呀？人家欠咱的，咱欠人家的，早就清帳了！」

致庸瞪著眼：「不，我要再算算，萬一我還欠了人家的帳，或者人家欠了我的，不算清怎麼辦？我一輩子的舊帳，要是算不清，我怎麼死？」映霞看了他半晌，道：「好，我給您找去。」

沒過多久，致庸面前就堆滿了二十年前的舊帳簿。他顫抖著手翻了半天，道：「映霞，你找幾個記帳先生來，這些舊帳中的相與，一個一個，我都欠他們的銀子！」映霞大驚：「爺爺……」致庸繼續道：「這些相與，都是當年和我做生意的人，這些帳都算錯了，我們家至少得五倍還人家的銀子！」

映霞簡直不相信自己的耳朵：「爺爺，您是不是糊塗了，這些帳都清過了，怎麼還欠他們銀子？五倍地還他們，那咱們一下得還給他們多少啊？」致庸絲毫不理會，蠻橫道：「還多少都得還！這個家，今兒還是我說了算！……」映霞倒吸一口涼氣，說不出話來了。

映霞無奈，自個兒在心裡嘀咕半天，只能到玉菡處求救了。喬家當年的那些舊帳，都在奶奶陸玉菡心裡呢。不料玉菡聽完映霞的話，默默看了他半晌，耐心道：「映霞，好孩子，聽你爺爺的，他要怎麼辦，你就怎麼辦！」映霞沒料到她竟會這樣說，忍不住衝口而出：「奶奶，您怎麼和爺爺一樣糊塗了……」

玉菡歎口氣道：「孩子，你爺爺這輩子，掙了上千萬的銀子，身上卻從來不帶一兩銀子。別人都以為他做生意是為了掙銀子，可是你們喬家人應當知道，他從來就不是為了掙銀

子而做生意，一輩子都不是！」映霞有點不服氣：「奶奶，那您告訴我，爺爺這樣做，到底是為了什麼？」玉菡道：「你這麼聰明，十九歲就掌管了家事，像你爺爺當年一樣，你能猜得出來！猜不出來就回去猜，哪天猜出來了，再回來告訴奶奶！」

映霞離開太谷，回祁縣來，走到半途，突然大叫道：「奶奶，我知道爺爺這麼做是為什麼了！爺爺一定是覺得中國的銀子流到外國去的太多了，他這些天是在找理由，想讓這些銀子重新散到民間去，他想為中國人留住這些銀子，讓它們在民間流動，為天下人生利！」他調轉車頭趕回去，向玉菡跪下道：「奶奶，我懂了，我這就回去，照爺爺的吩咐辦！」

又是一天，喬家在中堂內，致庸原地不動地坐著，目光呆滯。小栓害怕地站在他身邊。映霞匆匆趕來，有點擔心道：「爺爺，您又怎麼了？」致庸突然激動道：「你昨天說了一句話，你再把那話說一遍我聽聽！」映霞賠笑道：「爺爺，我昨天說了那麼多話，您要我把哪句話再說一遍？」致庸拐杖搗著地道：「就是那一句什麼，『爺爺一生北上大漠南到海，東到極邊西到蠻荒之地，可世道要變，他做的事情沒有一件是能夠留存下去的！』你說過這話沒有？」映霞吃了一驚道：「爺爺，我那是胡說，您饒了我吧！」致庸堅持道：「不，你不是胡說，你說的是真心話，你以為你們這一代人心裡想的是什麼，我都不清楚？」映霞不由得笑了：「爺爺，我們想什麼，您說說？」「你們這一代人，認為大清國要亡，我們這些人一生中做的事情，一件也留不住！」致庸叫道。映霞臉上的笑容落了：「爺爺，大清國照這樣下去，如果不亡，再無天理！」「不行……」致庸的聲音哆嗦起來，「我一輩子……我這一輩子不能白活，我想救國，救民，我一輩子就想做這一件事……可我就是救不了國，救不了民，也一定要在世上留下點牢靠的東西，我非要留下一件牢靠的東西不行！映霞，把咱家的銀子拿出來，我要蓋房子！」「爺爺，您要蓋房子？」映霞遲疑了一下問。「這個國家的事我管不了，也不讓我管，我就用我的銀子蓋房子！映霞，你現在就去！把周圍還剩下的一些空地全買下來，人家要多少銀子，咱給他多少銀子！買下了這些空地，你給我去請天下最好的匠人，好好地蓋一座喬家大院！」

映霞激動起來：「爺爺，我們家新添的人口不少，都擠在一起住，是不方便。只是不知道爺爺打算花多少銀子！」致庸「哼」了一聲：「能花多少銀子花多少銀子！告訴那些匠人，不要著急，房子要慢慢蓋，用最好的石料，最好的磚，砌牆的時候，要用江米汁摻和白灰、蜂蜜，再加上糖稀，用天下最黏的東西給我抹縫，所有的梁柱都給我用豬血泡，泡完了再給我塗上桐油，保證它們二百年內不受蟲蝕！」

映霞伸伸舌頭，開玩笑道：「爺爺，您要是年輕，能把人家這一行的飯碗也奪了！」致庸又道：「還有石匠和木匠，你要給我請來全山西最好的，告訴他們，房子蓋好後，我要看到天下最好的石雕、木雕和磚雕，要把那些一蔓千枝、和合二仙、三星高照、四季花卉、五福捧壽、六合通順、七巧回紋、八駿九獅、葡萄百子等等我們這個年月的好東西都給我刻上，留下來……」說著不知怎的他又哭了起來：「國家的事我做不了什麼主，天下的黎民百姓我也救不了多少，這個院子的事我還做不得主嗎！辦去！」

半年過後，一座全新的喬家大院落成了。這一天，映霞又陪致庸去銀庫看，這時銀庫裡的銀子已經去了三分之二。致庸慢慢地走著，心中突然一動，猛地站住，臉色蒼白，低聲叫道：「我把想了一輩子的大事忘了！我怎麼了？真是糊塗了嗎？」映霞緊張問：「爺爺，怎麼了？」「映霞，咱們家裡還有多少銀子？」映霞一愣：「還有六百二十萬兩！」

致庸心中一寬，流淚道：「好，好，你給我寫兩張銀票，一張三百萬兩，一張三百二十萬兩，我要還債！」映霞大驚，哭腔道：「爺爺，您還要還債？」致庸點頭，神情蒼涼而悠遠：「當然要還！爺爺一生都是生意人，生意人當然要講誠信，欠債就要還！我快死了，不能欠著這兩個人的債走啊！」映霞心疼道：「爺爺，把這些銀子還了，咱們家就一兩銀子也沒有了！」「那就是你的事情了！你爺爺接管家事的時候，不但沒有銀子，還欠了人家許多債呢！」

映霞聽他說得悲涼傷感，一時間也不好多問，點點頭去了，轉眼拿回了兩張銀票。致庸接過來，一張一張看仔細了，塞進靴筒。他對映霞說：「明天給我套車，我要去兩個地方見兩個人，我一輩子欠她們的債，該還了！……」

4

這天下午，就在致庸拿到了那兩張大額銀票的時候，一場大事正在山西大地上醞釀著。幾年前，一些英國商人進入山西，以極低的價格占有了陽泉礦山的開採權，此事引起了山西上下愛國人士的極大憤慨，一直有人呼籲晉商聯合起來，大家一起出銀子再將陽泉礦山從外國人手中買回來，留給中國的後代子孫。這一年元楚從日本橫濱使館參贊的位置上任滿回國，不滿清廷的腐敗，毅然離開官府，回到山西，為買回陽泉礦山一事親自奔走起來。

元楚所以回到山西，還有另一個原因。到了十九世紀末，興盛了一百多年的水家終於在外國資本的壓迫下，敗落下來。水長清娶的妾連同妾生的另一個元楚也死了，這時他除了留下一個又老又聾的老媽子侍候自己的生活，趕走了身邊所有的人。現在，他自己也沒有幾天活頭了，於是寫信給他一直不認的元楚，讓他回到家裡來，他有話留給他。

元楚回到水家的當天，水長清就在自己住的一間斗室裡見了他，指了指自己床前地道：「你回來了，回來了就好。我當年的話沒錯吧，讀書做官，那是誤人歧途。我要死了，水家也窮了，只剩下一點點銀子，我埋在地下，指望你有一日迷途知返，不再讀那個書，回來繼續做個小本生意。等我死了，你就把它挖出來。你爹這一輩子也吃了，也玩了，票的戲比誰都多，沒啥遺憾的，我死了！」說完他就閉上了眼睛，不再理跪在床前的元楚。

水長清到死都是一個奇人。他白天說了自己要死，當天晚上就死了。元楚為父親出了大殯，回頭來父親床前挖那「一點點」銀子。他沒想到，這一挖，他竟然挖出了整整六百萬兩白銀！

這也就是元楚所以敢於聯絡同志去做贖買礦山之事的一個原因。加上全山西商界的義捐，當他來到喬家的這一天下午，手頭上已經有了八百萬兩銀子。

致庸一動不動地坐在在中堂裡見了元楚。元楚行禮完畢，將自己正在做的事情和來意說給致庸。致庸一聽又激動了，大聲咳嗽了半晌，才憤怒地問道：「怎麼，外國人要我們的銀子，現在還要我們的山河？」「對，舅舅，外國人要完我們的銀子，又要我們的山河，要完我們的山河，就該要我們這些人做他們的奴隸了！我們中國人不能看著中國就這麼亡了！」誰都沒有想到，平日站都站不穩的致庸竟然猛地站直起來，大怒道：「不行，喬致庸還活著呢！他們奪不走我們的山河，除非喬致庸死了！」「舅舅，您是說您答應捐銀子了？」元楚喜出望外道，「您打算捐多少銀子？」這會子致庸又糊塗了，回頭問映霞：「你昨天說咱

們家還有多少銀子？」映霞道：「爺爺，還有六百二十萬兩銀子，您不是打算拿它們去還債的嗎？」「現在還還什麼債？元楚，你都拿去！一定要幫中國人把我們的山河買回來！」說著，他想起來了，將兩張銀票從靴筒裡取出來，鄭重地交給元楚，一時心中又悲涼起來：「元楚，舅舅告訴你，這兩筆銀子，我原本是打算還給我的兩個債主的，可現在我不打算還了，你……拿去吧！這是我能為這個國家做的最後一件事了……」

幾日後，「山西商人聯手護國，眾志成城贖買英人所據晉礦」的消息，通過各地報紙，飛快地傳遍山西，傳遍全國。致庸看到這個好消息，在一陣窒息般的大咳後，吩咐小栓套車，他要去太谷和榆次。

致庸沒有必要再去榆次何家了。他一走進太谷陸家的老宅，一眼就看到了他這次出門要見的兩個女人——玉菡和雪瑛，正坐在一起喝茶。

「你們兩人現在住在一起？」致庸簡直不敢相信自己的眼睛。雪瑛見狀笑道：「表哥，你這話就怪了，我們倆怎麼就不能住在一起？」致庸仍舊沒回過神：「我是想說，你們倆……什麼時候竟成了朋友！」

玉菡一邊請他落坐，一邊回來坐下，朝雪瑛擠擠眼睛，然後笑著問：「老爺，你瞧你這話問的，我們倆也老了，兩個老人，還有什麼事情，能妨礙我們做朋友？」致庸一雙老眼望著她們，心中大為感動，竟然流下淚來。雪瑛解釋道：「春官長年在外面做生意，我在榆次那邊，成了一個孤苦伶仃的老婆子，表嫂在這邊也成了個沒人疼沒人管的孤老婆子，再說她又有病，我來了，我們兩個沒有人疼的老女人，就能相依為命了。」

致庸點頭道：「我明白了。你們倆現在過得比我好。」玉菡望著他笑，眼裡溢出淚花：

「老爺，你可是越來越老、越來越醜了。」致庸滿不在乎道：「你們說的不錯。雪瑛、玉菡，我的日子不多了，所以有些事不早點辦，就有可能辦不了了。」

玉菡和雪瑛對視了一眼，開玩笑道：「原來老爺是找我們辦事，不是來看望我們。老爺要辦什麼事，就講吧。」致庸點點頭道：「有幾年了，我一直都在替自己算帳。算來算去，喬致庸這一生，上不負國家，中不負朋友，下不負喬家，對不住的只有兩個女人。」玉菡看一眼雪瑛，含淚笑道：「這話聽起來好像是沒有錯。」致庸道：「我還欠著你們的銀子呢。我欠雪瑛表妹三百萬兩，前前後後共欠陸家三百二十萬兩。」

玉菡和雪瑛笑起來。玉菡現在越來越不饒人，笑道：「哇，老爺今天是來還我們銀子的。老爺，你的銀子呢？」致庸歎一口氣道：「本來我已經讓映霞把銀票準備好了，一張三百萬兩，一張三百二十萬兩，可是前幾日元楚來了，這筆銀子讓他拿去，替中國人贖買陽泉的礦山了！」

雪瑛當下就笑起來，對玉菡道：「表嫂，你瞧瞧，他巴巴地說要還我們的銀子，原來是假的！」玉菡道：「可不是！」她故意道：「老爺，你不還我們的銀子可不成，你得還我們的銀子。」說著，她捂著嘴笑起來。

致庸顫巍巍站起，對她們恭敬道：「喬致庸老了，也許這一輩子，都還不了你們的銀子了。當年在包頭，別人欠我八萬兩銀子，我讓他還我一個籮筐，磕個頭就算了，今天我也一人還你們一件東西，給你們磕個頭吧。」

玉菡忍不住驚奇道：「老爺，到了這會兒，你還有什麼東西能送給我們？」致庸哆哆嗦嗦在口袋裡摸了半天，摸出兩個鴛鴦玉環。「鴛鴦玉環！」玉菡和雪瑛同時大叫起來。致庸

點頭，感慨道：「這兩個玉環，一個原本是陸家的，一個原本是何家的，後來都到了喬家。我現在也不知道哪個是陸家的，哪個是何家的，我就拿它們，給你們清帳！」說著他將玉環遞過去，玉菡和雪瑛一人一個。玉菡和雪瑛忍不住熱淚盈眶。致庸也紅了眼圈，道：「好了，兩位債主坐好，我要給你們磕頭了。」

那雪瑛就拉著玉菡的手玩笑般地坐好，笑嘻嘻地道：「表嫂，咱們坐好了，就讓他給我們磕頭，他這一個頭，加起來總共值六百多萬兩銀子呢。讓他磕。」玉菡心中不忍，道：「妹妹，你還是這麼頑皮，他這麼老了，就別讓他磕了。」雪瑛拉住她的手，嬌聲道：「不嘛，他負了我這一輩子，也負了你大半輩子，我還一個頭都沒受過他的呢！……表哥，磕呀，快磕！我們等著呢！」玉菡還要去阻止，手卻被雪瑛拉著，動彈不得，嘴裡叫著：「致庸，你就別……」

他這一個頭，剛準備要磕下去，雪瑛趕緊扶住他，想了想道：「表哥，你看！」她含淚帶笑將手掌平攤又握住，致庸擦擦眼睛奇道：「真的老了？什麼也沒有哇！」雪瑛拭了一下眼淚，含笑平和道：「阿彌陀佛，色即是空，空即是色。愛即是空，恨也是空，你負我是空，我害你亦是空，愛恨情仇都是空，至於所謂相欠那更是空。」致庸一愣，想想道：「空，那豈不是什麼都沒有嗎？」雪瑛又一笑，直視致庸，眼神如孩童般純淨，又攤開手掌繼而握起道：「表哥，大家一路走來，空並不是什麼都沒有，什麼都沒有也並不是空啊！」致庸想了想，突然大悟，然後依舊恭恭敬敬跪下，雪瑛笑一笑，這次卻並沒有推卻，靜靜受了他一拜。

那致庸就又顫巍巍地起身，在二人面前跪了下去，說道：「兩位，今生今世，喬致庸不能還你們的恩情，來世但願能做一隻小貓，依偎在你們兩人懷裡。」說著，他磕下頭去，再也沒有起來。

玉菡看他一動不動，猛地推開雪瑛，大叫道：「二爺，你怎麼啦？」雪瑛也撲過來，叫道：「致庸，致庸，你怎麼了？……」

致庸一動不動地伏在那裡，彷彿他這一生的願望，就是向這兩個他曾經愛過和愛過他的女子長久地深情地跪拜下去。耳邊兩位曾經與他生死相許的女子的呼喚之聲，變得越來越異常年輕嬌美，卻又越來越遠。他還沒有死，但他已經不能再對她們睜開眼說些什麼了……他的生命正越來越快地遠離這個世界，他似乎又聽到了多年前那個永遠的追問──「致庸，致庸，究竟是蝴蝶變成了莊周，還是莊周變成了蝴蝶？你說，你說啊……」到了後來，連這追問也聽不見了，他清清楚楚地意識到，這就是死……

調寄水龍吟

詞曰：

一時清夢還回，把幾卷舊經拋卻。魚蝦北海，麋獐南浦，藏形蝸角。花墜花開，冬消春繼，心存箬蒻。問濁醪何價，不登高處，怕望斷，鴻行落。

猶記海東孤嶽。誤輕拋，少年嬌弱。燕然風冽，武夷霜冷，玉關沙漠。一曲箏停，人生如寄，淚眸沱濯。且安排綽板，漁樵閒話，日隨儂謔。

二零一四年六月十七日再修訂於北京升虛邑

後記（一）

二零零六年，喬家大院民俗博物館喜訊頻傳，令人振奮。

首先，四十五集電視連續劇《喬家大院》已經由中央電視臺面向全國播出；其次，與電視劇同名的小說，也同時由上海辭書出版社出版發行；又恰逢民俗博物館建館二十華誕，真可謂「三喜臨門」。

「皇家看故宮，民宅看喬家」——喬家大院歷經幾百年風雨滄桑，以一種獨特的風貌屹立晉中大地。而同名電視連續劇由一級作家朱秀海先生擔綱編劇，導演則是曾執導《雍正王朝》、《漢武大帝》的當代名家胡玫女士，可謂強強聯手。同名小說則在電視劇本的基礎上，給予了進一步的演繹與挖掘。作為熟知喬家大院歷史的我，在看電視劇樣片與小說文稿的時候，還是忍不住常常會發出驚歎，或展顏會心大笑，或一掬同情之淚。

兩百多年前，喬貴發這個喬家第一代創業者白手起家，艱苦奮鬥，從小本經營逐步成為包頭商業的大財東。他的孫子喬致庸繼承他的事業，主持「在中堂」家業，使喬家的事業發展到「黃金時代」。喬致庸一生的經歷是晉商鼎盛和輝煌的縮影。《喬家大院》電視劇及小說基本上反映了從一八五零年代到一九一零年代，以喬致庸為代表的晉商是如何「行走」在這個急劇變化的歷史舞臺的。當然，無論是電視連續劇，還是小說，都是屬於藝術創作，藝

喬家大院

術創作與歷史研究不同。歷史研究求真求實，論從史出。藝術創作是一種形象思維，可以推理，允許虛構。《喬家大院》電視劇及小說也不例外，但在此基礎上，令我驚歎的是電視劇與小說在注重戲劇性與藝術性的同時，絲毫沒有放棄對以喬致庸為代表的晉商歷史本身的探索。

可以說，就《喬家大院》電視劇與小說本身而言，也有諸多不同之處，除了某些情節設置與人物性格展開不同以外，前者注重戲劇張力，後者注重人文思考，但兩者對於歷史本原的探索卻是殊途同歸的，對於人文歷史、商業倫理的探討也是息息相通的，以喬致庸為代表的晉商個人際遇與家國之思，在電視劇與小說中得到了更深意義的體現。電視劇通過聲畫影像的輝煌呈現，小說通過「內心」文字的淋漓展現，共同建造了《喬家大院》的獨特晉商歷史。虛與實，濃與淡，白描與重彩，影像與筆墨，如同對喬家大院這一古老建築多面視角的交融與互補，從而使喬家大院更為立體豐饒。作為喬家大院民俗博物館館長，我忍不住想說，大氣磅礴的《喬家大院》電視劇與厚重悲憫的《喬家大院》小說，再加上占地八千七百平方米，以其獨特的建築語言立足晉中的喬家大院群落，共同對百年晉商以義制利、誠信不失、人心不偏、公道長存的獨特商業道德與商業倫理，對百年晉商和以直、健以穩、文而質、博而精、大而彌德、久而彌新的文化與歷史給予了嶄新的詮釋。

在這裡必須提到《喬家大院》製片人孟凡耀先生，他是一位敬業而優秀的影視工作者，曾經榮獲全國十佳製片人稱號。在電視連續劇《喬家大院》拍攝過程中，他深深感到以喬致庸為代表的晉商能夠縱橫天下數百年之久，有其特定的、深刻的道理；晉商之所以衰敗，也有其深層的具體原因。認真吸取晉商興衰成敗的經驗與教訓，對於我們今天都具有重大的現

實意義。為此，他在籌拍電視劇的同時，又籌謀策劃將長達四十五集的《喬家大院》電視劇本改編為小說，並多次南下上海，在上海辭書出版社張曉敏社長、唐克敏副總編以及新聞出版界包明廉、周蓓等人的關心和支持下，這部小說終於在電視連續劇《喬家大院》播出之日順利出版。可以說，喬家大院民俗博物館的收藏從此又添「雙璧」——喬家大院同名電視劇及小說，因此，我必須對玉成此事的以上諸位表示衷心謝意！

本書付梓前，孟凡耀、朱秀海邀請我寫篇「後記」，小子何德何能敢膺此任？然而其畢竟是反映喬家大院的事，不好推諉，只好班門弄斧，略述感言，獻醜之處，敬望讀者原宥。

本書以及電視劇本創作，承蒙喬氏後裔喬燕和女士、當地耆老多方提供素材，在此一併致謝！

山西省祁縣喬家大院民俗博物館館長王正前

二零零五年十二月

後記（二）

經過長達數年的艱苦勞動，由朱秀海先生創作的《喬家大院》文學劇本改編的同名長篇小說出版了，《喬家大院》電視連續劇也將由中央電視臺在黃金時段播出。作為喬氏家族「在中堂」的後代傳人，我感到非常欣慰。

喬家是晉商的一員。在長達一百多年的時間內，我的先祖數代人含辛茹苦，銳意進取，創下了喬家作為晉商大商家之一的基業。而到了喬致庸祖爺爺這一代，他老人家以儒生之身，志存高遠，懷抱以商救國的理想，以實現貨通天下、匯通天下為人生的目標，從青年時代起直至垂暮之秋，以一己之身，歷經艱難，矢志不渝，九死一生，終於使喬家的事業達到了鼎盛之期，基本實現了他青年時代的抱負。在外國銀行沒有全面進入中國之時就在國內實現了資本流通的銀行（票號）化，使民族資本和民族商業惠及的範圍擴展到了全中國的每一個角落。我的爺爺喬映霞，從十九歲起接過喬致庸祖爺爺交付給他的家族商業擔子，堅守「誠信為先、禮義為道」的祖訓，兢兢業業，忍辱負重，仍然致力於「貨通天下、匯通天下」的大業，面對天下的變局從容處之，為國家、民族堅守了一份令後人稱道的晉商精神，直至辭世。作為後人，每當想起這些事情，都不能不唏噓感慨，敬仰之情油然而生。

包括喬家的一代晉商所體現出來的晉商精神和以其為精髓的晉商文化，已經在中國經濟

史、思想史、文化史上留下厚重的一頁。所謂「君子懷遠」，正是因為在他們的事蹟、精神和晉商文化裡，深深地埋藏著我們這個民族特有的生命品格和精神文化氣質，它包括了民族的開拓進取精神，敢為天下先的大無畏英雄氣概，先天下之憂而憂的家國意識和普世情懷。晉商那些視誠信如命的經營理念，在經營管理上的睿智、豁達，乃至他們的金錢觀、人生觀和生死觀，表現的是中華民族特有的重名譽、守氣節、謙遜好禮、天下為公的文化傳承和終極嚮往，而這一切都是我們這個民族精神中極為寶貴的財富。先父在世時就想把喬家的這一代歷史展示出來，認為這不是喬家一家一族的事，而是晉商之大事，但是他的願望沒能實現，於是這件事也就成了埋藏在我們後人心中的一個迫切的願望。

本劇從策劃階段起，就得到了陶泰忠先生的鼎力相助，他為我們請來了朱秀海先生出任本劇的編劇。朱先生創作態度嚴謹，功底深厚，風格深沉、大氣而又細膩，為創作此劇，他多次到山西祁縣、太谷、晉中等地采風，對晉商尤其是喬家的歷史做了大量細緻的調查研究工作，在此基礎上寫出了文學劇本，獲得了有關專家的一致好評。陶泰忠先生在劇本創作階段參與了大量研究、討論工作，為作者出謀劃策，功不可沒。胡育先先生、陳湜先生、武殿琦先生、董義全先生等史學專家從劇本創作階段直至攝製階段，一直都是傾力相助，令我非常感動。

我要感謝眼光獨到的投資方北京華晟泰通傳媒投資公司，他們為本劇請來了著名導演胡玫女士、優秀製片人孟凡耀先生、主攝像池小寧先生、總美術師毛懷清先生、作曲家趙季平先生、剪輯師洪梅女士，以及著名演員陳建斌、倪大宏、雷恪生、蔣勤勤、馬伊俐、大娟子等。這是個盛名傳於天下的創作集體，他們在長達一年的時間內，以令人欽佩的敬業精神和特有的創造精神，歷經艱難，一絲不苟地完成了本劇的拍攝與製作，給廣大觀眾奉獻了一部歷史巨片。我還要感謝中央電視臺影視部的領導和責編，感謝廣電總局的領導，他們對此劇給予了高度重視，多次參與劇本的研討，幫助校正方向，從各方面給予大力支持。山西省委宣傳部、黨史辦和家鄉人民像當年支前一樣支持本劇的拍攝。喬家的後人喬燕平、喬巧生、喬燕祺、喬燕增、喬燕驥等，也都大力支持本劇的攝製，給予了各方面的幫助。在這裡我要特別感謝祁縣民俗博物館（喬家大院）館長王正前先生，以及大院的全體工作人員，他們對本劇的攝製給予了不遺餘力的支持，「喬家賓館」無償提供給劇組住宿，拍攝過程中，王館長總是身先士卒，事無巨細，幫助化解困難。可以說，沒有這些領導、藝術家和熱心人的共同努力，電視連續劇《喬家大院》能取得今天這樣的成績是難以想像的。

尤其值得一提的是這部根據電視劇改編的長篇小說是孟凡耀先生在製片的百忙之中精心策劃，並推薦給著名的上海辭書出版社出版的。一部電視劇，一部小說，相得益彰，影響深遠。因此，我最後想說的是：如果我的祖爺爺喬致庸地下有知，一定會同意我今天特別想說的一句話：一個人只要做過於國於民有利的事情，是不會被歷史和後人遺忘的。

喬燕和

二零零五年十月中旬

高寶書版集團
gobooks.com.tw

DN 198
喬家大院（下）

作　　者　朱秀海
編　　輯　李思佳
校　　對　李思佳、林俶萍
排　　版　趙小芳
封面設計　林政嘉
企　　畫　陳宏瑄

發 行 人　朱凱蕾
出　　版　英屬維京群島商高寶國際有限公司台灣分公司
　　　　　Global Group Holdings, Ltd.
地　　址　台北市內湖區洲子街88號3樓
網　　址　gobooks.com.tw
電　　話　(02) 27992788
電　　郵　readers@gobooks.com.tw（讀者服務部）
　　　　　pr@gobooks.com.tw（公關諮詢部）
傳　　真　出版部　(02) 27990909　行銷部 (02) 27993088
郵政劃撥　19394552
戶　　名　英屬維京群島商高寶國際有限公司台灣分公司
發　　行　希代多媒體書版股份有限公司/Printed in Taiwan
二版一刷　2015年 5月

國家圖書館出版品預行編目(CIP)資料

喬家大院（下）／朱秀海著. --二版. -- 臺北市：
高寶國際出版：希代多媒體發行, 2015.05
　面；　公分. -- (戲非戲；198)

ISBN 978-986-361-125-7(全套: 平裝)

857.7　　　　104002519

凡本著作任何圖片、文字及其他內容，
未經本公司同意授權者，
均不得擅自重製、仿製或以其他方法加以侵害，
如一經查獲，必定追究到底，絕不寬貸。
版權所有　翻印必究

GOBOOKS
& SITAK
GROUP©